Das Buch

Ryan McGregor, der letzte Nachkomme eines alten Adelsgeschlechts, verbringt seine Sommer unerkannt als Schäfer in den Highlands. Die Menschen dort wissen nichts von seinem Vermögen und seiner Herkunft, aber sie akzeptieren ihn. Eines Tages verlangen sie allerdings einen Beweis seiner Loyalität: Während der Highland-Festspiele soll Ryan auf dem Flohmarkt alten Trödel verkaufen. Ryan, der befürchtet, von Käufern oder Reportern erkannt zu werden, gerät in eine Zwickmühle, doch um der Freundschaft willen stimmt er zu. Als die deutsche Fotografin Andrea Steinberg auf dem Markt fotografiert, wird sie von einem Gewitter überrascht und flüchtet sich zu einem Unbekannten in einen Viehtransporter. Nicht ahnend, wen sie vor sich hat, verliebt sie sich in den vermeintlichen Schäfer . . .

Die Autorin

Christa Canetta ist ein Pseudonym von Christa Kanitz. Mit diesem Buch beweist die erfolgreiche Autorin historischer Romane, dass sie auch eine Meisterin der romantischen Spannungslektüre ist. Christa Canetta lebte viele Jahre im europäischen Ausland, arbeitete für den Südwestfunk sowie für verschiedene Zeitungen und ist heute in Hamburg zu Hause.

Von Christa Canetta ist in unserem Hause bereits erschienen:

Tanz der Flamingos

Christa Canetta

Schottische Disteln

Roman

Ullstein

Besuchen Sie uns im Internet:
www.ullstein-taschenbuch.de

Die Autorin ist Mitglied bei DeLiA,
der ersten Vereinigung
Deutschsprachiger Liebesromanautorinnen und -autoren:
www.delia-online.de

Umwelthinweis:
Dieses Buch wurde auf chlor- und säurefreiem Papier gedruckt.

Ungekürzte Ausgabe im Ullstein Taschenbuch
1. Auflage Juli 2006

Umschlaggestaltung: Büro Hamburg
Titelabbildung: © Colin Paterson/getty images
Druck und Bindearbeiten: Ebner & Spiegel, Ulm
Printed in Germany
ISBN-13: 978-3-548-26342-7
ISBN-10: 3-548-26342-9

Ich danke Birgit Grenz und Monika Wendt
für ihre freundliche Unterstützung
und meinen Töchtern Christine, Ulrike und Brigitte
für ihre Geduld, ihre Hilfe und ihre Toleranz.

I

Ryan McGregor kletterte auf den Anleger, vertäute sein Boot und packte das Angelgerät und den Eimer mit den Fischen auf die Planken. Mit wildem Gebell kamen seine schwarzweißen Kurzhaarcollies den Abhang heruntergestürmt, um sich mit wedelnden Ruten Streicheleinheiten zu holen. Ryan tätschelte die Köpfe, kraulte hinter den Ohren und versetzte jedem einen Klaps auf das kräftige Hinterteil.

»Ab mit euch, ihr sollt die Schafe hüten, nicht mich.«

Kläffend rannten die beiden zurück über den Hügelkamm. Von der Herde war nichts zu sehen, nur ein entferntes Blöken verriet die etwa zweihundert Tiere auf der anderen Seite der Erhebung. Ryan schob den breitrandigen Barbourhut in den Nacken, nahm seine Geräte und die Fische und lief hinter den Hunden her. Im Westen ging die Sonne über dem Moray Firth und den Hügeln der Black Isle unter und warf den langen Schatten des Mannes über die erblühende Heide.

August in den nördlichen Highlands von Schottland, das bedeutete violette Farbenpracht so weit das Auge reichte. Ryan liebte dieses Land. Er konnte sich nicht vorstellen, jemals weit entfernt von hier zu leben. Der würzige Wind vom Nordmeer, die duftenden Blüten zu seinen Füßen, der kräftige Kieferngeruch der Bergwälder im Süden und das wunderbare Gefühl absoluter Ruhe, wenn er mit dem Boot draußen war, das war sein Leben. Jedenfalls für vier Wochen im August. Ryan McGregor war ein hoch gewachsener Mann. Seine schmalen Schultern und der durchtrainierte Körper verliehen ihm das Aussehen eines aktiven Sportlers. Er hatte ein gut geschnittenes Gesicht mit einem offenen, aber sehr wachsamen Blick. Seine Augen waren von einem intensiven Blau, und sein volles blondes Haar fiel ihm jungenhaft und struppig ins Gesicht, als er den Hut abnahm und mit beiden Händen hindurchfuhr. Dennoch sah man ihm seine fast fünfzig Jahre an. Schuld waren die Falten, die sein Gesicht durchzogen, Folgen harter Arbeit und des Lebens in Sonne und Wind.

Ryan sah zurück zur Förde. Er liebte das Angeln. Schon als kleiner Junge kannte er nichts Schöneres, als mit dem alten Scott hinauszufahren und Fische zu fangen. Während er weiterging, dachte er an die vielen Stunden zurück, die er mit dem Fischer auf dem Firth verbracht hatte und in denen er gelernt hatte, Leinen zu werfen, die Beute einzuholen und den Kescher zu gebrauchen. Scott hatte ihm gezeigt, wo die Meerforellen in den verschiedenen Jahreszeiten standen, wo die wilden Lachse wanderten, wann und wo sie laichten und welchen Köder man benutzen musste. Später, als Heranwachsender und als es den alten Mann nicht mehr gab, fuhr er allein hinaus, und das war fast noch schöner, denn er liebte die Einsamkeit. Er fing niemals mehr Fische, als er brauchte, wobei er behutsam die kleinen heranwachsenden Tiere vom Haken löste und zurück ins Wasser warf. Auch heute brachte er nur vier Fische mit. Zwei Forellen waren sein Abendessen, die beiden Lachse würde er räuchern, denn sein Vorrat an Räucherfisch war zu Ende.

Oben am Hügelrand tauchte der Giebel seines Hauses auf. Er hatte es hoch anlegen müssen, denn das Meer war unberechenbar, und wenn der Wind direkt von Nordost in die Förde drückte, konnte das Wasser erschreckend hoch steigen. Dann musste er sogar sein Boot mit dem Jeep den Hügel hinaufziehen und oft genug einen neuen Steg bauen, wenn der Sturm abgeflaut war.

Je höher er kam, umso mehr sah er von seinem Haus. Es war aus den grauen Granitsteinen dieser Gegend gebaut und fast unsichtbar in einer Landschaft, die von diesen Felsen geprägt war. Er dachte daran, wie er es entworfen hatte und wie enttäuscht der Baumeister war, weil es so klein und schlicht werden sollte.

Ryan legte seine Sachen ab, zog die Gummistiefel aus und ging hinein. Zwei Drittel des Erdgeschosses nahm die große Wohnhalle ein, links davon war die Küche. Eine schmale Treppe führte nach oben. Ein geräumiges Schlafzimmer und das Bad im Dachgeschoss, mehr brauchte Ryan nicht. Zufrieden blickte er sich um. Ein großer Kamin versorgte alle vier Räume mit Wärme, und ein mühsam über Land gezogenes Kabel brachte den Strom. Er hatte das Haus nach seinen Plänen bauen lassen, als nach dem Tod des Fischers die alte Holzhütte einzustürzen drohte. Nun besaß er genau das Haus, von dem er immer geträumt hatte. Er nahm den Hut ab, hängte die Anglerweste mit den zahllosen Taschen an den Haken und ging in Strümpfen zum Kamin, um Feuer zu machen. Die Wohnhalle mit dem gefliesten Boden und den dicken Schafwollteppichen war der gemütlichste Raum, den er sich vorstellen konnte. Alte Bauernmöbel, bequeme Ohrensessel, ein Regal mit Büchern, ein vergilbter Spiegel in geschnitztem Rahmen, ein paar Bilder mit Moorlandschaften und die vielen handgewebten Kissen, die überall verteilt waren, garantierten die Geborgenheit, die er immer schon gesucht hatte.

Die kleine Küche neben der Halle verbarg hinter ihrem rustikalen Stil modernste Technik und bot Platz für einen großen Holztisch, an dem mindestens acht Personen essen konnten. Aber Ryan legte keinen Wert auf Gäste, und so saß er meist allein am Tisch, den er zugleich als Arbeits- und Schreibtisch nutzte.

Ryan sah nach dem Feuer, legte Holz nach und holte den Eimer herein. Er nahm die Fische aus, bestreute sie mit Salz, legte die Forellen auf den Teller und ging mit den Lachshälften nach draußen. Etwas entfernt vom Haus hatte er sich seinen Räucherofen gebaut. Etwas Holz, etwas Torf und verschiedene Wildkräuter – er wusste genau, welchen Geschmack der Fisch haben sollte. Als die helle Flamme zusammengefallen war und die glimmenden Reste ihren würzigen Duft entwickelten, hängte er die Fischhälften in den Rauch und verschloss den Ofen.

Kühl war es geworden, und die Dämmerung senkte sich herab. Ryan ging ins Haus, nahm eine Wollmütze und den dicken Pullover vom Haken und lief hinter dem Haus hinunter in die Mulde, in der die Schafherde inzwischen ihr Nachtquartier bezogen hatte. Wiederkäuend lagen die Tiere im eingezäunten Pferch und hoben kaum die Köpfe, als Ryan kam und das Gatter verschloss. Er lobte die Hunde, die bestens abgerichtet diese Arbeit allein erledigt hatten, und kontrollierte den Zaun.

»Ajax, Bella, auf geht's nach Hause.«

Darauf hatten die beiden nur gewartet. Um die Wette rannten sie mit ihm zurück zum Haus. Die Hunde kannten das Ritual, tollten kläffend um ihn herum, sprangen an ihm hoch, warfen ihn fast um und warteten bellend vor der Tür, bis er die Stiefel ausgezogen hatte.

»Na los, kommt schon.« Er holte das Futter aus dem Kühlschrank, gab heißes Wasser dazu, um es zu erwärmen, und stellte den Hunden die Näpfe hin. Bevor er die Wasserschüsseln für sie gefüllt hatte, war das Futter schon verschlungen.

Ryan sah zu, wie sie das Wasser aufnahmen und sich auf ihren Decken in der Nähe des Kamins zusammenrollten. Dann erst zog er sich selbst aus, wusch die Hände und begann, sein eigenes Essen vorzubereiten. Die Forellen wurden mit Wildkräutern, die um das Haus herum in Hülle und Fülle wuchsen, und mit Zitronenscheiben gefüllt und in den Backofen geschoben. Ein paar Kartoffeln in den Topf und eine Flasche Bier auf den Tisch: Das Abendessen würde köstlich schmecken.

Während sich draußen die Dunkelheit ausbreitete, wurde es drinnen warm und gemütlich. Ryan hatte sich nach dem Essen die Pfeife angesteckt, ein Glas Whisky eingeschenkt und sich im Sessel ausgestreckt. Er genoss die absolute Stille, die ihn umgab. Wenn er Gesellschaft suchte, fuhr er in den Pub von Dyke. Dort konnte er mit den Fischern aus Findhorn und den Schäfern vom Culbin Forest, mit Waldarbeitern und Whiskybrennern aus Kintessack fachsimpeln und diskutieren. Da ging es um Wollpreise und Aufforstung, um Wasserreinheit für die Brennereien und Fangquoten für die Fischer, um Highlandspiele und um Frauen, ums Wetter natürlich und um die Königsfamilie, die derzeit Ferien auf Balmoral Castle machte. Ryan lächelte in Erinnerung an die Abende, an denen es manchmal ganz schön heiß herging, wenn keiner von seiner Meinung abweichen wollte und Scottish Ale reichlich floss. Er fühlte sich wohl in der Runde, er wurde akzeptiert, als einer der ihren angesehen, und die Männer nannten sich beim Vornamen. Er hoffte, dass es immer so bleiben würde. Für sie war er Ryan McGregor und niemand sonst.

Er wollte gerade aufstehen, um sich Eiswürfel für einen zweiten Whisky zu holen, als die Hunde die Köpfe hoben, die Ohren aufstellten und bellend zur Tür stürmten. Ryan stand auf und rief die großen Tiere zurück. Er hörte jetzt auch die Männerstimmen vor dem Haus. Bevor er öffnen konnte, wurde kräftig an die Tür geklopft, und dann sah er im Schein der Hoflaterne sieben seiner Pubfreunde aus Dyke in der Dunkelheit stehen.

»Wo kommt ihr denn her?« Ryan öffnete die Tür weit und rief: »Kommt herein, aber lasst die Schuhe draußen, sonst kriege ich Krach mit Linda, wenn sie zum Putzen kommt.«

Lachend, einander stützend, aber auch einander schubsend, wurden Stiefel ausgezogen und Schnürriemen gelöst. Es war nicht zu übersehen, dass einige der Männer nicht mehr ganz sicher auf den Beinen waren. Ryan beruhigte die Hunde, die sich knurrend, aber gehorsam auf ihre Decken legten, und holte zusätzliche Stühle aus der Küche.

»Hier, ich habe Bier mitgebracht.« Sogar Billy, der Wirt war mitgekommen. Stöhnend wuchtete er den Kasten durch die Tür. Er war rothaarig und klein, und seine Gesichtshaut war schlaff und bleich, weil er selten seine Gaststube verließ. Mit dem dicken Bierbauch bewegte er sich schwerfällig zu einem bequemen Sessel. »Gläser hast du doch hoffentlich selbst.«

Ryan, noch immer überrascht von dem unerwarteten Besuch, ging in die Küche, holte ein paar Zinnkrüge und aus der Speisekammer frisches Brot und einen Topf mit hausgemachter Wurst und brachte alles in die Halle. Hier wurde eine Diskussion, die ihren Ursprung wohl im Pub gehabt hatte, lautstark weitergeführt.

»Was ist überhaupt los, worüber streitet ihr?«, wollte er wissen.

»Na, über das Highlandfest in Inverness, ist doch klar.«

»Und was gibt es da zu streiten?«

»Wer was machen soll, das muss doch geregelt werden«, erklärte Tim, ein bulliger Viehzüchter mit einer beachtlichen Alkoholfahne. Breitbeinig stand er in der Mitte der Halle und schob die Daumen unter die Hosenträger. Die grünen Socken waren ihm über die Knöchel gerutscht, die Leinenhose war zu kurz, und das bunt karierte Baumwollhemd drohte über dem Bauch zu platzen.

»Keiner will auf den Trödelmarkt, alle wollen nur bei den Wettbewerben und bei den Spielen mitmachen.«

»Dafür haben wir schließlich trainiert. Ich stell mich doch nicht als Marktweib in eine Bude!«, rief einer der Männer.

»Ich hab mit den Schafen und den Hunden seit März geübt«, sagte ein anderer.

»Ich muss meine Welpen vorführen. Dieses Jahr kriege ich bestimmt einen Preis«, hieß es weiter.

»Und ich bin ein As im Stämmewerfen, das wisst ihr ganz genau. Wenn einer einen Preis für unsere Gegend holt, dann bin ich das«, ließ sich ein vierter Mann vernehmen.

»Ruhe! Seid mal ruhig, wartet, bevor ihr euch die Köpfe einschlagt.« Ryan stellte sich in die Mitte und hob beschwörend die Hände. »Erklärt mir jetzt mal, um was es geht. Ich hole einen Block, und dann schreiben wir auf, wer was macht.«

Er drehte sich um. »Los Billy, du bist der Erste.«

»Ich habe die Imbissbude mit den besten Fish and Chips. Nirgendwo gibt's bessere. Das ist mein Job, und das mache ich an beiden Tagen.«

»Steve?«

Ryan sah den kleinen unscheinbaren Mann an, der bei weitem der Intelligenteste von allen war.

»Ich bin Richter bei den Tartan-Entscheidungen. Wir kontrollieren die neuen Schottenmuster und beschließen, ob sie zugelassen werden. Das mache ich seit Jahren, da bin ich Spezialist.«

»Gut, weiter. Donald?«

»Ich habe fünf Schafe und einen Hund für die Hirtenspiele trainiert, das hat Monate gedauert.«

»Bob, was machst du?« Ryan sah den Hünen an, der seine Ärmel hochgekrempelt hatte und seine Muskeln spielen ließ.

»Ich bin der beste Werfer – also, legt euch nicht mit mir an.«

Ryan dachte zurück an Spiele in vergangenen Jahren, die er an anderen Orten gesehen hatte. Es war für ihn unbegreiflich gewesen, mit welcher Leichtigkeit die schwergewichtigen Männer mit den Baumstämmen hantiert hatten. »Also gut, du wirfst die Stämme. Und du Dick?«

»Ich hau den Lukas, dass der Bolzen beim Mond ankommt.«

»Angeber. Letztes Jahr hast du einen Hexenschuss gekriegt, da war außer großen Tönen nichts von dir zu hören!«, rief Bob dazwischen.

Die Stimmen wurden lauter, der Streit schien auszuufern. Ajax und Bella zogen sich knurrend in die Küche zurück.

»Leute, beruhigt euch. Wir finden eine Lösung. Warum muss überhaupt einer auf den Trödelmarkt?«

»Ist Tradition.«

»Weshalb schickt ihr nicht eure Frauen?«

»Ist Männersache. Auf dem Highlandmarkt dürfen nur Männer verkaufen.«

»Ist auch eine Art Wettbewerb.«

»Und was wird verkauft?«

»Mensch, Ryan, einfach alles«, erklärte Charly, mit seinen achtzig Jahren der Älteste von den Männern. »Kitsch und Kunst und Krempel. Wir sammeln im ganzen Landkreis. Das machen die Frauen, die sind schon seit Wochen unterwegs und stöbern durch Schuppen und Keller und Böden und Scheunen. Da kommt 'ne Menge Kram zusammen, das sag ich dir.«

Ryan sah den alten Mann an. »Warum übernimmst du nicht den Verkauf?«

»Ich hab doch die neuen Welpen. Wenn ich dieses Jahr einen Preis für meine Zucht kriege, kann ich sie bestens verkaufen. Ich brauche das Geld für ein neues Dach. Meine Emma schmeißt mich raus, wenn's diesen Winter wieder durchregnet.«

»Das seh ich ein. Wer bleibt also noch für den Trödelmarkt?«

Ryan sah sich um. Und was er sah, gefiel ihm nicht. Alle blickten mit glänzenden Augen auf ihn, der Streit war vergessen.

»Na, du natürlich!«, hieß es im Chor.

Erschrocken hob Ryan die Hände. »Nein! Das kommt nicht infrage. Da ist noch Ronald, warum macht er es nicht?«

»Ich bin in der Dudelsackkapelle, ich muss spielen, von morgens bis abends.«

Ryan schüttelte den Kopf. »Unmöglich, ich kann mich da nicht hinstellen. Das geht einfach nicht.«

»Bist du unser Freund, oder bist du's nicht?«

»Was spricht dagegen, Mann! Einen Tag kannst du doch mal opfern.«

»Jetzt kannst du zeigen, ob du zu uns gehörst. Du bist sowieso immer nur im Sommer hier, aber für uns ist es trotzdem so, als ob du hier geboren wärst. Nun zeig mal, dass du dazugehörst.«

Ryan fühlte sich überrumpelt. Kalter Schweiß brach ihm aus. *Unmöglich,* dachte er. *Das kann ich nicht tun.* Zu den Highlandspielen kamen die Menschen aus ganz Schottland angereist. Nicht auszudenken, wenn ihn Leute sahen, die ihn kannten, die ihn aus seinem anderen Leben bestens kannten. Er auf dem Trödelmarkt – er sah schon die Schlagzeilen in der Presse und hörte, wie sich alle die Mäuler zerrissen.

Unmöglich, dachte er wieder. Aber wie sollte er das seinen Freunden hier klar machen? Er konnte natürlich wegfahren. Einfach verschwinden, aber er wusste auch, dass er dann niemals wieder hierher kommen konnte. Er würde den schönsten Teil seines Lebens aufgeben, vier Wochen, auf die er sich ein ganzes Jahr lang freute. Die Gruppe um ihn herum war still geworden. Alle sahen ihn an. Ihre Augen schienen ihn förmlich zu durchbohren, erwartungsvoll, ihres Sieges schon sicher, denn sie hatten genau das getan, was Erfolg versprach: Sie hatten an seine Ehre appelliert und ihre Freundschaft in die Waagschale geworfen. Er konnte sie nicht enttäuschen, aber er konnte sich auch nicht auf den Trödelmarkt stellen. Er brauchte erst einmal Zeit zum Überlegen, zu viel hing für ihn von seiner Entscheidung ab.

»Lasst mir mal Zeit, mich an den Gedanken zu gewöhnen.«

»Viel Zeit hast du aber nicht.«

»Wann sind die Spiele?«

»In einer Woche. Sie sind in diesem Jahr von Ende September auf Mitte August vorgezogen worden.«

»Wegen des Wetters. Wir hatten zuletzt immer Regen im September.«

Deshalb also hatte er die Spiele noch nicht miterlebt. Jetzt wurde ihm so manches klar. »Wer hat denn in den anderen Jahren den Verkauf übernommen?«

»Tom aus Auldearn. Aber dem ist die Frau gerade gestorben, der fällt weg.«

Ryan nickte. »Und sonst gibt es keinen unter all den Männern hier im Landkreis?«

»Du weißt doch, dass wir für unsere Gegend zuständig sind. Wir haben die Verantwortung, wir wurden gewählt. Ist nun mal so Tradition, also lass uns nicht hängen.«

»Ich überleg's mir. Mehr kann ich heute nicht sagen.«

»Okay. Aber in zwei Tagen müssen wir es wissen. Kommst du in den Pub, oder müssen wir dir wieder auf die Pelle rücken?«

»Ich komme in die Kneipe. Abgemacht.«

Erst jetzt drängten sich die Männer um Brot und Wurst, füllten die Krüge mit Bier und ließen sich gemütlich nieder. Die Hunde kamen aus der Küche und rollten sich wieder auf den Decken zusammen, Ryan legte Holz nach, denn der Abend versprach noch lang zu werden.

II

Andrea genoss das schöne Wetter. Sie hatte sich am Bootsanleger einen Liegestuhl gemietet und nutzte ihre Mittagspause zum Sonnenbad. Unter ihr plätscherten die Wellen der Außenalster gegen den Steg, und von weit her hörte sie die Kommandos eines Trainers, der mit seiner Rudermannschaft übte. Sie blinzelte in den Himmel, beobachtete eine ferne Wolkenwand und träumte vor sich hin.

Sie war schon immer eine Träumerin gewesen. Als Kind stellte sie sich große Hunde vor, die sie auf den langweiligen Spaziergängen mit den Eltern begleiteten. Sie gehorchten nur ihr und schützten sie mit dumpfem Knurren vor fremden Menschen. Einer gelben Dogge und einem gestromten Greyhound gab sie dabei den Vorzug. Andrea lächelte bei dem Gedanken an diese endlosen Spaziergänge im Hamburger Stadtpark. Als Teenager träumte sie von Pferden. Sie sah sich als Topreiterin jeden Wettkampf gewinnen, weil sie das schnellste und schönste Pferd besaß. Herrliche, aufregende Träume waren das gewesen, wenn sie sich abends mit ihnen unter der Bettdecke verkroch, weil die Mutter das Lesen verboten und die Lampe gelöscht hatte.

Behaglich räkelte sich Andrea in ihrem Liegestuhl und dachte zurück an die Abenteuer, die sie in ihren Träumen erlebt hatte. Mit zwanzig träumte sie von anderen Pferdestärken. In einem Wohnmobil ihrer Fantasie durchstreifte sie die Welt vom Nordkap bis Sizilien, von Gibraltar bis Wladiwostok.

Heftige Wellen klatschten plötzlich gegen die Planken. Andrea richtete sich auf und nahm ihre Tasche auf den Schoß, damit sie nicht nass wurde. Ein Ausflugsschiff glitt vorbei und versetzte das Wasser in Unruhe. Sie sah auf die Uhr. Fünfzehn Minuten noch, dann musste sie zurück ins Atelier. Im Westen war die Wolkenwand ein ganzes Stück näher gekommen. In einer Stunde würde es ein heftiges Gewitter geben.

Mit einem Seufzer des Behagens legte sich Andrea wieder zurück und träumte weiter: von der Karriereleiter, die sie mit fünfundzwanzig erklimmen wollte, und von dem Mann, den sie sich ein paar Jahre später erträumte. Einzigartig und dunkelhaarig musste er sein, gebildet, treu und charmant. Niveau, Geld und Humor würde er haben, und natürlich sollte er sie auf Händen tragen. Ach, diese Träume! Andrea setzte sich und rieb sich die Augen, in die etwas Sonnenöl gezogen war. Es wurde Zeit zurückzugehen.

Auch andere Sonnenanbeter standen auf. Man lachte und winkte sich zu, man kannte sich allmählich. Andrea brachte ihren Liegestuhl zurück, nahm die Tasche und stieg die Treppe zur Straße hinauf. Ein letzter Blick über das Wasser und hinüber zur Innenstadt, über der sich die Wolkenwand jetzt ausbreitete, dann ging sie in Richtung Mittelweg davon. Andrea dachte daran, was aus ihren Träumen geworden war. Ein kleines bisschen wenigstens hatten sie sich erfüllt. Zwölf Jahre lang besaß sie einen Hund, keinen großen, im Gegenteil, einen kleinen, eigenwilligen Dackel mit Namen Flöckchen. Furcht einflößend war der nicht, aber sehr liebenswert. Auch der Traum vom Pferd erfüllte sich: Sie durfte reiten lernen, weil ihr Vater einen Reitlehrer kannte und der Unterricht nichts kostete. Andrea lachte, als sie daran dachte. Das beste Pferd bekam sie nie, aber der dicke, stichelhaarige Sico, den jeder für ein Brauereipferd hielt, war treu. Er trug sie sicher, wenn auch langsam durchs Gelände und zurück in den Stall. Der Hafer war sein Wegweiser.

Ja, und die Weltreisen im Wohnmobil wurden auch Wirklichkeit, zum Teil jedenfalls. Passend zu ihrem alten gebraucht gekauften Morris Mini besorgte sich Andrea ein Minizelt aus zweiter Hand und fuhr mal in den Norden bis nach Dänemark und mal nach Süden bis zum Harz. Ja, und dann war da noch das Jahr als Aupairmädchen in den USA. Sie lernte Englisch und verliebte sich in den rot gelockten Sohn des Hufschmieds, der auf der Farm die Pferde beschlug. Ach Gott, war das lange her! Mit dem Traummann hatte der wirklich keine Ähnlichkeit.

Na ja, und auf der Karriereleiter kletterte sie immer noch. Sie sah auf die Uhr. Verflixt, sie war spät dran. Rasch legte Andrea eine Joggingstrecke ein, sonst konnte sie leicht von der Karriereleiter fallen. Atemlos erreichte sie kurz darauf das Atelier der Reinickes.

»Hallo Jens, was gibt es Neues?«

»Außer dem Sonnenbrand auf deiner Nase nur ein paar Aufträge für das Wochenende. Inken hat sie notiert.«

Andrea ging nach hinten zur Chefin.

»Du hast gut zu tun in den nächsten Tagen«, begrüßte diese ihre Angestellte und gab ihr die Terminliste.

Andrea las laut vor. »Eine Hochzeitsparty heute Abend, die Military morgen – meine Güte, da muss ich ja um vier Uhr aufstehen«, stöhnte sie. »Dann auch noch eine Taufe am Sonntag.« Sie faltete die Liste zusammen. »Da fange ich am besten gleich mit den Vorbereitungen an.«

Inken nickte und wandte sich wieder den Papieren auf ihrem Schreibtisch zu.

Andrea freute sich. Wochenendtermine brachten zusätzlich Geld, und das konnte sie dringend gebrauchen. Während sie ihr winziges Büro aufsuchte, dachte sie an ihre beruflichen Anfänge. Bis zum Abitur wusste sie eigentlich nicht, wozu sie Lust hatte. Sie träumte von einer Tierarztpraxis, aber dafür fehlte das Geld. Auch Innenarchitektur hätte ihr Spaß gemacht, aber die Konkurrenz war in Hamburg zu groß. Schließlich entschloss sie sich für Fotografie. Die Ausbildung sollte nicht ewig dauern und das Geld eines Tages reichlich fließen – jedenfalls träumte sie davon.

Sie hatte Glück und bekam eine Lehrstelle im Rosen-Atelier am Mittelweg. Den Namen bezog die kleine, aber feine

Werkstatt von dem Haus, in dem sie untergebracht war. Eigentlich war es ein Hinterhofhaus, aber die Reinickes bezeichneten es etwas vornehmer als Gartenhaus. Es war von Kletterrosen überwuchert.

Jens und Inken Reinicke, beide in den Fünfzigern, waren ein sehr bekanntes Fotografenehepaar aus Schleswig, die sich in Hamburg einen hervorragenden Namen gemacht hatten. Sie beschäftigten drei Angestellte und boten regelmäßig einem Lehrling eine Ausbildung an. Andrea bekam die Lehrstelle, weil sie sich verpflichtet hatte, auch nach der Ausbildung zu bleiben, um dann eine gravierende Lücke im Angebot des Ateliers auszufüllen. Spezialität der Werkstatt waren Porträtaufnahmen, Modefotografie für Hochglanzzeitschriften sowie Speisenarrangements für Kochbücher mit gehobenem Niveau. Was das Atelier nicht anbieten konnte, waren Termine außer Haus. Die sollte Andrea übernehmen, dafür wurde sie ausgebildet. Andrea willigte gern ein. Die Atelieraufnahmen langweilten sie, und da sie niemals das Geld für ein eigenes Studio haben würde, begegnete sie wenigstens auf diese Art interessanten Menschen. Dass sie dafür viele Wochenenden opfern musste, störte sie nicht.

Sie räumte ihren Schreibtisch auf, suchte die nötigen Straßenpläne zusammen und sortierte ihre Fotoausrüstung. Gut, dass die Apparate inzwischen so handlich geworden waren, man musste nicht mehr die großen Koffer herumschleppen und konnte trotzdem gute Arbeit leisten. Natürlich ging Andrea mit der Zeit und benutzte inzwischen auch Digitalkameras. Doch trotz aller Vorteile der modernen Technik griff sie oft zu ihrer bewährten Spiegelreflex. Dann ging sie hinüber ins Labor, um Holger zu bitten, am Montag als Erstes die Fotos zu entwickeln, die sie auf traditionelle Art geschossen hatte. Nach so einem arbeitsreichen Wochenende war sie immer sehr nervös und auch ängstlich und konnte es kaum erwarten, die Resultate ihrer Arbeit zu sehen. Die Digitalfotos prüfte sie normalerweise schon einmal zu Hause an ihrem PC.

Holger war der Techniker im Atelier. Der kleine Mann, fast schon im Rentenalter, war der eigentliche Künstler in diesem Studio. Er hatte ein angeborenes Talent für Bilder und machte aus den Fotografien jene Kunstwerke, die dem Atelier den guten Ruf einbrachten. Ganz gleich, ob er daran in der Dunkelkammer oder am Computer arbeitete. Er verehrte Andrea. Wenn sie plötzlich in der Tür stand, ging für ihn die Sonne auf. Selbst die Dunkelheit eines verregneten Nachmittags brachte sie zum Leuchten – jedenfalls kam es ihm heute so vor.

»Was für Aufnahmen werden das sein?«

»Innenaufnahmen einer Hochzeitsfeier, Fotos von der Vielseitigkeitsreiterei und Bilder von einer Taufe, da habe ich bestimmt Belichtungsschwierigkeiten. Ich darf keinen Blitz benutzen, damit das Baby nicht schreit.«

»Ich denke, das kriegen wir hin, Andrea, machen Sie sich keine Sorgen.«

»Ich weiß, und danke, Holger. Also dann bis Montag.«

»Trotzdem ein schönes Wochenende.«

»Ab Sonntagmittag habe ich frei. Vielleicht fotografiere ich ein paar Blumen in den Wallanlagen. Ich muss mir neue Glückwunschkarten basteln, die im Geschäft werden alle paar Wochen teurer.«

»Ich habe neulich welche gesehen, das Stück für zwei Euro, ist doch der helle Wahnsinn«, nickte Holger.

»Wenn Sie wollen, mache ich wieder welche für Sie mit.«

»Das wäre schön. Meine Frau und meine Freunde sind ganz wild danach, manche sammeln sie sogar und sagen, die seien zu schade zum Verschicken.«

»Also abgemacht. Tschüs, bis nächste Woche.«

Sie ging zurück in ihr Büro, froh, dem begabten Mann eine Freude gemacht zu haben. Sie wusste genau, was seine Arbeit für sie bedeutete. Immerhin würden ihre Fotos unter seinen Händen zu kleinen Kunstwerken werden.

Draußen war es fast dunkel. Das Gewitter hatte die Stadt erreicht, und der Regen prasselte gegen die Scheiben. Andrea nahm ihre Sachen, rief »Tschüs Inken, Tschüs Jens« und lief über den Hof durch die Toreinfahrt des Vorderhauses und hinüber zur Bushaltestelle. Die beiden winkten ihr nach. Sie mochten Andrea. Sie hatte frischen Wind in das Studio gebracht. Mit ihrem Lächeln bezauberte sie mürrische Kunden und quengelige Kinder, und auch unter den Mitarbeitern sorgte sie für gute Laune, wenn die Arbeit mal nicht so lief, wie sie sollte. Hoffentlich konnten sie sie noch eine Weile behalten. Ihnen war zwar klar, dass sich Andrea mehr wünschte als ein Angestelltenverhältnis in einem kleinen Fotoatelier. Sie wussten aber auch, dass Andrea selbst ihr Ziel noch nicht kannte, und das war gut so.

Andrea war wütend. Wie jeden Tag stand sie vor der Haustür und suchte ihr Schlüsselbund, das sich, wie üblich, in der letzten Ecke ihrer Tasche verkrochen hatte. Heute war das besonders schlimm, denn der Wind peitschte den Regen in schrägen Schnüren fast waagerecht durch die Straße, und das winzige Glasdach über der Haustür, lächerliche Spielerei eines Architekten, bot überhaupt keinen Schutz. Außerdem musste sie die Post aus dem Briefkasten nehmen, bevor das Papier völlig durchnässt war. In einem Anfall von Experimentierfreudigkeit hatte die Hausverwaltung die achtzehnteilige Kastenanlage außen in die Hauswand integriert, ein Schwachsinn, der nicht nur die Kästen, sondern auch deren Inhalt jedem Wetter aussetzte. Endlich hatte sie das Schlüsselbund, stopfte die Post in ihre Tasche und öffnete die Haustür. Der Schirm war verbogen und ließ sich nicht mehr schließen, vom Kostüm tropfte das Wasser, und die Frisur war auch hinüber. Und das an einem Freitagnachmittag! Während sie auf den Lift wartete, überlegte Andrea, wie sie sich wieder in Form bringen konnte, bevor sie die Wochenendtermine in Angriff nahm. Endlich kam der Lift. Als sie in der dritten Etage ausstieg, hinterließ sie eine beachtliche Pfütze auf dem genoppten Boden. Vor der Wohnungstür ließ sie Schuhe und Schirm stehen und ging auf Strümpfen hinein. Der empfindliche Teppichboden nahm ihr jede Unachtsamkeit übel.

Sie zog sich aus, und während sie das Haar frottierte, sah sie in den Spiegel. *Mit dreißig sollte man eine ruhigere Gangart einschalten,* überlegte sie. Bald schon würde der Stress seine Spuren hinterlassen. Sie beugte sich nach vorn und suchte nach ersten Fältchen und glanzloser Haut, aber noch war es nicht so weit. Ihr Teint war in Ordnung, ihre großen, grauen Augen waren klar und lebendig, die Lippen gut geformt und die Nase schmal und richtig proportioniert. Es war ein junges Gesicht, das sie ansah, fein geschnitten und unverbraucht. Sie lächelte, und das Gesicht im Spiegel lächelte zurück. Es war ein offenes Lächeln und sie wusste um seine Wirkung. Andrea, hoch gewachsen und schlank, war nur mit ihrem Haar nicht zufrieden. Es war mittelbraun, zu fein und besaß nicht eine einzige Locke. Es war schwer zu frisieren, und so ließ sie es lang wachsen, um es bei offiziellen Anlässen hochstecken zu können. In der Freizeit trug sie es als Zopf oder als Pferdeschwanz, was ihr in ihrem Alter zwar albern vorkam, sie aber jung und unbekümmert aussehen ließ.

Andrea besah sich ihre Garderobe. Groß war die Auswahl nicht, aber sie musste sich heute Abend dem Fest im Atlantik-Hotel entsprechend anziehen. Nacheinander zog sie die Sachen heraus und schüttelte den Kopf: Mit den Träumen vom Reichtum klappte es auch noch nicht! Schließlich nahm sie ein schlichtes schwarzes Etuikleid vom Bügel und legte den in dezenten Farben gehaltenen Blazer von Jil Sander dazu. Es war das einzig edle Stück in ihrer Garderobe, und dass sie die Jacke in einem Secondhandladen gekauft hatte, musste ja niemand wissen. Sie dachte mit Bedauern an die verlockenden Auslagen der City-Boutiquen, die nur auf sie zu warten schienen. Aber so weit war sie noch nicht. Alles Geld, das sie verdiente und das nicht für Miete, Versicherungen und einen sehr knapp bemessenen Lebensunterhalt draufging, sparte sie. Nach wie vor träumte sie von der Karriereleiter, von Erfolgen und Anerkennung, und sie wusste genau, dass man dafür Geld brauchte. Sie wollte weiterkommen, nicht immer nur die kleine Fotografin sein, die man kreuz und quer herumschickte. Sie wollte ganz einfach mehr, und sie wusste, dass es nicht unbedingt eine Fotokarriere sein musste. Nur was es sein könnte, das war ihr noch nicht klar. Manchmal fühlte sie sich wie in einem Ballon gefangen. Ein kleiner Stich, der Ballon würde platzen, und sie wüsste, was sie wollte.

Während Andrea versuchte, ihr feuchtes Haar hochzustecken, klingelte das Telefon. Ausgerechnet jetzt, dachte sie, eine Hand auf dem Kopf, die andere voller Haarnadeln

Verärgert griff sie nach dem Hörer.

»Steinberg.«

»Hallo Andrea, wie geht es dir?«

»Tag Peter, ich bin in Eile.«

»Kann ich dir helfen?«

»Danke nein, ich muss arbeiten.« Peter war liebenswert und hilfsbereit, aber er war auch eine Klette, die man schwer abschütteln konnte. Andrea sah aus dem Fenster. Noch immer regnete es in Strömen, und das Wasser lief wie ein grauer Vorhang an den Scheiben herunter. Sie würde ein Taxi brauchen.

»Peter, ich muss weg, und ich bin noch nicht einmal gekämmt.«

»Ich bin ein erstklassiger Friseur.«

»Du bist verrückt. Aber ich muss jetzt wirklich los.«

»Musst du arbeiten?«

»Was dachtest du denn?«

»Ich weiß viel zu wenig von dir und deinen Terminen.«

»Jetzt weißt du es ja.« Andrea ärgerte sich über ihre Schroffheit, aber manchmal ging ihr Peter einfach auf die Nerven.

»Ich könnte dich begleiten.«

»Das geht nicht, es ist eine geschlossene Gesellschaft.«

Sie dachte an die Bequemlichkeit in Peters Auto.

»Na gut, Peter, du könntest mich nach dem Termin abholen, mein Wagen ist zur Inspektion in der Werkstatt.«

»Wann und wo?«

»Kurz nach Mitternacht. Im Atlantik-Hotel.«

»Ich bin pünktlich.«

»Danke, dann bis nachher.« Das war typisch für Peter: Immer war er für sie da, immer rücksichtsvoll, immer bescheiden im Hintergrund – aber gerade das fand sie langweilig! Es war zwar angenehm zu wissen, dass sie später bequem und zuverlässig nach Hause kam, aber es war auch schwierig. Sie musste überlegen, wie sie Peter dann wieder loswurde. Nicht, dass er die Nacht mit ihr im Bett verbringen wollte. Davon war noch nie die Rede gewesen. Er saß einfach nur da und schwieg und sah sie an, und sie wusste nicht, worüber sie mit ihm reden sollte. Am Ende eines arbeitsreichen Tages war sie müde und ausgelaugt, da musste sie nicht noch mühsam Konversation betreiben. Andrea rief die Taxizentrale an und bat, den Wagen direkt in die Tiefgarage zu schicken. Sie würde das Tor öffnen und konnte dann ohne nass zu werden einsteigen.

Das Taxi kam pünktlich, und fünfzehn Minuten später war sie im Hotel. Ein Page führte sie durch die Halle und hinten in den großen Gartensaal. Das Fest war in vollem Gang, und Andrea hatte Mühe, sich bekannt zu machen und das Brautpaar nach den Fotowünschen zu fragen. Das Anschneiden der Hochzeitstorte, eine Polonäse mit Wunderkerzen, ein paar Sketche, ein paar Redner – die Wünsche waren nicht allzu ausgefallen, und Andrea machte sich an die Arbeit. Sie hielt sich so gut es ging im Hintergrund und fotografierte, was sich anbot. Als der Brautvater sie sah, ein schwergewichtiger, schwitzender Mann mit glänzenden Augen, nahm er sie in den Arm und schob sie mitten hinein in den Trubel.

»Ist doch klar, dass Sie hier mitfeiern. So ein nettes Mädchen hat man nicht alle Tage im Arm.« Und schon zog er sie auf die Tanzfläche, und an seinem Atem roch Andrea, woher die blitzenden Augen und die losen Worte kamen. Aber sie machte mit, ließ sich herumwirbeln und lachte, als die Herren der Gesellschaft einer nach dem anderen anfingen, sie abzuklatschen und sich um Tänze mit ihr zu bemühen. Sie wusste aber auch, dass sie sich zurückhalten musste, denn sie war hier, um zu arbeiten, und stand keineswegs im Mittelpunkt. Diskret zog sie sich aus dem Trubel zurück, machte noch ein paar Fotos und verließ kurz nach Mitternacht, als das Fest seinen Höhepunkt überschritten hatte, den Saal.

Peter saß im Foyer und hatte zwei Cognacgläser vor sich stehen. Als er Andrea sah, stand er auf und reichte ihr ein Glas: »Auf mein fleißiges Mädchen.«

Andrea mochte es gar nicht, wenn er so besitzergreifend redete, aber sie erkannte auch den guten Willen. Er wollte ihr einfach eine Freude machen! Dann brachte er sie zum Wagen und fuhr sie nach Hause.

»Ich möchte mich hier im Auto verabschieden, Peter. Ich bin sehr müde und muss morgen um vier Uhr aufstehen.«

Sie sah die Enttäuschung in seinem Gesicht und sein leichtes Kopfnicken. »Ich verstehe schon, Andrea. Es ist in Ordnung. Aber warum um Himmels willen musst du morgen, oder sagen wir heute, so früh aufstehen?«

»Ich muss um sieben Uhr in Luhmühlen sein. Um acht beginnt der Geländeritt der internationalen Military, und die englische Equipe hat unser Atelier beauftragt, Fotos von den Teamreitern zu machen.«

»Wie kommst du denn dahin?«

»Mit der Bahn bis Lüneburg, dann mit dem Sonderbus.«

»So etwas Dummes. Ich kann dich doch fahren.«

»Das will ich nicht Peter, du brauchst auch dein Wochenende zur Erholung.«

»Also, abgemacht. Ich sage jetzt gute Nacht, und um fünf stehe ich hier vor der Tür. Dann kannst du eine ganze Stunde länger schlafen.«

Andrea nickte. Warum eigentlich nicht. Ihr graute vor der Fahrerei mit Bahn und Bus, und Peter bot ihr die Fahrt an.

»Danke, ich nehme dein Angebot an.« Sie gab ihm einen Kuss auf die Wange und stieg aus, bevor er ihr die Tür öffnen konnte.

»Bleib sitzen und fahr schnell nach Hause, du brauchst die paar Stunden Schlaf auch.« Sie winkte und schloss die Haustür auf. Als Peter sah, dass sie in den Lift stieg, fuhr er davon.

Sie hatten sich bei einer Vernissage in der Milchstraße kennen gelernt. Andrea fotografierte die Bilder und Skulpturen, und Peter half dem Gastgeber, Freunde und Fremde durch die Ausstellung zu führen. Nachdem die letzten Besucher gegangen waren und der Partyservice das Feld geräumt hatte, waren sie zusammen mit dem Galeristen, den Künstlern und einigen Freunden nach nebenan in »Jeremias Biergarten« gegangen, um Manöverkritik zu üben und die verkauften Kunstwerke zu feiern. Alles in allem war man zufrieden. Wer zu einer Vernissage in die Milchstraße kam, litt nicht unter der augenblicklichen Wirtschaftskrise oder unter Arbeitslosigkeit. Und so endete der Abend in beinahe ausgelassener Stimmung.

Andrea fühlte sich wohl in der kleinen Runde. Obwohl sie nicht zur Hamburger Highsociety gehörte, wurde sie akzeptiert. Heimlich beobachtete sie Peter Erasmus, einen stillen, fast schüchternen Mann, den eine lange Freundschaft mit dem Gastgeber zu verbinden schien. Als sie sich endlich verabschiedete, war es spät geworden. Auch Peter Erasmus erhob sich. »Ich würde Sie gern nach Hause bringen, mein Wagen steht gleich nebenan.«

Es war das erste Mal, dass er sie direkt ansprach. Seine Stimme war ungewöhnlich leise und zurückhaltend.

»Danke, aber ich bin selbst motorisiert.« Sie schüttelte lächelnd den Kopf und verabschiedete sich.

»Dann darf ich Sie zu Ihrem Auto bringen?«

Sie nickte, und er trug ihre Fototaschen zum Wagen.

Das war vor einem Jahr gewesen, und aus dieser kurzen Begegnung war eine aufrichtige Freundschaft geworden, in der es Andrea aber niemals gelungen war, die Zurückhaltung dieses Mannes zu durchstoßen. Bei aller Sympathie für ihn schaffte sie es nicht, ihn wirklich kennen zu lernen. Und eigentlich wollte sie es auch gar nicht. Außer Freundschaft empfand sie nichts für ihn, und so sollte es bleiben.

Peter, der langsam zurück zu seinem Haus in Harvestehude fuhr, dachte an Andrea. Müde hatte sie ausgesehen und noch sehr angespannt. Schade, dass sie sich so selten helfen ließ. Er mochte diese Frau, die so offen und fröhlich war, die das Leben nahm, wie es sich gab, und Probleme mit Optimismus bewältigte. Er freute sich mit ihr, wenn es ihr gut ging, und er litt mit ihr, wenn sie deprimiert war, was zum Glück selten vorkam. Er hätte ihr gern seine Zuneigung gezeigt, aber er wusste nicht, wie. Er war ein Phlegmatiker, das betraf sein ganzes Leben, nicht nur sein Verhalten Frauen gegenüber. Seine gut gehende Exportfirma wurde von Experten geführt, sein Haushalt von Anne, seiner früheren Gouvernante. Seine wenigen Freundschaften basierten auf Vertrauen und Zuverlässigkeit, nicht auf Kameradschaft und Zuneigung. Manche nannten ihn einen »typischen Hamburger«, steif und unnahbar, aber das war er nicht. Obwohl seine Familie seit Generationen in Hamburg lebte, stammten seine Vorfahren ursprünglich aus Ostpreußen, und diesem Menschenschlag sagte man Schwermut und Verschlossenheit nach. Daran musste es liegen, und daran konnte er überhaupt nichts ändern.

III

Der erste Weg am Morgen führte Ryan zu den Schafen. Die Collies, ausgeruht und den Magen voller Hundekuchen, tobten vor ihm her, sprangen über das Pferchgatter und scheuchten die Schafe auf. Ryan öffnete das Tor, und die Herde drängte heraus, verteilte sich, wurde von den Hunden wieder zusammengetrieben und folgte schließlich dem Mann, der durch das Heidekraut zu einem Hang lief, den die Herde heute abgrasen sollte. Sinn dieser vierwöchigen Weidezeit hier oben an der Küste war es, die Heide rund um seinen Feriensitz kurz zu halten und die Wiesen abzuweiden. Dann wurden die zweihundert Tiere wieder zurück zur restlichen Herde in die Nähe von Forfar transportiert, wo Ryan die eigentliche Schafzucht betrieb, Spinnereien unterhielt und den berühmten McGregor-Tweed in eigener Fabrikation herstellen ließ.

Während er den Hunden bei ihrer Arbeit zusah, grübelte Ryan erneut über sein Problem mit dem Trödelmarkt nach.

Er konnte diesen Männern nicht helfen, andererseits konnte er sie nicht im Stich lassen: Ihre Männerehre stand bei den Wettbewerben auf dem Spiel. Sie waren seine einzigen wirklichen Freunde, sie kannten und akzeptierten ihn als ihresgleichen. Sie würden alles tun, um ihm zu helfen, das Gleiche aber erwarteten sie auch von ihm.

Ganz anders war es bei den so genannten Freunden in der Stadt. Bei denen wusste er nie, warum sie sich um seine Freundschaft bemühten. War er selbst es, den sie mochten, oder war es sein Geld, sein Einfluss, seine Macht, die sie schätzten? Er würde es nie erfahren und musste daran denken, was ihm sein Vater damals gesagt hatte, als er ihm die

Firmen übergab: »Du stehst an der Spitze, und da stehst du allein, denn auf der Spitze gibt es niemals Platz für zwei. Du hast Macht, und du hast Geld, aber einen Freund hast du da oben nicht. Du wirst sehr einsam sein, aber diesen Preis musst du bezahlen.«

Und doch hatte er Freunde gefunden, allerdings solche, die seine wahre Identität nicht kannten. Keiner von ihnen ahnte, dass ihr Kumpel Ryan in Wirklichkeit einer der reichsten Unternehmer Schottlands war. Die Männer hier wussten nicht, dass ihm die Gregor-Werften für Ölplattformen in Aberdeen gehörten, sie ahnten nichts von seiner Viehzucht. Niemand hatte ihnen je verraten, dass es *sein* Land war, das sie über ein Büro in Elgin gepachtet hatten. Nicht im Traum wären sie auf die Idee gekommen, dass sie in *seinen* Wäldern rodeten und in *seinen* Seen angelten.

Gerade deshalb wusste er, woran er bei ihnen war. Und nun sollte er das alles infrage stellen? Ließ er die Männer jetzt im Stich, brauchte er sich hier nicht mehr sehen zu lassen. Andererseits: Ging er für sie auf den Trödelmarkt und wurde erkannt, würden sie sich genauso zurückgestoßen fühlen, denn er hatte sie jahrelang getäuscht. Sie hielten ihn für einen einfachen Schäfer, der mit der Herde im übrigen Jahr im Tiefland lebte, und für einen Hobbyfischer, der das unberechenbare Meer genauso liebte wie sie.

Ryan setzte sich auf einen Findling und sah zur Herde hinüber, die Ajax umkreiste, während sich die Hündin neben ihm niedergelassen hatte. Die Sonne war noch nicht aufgegangen, aber der Tag versprach schön zu werden. Ryan beschloss, nach dem Frühstück an seinem Schuppen weiterzubauen. Er wollte ihn so vergrößern, dass er das Boot bequemer hineinziehen konnte, wenn er abreiste. Auch am Dach musste einiges gerichtet werden, die Stürme der Wintermonate hatten eine Menge Schindeln gelockert.

Er betrachtete seine Hände. Blasen und Schwielen würden bald von körperlicher Arbeit zeugen. Aber genau das war es, was er hier wollte: handfeste, schwere Arbeit bis zum Umfallen und eine gesunde Müdigkeit, die ihm abends in allen Knochen steckte.

Ryan stand auf, befahl den Hunden, bei der Herde zu bleiben, und machte sich auf den Rückweg.

Seine Gedanken kreisten dabei weiter um sein Dilemma. Nur ein einziger Mensch wusste von seinem Doppelleben: William, sein alter Viehzüchter, der die Angusrinder auf Black Isle und die Schafe im Tiefland mit seinen Gehilfen betreute. Nur er kannte das Cottage hier oben, weil er die Schafe und die Hunde herbrachte und wieder abholte. Und er kannte natürlich auch Ryans eigentliches Zuhause: Gregor Castle am Ufer des Dee. Dieses große, für ihn allein unbewohnbare Haus, hatte Ryan für einen symbolischen Preis von einem Pfund an die Stadt Aberdeen verkauft – allerdings mit der Auflage, innerhalb von drei Jahren ein Waisenhaus mit allen notwendigen Schulen darin einzurichten.

Die Stadtväter waren mit Begeisterung darauf eingegangen. Das Haus war baulich in erstklassigem Zustand und die gesamte Anlage gepflegt. Man suchte schon lange nach Räumlichkeiten, um verwaiste Kinder zusammenzubringen, die in kleinen, unwürdigen und über das ganze Land verteilten Unterkünften leben mussten.

Er selbst war ins Kutscherhaus gezogen und hatte viel Spaß an den Kindern, die durch den Park tobten, den Rasen zum Fußballplatz umfunktionierten und die zahllosen Obstbäume plünderten. Er hatte ihnen einen Stall voller Ponys hingestellt, sorgte für den Pferdepfleger und das Futter und erlaubte den Kindern, wann immer sie wollten, die Tiere zu besuchen. Er hatte eine gute Hand im Umgang mit den Jungen und Mädchen und bedauerte sehr, keine eigenen Kinder zu haben.

Ryan seufzte. Wie schön wäre es, wenn ein Junge neben ihm durch die Heide schlendern, über Findlinge springen und Rebhühner aufscheuchen würde. Oder wenn ein kleines Mädchen beim Frühstück auf seinem Schoß sitzen, seine Haare zausen und dann liebevoll die Ärmchen um seinen Hals legen würde. Ryan schüttelte den Kopf und ging weiter. Genau wie mit den Freunden war es mit den Frauen. Jene, die zu seinen Kreisen in Aberdeen gehörten und die er kannte, mochte er nicht. Sie waren meist arrogant und dumm, rechthaberisch und verschwenderisch. Jene dagegen, die er bei den wenigen gesellschaftlichen oder sportlichen Anlässen, die er besuchte, kennen lernte und die ihm gefielen, zogen alle die gleiche Show ab: Bei den ersten beiden Treffen waren sie nett und liebenswürdig, aber spätestens bei der dritten Verabredung übernahmen sie die Initiative, und dann kamen die Fragen: »Wie leben Sie?« »Was machen Sie?« »Was haben Sie?«

Spätestens zu dem Zeitpunkt brach er den Kontakt ab. Wo also sollte er die Frau treffen, die nichts von seinen Millionen wusste? Der es gleich war, ob er Fischer oder Fabrikant, Schäfer oder Laird war? Elf Monate im Jahr gehörte sein Leben dem Unternehmen. Aber in den Augustwochen musste er sich davon erholen, hier in der Einsamkeit, inkognito und unerreichbar für alle. Hier ergaben sich erst recht keine Frauenbekanntschaften, und gerade hier wollte er sie auch nicht.

Ryan schlenderte hinüber zu seinem Haus. Hinter seinem Rücken kroch die Morgenröte über die Hügelkuppe und tauchte den glänzenden grauen Granit des Hauses in schimmerndes Perlmutt. Beglückt blieb er stehen und sah zu, wie die sanften Farben silbrig wurden, als sich die ersten Sonnenstrahlen in den Butzenscheiben spiegelten. Hierhin gehörte er, das würde er nie aufgeben. Heute Abend würde er den Männern im Pub sagen, wer er war, und dann konnte er nur hoffen, dass sie die Wahrheit akzeptierten und seine Freunde blieben.

Er ging ins Haus und machte sich sein Frühstück: Porridge mit Rübensirup, so süß, wie er ihn mochte. Außerdem Speck, Eier und Würstchen, wie es sich für einen Arbeiter gehörte. Dazu gab es heißen Tee und im Backofen geröstetes Brot. Während er am Tisch saß und den Blick in die zur Küche hin offene Wohnhalle gleiten ließ, überzog ein wohliges Gefühl seinen ganzen Körper. Die höher steigende Sonne tauchte den Raum langsam in jenen rotbraunen Farbton, der diese Halle so warm und gemütlich machte. Am liebsten wäre Ryan noch stundenlang so sitzen geblieben, doch er gab sich einen Ruck und stand auf.

Ryan suchte sein Handwerkszeug zusammen und ging hinüber zum Schuppen. Er zog den Landrover heraus und den alten Pferdehänger, mit dem er früher seine Pferde zu Turnieren gebracht hatte und mit dem er jetzt ab und zu Zuchtschafe zum Markt transportierte, und machte sich an die Arbeit. Er sägte, hämmerte, schraubte und hobelte, bis die Sonne hoch am Himmel stand und anzeigte, dass es Zeit zum Mittagessen wurde.

Linda, die älteste Tochter des Schmieds in Dyke, eine hagere Frau mit blassem Gesicht, hatte frische Lebensmittel und eine Terrine mit Irishstew mitgebracht, und das ganze Haus roch köstlich nach dem Essen. Sie war eine stille, eher hässliche Frau, denn anstelle der Schneidezähne saß eine schlecht gemachte Zahnprothese, die viel zu weit nach vorn gerückt war. Aus diesem Grund vermied sie es zu reden und zu lachen und arbeitete meist stumm vor sich hin. Aber sie war zuverlässig und umsichtig, sah, was im Kühlschrank fehlte und wo gründliche Reinigung nötig war. Ab und zu versuchte sie auch, eine Art Garten vor dem Haus anzulegen, aber Heide und Unkraut waren stärker als sie, und so gab sie jedes Jahr nach den ersten Versuchen wieder auf. Als sie ihr Rad holte, um nach Hause zu fahren, gab Ryan ihr eine geräucherte Lachshälfte mit, die sie mit strahlendem Lächeln und ohne Rücksicht auf ihre Prothese entgegennahm. Ryan lächelte zurück und beschloss insgeheim, beim Schmied eine so große Arbeit in Auftrag zu geben, dass dieser mit einem Teil des Verdienstes eine neue Prothese beim Zahnarzt anfertigen lassen konnte. Ryan musste sehr vorsichtig sein, wenn er den Leuten finanziell helfen wollte. Sie waren stolz, und sie hielten ihn für arm, da musste so eine Hilfe gut geplant werden.

Als Linda fort war, setzte er sich auf die Bank vor dem Haus, zündete seine Pfeife an und sah den Bienen zu, die sich in den ersten blühenden Heidebüscheln tummelten und die zartvioletten Blüten der Disteln umschwirrten. Bis zu einem halben Meter hoch wuchs dieses silbergrüne, filigrane Unkraut, das die Schotten zu ihrer Nationalblume gekürt und in ihrem Wappen verewigt hatten.

Als die Pfeife ausgebrannt war, zog Ryan seine Jagdweste an, nahm eine Schrotflinte und Munition aus dem Gewehrschrank und lief über den Hang zu den Schafen. Bella war nicht nur ein guter Hütehund, sondern auch ein ausgezeichneter Apportierer. Für die Jagd oben im Moor brauchte er ihre Hilfe.

»Komm, mein Mädchen, wir holen uns ein paar wilde Kaninchen für das Abendessen.«

Mit wedelnder Rute sprang die Hündin an ihm hoch. Sie wusste, dass das Gewehr auf dem Rücken Abenteuer pur bedeutete. Aber nach dem ersten Freudenausbruch lief sie brav bei Fuß. Das Wild durfte nicht zu früh gestört werden. Langsam aber stetig wanderte Ryan bergauf. Er wollte zum Hochmoor, wo sich die Kaninchen in beängstigender Weise vermehrten und zu einer Plage wurden. Es war nur eine Frage der Zeit, bis sie sich auch über die Felder im Tal hermachen würden.

Er sah sich um. Wie immer faszinierte ihn die wilde, spröde Landschaft. Ihre wahre Schönheit offenbarte sie nur den Menschen, die sie liebten. Es war ein warmer, schwüler Tag, die Luft roch würzig und süß. Hier oben, auf den Südseiten der Abhänge, stand die Heide schon in voller Blüte. Ihre Farbe und ihr Duft waren viel intensiver als im Tal. Ryan folgte ausgetretenen Wildpfaden, die sich kreuz und quer über die Hänge zogen. Hin und wieder blieb die Hündin stehen, schnüffelte an einem Mauseloch oder an unsichtbaren Fährten. Dann sah sie Ryan vorwurfsvoll an, als wolle sie sagen: *Wann geht's endlich los?* und trottete dann wieder wohlerzogen neben ihm her. Ryan dankte im Stillen seinem alten Viehzüchter, der den Hund in den letzten Wochen wieder so gut für ihn trainiert hatte.

Endlich waren sie oben auf dem Plateau. Ryan wischte sich den Schweiß vom Gesicht und zog den breitkrempigen Hut tief in die Stirn, damit die Sonne ihn beim Zielen nicht blendete. Er nahm sein Gewehr von der Schulter, legte Patronen in die Läufe und hängte es aufgeklappt über den Arm. Plötzlich sprang ein Kaninchen aus einem Wacholdergebüsch, überlegte es sich anders und rannte zurück. Aber Ryan war schneller, und Bella apportierte die erste Beute. Etwas entfernt saßen Krähen auf einem Weißdornstrauch und warnten mit ihrem heiseren Krächzen die anderen Tiere im Moor. Dann lief ein zweites Kaninchen vor die Flinte, dann ein drittes, und Ryan hatte seine Tagesration erlegt. Aber er nahm sich vor, mit den Bauern aus der Umgebung eine Treibjagd zu veranstalten, bevor er zurück nach Aberdeen fuhr. Sie mussten dieser Plage wirklich Einhalt gebieten, sonst hatten die Frauen die gefräßigen Tiere bald in ihren Gemüsegärten. Er sicherte die Flinte und schob sie zurück auf die Schulter. »Komm, meine Kleine, wir haben genug für heute.«

Jetzt durfte der Hund toben. Ausgelassen rannte der Collie durch das Moor, scheuchte ein paar Vögel auf, lief seinem Schatten nach und jagte mit einem Graufuchs um die Wette, bis der in seinem Bau verschwand. Ryan ging weiter und schräg über den Abhang nach unten. Zwischen dem Heidekraut tauchten immer wieder wie leuchtende Inseln kleine Glockenblumenbüschel auf, deren intensives Blau mit der Farbe von Enzian konkurrieren konnte.

Die Sonne wanderte in Richtung Westen, und es wurde Zeit, die Schafe in den Pferch zu treiben. Vom Firth her zogen Nebelschwaden in die Täler. Vielleicht würde das Wetter umschlagen? Ryan wartete, bis die Hunde die Schafe eingetrieben hatten, verschloss das Gatter und lief mit den Collies zurück zum Haus. Als er den Hügel überquerte, sah er vor seinem Haus einen alten Kastenwagen stehen. Bevor er die Hunde zurückrufen konnte, waren sie losgestürmt und bellten den Besucher an, der auf der Bank an der Hausmauer gesessen hatte und nun so schnell wie möglich Schutz in seinem Wagen suchte. Es musste jemand aus Dyke sein, denn Fremde fanden die schmale Zufahrt normalerweise nicht. Er hatte mit besonderer Sorgfalt den Weg so angelegt, dass er zwischen Rotdornhecken abzweigte und von der selten benutzten Landstraße aus nicht gesehen werden konnte. Er legte keinen Wert auf Besucher oder verirrte Touristen, die schwer loszuwerden waren, wenn sie erst einmal die Schönheit dieser Gegend gesehen hatten. Als er näher kam, winkte ihm der alte Charly zu.

»Pfeif mal deine Hunde zurück, bevor sie mich auffressen.«

Ryan lachte. »Los, kommt ihr zwei, es ist ein Freund.«

Er beruhigte die Tiere, bis sie sich zur Haustür zurückzogen.

»Ich gebe ihnen schnell ihr Futter, dann haben wir Ruhe.«

Kurze Zeit später kam Ryan wieder vor die Tür, zwei Guinessflaschen in der Hand. »Komm, setzen wir uns auf die Bank. Was treibt dich her?«

»Keine schöne Sache, Ryan, es gibt ein großes Problem.«

Er war ein kleiner, ärmlich, aber sorgfältig gekleideter Mann mit glattem grauem Haar, der in seinem Verhalten etwas von der traurig-diskreten Art eines Leichenbeschauers hatte.

»Was ist los, was für ein Problem haben wir?«

»Hier treibt sich ein Schafstöter herum. Wir haben's heute entdeckt.«

»Was? Ein Schafstöter? Was meinst du damit?«

»Na, ein Mann, der die Schafe abschlachtet. Aber er nimmt sie nicht mit. Er tötet sie, oder, noch schlimmer, er misshandelt und quält sie und lässt sie dann liegen.«

»Um Gottes willen, wo ist das passiert?«

»Auf verschiedenen abgelegenen Weiden. Deshalb haben wir es ja auch nicht gleich gemerkt. Manche Tiere lagen tagelang da, bis wir stutzig wurden, weil immer mehr Krähen über den Weiden kreisten.«

»Was habt ihr dann getan?«

»Die Männer sind zu ihren Weiden rausgefahren und haben die Tiere, oder was davon übrig war, gefunden. Zwanzig Schafe sind's inzwischen.«

»Und jetzt? Da muss ganz schnell etwas geschehen. Die Weideflächen sind riesengroß, wie soll man die bewachen?«

»Genau das ist unser Problem. Wir treffen uns gleich im Pub, um alles zu besprechen. Kannst du kommen?«

»Natürlich. Fahr schon voraus. Ich bringe meine Hunde zurück zur Herde, damit sie bewacht wird, dann komme ich nach.«

Ryan war außer sich. Wie konnte ein Mensch diese friedlichsten aller Tiere misshandeln und den Krähen bei lebendigem Leibe zum Fraß überlassen? Er holte die Hunde, steckte sich seinen Revolver in den Gürtel und ging zurück zur Herde. So einem Schwein würde er eine Kugel verpassen, die ihn zu einem lebenslangen Krüppel machte. Ryan war ein friedliebender Mensch, aber er war auch ein guter Schütze, das hatte er im Sportunterricht im Internat und später während seiner militärischen Ausbildung gelernt. Er würde diesem Kerl einen Schuss ins Knie setzen, der ihn für den Rest seines Lebens an seine Schweinereien erinnerte.

Die Hunde spürten den Zorn und liefen still neben ihm her. Ryan ließ sie durch das Gatter in den Pferch, sie sollten nicht über den Zaun springen und die Schafe aufscheuchen. »So, ihr beiden. Heute Nacht bleibt ihr hier und passt mir gut auf.« Er tätschelte beiden den Kopf, er wusste, dass er sich auf diese Hunde verlassen konnte. Sie waren gehorsam, und sie waren scharf.

Dann ging er zurück, verschloss sein Haus – zum ersten Mal, seitdem er hier wohnte, nur wenn es unbewohnt war, wurde es versperrt – und fuhr nach Dyke. Die schmale Straße, meist nur einspurig mit einigen Buchten zum Ausweichen, wurde vom letzten Tageslicht erhellt. Wo immer eine Öffnung in den Hecken oder Steinwällen einen Blick auf das Land bot, fuhr er langsam und kontrollierte die Weideflächen, auf denen weit verstreut, wie weiße Tupfer im saftigen Grün, die Schafe standen.

Als er vor dem Pub parkte, sah er an den vielen Autos, dass so ziemlich alle Kleinbauern dieser Gegend inzwischen versammelt waren. In der niedrigen Gaststube roch es muffig: Der Fischgeruch aus der Küche schien alles zu durchdringen, fraß sich durch Wände und Decke, krallte sich in die Vorhänge und die Kleidung der Männer, und selbst der Pfeifengeruch der Raucher konnte ihn nicht vertreiben. Man musste ihn ganz einfach ertragen, denn er zeugte von den besten Fish and Chips der ganzen Gegend, und viele Männer, die wegen der Versammlung zu Hause kein Abendessen bekommen hatten, bestellten sich hier ihre Portionen. Ryan machte sich keinesfalls zum Sprecher. Er war nur einer unter vielen Männern und wollte das auch bleiben. Bob, der einzige Großbauer in der Gegend, stand auf und bat um Ruhe. Er war ein schwergewichtiger Mann mit einem harten, intelligenten Gesicht und einem kalten Lächeln.

»Leute, esst auf, trinkt aus und hört zu.« Augenblicklich wurde es still im Raum. »Wir stellen erst einmal fest, wer Schafe verloren hat und wie viele. David, du legst eine Liste an. Und dann muss ich von jedem wissen, wann es passiert sein könnte und wo genau.«

Acht Männer meldeten sich. Während David alles aufschrieb, ging die Besprechung weiter. »Ihr wisst, der nächste Polizeiposten ist in Forres und nur mit wenigen Männern besetzt. Wir können also von dort keine Hilfe erwarten. Wir müssen uns selbst helfen, aber so war es ja schon immer. Also, wer hat irgendetwas bemerkt, wer hat Fremde hier in der Gegend beobachtet?«

Zwei meldeten sich, denen ein fremder Motorradfahrer aufgefallen war. »Und wieso meint ihr, das war ein Fremder?«

»Er hatte eine schwere Maschine, so eine fährt hier keiner.«

»Und er war ganz in Schwarz: Helm, Anzug, Handschuhe, Stiefel, alles war schwarz. So einen habe ich hier noch nie gesehen.«

»Gut. Noch jemand, der etwas beobachtet hat?« Aber es meldete sich keiner mehr. »Wann und wo habt ihr ihn gesehen?«

Während die Männer verschiedene Zeiten und unterschiedliche Orte angaben, wurde deutlich, dass der Fremde im ganzen Landkreis unterwegs gewesen war.

»Es wird schwer sein, den zu fangen, wenn er so eine schnelle Maschine hat.«

»Der kann sogar querfeldein fahren, da kommen wir nie hinterher.«

»Wir könnten Fallen aufbauen …«

»… in die wir dann selbst hineingeraten. Nein, das geht nicht.«

»Was ist mit Straßensperren?«

»Unsinn, wer soll denn all die kleinen Straßen hier absperren und dann auch noch aufpassen, anstatt Haus und Herde zu bewachen.«

»Habt ihr denn keine Hunde, die auf die Schafe aufpassen?«, mischte sich Ryan ein.

»Hunde schon, aber nicht so scharfe, wie du sie hast.«

»Meine fressen jedem aus der Hand, wenn er einen Knochen hinhält.«

»Meine auch.«

»Wir müssen Wache schieben, was anderes bleibt gar nicht übrig.«

»Und wie willst du das machen?«

»Wir müssen ständig unterwegs sein, überall, ganz unverhofft auftauchen, einfach mit den Wagen die ganze Gegend abfahren, immer wieder.«

»Und wer macht die Arbeit zu Hause? Ich habe eine Schweinemast, um die ich mich kümmern muss.«

»Und was macht man, wenn man den Kerl plötzlich vor sich hat? Dann steht man total hilflos da, und der Kerl ist bewaffnet, der schlachtet ja die Schafe nicht mit den bloßen Händen.«

Plötzlich hielt ein Wagen mit quietschenden Bremsen vor dem Pub. Dann flog die Tür auf, mit vor Entsetzen aufgerissenen Augen stürzte Joe, ein schmächtiger, glatzköpfiger Mann, in die Gaststube. »Man hat meinen Hund erwürgt. Irgendjemand hat ihn in seinem eigenen Zwinger mitten auf meinem Hof erwürgt«, stieß er hervor. Dann rollten ihm Tränen über die Wangen, und er brach auf einem Stuhl zusammen. Schluchzend berichtete er, wie er in den Zwinger kam, wo die Hündin anscheinend gerade dabei war, ihre Jungen zu säugen, als er feststellte, dass sie gar nicht mehr lebte und die Welpen die Milch ihrer toten Mutter saugten. Dann erst hatte er die Drahtschlinge am Hals des Hundes bemerkt. »Wer macht denn bloß so etwas?« Er schluchzte und wischte sich über das Gesicht.

Ryan dachte mit Entsetzen an seine Hunde. Sie waren scharf und gut dressiert, aber würden sie einem Fremden widerstehen, wenn er mit Knochen oder Süßigkeiten lockte, die sie für ihr Leben gern fraßen? Und wer war diese Bestie, die hier alle in Angst und Schrecken versetzte? War es wirklich dieser ominöse Motorradfahrer, den man gesehen hatte? Niemand konnte etwas beweisen, vielleicht war der ein ganz harmloser Tourist, und man musste ganz woanders suchen? Während in der Gaststube das Durcheinander von Stimmen die Verständigung unmöglich machte, suchte sich Ryan einen Platz neben Bob, der noch am ruhigsten schien und ansprechbar war.

»Wir müssen sehr vorsichtig sein, Bob. Wer so grausam ist, könnte auch auf Menschen losgehen, auf eure Kinder oder auf eure Frauen. Und wir haben noch gar keine Beweise, ob es wirklich der Motorradfahrer ist. Ich könnte mir vorstellen, die aufgebrachten Männer bringen ihn um, wenn sie ihn erwischen, bevor seine Schuld überhaupt festgestellt ist.«

»Du hast Recht. Aber weißt du eine Lösung?«

»Nein, aber ich habe eine Idee.«

»Und die wäre?«

»Alle Männer, die mit den Autos auf Patrouille sind, und die Frauen auf den Höfen werden mit Funkgeräten ausgestattet. Man kann sofort Alarm auslösen und sich verständigen.«

»Bist du verrückt? Weißt du, was das kostet? Keiner hier kann sich das leisten.«

»Lass das mal meine Sorge sein. Die Dinger kann ich beschaffen, ich habe da einen Freund, der sie besorgen kann, natürlich nur leihweise, bis der Spuk zu Ende ist.«

Zweifelnd sah der Bauer Ryan an. »Woher willst du denn so einen Freund haben? Mensch, Ryan, nun übernimm dich nicht.«

»Aber es wäre eine Lösung, nicht wahr?«

»Ja schon, aber ich glaube nicht daran.«

»Schick die Leute jetzt auf die Kontrollfahrten oder nach Hause. Jeder soll so gut wie möglich heute Nacht und morgen auf seine Familie und auf sein Vieh aufpassen, die Frauen und Kinder sollen zu Hause bleiben, und morgen Abend kommen alle wieder hierher. Ich denke, bis dahin habe ich die Geräte. Vor allen Dingen musst du die Vorfälle aber der Polizei melden. Ganz egal, ob sie uns helfen kann oder nicht, wir müssen Anzeige erstatten. Und wenn ihr heute Nacht Streife fahrt, dann seht auch immer mal bei mir vorbei, denn ich fahre direkt von hier aus nach Aberdeen.«

Zögernd nur, aber nach und nach von der Bedeutung der Nachtwachen überzeugt, verließen die Männer den Pub, und die Autos fuhren davon. Ein paar Biere noch, ein paar Whisky, dann war bis auf Ryan und Billy, den Wirt, niemand mehr in der Gaststube.

»Ich brauche Sprit für meinen Wagen, kannst du mir noch etwas verkaufen?«

»Klar, komm mit raus.«

Neben dem Pub betrieb der Wirt die einzige Tankstelle im Ort. Ryan fuhr vor, und während der Treibstoff in den Tank floss, fragte Billy: »Und du willst heute Nacht nach Aberdeen?«

»Hast du einen besseren Vorschlag?«

»Nein, aber wen kennst du denn da? Der Mann muss ja stinkreich sein, wenn er so eben mal sechzig Funkgeräte locker machen kann.«

»Ich will sie ja nur leihen.«

»Trotzdem, so was hat man doch nicht mitten in der Nacht unterm Kopfkissen liegen.«

»Nein, ich fahr in eine Werft. Da kenn ich einen Arbeiter, und der wird's schon möglich machen.«

»Klauen etwa?«

»Nein, natürlich nicht.«

»Na, da bin ich aber gespannt.«

»Warte bis morgen. Und mit dem Bezahlen vom Sprit auch, ja? So viel Geld habe ich jetzt nicht bei mir.« Ryan zeigte auf seine leeren Hosentaschen. Dabei entdeckte Billy den Revolver. »Mensch, Ryan, mach keinen Mist mit der Knarre. Hast du überhaupt einen Waffenschein dafür?«

»Natürlich. Und du kannst beruhigt sein, ich lege so schnell keinen um. Aber stell dir mal vor, mir rollt in der Finsternis der Motorradfahrer über den Weg, da ist so eine Kanone eine große Beruhigung. Übrigens, ich habe noch eine Bitte: Geh morgen als Erstes zum Schmied und sag ihm, Linda soll nicht zum Putzen kommen. Ich möchte nicht, dass sie allein mit dem Rad unterwegs ist.«

»Hältst du die ganze Sache wirklich für so gefährlich?«

»Ja, ich fürchte, wir haben großen Ärger am Hals. So, und nun verschließ alles gut und drück mir die Daumen. Wir sehen uns morgen Abend wieder.«

»Ist klar. Gute Fahrt, Ryan. Und dreh keine krummen Dinger in Aberdeen.«

IV

Andrea liebte das Dorf in der Nordheide. Freunde, die sie oft besuchte, lebten dort, und die Pferde – es gab kaum einen Hausbesitzer ohne Stall auf seinem Grundstück – hatten es ihr besonders angetan. Sie freute sich auf diesen Tag, denn einmal in jedem Jahr lief das Heidedorf zu Höchstformen auf: Das war die Zeit der Vielseitigkeitsreiterei. Zwei Europameisterschaften und eine Weltmeisterschaft waren schon in Luhmühlen ausgetragen worden, und auf die Olympiade hoffte man. Aber so weit war es noch nicht. Stattdessen machten sich die Veranstalter und mit ihnen alle Bewohner des Dorfes Jahr für Jahr einen Namen als ideale Reitsportstätte. Da half jeder jedem, und auch Andrea hatte in früheren Jahren schon Brötchenhälften für ehrenamtliche Mitarbeiter geschmiert.

Seit halb sechs herrschte Hochbetrieb in den Stallungen und in den Spezialzelten, die zusätzliche Pferdeboxen bereithielten. Es wurde gefüttert, geputzt, geflucht, bandagiert und diskutiert. Man umarmte sich aus Wiedersehensfreude, und man schrie sich an aus Nervosität – Hektik bestimmte die Atmosphäre.

In der Reiterzentrale wurden ein letztes Mal die Strecken, die Zeiten, die Hindernisse und die Schwierigkeiten besprochen. Die Pferde waren sensibel, die Trainer nervös, die Reiter müde und die Pferdepfleger, oft Mädchen, schüttelten das Stroh aus der Kleidung. Die meisten hatten bei »ihren« Pferden die Nacht verbracht.

Andrea drängte sich durch das Gewühl und hinüber zur Meldestelle, in der die Startnummern ausgegeben wurden. Hier war sie mit Mark, dem Equipechef der britischen Mannschaft, verabredet. Eigentlich war das Betreten der Stallungen verboten, aber mit den Unterlagen für ihren Auftrag hatte man ihr einen Sonderausweis ins Fotostudio geschickt, mit dem sie sich auch in abgesperrten Zonen bewegen durfte. Peter allerdings musste auf dem Parkplatz warten.

Das Wetter war gut. Nach den heftigen Gewitterschauern vom Vortag, die auch hier ihre Spuren hinterlassen hatten, vertrieb nun ein frischer Wind die Wolken. Der Boden allerdings war nass und schwer und für die Pferde eine zusätzliche Strapaze. Darauf mussten sich die Reiter bei ihren Zeiteinteilungen einstellen.

Endlich fand sie Mark. Er kam aus der Meldestelle und versuchte, seine Startnummer so am T-Shirt zu befestigen, dass sie ihm unterwegs nicht davonflog oder in einem Gestrüpp hängen blieb. Andrea half ihm mit einigen Sicherheitsnadeln, dann fragte sie nach seinen Fotowünschen. Insgeheim war sie stolz auf ihr gutes Englisch. Mark war ein kleiner Mann und hatte die Statur eines Jockeys, und sie musste sich bücken, um ihm zu helfen. Er lachte kurz auf, als sie sich an Brust und Rücken um die Stoffstücke bemühte, dann wurde er schnell wieder ernst: »Am besten fangen Sie mit den ersten Startern hier hinter den Stallungen an. Ein oder zwei Reiterfotos am Anfang der Wegstrecke. Dann fahren Sie zum Ziel am Turnierplatz und fotografieren den zweiten Start auf der Rennbahn und ein paar Hindernisse dort.«

»Schaffe ich die Entfernung zu Fuß?«

»Zum Turnierplatz müssen Sie fahren, aber dann liegen Start und Ziel bei allen Prüfungen dicht beieinander.«

Er sah hinunter auf ihre Füße und lächelte, als er ihre Schnürstiefel sah. »Das richtige Schuhwerk haben Sie ja an.«

Andrea nickte. »Na ja, es ist nicht der erste Geländemarsch meines Lebens.«

»Fein. Nach der Rennstrecke und der zweiten Wegstrecke werden die Pferde vom Tierarzt untersucht, das sollten Sie fotografieren und auch die Pflege der Tiere in dieser Pause vor dem Start in die eigentliche Hindernisstrecke. Die Pferde werden gewaschen, frottiert, eingecremt …«

»Eingecremt?«

»Ja, Beine, Brust und Bauch werden mit dicker weißer Salbe oder mit Vaseline bestrichen, damit die Pferde gleiten und sich nicht gleich verletzen, wenn sie ein Hindernis streifen.«

»Das wusste ich noch nicht.«

»Sie werden das nachher beobachten, alle Pferdepfleger machen das.«

»Und wie geht es nach der Pause weiter?«

»Lassen Sie sich einen Wegeplan mit den eingezeichneten Hindernissen geben. Wir sind sechs Reiter, von jedem sollten ein paar interessante Aufnahmen gemacht werden.«

»Ist das zeitlich zu schaffen?«

»Wir starten in großen Abständen, und viele Hindernisse stehen dicht zusammen, für die Zuschauer nur wenige Meter voneinander entfernt, von den Reitern allerdings nur auf Umwegen zu erreichen.«

»Mir schwirrt der Kopf.«

»Sie schaffen das schon«, beruhigte er sie.

»Hoffen wir es.«

Mark suchte in seiner Hosentasche nach einem Zettel. »Hier ist die Liste mit unseren Startnummern, damit Sie uns nicht mit fremden Reitern verwechseln.«

»Danke, wann geht es los?«

»Um sieben Uhr, gleich da hinten.« Er zeigte auf den großen Komplex der Stallanlagen. »Zum Turnierplatz müssen Sie etwa vier Kilometer fahren, da findet alles andere statt.«

Andrea sah auf die Uhr. Sie hatte noch eine halbe Stunde Zeit, gab Mark die Hand und wünschte ihm und seiner Mannschaft Hals und Beinbruch.

Er grinste sie an. »Es wird schon klappen, wir sind in Topform«, sagte er, dann ging er in den Stall und suchte nach seinen Teamkameraden.

Andrea lief zum Parkplatz und suchte Peter. Er stand bei einer Gruppe alter, diskutierender Männer und hörte sich die so genannten Expertenmeinungen an.

»Komm, Peter, wir genehmigen uns einen Kaffee, bevor es losgeht.« Andrea zog ihn zu einem Imbisswagen, in dem Getränke, Brötchen und heiße Würste angeboten wurden. Der Kaffee schmeckte sogar.

An Tagen wie solchen, wenn sie sehr früh aufstehen musste, verzichtete Andrea auf das Frühstück zu Hause. Sie schlief lieber bis zum letzten Augenblick und aß unterwegs, wenn es sich anbot. Jetzt tat das heiße Getränk in dem Plastikbecher richtig gut.

»Schön ist es hier, eine tolle Atmosphäre.« Sie hakte sich bei Peter ein und zog ihn etwas aus dem Gedränge.

Er sah sie lächelnd an. Das war so typisch für Andrea, sie hatte überall ihren Spaß. Während es für ihn ziemlich widerlich nach Pferdemist, verschwitzten Menschen und altem Fett in Grillpfannen roch und er sich dem Gestank gern entzogen hätte, genoss Andrea das Gewühl, die Aufregung, die Pferdebeine, die einem fast auf die Füße traten, und die Fliegen, die an allem klebten. Aber er verehrte Andrea, und wenn sie das hier mochte, würde ihm das recht sein.

»Soll ich schon mal deine Fotoapparate holen?«

»Das wäre nett. Ich glaube, ich esse inzwischen ein Würstchen.«

»Denk daran, Anne hat mir einen gut sortierten Picknickkorb ins Auto gestellt.«

»Das ist wunderbar, den nehmen wir uns später vor.«

Während Peter zu seinem Auto ging und Andrea sich in die Schlange der Würstchenkäufer einreihte, schüttelte sie den Kopf. Da hatte er seine gute alte Anne mitten in der Nacht aus dem Bett gescheucht, damit sie einen Picknickkorb für sie richtete. Beim nächsten Besuch würde sie sich dafür revanchieren und Anne den neuesten Thriller mitbringen, den sie finden konnte. Sie kannte die geheime Leidenschaft der bescheidenen Haushälterin und beschloss, in ihrer Buchhandlung Ken Folletts Jubiläumsausgaben zu besorgen, die es im Moment zu Sonderpreisen gab. Dann hatte sie in der nächsten Zeit Geschenke zur Hand, wenn sie Anne sah.

Sie setzte sich auf die Anhängerkupplung eines abgestellten Pferdetransporters und biss in ihr Würstchen. Während sie auf Peter wartete, wurde ihr klar, dass sie sich bald ernsthaft mit ihrem Verhältnis zu diesem Mann beschäftigen musste. Bisher hatte sie weder Zeit noch Lust dazu gehabt, aber es gab Signale, die nicht mehr zu überhören waren: Peter dachte an eine ernsthafte Beziehung, und sie wusste immer noch nicht, wie sie sich verhalten sollte.

Sie sah ihn zurückkommen, stand auf und ging ihm entgegen. Dann versuchten sie zusammen, den Startplatz zu erreichen. Er befand sich am Anfang einer kleinen Asphaltstraße, die später auf Sand- und Waldwegen weiterführte. Das Gedränge war so groß, dass Andrea keine Möglichkeit sah, in die Nähe der Absperrung zu kommen, um zu fotografieren.

»Komm, wir gehen ein Stück die Straße entlang, dann haben wir die Reiter allein, und ich habe bessere Möglichkeiten«, sagte sie.

Nach wenigen Minuten kam der erste Reiter im Schritt vorbei, um das Pferd langsam warm zu reiten. Ein zu schnelles Tempo auf dieser Strecke, so hatte Andrea in den Bestimmungen gelesen, würde Strafpunkte einbringen.

Sie verglich seine Rückennummer mit der Starterliste. Die Reiter kamen im Abstand von fünf Minuten, mit dem ersten Engländer musste sie gegen halb acht rechnen, der nächste würde kurz nach acht kommen.

»Wir haben noch Zeit, setzen wir uns.«

Peter, fürsorglich wie immer, hatte eine Decke im Arm und legte sie über die Böschung im Straßengraben. Ein halbhohes Maisfeld im Rücken, das vor dem frischen Ostwind schützte, vor sich im Westen die entfernten Häuser der kleinen Stadt Salzhausen mit der alten Kirche auf einer

Anhöhe und die warme Sonne auf den Schultern – Andrea gähnte.

»Ich könnte sofort einschlafen.«

»Mach das. Ich wecke dich, wenn die Engländer kommen.«

Andrea legte die Apparate griffbereit hin und streckte sich aus.

»Aber gut aufpassen, Peter.«

Als der Freund sie am Arm schüttelte, wachte sie aus tiefsten Träumen auf. Etwas entfernt hörte sie Hufgeklapper auf dem Asphalt.

»Jetzt kommt ein polnischer Reiter. Der nächste ist der erste Brite.«

»Danke, Peter.« Andrea stand auf und machte ein paar Probefotos, um Lichtverhältnisse und Entfernungen an den einzelnen Apparaten einzustellen. Sie fotografierte immer mit mehreren Apparaten, um ganz sicher zu gehen, und heute kam es besonders darauf an. Denn nachstellen konnte man die Situation später nicht. Nach wenigen Minuten kam Bob Thorsen. Er lächelte und winkte und man spürte, dass die Nervosität der Vorbereitungen abgefallen war. Es ging los, und die eingeübte Routine ergriff von Pferd und Reiter Besitz. Andrea machte ihre Aufnahmen, winkte und rief ihm ein fröhliches »Bye-bye« nach.

Dann setzte sie sich wieder zu Peter und ließ ihre Augen über die Landschaft schweifen, die durch Kuhkoppeln und Pferdeweiden unterteilt war. Die Strahlen der tief stehenden Morgensonne ließen die vielen Grünschattierungen aufleuchten und die roten Dächer der fernen Häuser glänzen. Im ganzen Umkreis grünten und blühten die Wiesen und Butterblumen, Wiesenschaumkraut, Klee und rote Lichtnelken zauberten ein Farbenmeer über das leicht hügelige Land, das sich meilenweit bis zum fernen Wald erstreckte.

Nach dem zweiten Engländer packten sie ihre Sachen zusammen und gingen zurück zum Parkplatz. Mit einiger Mühe gelang es Peter, den Wagen auf die Landstraße zu manövrieren. Er musste sich in einen Autokonvoi einreihen, der nur im Schritttempo vorwärts kam und schließlich auf einem riesigen, brachliegenden Feld zum Stehen kam, das zu einem Parkplatz umfunktioniert worden war.

Andrea wurde nervös. Das alles hatte viel zu lange gedauert, und vom Parkplatz bis zum Turnierplatz war noch ein weiter Fußweg zurückzulegen.

»Komm, Peter, wir müssen uns beeilen.«

»Bin schon unterwegs.«

Andrea nahm ihre Fototaschen, Peter die Decke und den Picknickkorb, und dann ging es quer über den Acker hinüber zum Abreiteplatz mit den verschiedenen Start- und Zielabsperrungen. Lautsprecherdurchsagen, Marschmusik, Pferdewiehern und Menschenmassen, die sich durch das Gelände schoben, bestimmten die Atmosphäre.

Als Andrea während der Heimfahrt an die vergangenen Stunden zurückdachte, sah sie immer nur drängelnde Menschen hinter Absperrungen, schimpfende, lachende, schwitzende Leute mit Fotoapparaten, Ferngläsern und Videokameras, weinende Kinder, denen das Gewühl zu groß war, und nervöse Hunde, die an den Leinen zerrten, pausenlos bellten und versuchten, hinter den galoppierenden Pferden herzurennen, was strengstens verboten war.

Irgendwie hatte Andrea ihre Fotos gemacht, meist mithilfe von Peters Ellenbogen, irgendwann hatten sie Annes Picknickkorb geleert, und auf Umwegen waren sie auch wieder beim Auto und später auf der Autobahn gelandet: müde, verstaubt und sonnenverbrannt.

»Hoffentlich sind die Fotos gelungen.«

»Natürlich, Andrea, du bist doch ein Profi.«

»Was nützt das, wenn man im entscheidenden Augenblick einen Stoß in den Rücken bekommt oder wenn ein Kind durch das Bild rennt, gerade, wenn man abdrücken muss.«

»Du hast mit dem Dauerauslöser Serien fotografiert, irgendwann war das Kind auch wieder weg.«

»Hoffentlich.«

Andrea kuschelte sich in den bequemen Autositz. »Gott sei Dank hat es bei dieser Military keine Unfälle gegeben. Die Vielseitigkeitsreiterei hat sowieso einen schlechten Ruf, weil es schon zu Todesfällen von Menschen und Pferden gekommen ist.«

»Aber die Pferde werden jahrelang darauf vorbereitet. Und sie können das, du hast es ja gesehen.«

»Ich habe aber auch Pferde mit zitternden Flanken am Rande der Erschöpfung gesehen und solche, denen das Blut auf den letzten Metern aus den Nüstern geflossen ist.«

»Die Tierschützer waren auch heute wieder mit ihren Plakaten dabei.«

»Ich finde, sie haben Recht, Peter. Es ist leider eine Schinderei. Ich weiß nicht, ob ich mir das noch einmal ansehen möchte. Ich glaube, in Zukunft kann ich auf solche Aufträge verzichten.«

»Du bist jetzt müde und kaputt, Andrea. Die Reiter sehen das anders.«

»Natürlich, für sie geht es um Ruhm und Geld und Prestige.«

»Aber so ist es überall, Andrea. In jeder Sportart, in der Forschung, in der Medizin, in der Wirtschaft, in der Kunst, einfach überall: Ohne Rücksicht auf Nebenwirkungen und Warnungen geht es doch fast nur noch um Geld, Ehre, Anerkennung und Preise.«

»Du hast Recht, und was uns bleibt, ist ein schlechtes Gefühl.«

»Das ist auch gut so. Wenn man noch ein Gewissen hat und zwischen Recht und Unrecht unterscheiden kann, braucht man nicht zu resignieren.«

»Nur ändern kann man nichts.«

Sie fuhren über die Elbbrücken, weiter zur Außenalster und dann nach Winterhude. Andrea war froh, dass sie auf so bequeme Weise nach Hause kam. Diesmal bat sie Peter, mit hinaufzukommen. »Du kannst deinen Wagen auf meinen Platz in der Garage stellen, er ist ja frei.«

»Wunderbar.«

Ein paar Minuten später waren sie in der kleinen Wohnung. »Ich hole dir Handtücher, dann kannst du dich im Bad frisch machen. Nimm dir inzwischen etwas zu trinken, im Kühlschrank steht Prosecco, ich glaube, der tut uns jetzt beiden gut.«

Peter kannte die kleine Wohnung in Winterhude gut. Ein Wohnzimmer mit Arbeitsecke, ein kleineres Schlafzimmer mit Balkon zum Stadtpark, das Bad, die Küche und ein geräumiger Flur, mehr brauchte und mehr wollte Andrea nicht, wie sie immer wieder behauptete. *Irgendwo hat sie ja Recht,* dachte er und sah im Geiste sein großes, kaum genutztes Haus vor sich, von dem er auch nur zwei Zimmer wirklich bräuchte und in dem die alte Anne viel zu viel zu tun hatte.

»Wollen wir zusammen essen gehen?«

»Jetzt noch, Peter? Es war so ein langer Tag, und ich bin hundemüde.«

»Gerade deshalb, Andrea. Du kommst auf andere Gedanken, und eine warme Mahlzeit bewirkt Wunder, du wirst sehen. Komm, sei kein Spielverderber.«

»Na gut. Du hast den ganzen Tag mit mir durchgehalten, gehen wir. Aber nicht zu weit und nicht zu elegant, dazu bin ich heute nicht mehr in Stimmung.«

»Ich rufe bei Sellmer in Eppendorf an und bestelle einen Tisch, das ist nur wenige Minuten von hier, einverstanden?«

»Einverstanden.«

Andrea ging ins Bad, stellte sich unter die Dusche und überlegte die Kleiderfrage. Es war immer das Gleiche: Sie hatte einfach zu wenig Garderobe. Was zog man für den Besuch im bekanntesten Fischrestaurant an einem Samstagabend an? Immer das verflixte Geld, wann hörte das eigentlich mal auf? Schließlich holte sie ein sandfarbenes Leinenkleid aus dem Schrank, suchte den braunen Ledergürtel und die passenden Schuhe heraus. Dazu nahm sie die braune Holzperlenkette, die Gabi, ihre Freundin, ihr vor Jahren aus den Redwood-Wäldern Kaliforniens mitgebracht hatte, und besah sich im Spiegel. Doch, so konnte sie sich sehen lassen. Da sie keinen echten Schmuck besaß, wollte sie sich auch nicht mit Imitationen behängen, dann lieber gleich eine Kette, der jeder ansah, dass sie nur aus Holz war. Außerdem passte sie farblich genau zu Gürtel und Schuhen.

Peter, der das Kleid natürlich kannte, sie hatte es mindestens zehnmal angehabt, wenn sie zusammen ausgegangen waren, nickte lächelnd und sehr höflich und sagte: »Wie immer siehst du blendend aus. Alle werden mich beneiden.«

»Du bist ein unverbesserlicher Charmeur, aber du bist sehr nett.«

»Dann lass uns gehen, die Schöne und der Ladykiller, damit die Fische in der Pfanne vor Freude springen.«

Andrea lachte. »Du bist ja witzig, Peter, so kenne ich dich gar nicht.«

»Ich bin gut gelaunt, Andrea. Heute Abend habe ich mich zum ersten Mal durchgesetzt.«

»Also Peter, du stellst mich als Ungeheuer hin.«

»Als liebenswertes Ungeheuer, das ist ein riesengroßer Unterschied.«

»Na, schön, ich verzeihe dir. Lass uns gehen, ich habe jetzt auch Hunger.«

»Endlich.«

Während Peter den Wagen aus der Garage holte, verschloss Andrea die Wohnung und fuhr im Lift hinterher.

Ein hübsch gedeckter Tisch erwartete sie. Blumen, Kerzen, edles Geschirr und weißes Leinen. Man kannte Peter Erasmus in den guten Hamburger Restaurants, und seine Trinkgelder sorgten stets für hervorragenden Service. Obwohl alle Tische besetzt waren, verfügte der Raum über eine gewisse intime Atmosphäre und wirkte nie überfüllt. Peter schätzte das. Man konnte leise miteinander sprechen, man konnte auch mal liebevoll eine Hand ausstrecken und auf eine andere Hand legen, die niedrigen Kerzen auf dem Tisch störten nicht den Blick in die Augen des Gegenübers, und auch mit den Beinen konnte man sich berühren, wenn man es wollte. Peter wollte das alles, aber er wagte es nicht. Wie immer scheute er im letzten Augenblick vor einer gewissen Zärtlichkeit zurück. Zu groß war seine Angst, abgelehnt zu werden. So fand das Essen in einer zwar freundschaftlichen, aber gehemmten Atmosphäre statt, und Peter wusste genau, dass er wieder einmal die Gelegenheit verpasste, Andrea zu sagen, wie sehr er sie liebte.

Andrea, die das alles spürte, hätte ihm gern geholfen, aber sie wollte keine Liebeserklärung. Jetzt jedenfalls noch nicht, und so hielt sie sich zurück, plauderte unbefangen über unverfängliche Ereignisse, erzählte kleine Geschichten aus dem Studio und war schließlich froh, als der Abend vorbei war und Peter sie nach Hause brachte.

»Was machst du morgen?«

»Ich habe einen Tauftermin, und dann werde ich meinen Haushalt in Ordnung bringen, Wäsche waschen, den Gefrierschrank auftauen und Berge von Klamotten bügeln. Mir bleibt immer nur das Wochenende für diese Arbeiten, und diesmal fiel sogar der Samstag aus.«

Von einem Spaziergang durch die Wallanlagen und von den Blumenfotos erzählte sie nichts. Sie musste auch mal allein sein. Sie wollte einfach nur auf einer Bank in der Sonne sitzen, die Seele baumeln lassen und ein bisschen träumen.

Viel Zeit zum Träumen hatte Andrea in der folgenden Woche nicht. Ein Fototermin jagte den anderen, und wenn sie nicht unterwegs war, musste sie im Studio aushelfen. Aber es machte Spaß, vor allem nach dem vergangenen Wochenende. Es war schon wieder Freitag, als sie voller Ungeduld vor Holgers Labortür stand und auf ihre Fotos wartete. Obwohl sie einige Digitalfotos schon zu Haue auf ihrem PC gesehen und für gut befunden hatte, war sie dennoch gespannt. Es war streng verboten, Holger bei der Arbeit zu stören, er duldete keine Blicke über die Schulter, keine Frage, solange er nicht fertig war. Und dann war er herausgekommen, die Hände auf dem Rücken und in den Augen ein Glitzern, das gute Nachrichten verhieß.

»Gratuliere, meine Liebe, Sie haben Wunder vollbracht. Ich habe gleich Vergrößerungen gemacht, damit man das Wunder auch würdigen kann.«

»Zeigen Sie her, Holger, bitte.«

»Langsam, langsam. Also, die Hochzeit und die Taufe, die haben sie gut hinbekommen, das sind Fotos, die ich von Ihnen gewöhnt bin. Aber was Sie mit den Pferden gemacht haben, das ist einfach sensationell.«

Und dann hatte er ihr die Fotos hingehalten, und sie waren wunderbar. Da sah man jeden Wassertropfen glitzernd in die Höhe spritzen, als die Pferde in den Teich sprangen. Man sah die vor Anstrengung geblähten Nüstern und Schaumflocken, die beim Sprung über ein Hindernis davonflogen. Da hörte man förmlich das Donnern der Hufe auf der Rennbahnstrecke und konnte in den weit aufgerissenen Augen der Reiter ihre Konzentration ablesen.

Andrea umarmte den Mann und küsste ihn auf beide Wangen. »Sie haben Kunstwerke geschaffen, Holger.«

»Nicht so stürmisch, meine Liebe. Das Kunstwerk haben Sie geschaffen, ich habe es nur sichtbar gemacht. Ich gratuliere.«

Andrea lief in das Büro zu Jens und Inken. »Was sagt ihr dazu?«

Einen Augenblick sahen die beiden wortlos die Bilder an. »Großartig, Andrea, es sind die besten Fotos, die du bis jetzt gemacht hast. Niemand hätte das besser machen können.«

»Und wie kommen die Fotos jetzt nach England?«

»Mark kommt heute Nachmittag vorbei und holt sie ab. Er wollte sie unbedingt selbst mitnehmen. Er fliegt gegen Abend nach London zurück«, erklärte Inken, und Jens fügte hinzu: »Die anderen Reiter sind mit den Pferden schon heute Morgen gestartet, sie fahren mit den Transportern durch den Eurotunnel.«

»Ich würde Mark gern sehen, wenn er kommt. Ich muss ihm auch noch zum Sieg seiner Mannschaft gratulieren.«

»Natürlich, du kannst ihm die Aufnahmen selbst geben. Holger soll inzwischen noch Abzüge für uns machen. Die Fotos sind eine gute Reklame für das Studio.«

Als Inken sie nachmittags rief, hatte Andrea sich wieder beruhigt. Freundlich, aber nicht überschwänglich begrüßte sie den Briten, gratulierte ihm und zeigte ihm die Aufnahmen.

Fast flüsternd sagte er schließlich: »Ich bin überwältigt.« Und dann, etwas lauter: »Es sind die besten Bilder, die ich jemals vom Reitsport gesehen habe. Die Kraft des Absprungs, das Spiel der Muskeln, der Schwung über dem Hindernis und die Wucht der Landung, das ist fantastisch. Und bei all dem dominierenden Vordergrund sieht man auch noch die wunderschöne Landschaft, die faszinierten Zuschauer, man hört förmlich den Beifall – ich bin begeistert.«

Dann wurden die Aufnahmen in Hüllen gesteckt und vorsichtig verpackt, Inken gab ihm die Rechnung, und Mark drückte Andrea einen Kuss auf die Wange.

»Danke, ich werde dafür sorgen, dass Ihr Name überall in Reiterkreisen bekannt wird, ich verspreche es.«

Eine Woche später zehrte Andrea noch immer von ihrem Erfolg. Die Kollegen nannten sie scherzhaft »Die auf den Wolken wandelt«, und sie selbst träumte von Weltruhm und Weltwunder.

Das Wunder geschah am Freitag eine Stunde vor Feierabend, als Inken sie ins Büro rief. »Hier ist ein Anruf für dich, ich glaube aus England.«

Sie meldete sich mit einem fröhlichen »Ja bitte, hier ist Andrea Steinberg.«

Dann erkannte sie die Stimme. »Sind Sie das Mark?«

»Ja, ich rufe aus Edinburgh an, Miss Steinberg. Ich wollte Sie einladen herzukommen. Mein Vater hat einen Verlag und plant einen neuen Reiseführer für Schottland. Er hat Ihre Fotos gesehen, und nun will er unbedingt, dass Sie die Bilder für das Buch machen. Wären Sie interessiert?«

»Ja, sehr, aber ich kann das nicht allein entscheiden, ich bin hier fest angestellt. Einen solchen Auftrag muss meine Chefin genehmigen.«

»Dann geben Sie mir Mrs Reinicke bitte noch einmal.«

Andrea hielt den Hörer über den Schreibtisch. »Die wollen mich für Schottlandfotos.«

»Gib mal her. Ja bitte, hier ist Inken Reinicke.«

Was Mark sagte, konnte Andrea nicht verstehen, sie sah aber, dass Inken lächelte und nickte. Und dann hörte sie, wie die Chefin sagte: »Sie schicken also den offiziellen Auftrag her, und der Verlag übernimmt zusätzlich die Reisekosten und die Spesen.« Dann verabschiedete sie sich höflich, legte den Hörer auf und sah Andrea an.

»Ich denke, du kannst anfangen, deinen Koffer zu packen, meine Liebe. Nächste Woche bist du in Schottland. Die haben es sehr eilig, damit die Heideblüte auf die Fotos kommt.«

Es gibt noch Wunder, dachte Andrea entzückt und träumte an diesem späten Freitagnachmittag ganz intensiv von Dudelsäcken und Schottenröcken.

V

Ryan fuhr langsam über die schmalen Landstraßen. Jetzt im August gab es viel Wildwechsel, und gerade die Jungtiere sprangen achtlos hin und her auf der Suche nach den Müttern. Kurz vor einer kleinen, aber unübersichtlichen Kreuzung bremste er. Es kam ihm vor, als sei ein eiskalter Schatten an ihm vorbeigeflogen. Der Motorradfahrer auf seiner schweren und sehr leisen Maschine vielleicht? Für einen Augenblick überzog ein Frösteln seinen Körper.

Als er die Kreuzung erreichte, sah Ryan mitten auf der Gabelung ein weißes Knäuel liegen, ein gefährliches Hindernis für jeden Autofahrer, der hier schnell um die Kurve kam. Er stellte den Wagen ab, nahm seinen Revolver vom Beifahrersitz, stieg aus und besah sich im Scheinwerferlicht das Knäuel. Seine Ahnung bestätigte sich. Vor ihm lag ein totes Schaf. Der Kopf fehlte, er war nirgends zu sehen. Einen Augenblick kämpfte Ryan mit aufsteigender Übelkeit, dann zog er den Kadaver an den Beinen zum Straßenrand. Das Tier war noch warm, der Unhold hatte sein Werk anscheinend gerade beendet, vielleicht war er von ihm gestört worden.

Ryan sah sich um. Alles war still, sogar der Wind hatte sich gelegt. Langsam ging er zu seinem Wagen zurück, die entsicherte Waffe in der Hand. Schließlich stieg er ein und fuhr weiter. Es hatte keinen Zweck umzukehren und die Männer zu benachrichtigen. Es war besser, so schnell wie möglich die Funkgeräte zu besorgen und dann mit allen zusammen auf die Jagd nach diesem Teufel zu gehen.

In Forres erreichte er die A 96, auf der er bis Aberdeen durchfahren konnte. Er musste zunächst nach Hause und sich umziehen. In seinem Schäferdress wollte er nicht in der Werft erscheinen. Die Fahrt verlief reibungslos, nur einmal hatte er einen Lastwagenkonvoi vor sich, an dem er nicht vorbeikam. Mit seinem Jaguar wäre das Überholen eine Sache von Sekunden gewesen, aber mit dem behäbigen Landrover konnte er kein Risiko eingehen und musste bis zur nächsten Ortsdurchfahrt warten, um zu überholen. So brauchte er mehr als zwei Stunden für die achtzig Kilometer und sah, dass es im Osten schon dämmerte, als er durch Aberdeen fuhr und dann im Süden wieder hinaus, um ans Ufer des Dee zu kommen, wo sein Anwesen lag.

Das hohe, kunstvoll geschmiedete Tor stand weit offen. Die Kinder, die jetzt hier lebten, sollten nie den Eindruck haben, eingesperrt zu sein. Gleich nach der Durchfahrt lenkte Ryan nach links und hielt kurz darauf an dem etwas versteckt liegenden Kutscherhaus. Er stellte den Wagen ab und läutete. Wenig später ging Licht im Haus und über der Eingangstür an, und James, sein Hausverwalter, sah durch das Türgitter, bevor er öffnete.

»Sir, ich wusste gar nicht, dass Sie kommen wollten. Entschuldigen Sie, dass es so lange gedauert hat, aber wir haben noch geschlafen.«

»Schon gut, James, erstens habe ich mich nicht angemeldet, und zweitens ist es erst fünf Uhr. Ich muss mich entschuldigen. Wäre es möglich, dass Mary mir in einer halben Stunde ein kräftiges Frühstück richtet? Ich habe seit gestern Mittag nichts gegessen.«

Mary war James' Frau.

»Selbstverständlich, Sir. Kann ich sonst noch etwas für Sie tun?«

»Legen Sie mir einen leichten Sommeranzug mit allem Drum und Dran heraus, ich gehe erst einmal duschen.«

Ryan ging durch die große Empfangshalle, die früher einmal Remise für elegante Kutschen war, dann jahrelang Autos beherbergt hatte und nun zu einem großen Salon umfunktioniert worden war. Trotz der Größe war es ein gemütlicher Raum. Dafür sorgten die antiken Stilmöbel, die er aus dem Castle mitgebracht hatte, die erlesenen Teppiche, die zahlreichen, harmonisch aufeinander abgestimmten Lampen, die James jetzt alle angemacht hatte, und die dezenten Vorhangstoffe, die die französischen Fenster umrahmten. Oben in seinem Ankleidezimmer streifte Ryan die verstaubten Camel-Boots, die schmuddeligen Drillichhosen und das verschwitzte Baumwollhemd ab. Seit der Kaninchenjagd hatte er sich weder gewaschen noch umgezogen und konnte sich selbst nicht mehr riechen. Er sah in den Spiegel, und was er sah, gefiel ihm nicht. Ringe um die Augen, die leicht gebogene, von der Sonne gerötete Nase, eine Haut, die sein Alter sehr deutlich verriet und Sorgenfalten auf der Stirn – von Erholung war da noch nichts zu sehen. Er stellte sich unter die Dusche und ließ erst heißes, dann eiskaltes Wasser auf seinen Körper prasseln. Der harte Strahl des Wassers wusch nicht nur Schweiß und Schmutz ab, sondern er spülte auch die sentimentalen Gefühle weg, die zu seinem Ferienleben gehörten: die Liebe zu violetten Disteln, zum Fischfang, zu den Glockenblumen im Hochmoor, zum Perlmuttglanz der Morgenröte und zu den Tieren, die mit ihm da draußen lebten.

Als Ryan das Bad verließ, um sich anzuziehen, streifte er mit dem Leinenanzug, mit dem Seidenhemd und mit der Armani-Krawatte den Unternehmer über, der sein Imperium mit eiserner Hand führte, der weder Faulheit noch Unzuverlässigkeit, weder Schlamperei noch Nachlässigkeit duldete, dafür aber Fleiß und Loyalität hoch belohnte. Ryan war ein harter Mann. Er wurde dafür geliebt und gehasst, aber das störte ihn nicht. Er hatte von der Pike auf gelernt, die Firma zu führen, und der Erfolg bewies, dass er es richtig machte. Er gab seinen Arbeitern das Gefühl von Sicherheit und Gerechtigkeit, und das, so wusste er, berechtigte ihn dazu, Höchstleistungen zu erwarten. So war es ihm gelungen, in kürzester Zeit auf den Werften den schleppenden, kaum noch einträglichen Bau von Schiffsrümpfen einzustellen und stattdessen Bohrinseln zu bauen. Er hatte erkannt, welche Ausmaße der Ölboom in der Nordsee annehmen würde.

Seine Zuchterfolge bei den schwarz glänzenden Angus-Rindern waren mittlerweile legendär. Auch das war ein Ergebnis von Härte und Durchsetzungsvermögen. Nicht zu vergessen der McGregor-Tweed aus der Wolle seiner Schafe: Er wurde in der ganzen Welt hoch geschätzt.

Als Ryan herunterkam, war der Tisch gedeckt. In dem kleinen Frühstücksraum hinter der Küche duftete es köstlich nach Kaffee, Speck und Eiern. Ryan langte mit großem Appetit zu. Kurz noch genoss er die Morgensonne auf seinem Gesicht und schaute hinaus zum träge dahinfließenden Dee. Dann rief er die Zentrale der Firma an. Es war kurz nach halb sechs, keine ungewöhnliche Zeit für die Mitarbeiter, denn auf den Werften wurde in vier Schichten rund um die Uhr an sieben Tagen in der Woche gearbeitet. Ryan ließ sich mit dem Schichtleiter des Werkschutzes verbinden. Nicht nur die Arbeiter auf den riesigen Plattformen mussten mit Funkgeräten arbeiten, auch der Werkschutz war damit ausgerüstet. Kurz darauf hatte er Gary McDonald am Apparat.

»McDonald, ich brauche umgehend sechzig Funkgeräte. Können Sie die besorgen?«

»Jawohl Sir, sie werden sofort geladen und bereitgestellt.«

»Gut, ich bin in einer halben Stunde vor der Zentrale, sorgen Sie dafür, dass die Geräte dann in mein Auto gebracht werden. Außerdem brauche ich sechzig einfache, verständliche Gebrauchsanweisungen. Fotokopien genügen.«

»Selbstverständlich, Sir.«

Ryan wusste, dass im Magazin genügend Geräte vorhanden waren. Wenn Bestellungen herausgingen, wurde immer in großen Mengen gekauft, das verbilligte die Anschaffungen und ersparte Transportkosten. Jetzt mussten die Geräte nur noch mit Spezialbatterien ausgerüstet werden, dann waren sie einsatzfähig.

Als er wenig später auf das Werksgelände einbog, hatte sich sein Kommen bereits herumgesprochen. Von allen Seiten kamen leitende Mitarbeiter, überrascht und zum Teil erschreckt, um ihn zu begrüßen. Noch nie hatte er seinen Urlaub unterbrochen, und alle rätselten über die georderten Funkgeräte. Ryan öffnete den Kofferraum, zeigte den Männern vom Werkschutz, wo sie die Kartons hinstellen sollten, und begrüßte einige seiner engeren Mitarbeiter.

»Ich hoffe, ich habe keinen aus dem Bett gescheucht?«

Einige schüttelten den Kopf, andere sagten: »Macht doch nichts, Sir«, und sein geschäftsführender Direktor, der mit dem Wagen in halsbrecherischem Tempo aufs Gelände fegte, rief, kaum dass er ausgestiegen war: »Was um Himmels willen hat das zu bedeuten?«

Man hatte ihn tatsächlich aus dem Bett geholt, als Ryan anrief.

»Charles, tut mir Leid, ich wollte nicht, dass man hier so einen Wirbel macht. Kommen Sie, gehen wir in die Kantine, ich spendiere einen Kaffee.«

Die beiden Männer gingen hinüber zum Verwaltungsgebäude, wo die Kantine für die Mitarbeiter des Hauses Tag und Nacht geöffnet war. Ryan bestellte Kaffee und trank ihn schwarz und bitter, wie er ihn mochte.

»Ryan, ich dachte, hier steht alles in Flammen.«

»Nein, ich habe nur ein kleines Urlaubsproblem.«

»Und dafür brauchen Sie sechzig Funkgeräte?«

»Ja, wir wollen eine Treibjagd veranstalten.«

»Das ist nicht Ihr Ernst. Sie sind doch nicht so unsportlich, dass Sie Wild mit Funkern eintreiben.«

»Nein, im Vertrauen gesagt, wir treiben einen Schafsmörder.«

»Einen Wolf etwa?«

»Nein, einen Menschen, der die Tiere bestialisch abschlachtet und den Krähen überlässt.«

»Mein Gott, so etwas gibt es?«

»Leider ja. Aber das muss hier nicht bekannt werden.«

»Selbstverständlich. Kann ich sonst irgendwie helfen? Wir könnten Helikopter einsetzen, es wäre eine Kleinigkeit für uns.«

»Nein, so weit wollen wir nicht gehen. Die Bauern schaffen das schon. Für die Männer in den Highlands bin ich ein kleiner Schafzüchter, nichts sonst. Die Sache mit den Funkgeräten wollten sie mir schon nicht glauben, wenn ich jetzt auch noch mit Helikoptern anrücke, habe ich ihr Vertrauen total verloren. Das will ich nicht. Meine Ferien da oben bei ihnen sind für mich etwas ganz Besonderes, ich möchte sie nicht aufs Spiel setzen.«

»Und wie erklären Sie das mit den Funkgeräten?«

»Nun, erst hielten sie mich wohl für kriminell und warnten mich vor ›krummen Sachen‹, aber ich habe einen Freund vorgeschoben, der mir die Dinger leiht, das haben sie dann akzeptiert.«

»Werde ich erfahren, wie die Sache ausgegangen ist?«

»Sicher. Ich rufe Sie an. Die Geräte bringe ich im September mit zurück.«

»Hm, dann kann ich Ihnen nur mit ›Halali‹ Erfolg wünschen. Ein bisschen makaber, nicht wahr?«

»Sie sagen es. So, und jetzt muss ich los. Ich will noch zu Hause Kleidung und Auto wechseln, damit sie mich da oben wiedererkennen, und dann müssen wir uns auf die Suche machen, damit nicht noch mehr Schafe draufgehen.«

»Seien Sie vorsichtig, ein in die Enge getriebener Irrer kann gefährlich werden.«

Die Männer gingen zu ihren Wagen zurück. Bis auf den Werkschutzleiter waren alle anderen wieder auf ihre Posten gegangen, und Ryan bedankte sich bei McDonald für die schnelle Erledigung. Aber etwas anderes hatte er auch nicht erwartet.

Drei Stunden später war Ryan wieder in den Highlands. Er hatte sich mit Jeans, Boots und Poloshirt wieder in den Schäfer verwandelt, der den Bauern vertraut war, und die Funkgeräte im Landrover verstaut. Von Forres aus fuhr er langsam und wachsam durch das Gelände, bemüht, so viele Weideflächen wie möglich zu kontrollieren. Ein paar Mal begegneten ihm andere Wagen. Man grüßte kurz, tauschte schnell Beobachtungen aus und fuhr weiter. Außer dem kopflosen Tier der letzten Nacht hatte man keine weiteren Opfer gefunden.

Ryan fuhr zunächst zu seinem Gelände, kontrollierte flüchtig das Haus und stellte den Wagen ab. Er schob seinen Revolver hinter den Gürtel, verschloss das Auto und lief dann hinüber zu seiner Herde, die seine Freunde aus dem Gatter herausgelassen hatten, damit die Tiere grasen konnten. Die Hunde kamen ihm eifrig und hungrig entgegen. Er streichelte und beruhigte sie und ging mit ihnen zurück zum Haus, nachdem er festgestellt hatte, dass auf der Weide alles in Ordnung war.

»Kommt, ihr zwei, Schmusestunden und Kuschelecken im Wohnzimmer müssen leider ausfallen.«

Als er das Haus betrat, gebärdeten sich die Hunde wie wild, rannten umher, schnüffelten und bellten. Mit einem Blick sah Ryan, dass sein Gewehrschrank offen und seine beste Büchse verschwunden war. Auch die dazugehörende Munition fehlte. *Ein Waffenexperte*, schoss es Ryan durch den Kopf. *Noch dazu einer, der sich hier auskannte und der gewusst hat, dass ich in dieser Nacht nicht zu Hause bin und die Hunde draußen die Herde bewachen.* Er durchsuchte gründlich das Haus, aber im Obergeschoss war alles in Ordnung, und die Hunde zeigten auch kein Interesse an der Treppe und den oberen Räumen. Doch sie drängten zur Küche und zur Abstellkammer. Das kleine Fenster war aufgebrochen, hier war der Kerl eingestiegen. Außer dem Gewehr fehlten nur noch die drei Kaninchen, die er gestern geschossen hatte. Ryan schüttelte den Kopf. Welch ein Irrer nahm drei magere Wildkaninchen mit, wenn er die dicksten Hammelkeulen achtlos den Krähen überließ?

Draußen fuhr ein Auto vor. Die Hunde stürmten raus und bellten den Fahrer an, der nicht wagte auszusteigen. Ryan rief die Hunde zurück und ging zum Auto. »Hallo, Bob, wie sieht's aus?«

Der bullige Großbauer schälte sich aus seinem Fahrzeug.

»Das wollte ich dich gerade fragen, man hat mir gesagt, dass du zurück bist. Hast du die Geräte?«

»Ja, sie liegen hinten im Rover. Bei mir ist heute Nacht eingebrochen worden. Der Kerl hat jetzt mein bestes Gewehr.«

»Verdammt. Fehlt sonst noch etwas?«

»Nein. Doch. Drei armselige Wildkarnickel. Komm herein. Auf den Schrecken hin brauche ich einen kräftigen Schluck.«

»Gern, und wie geht's jetzt weiter?«

»Hast du die Polizei benachrichtigt?«

»Ja, aber wie schon geahnt: Viel helfen können die auch nicht. Wir sollen versuchen, den Kerl zu erwischen, und ihn dann nach Forres bringen.«

»Ganz schön bequem, nicht wahr?«

»Es war zu erwarten. Die sind überlastet. Ähnliche Meldungen aus anderen Countries haben sie aber nicht.«

»Eigenartig, warum hat der Kerl es ausgerechnet auf unsere Bauern abgesehen?«

»Ich weiß es nicht.«

»Könnte es jemand aus dieser Gegend sein? Irgendeiner, der die Leute hier hasst? Sieh mal, in meinem Haus kannte er sich ganz gut aus, und er wusste auch, dass ich nicht da war.«

»Aber wer fährt denn hier so eine teure, große Maschine?«

»Irgendjemand, der mal hier weggegangen ist, den ihr vielleicht vergrault oder rausgeschmissen habt?«

»Mir fällt da keiner ein.«

»Wir werden nachher die anderen fragen. Wann treffen wir uns?«

»Sobald du mit den Geräten da bist. Die Patrouillenfahrer kommen immer wieder am Pub vorbei und fragen nach dir.«

»Dann können wir gleich aufbrechen, ich füttere nur noch die Hunde und bringe sie zur Herde.«

»Alles klar, bis gleich also.«

Als Ryan eine halbe Stunde später im Pub eintraf, war Bob noch nicht da. Ryan wunderte sich zwar, dachte aber, der Bauer sei noch nach Hause gefahren oder versuche, auf dem Weg andere Männer zum Pub zu dirigieren. Als gegen sechs Uhr alle anderen da waren, Bob aber immer noch fehlte, wurde Ryan unruhig. Er erklärte den Männern, dass er Bob vermisse und bat zwei, zu seinem Gehöft zu fahren und ihn zu suchen.

Als die Männer wenig später zurückkamen, schlug die Stimmung in Hysterie um. Keiner hatte Bob gesehen, und auch seine Frau wusste nicht, wo er sein könnte. Einmal hatte man in der Ferne den Motorradfahrer gesehen, aber er war zu schnell, um ihm zu folgen, und so war man zurück in den Pub gekommen.

Ryan versuchte, die Männer zu beruhigen.

»Das muss nichts bedeuten. Vielleicht kontrolliert er noch die Weiden, das kann lange dauern, so groß, wie die sind. Beruhigt euch, Leute, wir verteilen jetzt erst einmal die Funkgeräte.«

Ein paar Männer folgten ihm, um die Kartons hereinzutragen, und Ryan erklärte allen die Bedienung:

»Es ist ganz einfach. Wenn ihr auf den roten Knopf drückt, könnt ihr sprechen, und alle, die ihr Gerät eingeschaltet haben, hören euch. Wenn ihr auf den weißen Knopf drückt, hört ihr alle anderen, dann ist euer Gerät empfangsbereit. Also: den weißen Knopf herunterdrücken und so lassen, damit ihr alles hört, und wenn ihr selbst reden wollt, den roten Knopf drücken und festhalten. Die Apparate könnt ihr um den Hals hängen, dann sind sie immer griffbereit. Ist alles klar?«

»Ja, ist einfach.«

»Dann versucht es jetzt.«

Ein allgemeines Stimmengewirr setzte ein, bis Ryan um Ruhe bat.

»Hier ist für jeden noch eine Beschreibung, falls ihr unsicher seid. Jeder bekommt zwei Geräte. Ihr fahrt jetzt nach Hause und gebt eins euren Frauen oder dem ältesten Kind, das damit umgehen kann. Und sagt euren Familien, dass sie unbedingt in den Häusern bleiben müssen, bis wir Entwarnung geben. Dann fahrt ihr los und sucht den Motorradfahrer. Aber teilt euch die Strecken genau ein, damit überall kontrolliert wird. Und noch etwas: Seid vorsichtig. Keiner soll allein etwas unternehmen. Der Kerl ist bewaffnet, er hat letzte Nacht mein bestes Gewehr gestohlen.«

Plötzlich herrschte Stille im Pub.

»Was hat er?«, fragte der alte Charly schließlich.

»Er hat sich meine beste Büchse geholt, während ich die Funkgeräte besorgt habe. Also Vorsicht! Versucht immer, zu zweit zu patrouillieren, und wenn das nicht geht, haltet euch zurück und ruft die anderen, wenn euch etwas auffällt. Das ist eine ernsthafte Warnung. Und die Zentrale ist hier im Pub, wir brauchen sie als Anlaufstelle.«

Betreten und auch verängstigt gingen die Männer auf die Straße. Ryan hörte, wie sie die Strecken einteilten und das Fehlen von Bob diskutierten. Billy kam zu ihm an den Tisch, wo er ein paar übrig gebliebene Funkgeräte einpackte.

»Die lass ich hier bei dir, Billy, falls noch Geräte gebraucht werden.«

»Okay, was ist mit Bob los?«

»Ich weiß es nicht. Er war bei mir und ist dann losgefahren, um in den Pub zu kommen. Ich habe noch die

Hunde und die Schafe versorgt, und dann bin ich hergekommen.«

»Irgendwas stimmt da nicht, ich fühle das in jedem Knochen.«

»Mir geht's genauso.«

»Und bei dir war er drinnen im Haus?«

»Ja, er ist durch die einzige undichte Stelle hereingekommen, und, was noch schlimmer ist, er kannte sich genau aus. Er wusste nicht nur, wo der Gewehrschrank steht, sondern auch, wo der Schlüssel versteckt ist, in welchem Schrankfach die Munition liegt und welches meine beste Büchse ist. Nichts war aufgebrochen, er hat für alles die richtigen Schlüssel benutzt. Es muss jemand sein, der sich hier bestens auskennt. Das habe ich auch Bob schon gesagt.«

Ryan sah nach draußen. »Es wird dunkel. Zeit, dass ich mich auch auf den Weg mache. Ich werde die Weiden draußen bei mir bis hinauf zum Hochmoor kontrollieren und am Firth entlang bis nach Auldearn. Wenn jemand fragt, weißt du, wo ich bin.«

»Und wo man dich suchen muss, wenn du auch verschwindest.«

»Mal nicht den Teufel an die Wand. Hier sind übrigens die sechs Pfund für den Treibstoff letzte Nacht, ich habe nicht gern Schulden.«

»Ist schon in Ordnung. Kannst du dich ab und zu mal melden, damit ich weiß, dass alles in Ordnung ist?«

»Mach ich. Also, dann bis später.«

Ryan nahm sein Gerät und stieg in den Wagen. Dann verließ er das Dorf in Richtung Westen und fuhr zunächst nach Hause, um nach den Tieren zu sehen. Danach vernagelte er das kleine Fenster in der Abstellkammer und packte etwas Brot und Käse ein. Es würde eine lange Nacht werden, und wer wusste schon, wo er morgen unterwegs sein würde. Landgasthäuser waren in dieser eher ärmlichen Gegend selten. Ryan schaltete sein Funkgerät ein und machte sich auf den Weg. Aus dem Apparat klang vielfältiges Stimmengewirr. Die Männer unterhielten anscheinend regen Kontakt, und das brauchten sie auch, so allein in der Nacht und mit dem Teufel im Nacken.

Gegen sechs Uhr früh hörte er die Durchsage: »Wir haben den Wagen von Bob, und wir haben das Motorrad.«

Seit gut einer Stunde war es hell, und Ryan war weit über das von ihm angegebene Gebiet hinausgefahren. Da die Durchsage sehr deutlich und nah klang, schaltete er sich sofort ein:

»Hier spricht Ryan McGregor. Wer hat die Meldung durchgegeben, und wo seid ihr?«

»Hier sind Keit und Kendell Durness, wir sind am Riff von Stoneoaks. Wir sehen niemanden, nur die beiden Fahrzeuge.«

»Seid vorsichtig. Bleibt in sicherer Entfernung, ich bin schon unterwegs, und die anderen haben auch zugehört.«

»Verstanden. Beeilt euch.«

Ryan wendete auf der schmalen Straße und fuhr so schnell er konnte in Richtung Küste davon. Stoneoaks war das einzige Gebiet hier an der Küste mit steil zum Meer hin abfallenden Felsen – ein sehr gefährlicher Küstenstreifen, weil die Brandung mit ungeheurer Wucht direkt vom Nordmeer auf die Küste traf. Ob Sturm oder Flaute, hier tobte das Meer immer. Als er sich dem Gebiet näherte, sah er andere Wagen herankommen. Von allen Seiten fuhren die Bauern das Gelände an. Er bog durch die einzige Zufahrt zu einer Weide, die nicht ahnen ließ, dass sie nach weniger als zwanzig Metern senkrecht ins Meer abfiel. Vereinzelt standen Schafe auf der Fläche, jetzt aufgeschreckt und unruhig, als ein Auto nach dem anderen durch das Gras hinüber zu den Klippen fuhr. Während ein Wagen in der Nähe der schmalen Einfahrt stehen blieb, um sie im Notfall zu versperren, schoben sich alle anderen Wagen in einem Halbkreis und einem Abstand von gut fünfzig Metern an das Motorrad und Bobs Wagen heran. Die Männer stiegen aus und blieben vor den Fahrzeugen stehen, Gewehre, Knüppel und Mistgabeln in den Armen. Auch Ryan stieg aus, den Revolver griffbereit im Gürtel. Die Männer riefen hin und her, aber keiner fühlte sich wirklich zuständig.

So gab Ryan schließlich seine Befehle. »Wartet hier, aber passt gut auf, der Kerl ist bewaffnet. Ich gehe nach vorn zum Kliff und sehe nach, was da unten los ist. Seid möglichst leise, damit ich etwas hören kann.«

Er war kaum zwanzig Meter gegangen, als über dem Kliffrand der schwarze Motorradhelm auftauchte, dann kamen die Schultern, der Körper, zum Schluss zog der Mann die Beine über den Rand. Er blieb erschrocken stehen, als er das Aufgebot an Fahrzeugen und bewaffneten Männern sah, dann schüttelte er den Kopf und hob langsam, angesichts der auf ihn gerichteten Gewehre, beide Hände über den Helm.

Ryan, den Revolver in der Hand, sah, dass der Mann unbewaffnet war, und bedeutete ihm, die Hände herunterzunehmen. »Wer sind Sie, und was machen Sie hier?«

Der Motorradfahrer schüttelte noch einmal den Kopf, als könnte er den Aufmarsch von so vielen bewaffneten Männern nicht begreifen. Dann löste er den Kinnriemen seines Helmes und nahm das schwere Ding ab. Gleichzeitig ergoss sich eine Fülle weißblonder Locken bis auf die Schultern der schwarzen Gestalt. Verblüfft sahen die Männer, dass sie eine Frau, eine sehr hübsche Frau, vor sich hatten. Die Waffen wurden heruntergenommen, und Ryan ging auf sie zu, während sie lachend rief. »Ist das eine Treibjagd? Bin ich etwa die Beute?«

»So ist es. Wer sind Sie, und was wollen Sie hier?«

»Erst einmal versuche ich, da unten einen Mann zu retten, und wenn Sie mir dabei helfen, erzähle ich später, wer ich bin.«

Ryan winkte die Männer heran. »Los, schnell, da unten gibt es einen Notfall.«

Er rannte zum Abbruch und sah hinunter, andere folgten ihm. Ein paar blieben in der Nähe der Frau stehen, nicht sicher, was mit ihr passieren sollte.

Ryan legte sich an den Rand und sah hinunter. Etwa in halber Höhe zum Meer lag Bob auf einem kleinen Plateau, von dem er jeden Augenblick abzurutschen drohte. Er hatte ein Seil um den Brustkorb gebunden, und dieses Seil war an der Anhängerkupplung seines Wagens befestigt. Der Mann war bewusstlos, und Ryan konnte nicht feststellen, ob er überhaupt noch lebte. Sofort begannen einige Männer mit den Rettungsversuchen. Sie fuhren mit ihren Wagen bis an den Rand des Kliffs, legten sich Seile um und kletterten in die Tiefe, um an den Verletzten heranzukommen. Andere riefen über Funk die Polizei in Forres an und baten um ein Rettungsfahrzeug. Ryan drehte sich zu der Frau um und betrachtete sie. Stark sah sie nicht aus, aber wachsam und energisch.

»Was hat das zu bedeuten? Ich bin Ryan McGregor, und wer sind Sie?«

»Also, ich war da unten in den Klippen, als dieser Mann plötzlich über den Rand kletterte, das Seil zur Sicherung um den Körper gebunden, und dann abrutschte. Er ist sehr böse gestürzt und ein paar Mal mit dem Kopf aufgeschlagen, bis er kopfüber hängen blieb, weil das Seil nicht mehr nachgab. Ich bin zu ihm geklettert. Er hing ziemlich verdreht in seinem Seil und war bewusstlos. Ich habe ihn dann auf das kleine Plateau gezogen und bin nach oben geklettert, um Hilfe zu holen. Den Rest kennen Sie ja.«

»Und wann ist das alles passiert?«

»Etwa vor einer Stunde, es wurde gerade hell. Aber der Typ ist mir schon die ganze Nacht hinterhergefahren. Wer ist das? Ich hatte richtig Angst. Es ist nicht sehr angenehm, wenn man stundenlang verfolgt wird.«

»Und warum sind Sie hier unterwegs? Wir beobachten Sie schon seit Tagen. Was machen Sie hier?«

»Ich bin Karen Brendan, und ich bin von der Adlerstation in Hill of Fearn. Mir ist vor einer Woche mein einziger Golden Eagle weggeflogen. Seitdem suche ich ihn.«

»Hier bei uns? Und das soll ich Ihnen glauben?«

»Weshalb nicht? Der Vogel hat einen Sender um den Hals, und die Signale kommen genau aus diesem Gebiet. Hier, hören Sie.«

Sie zog einen kleinen Apparat aus der Gürteltasche und hielt ihn Ryan hin. Er konnte ein leises Summen vernehmen, immer wieder unterbrochen von atmosphärischen Störungen.

»Und damit wollen Sie ihn finden?«

»Ja, wenn ich so nah an ihn herankomme, dass ich ihn rufen kann, kommt er zurück. Er ist handzahm, und er kennt mich, ich habe ihn aufgezogen.«

»Und weshalb ist er dann weg?«

»Das passiert leider immer wieder. Wenn ein Weibchen in der Nähe ist, zum Beispiel. Aber er ist noch nicht so weit, dass er allein hinauskann. Wir werden ihn auswildern, aber vorher muss er noch lernen zu jagen, sonst stirbt er und wird zur Beute anderer Greifvögel.«

»Und was haben Sie da unten in den Klippen gemacht?«

»Ich hatte ihn fast. Er saß auf einer Felsenspitze nur wenige Meter von mir entfernt und war im Begriff, auf meine Hand zu fliegen, als dieser Mann laut brüllend über den Rand kletterte. Und jetzt darf ich wohl eine Erklärung erwarten. Schließlich steht man nicht jeden Tag vor zehn Gewehren, die auf einen gerichtet sind, und blickt in die mordlustigen Augen der Schützen.«

»Wir suchen seit drei Tagen einen Mann, der unsere Schafe bestialisch tötet und dann liegen lässt. Einen Hund hat er auch schon umgebracht. Er ist bei mir eingestiegen und hat sich bestens bewaffnet, und die Männer haben Angst um Frauen und Kinder.«

»Mein Gott, wie furchtbar! Und ihr habt gedacht, ich wäre das.«

»Sie sind die einzige Fremde, die wir hier beobachteten.«

»Verstehe.«

»Ist Ihnen nichts aufgefallen? Sie waren doch Tag und Nacht hier unterwegs.«

»Ich habe mich nur um meinen Vogel gekümmert, und wenn ich mal müde war, habe ich ein paar Stunden in Nairn geschlafen, da hat die Station ein Zimmer für mich reserviert.«

»Werden Sie bleiben?«

»Natürlich, ich fahre doch nicht ohne den Goldadler zurück.«

»Mit dem Motorrad? Und wie transportieren Sie ihn?«

»Sehen Sie hinten den Gepäckbehälter mit den Luftlöchern, da ist ein großer Korb drin, das geht sehr gut. Er ist ja nicht der erste Vogel, den wir zurückholen müssen.«

Ryan sah, dass die Männer Bob langsam über den Rand der Klippe hoben.

»Ich muss mich um die Leute kümmern. Viel Erfolg beim Vogelfang und passen Sie auf sich auf, noch läuft der Schafsmörder frei herum, und er ist bewaffnet.«

»Ich werde vorsichtig sein, danke. Und hoffentlich kommt Ihr Mann bald wieder auf die Beine.«

Ryan sah ihr nach. Irgendwann würde er die resolute Dame in ihrem Vogelnest kontrollieren, das stand fest. Während Karen Brendan zum Motorrad ging und dann abfuhr, lief er zu den Bauern, die den Verletzten vorsichtig auf ein paar Decken betteten. Wenig später hörte man die Sirene eines Rettungswagens, und dann wurde Bob fortgebracht, begleitet von einem Freund, der im Hospital von Inverness die Untersuchungen abwarten wollte.

Am gleichen Nachmittag fand man den Schafsmörder. Er lag zusammengerollt und total betrunken in einem Weideschuppen und schlief, als ein Hund ihn aufstöberte. Es war einer von Bobs Schafhirten, den er wegen ständiger Trunkenheit ein Jahr zuvor herausgeworfen hatte. Wie sich später bei den polizeilichen Ermittlungen herausstellte, hatte er versucht, in einer Werft in Inverness Fuß zu fassen, wurde aber auch dort aus demselben Grund entlassen. Dann erinnerte er sich an Bob und die so genannte Ungerechtigkeit, die ihm widerfahren war. Er kannte sich in der Gegend bestens aus, hatte mehrmals im Winter in Ryans verschlossenem Haus gewohnt, ohne dass es jemand bemerkt hatte, und wollte sich nun an allen rächen.

VI

Andrea flog Montagmorgen nach London und von dort weiter nach Edinburgh. Sie hatte Peter nur schwer daran hindern können, sie zu begleiten. Zu gern hätte er ein paar Urlaubstage mit ihr verbracht, und Schottland im August wäre ihm recht gewesen. Aber Andrea wollte allein fliegen. Sie hatte sich in den Kopf gesetzt, unabhängig von Studiochef und Freund unterwegs zu sein. Schließlich versprach sie sich wildromantische Ausflüge zu zerklüfteten Klippen und gespenstischen Burgruinen, zum weltbekannten Whisky-Trail mit nicht kritisierten, unkontrollierten Probeschlückchen, zum Loch-Ness-Phantom und zu kilttragenden Dudelsackpfeifern. Sie wollte den Caledonian Canal sehen und die Highlandspiele in Inverness. Sie wollte ganz einfach die karierte Welt der Schotten kennen lernen und ungestört gute Fotos machen.

Am Wochenende hatte sich Andrea schnell, aber gründlich vorbereitet. Stundenlang hatte sie im Internet nach Informationen gesucht und sich später Reiseführer und Veranstaltungskalender in der internationalen Buchhandlung am Hauptbahnhof besorgt. Sie kam so selten heraus, weil sie kein Geld für interessante Reisen hatte, und dabei träumte sie doch ständig von den verborgenen Wundern der Welt, die es für sie zu entdecken galt. Endlich war es so weit, ein Traum ging in Erfüllung: Man hatte ihr in dem Vertrag erlaubt zu fotografieren, was sie wollte, nur sollte alles auf den Fotos vorkommen, was Schottland liebenswert machte.

Sie sah Mark sofort, als sie in die Ankunftshalle kam, in der einen Hand den Koffer, in der anderen die Fototaschen. Er winkte fröhlich mit einem sommerbunten Blumenstrauß und umarmte Andrea herzlich, was bei seiner kleinen Gestalt und Andreas Größe nicht so ganz einfach war. Lachend, denn er wusste genau, dass sie ein seltsames Paar abgaben, holte er einen Gepäckkarren und dirigierte Andrea zum Parkdeck.

»Ich bin so froh, dass Sie da sind. Mein Vater hatte mir fürchterliche Strafen angedroht, wenn Sie nicht gekommen wären. Er hat das ganze Buchprojekt um vier Wochen verschoben. Jetzt sitzt ihm die Zeit im Nacken.«

»Warum sollte ich nicht kommen? Verträge werden bei uns ernst genommen.«

»Das wusste *ich*, aber er nicht.«

Vorsichtig fuhr er den Wagen aus der Parklücke, durch die langen Reihen abgestellter Autos und dann auf die Schnellstraße in Richtung Zentrum.

»Ich habe ein Hotel in der Nähe der Innenstadt für Sie ausgesucht. Es liegt sehr günstig für die Besichtigungen, und trotzdem sind Sie schnell aus der Stadt heraus, wenn Sie weiterfahren.«

Das Haus, ein grauer Granitbau mit vielen Ecken und Türmchen, mit weiß getünchten Mauerkanten und weißen Fensterläden, lag etwas erhöht, und man hatte einen wunderschönen Blick auf die Stadt. Mark hielt auf dem Parkplatz.

»Da drüben steht Ihr Auto, ich habe einen geländegängigen Wagen geleast, mit dem Sie überall durchkommen. Ich könnte mir vorstellen, dass Sie auch auf kleinen Straßen unterwegs sein werden, und Mrs Reinicke hat mir gesagt, dass Sie eine gute Fahrerin sind, die sich schnell an ein Vierradgetriebe und den Linksverkehr gewöhnen wird. Sie sehen, es ist an alles gedacht.«

Andrea nickte. »Danke, Mark, und wie geht es jetzt weiter?«

»Ich zeige Ihnen Ihr Zimmer und warte dann im Foyer, bis Sie ausgepackt und sich frisch gemacht haben. Dann, dachte ich, fahren wir zum Verlag, damit Sie meinen Vater kennen lernen und er kurz mit Ihnen eventuelle Sonderwünsche besprechen kann. Anschließend gehen wir essen, und ich zeige Ihnen noch ein wenig von Edinburgh bei Nacht, wenn Sie mögen.«

»Gern. Ich werde mich beeilen.«

Das Zimmer war wie das ganze Haus im Landhausstil eingerichtet, und Andrea bedauerte, dass sie nur zwei Nächte hier bleiben würde. Sie musste, wenn ihre Aufnahmen in Edinburgh gemacht waren, weiter aufs Land. Sie wollte an der Ost- und Nordküste entlang bis nach Inverness und von dort aus den Caledonian Canal entlang bis runter zur Westküste fahren, einen kurzen Abstecher auf die Hebriden machen und über Glasgow und durch die Lowlands zurück nach Edinburgh reisen. Sie hatte zehn Tage Zeit, dann wollte sie zurück nach Hamburg, damit Holger ihre Aufnahmen entwickelte, darauf hatte sie bestanden. Sie wusste, wie dieser Mann Fotos verzaubern konnte. In vier Wochen mussten alle Bilder in der Druckerei vorliegen. Viel Zeit hatte Andrea nicht, das war ihr klar, aber es war zu schaffen. Und so ein paar Träume würden sich unterwegs schon für sie erfüllen!

Marks Vater war ein liebenswürdiger, grauhaariger Mann. Er strahlte eine faszinierende Mischung aus lässiger Weltgewandtheit und gepflegtem Charme aus, und Andrea genoss das scherzhafte Geplauder mit ihm. Dabei spürte sie aber deutlich, dass er ganz bestimmte Vorstellungen von ihrer Arbeit hatte und keineswegs gewillt war, sein Geld zum Fenster hinauszuwerfen.

»Sie werden mit meinen Bildern zufrieden sein, sagen Sie mir nur, ob Sie spezielle Wünsche haben, damit ich sie berücksichtigen kann.«

»Fangen Sie das Leben ein: die Gegenwart, die Vergangenheit und die Zukunft. Sie werden sehen, was ich meine, wenn Sie in unseren wachsenden Großstädten unterwegs sind. Lassen Sie die Geschichte zu Wort kommen, sie begegnet Ihnen auf Schritt und Tritt und ist die Basis unseres Lebens, und, vor allem, lassen Sie das Land sprechen, es gibt Antworten auf jede Art von Fragen, wenn man hinhört.«

»Vater«, unterbrach ihn Mark, »erwartest du nicht etwas viel von einem zehntägigen Besuch?«

»Lassen Sie nur, Mark«, winkte Andrea ab. »Ich weiß schon, was Ihr Vater sagen will. Ich verspreche Ihnen, Mr McLaughley, dass ich das Leben einfange. Ich möchte allerdings sofort damit anfangen, sonst reicht die Zeit wirklich nicht.«

Sie umriss ihre geplante Reiseroute, erläuterte einige Höhepunkte, die sie anhand ihrer Unterlagen ausgesucht hatte, und drängte dann darauf, sofort mit der Arbeit zu beginnen.

»Mark, das wird ein Arbeitsessen, wenn Sie mich jetzt in ein Restaurant führen wollen. Ich brauche noch ein paar Tipps für Edinburgh, Aberdeen und Glasgow. Die rasanten Entwicklungen im industriellen Bereich und in der Ölwirtschaft stehen nicht in meinem Reiseführer.«

»Machen wir uns also an die Arbeit.«

Mark holte sich aus dem Verlagsarchiv einige Unterlagen, dann fuhr er mit Andrea an die Küste in ein Restaurant, das bekannt für seine Fischspezialitäten war.

Trotz intensiver Besprechungen und vieler Notizen, die sie sich machte, wurde es ein netter Abend, und Andrea dachte mehr als einmal, dass Mark ein sehr charmanter, durchaus attraktiver Mann war, der witzig und spontan trotz aller Ernsthaftigkeit des Gespräches für angenehme und unterhaltsame Stunden sorgte. Wirklich schade, dass er einen ganzen Kopf kleiner war – aber da hatte Andrea ihre Prinzipien: Das Erscheinungsbild musste harmonieren! Als er sie gegen Mitternacht zurück in ihr Hotel brachte, bedauerten beide, dass der Abend vorbei war. Mark verabschiedete sich galant mit einem Handkuss, und Andrea versprach, sich in zehn Tagen noch einmal zu melden, bevor sie zurückflog.

Zwei Tage später war sie unterwegs. Sie hatte ihre Aufnahmen in Edinburgh gemacht und war noch immer fasziniert von dieser geschichtsträchtigen Stadt, die, wenn man auf der Suche danach war, Geheimnisse preisgab, die noch nirgends abgebildet worden waren. Andrea war sehr zufrieden, als sie ihren Wagen zunächst in Richtung Dundee und dann weiter nach Aberdeen lenkte und auf verhältnismäßig kleinen Straßen den Linksverkehr und den Allradantrieb übte. In Edinburgh war sie vorsichtshalber nur mit Bussen und Taxis unterwegs gewesen. Nach ihrem Aufenthalt in Aberdeen, dieser vom Ölboom zu einer Wirtschaftsmetropole avancierten hektisch-betriebsamen Stadt, wurde die Einsamkeit Schottlands beinahe greifbar. Steile Klippen zum Meer hinunter, eine harte, aggressive Brandung und ein ständiger heftiger Wind zeigten das Land von seiner rauen Seite, aber braungrüne Hochmoore mit blinkenden kleinen Tümpeln im Sonnenlicht und violett leuchtende Hügelhänge voller Heidekraut versöhnten die aufgewühlte Seele und vermittelten die Geruhsamkeit dieses Landstriches.

Andrea war entzückt. Immer wieder stieg sie aus, weil sie die einzigartige Schönheit der Wildnis mit der Kamera einfangen wollte. Am vierten Tag verließ sie die Küste kurz vor Elgin und machte einen Abstecher am River Spey entlang nach Süden. Sie hatte den Whisky-Trail erreicht und genoss die friedliche Landschaft mit ihren vielen kleinen Dörfern, in denen eine Brennerei auf die andere folgte, in der Angler die fettesten Lachse aus dem kristallklaren Wasser des Spey holten und die großen Herden der schwarzköpfigen Highlandschafe in friedlicher Einsamkeit grasten. In Grantown verließ sie den Trail und kehrte nach Norden zurück an die

Küste. Kurz vor Inverness suchte sie sich in einem kleinen Dorf ein Quartier für die kommende Nacht.

Andrea hatte die kleinen Dorfgasthäuser lieben gelernt. Sie versprachen Geborgenheit und eine sanfte Atmosphäre, in der man sich erholen konnte, ohne auf Kleiderordnung oder Imagepflege Rücksicht nehmen zu müssen. Auch hier, unweit von Inverness, fand sie solch einen Gasthof. Aus grob gehauenen Steinen gebaut, wirkte er mit seinen kleinen Fenstern in den dicken Mauern rundum gemütlich. Eine Planke neben dem Eingang und ein großer Wassertrog verrieten, dass noch vor gar nicht langer Zeit Kutschenpferde hier ausgetauscht worden waren und Arbeitspferde noch heute an der Barriere angebunden wurden, wenn die Bauern Rast in der Wirtsstube machten. Kastanien warfen lange Schatten über den Vorplatz, und in den Butzenscheiben spiegelte sich die untergehende Sonne. Es wurde Zeit, ein Bett für die Nacht zu finden. Andrea stieg aus und betrat das Haus. Ein großer Dahlienstrauß in einer Bodenvase, ein flauschiger Schafwollteppich, Ölbilder mit Landschaftsmotiven und ein müder Golden Retriever, der nur träge den Kopf hob, als sie eintrat, empfingen sie. In der Gaststube saßen ein paar Männer beim Guinness, und die Wirtin, eine rundliche Frau mit grauen Haaren und einem Gesicht voller Sommersprossen, putzte Gläser.

»Hätten Sie ein Zimmer für mich? Ich würde zwei Nächte bleiben.« Andrea nickte den Männern zu und sah die Wirtin fragend an. Sie wusste, dass man Gäste, die nur kurze Zeit blieben, nicht sehr liebte, weil der Aufwand in keinem Verhältnis zu den Einnahmen stand, aber länger konnte sie einfach nicht bleiben.

Doch die Wirtin nickte: »Natürlich, ich habe ein sehr schönes Zimmer. Wenn Sie es sehen wollen, ich gehe mit Ihnen hinauf.«

Sie nahm einen Schlüssel und begleitete Andrea über die Treppe in das Dachgeschoss. Das Zimmer war mit schlichten Bauernmöbeln ausgestattet und wirkte sauber und gepflegt.

»Danke«, nickte Andrea, »ich nehme es. Gibt es auch ein Bad?«

»Ja, gleich auf der gegenüberliegenden Seite vom Flur. Sie müssten es mit anderen Gästen teilen, aber es wohnt niemand hier, also ist es Ihr Bad.«

»Fein. Dann hole ich jetzt meinen Koffer. Bekomme ich bei Ihnen auch ein Abendessen?«

»Natürlich, sagen Sie mir nur, wann Sie essen wollen, dann wird es auch fertig sein. Möchten Sie etwas Warmes oder nur Brot?«

»Ich habe den ganzen Tag von Sandwiches gelebt, da wäre etwas Warmes sehr angenehm.«

»Ganz wie Sie wünschen. Ist es in einer Stunde recht?«

»Das wäre wunderbar. Danke.«

Als sie ihr Gepäck hereinholte, fiel ihr Blick auf ein Plakat, das am Stamm einer Kastanie befestigt war: ein Hinweis auf die Highlandspiele und den damit verbundenen Trödelmarkt von Inverness am nächsten Tag. Alle Bewohner wurden aufgefordert, Kunst und Krempel anzubieten oder zu kaufen. Andrea freute sich. Das war eine nette Abwechslung, die bestimmt originelle Fotomotive bescherte. Die Spiele standen sowieso auf ihrem Reiseplan, nun würde sie auch noch ein bisschen Lokalkolorit aus den Highlands beimischen können.

Ein Bauch voller Lammragout und Guinness, der Kopf frei von Plänen und Problemen und die absolute Stille bei offenem Fenster hatten dazu geführt, dass Andrea beinahe schon schlief, bevor der Kopf das Kissen berührte. Am nächsten Morgen fühlte sie sich wunderbar ausgeruht. Nach einem kräftigen Frühstück fuhr sie nach Inverness. Aber schon bevor sie den Ort erreichte, musste sie ihren Wagen auf einem Parkplatz abstellen, der größte Teil der Stadt war für den Verkehr an diesem Wochenende gesperrt.

Langsam schlenderte sie durch den Ort, fotografierte alles, was ihr originell erschien, und kam schließlich zum Trödelmarkt, der auf einem riesigen Feld stattfand. So groß hatte sich Andrea die Anlage nicht vorgestellt. In langen Rechtecken, immer von Fußgängerwegen unterteilt, zog sich die Fläche mit Tischen und Buden hundert Meter weit in alle Richtungen, umgeben von parkenden Lieferwagen, Geländefahrzeugen, Viehtransportern, Kleinlastern und anderen Karossen. Andrea ging in Hosen und Bluse, einen Pullover über der Schulter und leichte Lederschuhe an den Füßen, die nicht unbedingt für einen Spaziergang auf einem Acker geeignet waren, langsam durch die Reihen und amüsierte sich köstlich. Besucher, viele mit Paketen und anderen in Papier gehüllten undefinierbaren Gegenständen in den Armen, schoben sich durch das Gedränge, feilschten hier, diskutierten da und waren auf der Suche nach dem Schnäppchen des Tages. Die Händler selbst nahmen das Treiben gelassen hin, sie standen zusammen und unterhielten sich, wenn niemand ihren Stand besuchte, sie tranken Kaffee aus Thermoskannen und Bier aus Flaschen, sie besuchten einander und taten gänzlich uninteressiert, so, wie der eine da hinten am Rande des Marktes, den sie schon eine ganze Weile beobachtete. Er hatte, im Gegensatz zu anderen Händlern, ziemlich wertvolle Sachen ausgestellt: Bilder mit Schiffen und Meereswellen, handbemaltes Porzellan, Spiegel in alten Rahmen und geschnitzte Holzfiguren, gewebte Decken und gestickte Wäsche. Aber seine Preise waren entsprechend und für die Besucher anscheinend wenig attraktiv, denn sein Stand wurde kaum beachtet. Er selbst schien auch keinen Wert auf einen Handel zu legen. Mürrisch saß er auf der heruntergelassenen Rampe eines Pferdeanhängers. Ein Bein ausgestreckt, das andere angewinkelt, den Arm über das Knie gelegt und den Kopf auf den Arm gestützt, blinzelte er unter dem tief in die Stirn gezogenen breitrandigen Hut hervor und rauchte seine Pfeife.

Andrea schlenderte weiter, machte Fotos und spürte es zuerst am plötzlich aufkommenden Wind: Das Wetter änderte sich. Dann sah sie die Wolkenwand, die schnell und boshaft vom Meer her näher kam. Erste Verkaufsobjekte machten sich selbstständig: Ein Deckchen wurde davongeweht, ein Kissen blies der Wind vor sich her, eine verstaubte Standuhr kippte um, ein paar Seidenrosen wehten weg, ein alter Damenhut segelte an ihr vorbei, und eine ausgediente Wringmaschine wurde quer über den Weg geschoben. Plötzlich kam Leben in die Menschen. Die Händler versuchten, ihre Waren in Sicherheit zu bringen, rannten, die Arme voller Krempel, zu ihren Fahrzeugen oder bemühten sich, die Tische mit Planen abzudecken. Auch Andrea drehte sich um und versuchte, so schnell wie möglich aus dem Gewühl heraus und in den Schutz weit entfernter Häuser zu kommen. Auf dem Weg zurück kam sie wieder an diesem gelangweilten Mann vorbei, aber jetzt war auch er munter geworden. Er versuchte, einige Sachen in dem Hänger zu verstauen, als er aber merkte, dass es dafür zu spät war, zog er eine breite Plane über seinen Tisch. Pech war nur, dass der Wind die Hülle immer wieder hochriss, sobald er sie losließ, um sie am anderen Ende zu befestigen. Trotz der ernsten Situation musste Andrea laut lachen.

»Hören Sie, so wird das doch nichts. Ich halte hier fest, und Sie gehen da hinüber. Erst wenn Sie fertig sind, kommen Sie hierher und befestigen das Stück Plastik auf dieser Seite.«

Inzwischen war aus dem Wind ein regelrechter Sturm geworden, Blitz und Donner kamen näher, und bevor die Plane rundum befestigt war, begann es in Strömen zu regnen. Dennoch, die Waren lagen im Trocknen, wenn auch Andrea und der Händler triefend nass geworden waren.

»Kommen Sie hier herein, schnell.«

Andrea ergriff die ausgestreckte Hand und sprang in den Transporter. Die Haare klebten am Kopf, vom Pullover lief der Regen, und in den Schuhen quietschte das Wasser. Sie sah an sich hinunter. »Schöne Bescherung, nur gut, dass meine Fototasche wasserdicht ist.«

»Ich habe Sie beobachtet, sind Sie Fotografin? Ich bin Ryan.«

»Ich heiße Andrea. Ja, ich bin Fotografin.«

Ryan hob seine Tweedjacke auf und reichte sie ihr. »Am besten ziehen Sie die nasse Bluse aus und die Jacke an. Dieser kalte Meerwind hat es in sich.«

»Danke, Sie haben Recht, warm ist mir nicht. Wie schnell das Wetter umgeschlagen ist!«

»Das macht die See, die ist hier oben unberechenbar. Möchten Sie einen Whisky? So als Ofen von innen?«

»Der würde jetzt gut tun.«

Ryan zog eine Flasche aus einem Sack, zog den Korken heraus und wischte den Rand mit dem Ärmel ab. »Bitte, Gläser habe ich nicht.«

»Macht nichts, es wird auch aus der Flasche schmecken. Danke und prost.«

»Prost? Woher kommen Sie?«

»Aus Deutschland, aus Hamburg, um genau zu sein.«

»Hamburg kenne ich, ich war einmal da.«

»Auf der Reeperbahn?«

»Klar, auch auf der Reeperbahn. Aber nun ziehen Sie sich aus, ich drehe mich um.«

»Nett von Ihnen. Aber Sie sind selbst ganz nass.«

»Das macht nichts, ich bin das Wetter gewöhnt.«

Andrea streifte Pullover und Bluse ab und schlüpfte in die Tweedjacke. Ryan zog ein Päckchen aus dem Sack und breitete es auf dem Boden aus.

»Hier, setzen Sie sich. Wollen Sie etwas essen?«

Er wickelte Brote aus und reichte ihr den Packen. »Hab ich selbst geschmiert, und die Wurst ist erste Klasse, direkt vom besten Schlachter in der ganzen Gegend.«

»Danke.« Andrea biss kräftig in das derbe Brot und sah auf die Uhr. »Meine Güte, es geht schon auf den Abend zu, wo ist bloß die Zeit geblieben, kein Wunder, dass ich Hunger habe.«

»Wollen Sie ein Bier dazu? Etwas anderes habe ich nicht.«

»Doch, ich trinke gern einen Schluck. Sagen Sie bitte, was stinkt hier eigentlich so entsetzlich?« Andrea zog die Nase kraus und sah sich um. Sehr sauber sah es in dem Hänger gerade nicht aus. Stroh- und Mistreste klebten überall. »Nach Pferden riecht das eigentlich nicht.«

Ryan lachte: »Sie haben ein feines Näschen. Das stinkt nach Schafen. Ich fahre sonst nur Schafe damit hin und her, und mit dem Transport von dem Krempel da draußen musste es so schnell gehen, dass ich keine Zeit fürs Großreinemachen hatte.«

Andrea lachte. »Hat sich der Handel überhaupt für Sie gelohnt? Ich habe Sie beobachtet. Großes Interesse am Verkauf hatten Sie nicht.«

Ryan grinste verschwörerisch. »So, so, beobachtet haben Sie mich? Na, macht nichts. Nein, ich hatte keine Lust auf diesen Markt, ich bin nur hier, weil ein paar Freunde das wollten.«

»Und jetzt haben Sie Ihre Freunde enttäuscht.«

»Sie werden es überleben. Aber ich lass mir noch etwas einfallen, damit sie zu ihrem Geld kommen.«

»Sie haben zum Teil sehr schöne Sachen da draußen.«

»Hm, es geht, aber mit den Preisen kamen die Leute nicht klar. Interessieren Sie sich dafür?«

»Ein paar Dinge gefielen mir recht gut.«

»Sie können sie haben.«

»Nein, nein«, wehrte Andrea ab. »Erstens habe ich kein Geld, zweitens zu Hause keinen Platz und drittens keine Möglichkeit, solche Sachen nach Hamburg zu transportieren. Vielen Dank, trotzdem.«

Sie lächelte. Ein witziger Mann, dieser Ryan, erst wollte er nichts verkaufen, und nun war er bereit, ihr die Sachen zu schenken.

»Für alles lässt sich ein Weg finden. Wieso interessieren Sie sich für solchen Kram?«

Andrea überlegte. Sie fühlte sich einfach angesprochen von diesen Sachen, die so viel älter waren als sie selbst, die ein Stück Geschichte darstellten und bestimmt wertvoll waren, wenn sie richtig gewürdigt wurden.

»Wissen Sie, Ryan, irgendwie interessiert mich dieses Zeug. Ich weiß nur nicht, auf welche Art. Es spricht mich an, aber ich kann nicht beschreiben, wieso. Ich würde mich gern ausführlich damit beschäftigen, mit der Art der Verarbeitung, mit Herstellungsmethoden, mit der Frage, wann und für wen diese alten Sachen gemacht wurden.«

Ryan steckte sich eine neue Pfeife an und starrte in den Regen. »Ich weiß schon, was Sie meinen, die Dinger da draußen könnten ganze Romane erzählen, wenn man sie reden ließe.«

»Woher haben Sie die Sachen?«

Er zuckte die Schultern. »Die Bauern haben ihre Böden und Schuppen ausgeräumt, nehme ich an.« Er erzählte nicht, dass er bei Nacht und Nebel und nur mithilfe von James diese ganzen Sachen aus den Abstellkammern seines Schlosses geholt hatte und den Plunder der Bauern, mit dem er niemals hierher gegangen wäre, in den gleichen Kammern versteckt hatte.

Andrea lehnte sich an die Wagenwand, auch auf die Gefahr hin, dass die geliehene Tweedjacke etwas von dem Mist abbekam, der überall klebte. Dieser Sitz auf dem Sack war sehr unbequem, und der Rücken tat ihr langsam weh.

Ryan, der das bemerkte, sagte sofort: »Ich könnte versuchen, meinen Wagen herzuholen, darin säßen wir bequemer.«

»Ach wo, es geht schon, ich habe nur Angst um ihre Jacke.«

»Das macht nichts.«

Andrea sah ihn an, er sah nicht so aus, als hätte er mehr als diese Jacke, und nun verdarb sie die womöglich. Seine braune Cordhose war verschossen und ausgebeult, und das beige Hemd, über der Brust geöffnet, war ungebügelt und am Kragen durchgestoßen.

Den Hut hatte er immer noch auf, jetzt aber auf den Hinterkopf geschoben, und unter seinem Rand sahen überall blonde, ungekämmte Haarsträhnen heraus. Was Andrea aber faszinierte, war nicht das Aussehen des Mannes, sondern dieses Büschel graublonder Haare, das aus der Hemdöffnung herausschaute und in ihr den unmöglichen Wunsch auslöste, mit der Hand darüber zu gleiten. *Auf den ersten Blick verliebt in das Büschel graublonder Brusthaare eines schottischen Schäfers,* dachte sie entsetzt und zwang sich, ebenfalls in den Regen zu schauen, der unaufhaltsam auf das Segeltuchdach des Hängers prasselte und einen früh hereinbrechenden Abend anzeigte.

Auch auf die Gefahr hin, dass alles nass wurde, begannen die Händler, ihre Waren einzupacken. Autos fuhren über die provisorischen Wege und spritzten das Pfützenwasser meterhoch über die rechts und links aufgestellten Tische. Männer schimpften hinterher und drohten mit den Fäusten, während die Frauen kreischten, wenn sie eine Wasserladung abbekamen.

Andrea sah Ryan an.

Nach einer Weile stand er auf. »Ich glaube, ich packe auch zusammen. Der Markt ist vorbei. Wenn es Ihnen recht ist, hole ich meinen Wagen, wir packen ein, und dann fahre ich Sie zu Ihrem Hotel.«

»Das wäre sehr nett. Sie brauchen mich aber nur bis zum Parkplatz zu bringen, da steht mein Wagen.«

»Abgemacht. Bis gleich also.«

Ryan ging los, und Andrea beobachtete, wie sein dünnes Hemd innerhalb von Sekunden nass war und die Muskeln unter dem Stoff spielten. *Ein gut aussehender Mann,* dachte sie. *Groß, sportlich, interessant, verführerisch …*

Ryan war verwirrt. Von dem Regen, der ihn bis auf die Haut durchnässte, spürte er überhaupt nichts. Er marschierte mitten durch Pfützen ohne zu merken, dass ihm das Wasser oben in die Schuhe lief, und wusste überhaupt nicht mehr, wo er seinen Landrover abgestellt hatte. War es möglich, dass eine Frau ihn um den Verstand gebracht hatte? Ihn, den fast fünfzigjährigen, reservierten, selbstbewussten, klar denkenden Mann?

Aber es bestand kein Zweifel. Diese Andrea hatte ihn verhext. Oder sollte er sagen verzaubert? Sie war eine pitschnasse, unbekannte Frau mit einem strähnigen, reizlosen Zopf, unansehnlich durchnässten Kleidern, belanglosem Gerede und einem kräftigen Zug aus der Flasche. Aber sie war so verdammt munter, neugierig, unkompliziert und fröhlich – eine Frau, über die er nachdenken musste. Unbedingt!

VII

Da saß sie nun, durchgefroren und nass, in einer fremden Jacke, mit angezogenen Knien auf einem leeren Sack in einem nach Mist stinkenden Schaftransporter, und schaute hinaus in den Regen. In dicken grauen Schnüren strömte er herunter und schuf einen Vorhang zwischen der Sehnsucht nach Sonne und Wärme und dem Grau einer ungemütlichen Wirklichkeit.

Dieser Mann blieb verdammt lange weg. Es wurde schon dunkel, und Andrea wusste nicht einmal genau, wo sich der Parkplatz befand, auf dem sie ihr Auto abgestellt hatte. Sie war einfach kreuz und quer durch die Stadt gelaufen, hatte bei verschiedenen Spielen zugeschaut, eine Dudelsackkapelle ein Stück weit begleitet, einen Blick auf Folkloretänzer geworfen, sehnsüchtig die Schaufenster der Innenstadt betrachtet und war schließlich auf diesem Markt hier gelandet.

Die Händler räumten ihre Stände. Viele waren schon fort, und die Reihen lichteten sich. Immer wieder erhellten Blitze den Himmel, und jedes Mal zuckte Andrea zusammen, wenn der Donner krachend folgte. So ganz wohl gefühlt hatte sie sich noch nie bei Gewitter. Sie wusste zwar, dass man in einem Auto relativ sicher war, aber war man das auch in einem Pferdeanhänger? Immerhin hatte der eine Stahlkupplung, die mit ihrem Rad in der Erde steckte.

Dann, endlich, näher kommende Scheinwerfer. Der Geländewagen hielt, und Ryan stieg aus.

»Es tut mir schrecklich Leid, aber ich bin einfach nicht auf dieses Feld gekommen. Viele wollten mit ihren Fahrzeugen herunter, und andere wollten herein, das gab einen Stau, der fast bis an die Stadtgrenze reichte.«

Andrea stand auf und streckte sich. »Macht nichts, jetzt sind Sie ja hier.«

Ryan holte leere Kartons und Decken aus seinem Wagen, und Andrea löste die Regenplane an einer Seite des Tisches.

»Ich werde die Plane festhalten, und Sie packen die Sachen ein. Immer nur so viel, wie in einen Karton passt, und dann schnell damit in den Hänger. Ich glaube, so bleiben Ihre Schätze trocken.«

Ryan nickte. »Wie gut, dass Sie da sind, danke.«

»Dann also ran an die Arbeit.«

Ryan stellte seinen Wagen so hin, dass die Scheinwerfer den langen Tisch beleuchteten, und begann, die Sachen einzupacken, während Andrea die Plane so gut es ging darüber hielt.

»Vorsicht mit der Wäsche und der Wolle, die Sachen sollten nicht nass werden, sonst sind sie verdorben.«

»Ich werde mir Mühe geben.«

Ryan, den Hut tief ins Gesicht gezogen, arbeitete schnell und gründlich.

»Es sieht aus, als hätten Sie schon immer gepackt. Sind Sie etwa in Wirklichkeit Packer von Beruf?«, fragte sie lachend.

»Nein, eigentlich nicht, aber mein Instinkt rät mir, jede Ecke im Karton auszunutzen, sonst kriegen wir nämlich nicht alles mit.«

Als er sah, wie der Regen an Andrea herunterlief, nahm er seinen Hut und stülpte ihn auf ihren Kopf.

»Etwas hält er von dem Wasser zurück, wenn ich auch befürchte, es läuft unten aus Ihrer Hose so heraus, wie es oben in den Kragen hineingelaufen ist.«

»Stimmt. Aber man gewöhnt sich an den Zustand.«

»Haben Sie immer noch nichts bei dem Zeug gefunden, was Ihnen gefallen könnte? Ich würde mich gern mit einem Geschenk revanchieren.«

»Um ehrlich zu sein, diese alte Puppe hier hat es mir angetan. Woher haben Sie die?«

»Sie gehörte … einer alten Bäuerin, die manchmal für mich kocht.« Ryan biss sich auf die Zunge, fast hätte er sich verraten Es war die Puppe seiner Großmutter, aber wozu sollte er das gute Stück behalten, eigene Kinder hatte er ja nicht. Und wenn sie dieser Frau gefiel, sollte sie sie haben.

Ryan nahm die Puppe wieder aus dem Karton, hüllte sie in Zeitungspapier und gab sie Andrea. »Bitte sehr, es ist mir ein Vergnügen.«

Vorsichtig nahm sie das kleine Paket und legte es behutsam beiseite. Die Puppe war 50 cm groß, aus Porzellan und sehr empfindlich. *Ein bezauberndes Stück*, dachte Andrea, *und sicherlich auch wertvoll*. Nett, dass er sie ihr geschenkt hatte.

»Danke, Ryan, eine wunderschöne Erinnerung an einen verregneten Tag auf einem schottischen Markt.«

»Wo wohnen Sie hier eigentlich?« Ryan verschloss den letzten Karton und wuchtete ihn in den Anhänger. »Verdammt schwer, dieser ganze Krempel.«

Andrea überlegte einen Augenblick. »Ich glaube, ich weiß es nicht. Es ist ein kleines Dorf auf dem Weg von Elgin nach Inverness, und ich habe einfach vor einem Gasthaus gehalten, weil es so gemütlich aussah. Aber wenn ich wieder auf der richtigen Straße bin, finde ich es auch.«

»Dann kann es sich nur um den Rasthof in Tradespark handeln. Grauer Granit und Kastanien vor der Tür?«

»So ist es. Das Zimmer ist sauber, und die Wirtin ist eine gute Köchin.«

»Und ich soll Sie nicht gleich dorthin bringen?« Ryan klappte die Verladerampe hoch und verschloss den Anhänger, während sich Andrea vorn in seinen Wagen setzte.

»Ich habe mein Auto hier geparkt. Wie soll ich das morgen holen? Zu Fuß ist es ein bisschen weit.«

Ryan reichte ihr eine Decke. »Bitte hängen Sie sich die noch über, ich habe ein sehr schlechtes Gewissen, wenn ich an Ihre nassen Sachen denke.«

»Ist nicht nötig, so empfindlich bin ich nicht. Sie sehen auch ziemlich aufgeweicht aus.« Sie gab ihm den Hut zurück. »Danke für das gute Stück, aber Ihnen steht er besser.«

Ryan lächelte, und Andrea dachte: *So ein Lächeln verzaubert den ganzen Mann.*

Er sah sie an. »Woran denken Sie gerade?«

»Sie sollten öfter lächeln, das steht Ihnen gut.«

»Lächle ich zu wenig?«

»Absolut.«

»Na, ja, man braucht schließlich einen Grund dazu, und den habe ich nicht oft.«

»Und womit habe ich dieses seltene Ereignis verdient?«

»Sie sehen reizend aus mit Ihrem triefenden Zopf, dem verlaufenen Make-up und den tausend Wassertropfen im Gesicht. Zum Anbeißen.«

»Ich hätte nicht erwartet, dass Sie auch boshaft sein können. Dieses bisschen Wimperntusche kann man doch nicht als Make-up bezeichnen. Hätten Sie vielleicht ein Taschentuch für mich, ich meine ein trockenes?«

»Sorry, trockene Sachen sind heute Mangelware.«

Trotzdem zog er ein kariertes Tuch aus seiner Hosentasche.

»Aber sauber ist es, Sie können es ruhig benutzen.«

»Danke.« Andrea drückte das nasse Tuch aus und rieb sich damit über das Gesicht. »Ist es jetzt besser?«

»Ja, aber die Lust zum Anbeißen ist geblieben.«

In der Nähe schlug ein Blitz ein. Andrea zuckte zusammen und hielt sich die Ohren zu, als der Donner krachte.

»Ganz schön laut, dieses Wetter bei Ihnen«, flüsterte sie und sah ängstlich nach draußen.

Ryan legte ihr den Arm um die Schultern: »Keine Angst, wir sind hier drinnen sicher.«

»Das sagen Sie, aber weiß das auch der Blitz?«

Auch als der Schrecken vorbei war, ließ er den Arm dort liegen und seufzte: »Ich würde Sie gern wieder sehen. Lässt sich das einrichten?«

Andrea, die sich durchaus wohl fühlte mit dem Arm auf ihren Schultern, nickte: »Übermorgen muss ich weiter. Aber morgen hätte ich Zeit.«

»Dann habe ich einen Vorschlag.« Ryan war zufrieden, das war fast besser, als er erwartet hatte. »Ich bringe Sie jetzt in Ihr Domizil und fahre nach Hause, ich muss mich unbedingt um meine Schafe kümmern. Aber morgen hole ich Sie gleich nach dem Frühstück ab, dann haben wir einen ganzen Tag zusammen, und abends bringe ich Sie zu Ihrem Auto und begleite Sie zurück in das Gasthaus, damit Sie nicht zum Schluss noch verloren gehen. Ist das recht so?«

»Sehr schön. Aber könnten wir dann bitte jetzt losfahren? Ich sehne mich nach meiner Badewanne.«

»Wir fahren, in einer halben Stunde sind Sie in Ihrem Bad, ich meine, jetzt sind Sie ja auch schon so nass, dass es kaum schlimmer werden kann, aber ich wünsche Ihnen ein heißes, duftenderes Wasser als dies hier mit dem Gestank.«

»Wieso duftend?«

»Nun, ich nehme an, die Damen von Welt benutzen diverse Pülverchen und Öle, wenn sie ein Bad genießen.«

»Sie halten mich für eine Dame von Welt? Wie reizend. Aber ich muss Sie enttäuschen, das bin ich nun wirklich nicht, und das mit dem Duft haben Sie wohl im Fernsehen gesehen? Ich ziehe klares Wasser und reine Seife vor.«

»Na dann, auf geht's zum klaren, aber heißen Wasser.«

Ryan fuhr an und lenkte das schwere Gespann sicher durch den Morast, in den sich das Feld allmählich verwandelte. Wenig später waren sie auf der Chaussee und kurz darauf in Tradespark. Ryan hielt vor dem Wirtshaus und stellte den Wagen ab. Dann stieg er aus und half Andrea aus dem Auto.

»Wann darf ich morgen hier sein?«

»Ab zehn Uhr stehe ich zur Verfügung. Wenn's recht ist, würde ich unterwegs gern ein paar Fotos machen.«

»Ich zeige Ihnen die schönsten Fleckchen dieser Gegend, versprochen.«

Andrea nahm ihre Sachen und die nasse Kleidung, winkte und ging hinein – und Ryan tippte an die Hutkrempe, pfiff vor sich hin und fuhr davon. *Was für ein Tag*, dachte er, *wann hab ich eigentlich zuletzt gepfiffen? Muss verflixt lange her sein.*

Andrea nickte der Wirtin zu und ließ sich ihren Schlüssel geben.

»Na, Sie sind ja nass geworden. Ich bringe Ihnen gleich einen heißen Tee mit Honig hinauf, der bewirkt Wunder.«

»Das wäre schön. Bitte kippen Sie auch noch einen Schuss Whisky dazu, dann ist das Wunder vollkommen.«

»Wird gemacht, in fünf Minuten bin ich oben.«

Andrea ging in ihr Zimmer, zog sich aus und schlüpfte in den Bademantel. Dann kontrollierte sie die Fotoausrüstung und wickelte schließlich die kleine Puppe aus. Kurz darauf klopfte es an die Tür. »Kommen Sie nur herein.«

Die Wirtin stellte das Tablett ab und sah sich um. »Hier riecht es wie in einem Schafstall. Wo, um Himmels willen, sind Sie gewesen?«

Andrea lachte. »Ich habe mich in einem Schaftransporter untergestellt, aber vorher war ich leider schon durch und durch nass.«

»Sie können mir Ihre Sachen mitgeben, bis morgen sind sie wieder in Ordnung.«

Dann sah sie die Puppe und rief: »Nein, wie wunderschön, woher haben Sie die?«

»Vom Trödelmarkt.«

»Die muss ja ein Vermögen gekostet haben. Diese alten Puppen wurden früher aus Frankreich eingeführt, die konnten sich nur die ganz reichen Leute leisten.«

Andrea nickte. »Das habe ich mir auch gedacht, in Hamburg sieht man ähnliche Puppen ganz selten mal bei einer

Versteigerung, aber sie sind kaum zu bezahlen. Ich habe sie geschenkt bekommen.«

»Geschenkt? Was für ein Glück Sie hatten. Von wem denn, wer hat so etwas auf dem Trödelmarkt anzubieten?«

»Ein Schäfer. Er hatte ziemlich gute Sachen auf seinem Tisch, aber für die Leute waren sie zu teuer, er hat überhaupt nichts verkauft.«

»Aber woher hat denn ein Schäfer so teure Sachen? Hoffentlich hat er sie nicht irgendwo gestohlen.«

»Das glaube ich nicht, wie ein Dieb sah er eigentlich nicht aus. Und wenn er etwas gestohlen hätte, würde er es kaum auf einem öffentlichen Markt anbieten. Aber komisch ist das schon.«

Kopfschüttelnd und durchaus nicht überzeugt suchte die Wirtin die nassen Kleidungsstücke zusammen. »Ist die Jacke auch von dem Schäfer?«

»Ja, er hat sie mir geliehen.«

»Man riecht es. Ich werde sie trocknen und aufbügeln. Ein feines Stöffchen, dieser Tweed, ich würde sagen, einer von der besten Sorte. Ist etwas in den Taschen?«

Andrea sah nach. »Nein, die sind leer.«

»Ich möchte nicht, dass etwas verloren geht. Aber sehen Sie mal«, sie zeigte auf das eingenähte Etikett, »das ist McGregor-Tweed, der beste, den es gibt.«

»Vielleicht hat er sie geschenkt bekommen oder in einer Altkleidersammlung gefunden. Ich glaube nicht, dass er stiehlt und dann die Sachen öffentlich trägt. Aber wenn es Sie beruhigt, kann ich ihn ja fragen.«

»Ach nein, das wäre mir peinlich, so wichtig ist das ja auch nicht.«

Noch immer mit dem Kopf schüttelnd ging die Wirtin nach unten. Andrea wusste genau, dass die Gäste in der Wirtsstube für die nächste Stunde ein interessantes Gesprächsthema hatten. Aber es war ihr egal. Sie schlürfte ihren heißen Tee und besah sich die Puppe genauer. Vorsichtig streifte sie das vergilbte, mit Spitzen besetzte Kleidchen hoch. Auf dem Porzellanrücken der kleinen Figur waren Initialen, ein Wappen und eine Zahl eingestanzt. Aber sie verstand nichts von diesen Dingen und von dem Wert einer alten Puppe schon gar nicht, und eigentlich war das auch gleichgültig. Sie hatte ein hübsches Geschenk und eine Erinnerung an einen seltsamen Tag und an einen Mann, der ihr nicht aus dem Kopf ging. Viel deutlicher als die Puppe sah sie dieses Büschel graublonder Brusthaare vor sich, mit dem sie so gern gespielt hätte. Sie schüttelte den Kopf, trank den Tee aus und ging hinüber ins Bad, höchste Zeit, endlich in heißes Wasser zu tauchen, einerseits der Gesundheit und andererseits der Gedanken wegen.

Ryan pfiff noch, als er in der Nähe seines Hauses von der Asphaltstraße abbog und auf dem versteckten Weg über sein Gelände fuhr. Als Erstes wollte er den Anhänger in den Schuppen fahren, damit niemand seinen Inhalt sah. Gut, dass er den Verschlag so vergrößert hatte, dass er jetzt bequem auf einer Seite hinein- und auf der anderen hinausfahren konnte. Er kuppelte den Transporter ab, verschloss die beiden Tore und fuhr hinunter zu seinem Haus. Vor der Haustür parkte ein Wagen, den er hier noch nie gesehen hatte.

Er stieg aus und ging hinüber. Auf dem zurückgeklappten Fahrersitz schlief eine Frau. An den langen blonden Locken erkannte Ryan, dass es die Vogelfängerin war, die Anfang der Woche auf der Suche nach ihrem Golden Eagle hier mit dem Motorrad unterwegs gewesen war. Erstaunt klopfte er an die Scheibe und hob beruhigend die Hände, als sie erschrocken hochfuhr.

»Keine Angst, ich bin es nur. Aber was verschafft mir die Ehre, Miss Brendan?«

»Na endlich, ich dachte schon, ich müsste hier im Auto übernachten. Ich hatte in der Nähe zu tun und dachte, ich schau einmal herein. Aber leider waren Sie ausgeflogen.«

»Wie lange warten Sie schon?«

»Zwei Stunden vielleicht. Wollen Sie mich nicht hereinbitten?«

»Selbstverständlich, kommen Sie, aber ich muss Sie allein lassen. Zuerst muss ich mich um meine Herde kümmern.«

»Meine Güte, so beschäftigt?«

Sie folgte ihm zum Haus und zog, wie er, an der Tür die Schuhe aus. »Sind Sie in allem so ein konsequenter Mann?«

»Wie meinen Sie das?«

»Man hat mir schon im Pub erzählt, dass ich mir die Schuhe ausziehen müsste, wenn ich Sie besuchen wollte.«

»Wenn es um mein Haus geht, bin ich sehr konsequent, schließlich muss ich ja darin wohnen. Wieso haben Sie das im Pub erfahren?«

»Ich habe mich nach dem Weg erkundigt, Ihr Haus liegt schließlich sehr versteckt. Warum eigentlich?«

»Damit ich meine Ruhe habe.«

Ryan wurde langsam ärgerlich. Was wollte die Frau hier, warum belästigte sie ihn? Hatte sie nichts Besseres zu tun? Er konnte sich nicht daran erinnern, sie eingeladen zu haben. Freilich, sie gefiel ihm neulich ganz gut, als sie da auf der Suche nach ihrem Vogel auf den Klippen herumkletterte und dem dicken Bob das Leben rettete, aber inzwischen hatte er diese Andrea kennen gelernt, und mit der hielt keine andere Frau einen Vergleich aus. Er ging zum Kamin und zündete Papier und Holzspäne an, und als das erste Feuer kräftig aufloderte, legte er Holzkloben nach.

»Jetzt müssen Sie mich entschuldigen. Ich muss nach meinen Schafen sehen. In einer Stunde bin ich zurück.«

»So lange dauert das?«

»Sie sind ziemlich entfernt auf einer Weide und müssen in ihren Pferch getrieben werden. Machen Sie es sich inzwischen bequem, die Bar ist da drüben im Schrank.«

Er wies auf einen alten geschnitzten Bauernschrank, der neben Geschirr, Gläsern, Büchern und Papieren eine gut sortierte Bar enthielt. Einen Augenblick überlegte Ryan, ob er wichtige Unterlagen im Haus hatte, die seine Identität verraten würden – er war nicht sicher, ob die Dame danach suchte, wenn sie allein war –, ihm fiel aber nichts ein. Er war in dieser Beziehung sehr vorsichtig und nahm nie persönliche Papiere, Scheckkarten oder Geld mit hierher. Dann ging er nach oben, wechselte das Hemd, zog einen dicken Pullover über und ging wieder nach unten.

»Also bis gleich. Und wenn Sie wollen, könnten Sie ein Abendessen für uns richten, Lebensmittel sind in der Küche.«

Er zog seine Gummistiefel an, nahm das Regencape vom Haken und ging nach draußen. Es war dunkel inzwischen. Er holte seine Taschenlampe aus dem Auto und machte sich auf den Weg zur Weide. Er hatte übertrieben, als er sagte, er würde eine Stunde fort sein, aber er war ärgerlich, und sie sollte das ruhig spüren. Was wollte sie überhaupt?

Als er die Kuppe des zweiten Hügelkammes hinter sich hatte, hörte er schon die Schafe im Pferch. Die Hunde hatten sie, wie immer, ganz selbstständig hineingetrieben und sorgten nun dafür, dass kein Tier mehr hinauslief. Als sie Ryan hörten, rannten sie auf ihn zu und holten sich ihr verdientes Lob.

»Brav, Ajax, brav, Bella, das habt ihr gut gemacht.« Er streichelte die Collies und verschloss das Tor. Dann ging er, begleitet von den Hunden, einmal um den Pferch herum und kontrollierte mithilfe der starken Lampe den Zaun und die Herde. Alles schien in Ordnung, die Hunde waren gelassen und ruhig, das bedeutete, dass sie keine Gefahr witterten.

Die meisten Tiere lagen bereits und verdauten das Futter des Tages. Ihnen schadete das Wetter überhaupt nicht, im Gegenteil, Regen und Wind sorgten dafür, dass ihr Fell die Dichte und Qualität bekam, für die diese Wolle berühmt war. Sie blieben, auch später, wenn sie wieder bei der eigentlichen Herde in den Lowlands waren, das ganze Jahr über im Freien, und nur zum Lammen wurden die Muttertiere für einige Tage im Stall gehalten.

Langsam ging Ryan zurück. Der Regen hatte nachgelassen, und über dem Meer zeigten sich erste Spuren einer aufgerissenen Wolkendecke, aus der hin und wieder ein schmaler Mond herausschaute. Ryan setzte sich in das nasse Heidekraut und dachte zurück an den vergangenen Tag. Die Hunde, dicht an ihn geschmiegt, hechelten zufrieden und schoben ihre Nasen unter seine Hände, ein Zeichen absoluter Vertrautheit.

Den ganzen nicht verkauften Trödel in seinem Anhänger würde er in einer zweiten Nacht-und-Nebel-Aktion wieder zurück ins Schloss bringen, wo er in verschiedenen Bodenräumen die alten Möbel und Utensilien der ehemaligen Einrichtung gestapelt hatte. Die Bauern, die über die von ihnen gesammelten Sachen eine Liste mit ungefähren Preisangaben gemacht hatten, würden dieses Geld von ihm bekommen. Natürlich hatte er auf dem Markt auch die Gaben der Bauern ausgestellt. Es war ja möglich gewesen, dass der eine oder andere seiner Freunde bei ihm vorbeigeschaut hätte. Doch verkauft hatte er davon gar nichts. Egal. Er würde sogar überall noch etwas Geld dazulegen, sodass sie zufrieden waren und ihr Ehrgeiz, den besten Handel von allen gemacht zu haben, gestillt wurde. Und dann dachte er an Andrea, die jetzt bestimmt in ihrem heißen Wasser lag und sich erholte. Schön war das gewesen, wie sie so selbstlos angepackt und ihm geholfen hatte. Er würde ihr morgen einen guten Tag bereiten, und danach würde man weitersehen. Wenn er es richtig verstanden hatte, musste sie übermorgen abreisen, und wenn er sie nicht daran hindern konnte, musste eine andere Lösung gefunden werden. Auf keinen Fall wollte er sie schon wieder verlieren. Andererseits mochte er aber seine Anonymität nicht aufgeben. Vielleicht nahm sie ihm das übel, wenn sie eines Tages die Wahrheit erfuhr, aber darauf musste er es ankommen lassen. Er hatte in seinem Leben genug Erfahrungen mit Frauen hinter sich, er wusste, worauf er sich einließ, auch wenn er ihr gegenüber im Unrecht war. Sie hielt ihn für einen Schäfer, und so sollte es auch bleiben.

Ryan stand auf und ging zurück. Bevor er die Haustür öffnete, beruhigte er die Hunde, die den fremden Wagen anbellten, sie sollten sich nicht wie wild auf diese fremde Frau stürzen.

Ein Duft von gutem Essen stieg ihm in die Nase, als er das Haus betrat. Der Tisch war nett gedeckt, Kerzen brannten, Wein stand bereit, und im Backofen brutzelte eine aufgetaute Entenpastete, die Linda neulich mitgebracht und eingefroren hatte.

Ryan streichelte die Hunde, ließ sie in Ruhe die Witterung der fremden Frau aufnehmen und gab ihnen ihr Futter. Mit leisem Knurren verschlangen sie Pansen und Herzstücke und legten sich schließlich zufrieden auf ihre Decken. Ryan sah auf die Uhr, es war fast neun, und er überlegte, wie dieser Abend verlaufen sollte. Schließlich setzte er sich an den Tisch und begann mit dem Essen, als Karen sich dazugesetzt hatte.

»Sie haben mir noch nicht gesagt, weshalb Sie hergekommen sind, Karen.«

»Ganz einfach, ich hatte Lust auf Gesellschaft, auf Ihre Gesellschaft. Sie glauben gar nicht, wie langweilig es da oben in der Vogelstation ist. Fast stumme, ungesellige Typen, diese Vogelpfleger, und außer Kartenspielen und Fernsehen kennen sie keine Abwechslung. Wissen Sie, ich komme aus Glasgow, ich bin ein Großstadtmensch, da ist immer etwas los, da ist man auf der Piste, da passiert etwas. Langeweile gibt's da nicht – und nun sitze ich für ein halbes

Jahr da oben in der Einöde fest. Können Sie nicht verstehen, dass ich einmal Abwechslung brauche?«

»Aber Sie haben sich diesen Beruf ausgesucht.«

»Nein, nein, ich studiere Ökologie, der Job in der Vogelwarte ist nur ein Praktikum, ein interessantes, wenn es um die Greifvögel geht, das schon, aber es ist eben auch der langweiligste Ort, den man sich vorstellen kann.«

»Aber wie kommen Sie auf die Idee, ich sei ein geselliger Mensch, Sie kennen mich doch gar nicht.«

»Ich habe da so meinen sechsten Sinn, wissen Sie? Gleich als ich Sie sah, wusste ich, dass Sie mir gefallen. Wir könnten uns doch hin und wieder einen netten Abend machen und eine nette Nacht, wenn Sie verstehen, was ich meine. Sie hier so allein, ich da oben so allein, da muss man doch ein bisschen nachhelfen. Es wird uns beiden gut tun, glauben Sie mir.«

»Sie denken also, ich gehe mit Ihnen ins Bett? Da muss ich Sie schwer enttäuschen. Der Typ bin ich nämlich nicht.«

»Ach was, schmeißen Sie Ihre Prinzipien doch mal über Bord, Mr Ryan McGregor. Mir brauchen Sie den stinkenden Schäfer nicht vorzuspielen. Ich weiß, wer Sie sind, ich habe mich erkundigt. Ich weiß auch, dass Sie seit Jahr und Tag keine Frau mehr hatten. Also, hier bin ich, greifen Sie zu, so ein Angebot bekommt auch ein vielfacher Millionär nicht jeden Tag serviert.«

Ryan stand auf. »Ich denke, es ist besser, Sie gehen jetzt.«

Er ging zur Tür, nahm ihre Schuhe und warf sie in die Dunkelheit. »Bis Sie Ihr Auto gefunden haben, lasse ich das Licht noch brennen, also beeilen Sie sich.«

Langsam stand Karen auf, sie sah ihn an. »Das verzeihe ich Ihnen niemals, verlassen Sie sich darauf.«

»Dann vergessen Sie auch nicht, dass ich keine Hure geordert habe.« Damit schloss er die Tür und löschte das Hoflicht, als er hörte, dass sie den Motor anließ.

Ryan schlief kaum in dieser Nacht. Er hatte sich in ein Lügennetz verstrickt, und er wusste nicht, wie er herauskommen sollte. Er wollte seine Freunde nicht verlieren, er wollte Andrea behalten, er wollte seine falsche Identität bewahrt wissen, und er wusste, dass das alles nun zu Ende war. Er musste Farbe bekennen, auch auf die Gefahr hin, alles zu verlieren: die Freunde, die Frau, dieses Domizil und den Genuss wundervoller Ferien in jedem Jahr.

VIII

Ryan stand früh auf an diesem Morgen. Es wurde gerade hell, als er sich sein Frühstück machte und die Hunde versorgte. Die Tiere waren unruhig, Ryan konnte aber nicht feststellen, was sie wirklich wollten. Sie drängten weder zur Tür, noch blieben sie auf ihren Decken liegen. Schnüffelnd liefen sie hin und her, auch nach oben, kamen aber wieder herunter und blieben schließlich neben ihm sitzen, während er sein Rührei mit Speck und ein paar Scheiben Brot dazu aß. Er freute sich auf diesen Tag. Er wusste, wohin er mit Andrea fahren würde, was er ihr zeigen wollte und wo er mit ihr mittags essen konnte. Das Wetter war gut, der Himmel klar, und die Sonne, die ihre ersten Strahlen über die Hügelkuppe schickte, versprach einen warmen Tag.

Er ging nach draußen und sah sie sofort. Am Türgriff seines Landrovers hingen drei Kadaver: die Kaninchen, die er vor einer Woche geschossen hatte und die dann verschwunden waren. Sie befanden sich in einem Ekel erregenden Zustand der Verwesung. Bevor er sich dem Fahrzeug näherte, ging er zurück und steckte den Revolver in den Gürtel. Er hatte keine Ahnung, was das zu bedeuten hatte, aber er wollte vorsichtig sein. Und dann fiel ihm ein, dass bei dem Schafstöter weder sein Gewehr noch die Munition gefunden worden waren. Und der Alte stritt energisch ab, jemals ein Gewehr besessen zu haben. Ryan, immer noch etwas entfernt von seinem Wagen, dachte daran, dass niemand wirklich nach seiner Büchse gesucht hatte, auch er selbst nicht. Was zum Teufel hatte das alles zu bedeuten? Gestern Abend diese aufdringliche Frau, jetzt die toten Karnickel und das noch immer verschwundene Gewehr.

Er ging langsam um das Haus, die Hunde neben sich. Ryan prüfte alle Fenster und den Hintereingang. Alles war verschlossen, nirgends fand sich die Spur eines Einbruchs. Der Schafstöter saß in Glasgow in Untersuchungshaft, er konnte unmöglich hier wieder aufgetaucht sein. Ryan ging zurück ins Haus, untersuchte die Einrichtung, den Gewehrschrank und die Schublade mit der Munition, aber er konnte nichts finden, was auf einen erneuten Einbruch hingewiesen hätte.

Schließlich machte er sich auf den Weg zu seiner Herde. Die Schafe drängten heraus aus dem Pferch, aber Ryan wollte unbedingt kontrollieren, ob alle Tiere vorhanden und auch unversehrt waren. Er öffnete nicht das breite Gatter, sondern ein kleines Tor mit eingezäuntem Gang, aus dem sonst die Schafe getrieben wurden, wenn sie auf den Transporter verladen wurden. So konnte er sie einzeln sehen und zählen. Die Hunde, die inzwischen über den Zaun gesprungen und im Pferch waren, trieben die Tiere langsam auf ihn zu, und ein Schaf nach dem anderen lief an ihm vorbei. Alle schienen in Ordnung zu sein. Ryan fand keine Verletzung, und auch die Zahl stimmte. Er rief die Hunde und bedeutete ihnen, dass sie die Herde zum Haus treiben sollten. Er wollte die Tiere in der Nähe haben, und um das Haus herum mussten sowieso die Flächen abgeweidet werden.

Langsam folgte er den Tieren und überlegte, was er machen sollte. Er wollte sich nicht für mehrere Stunden entfernen, das stand fest. Er musste das Haus und die Tiere im Blick behalten. Er konnte aber auch nicht gut Anzeige erstatten, wenn alles in Ordnung war – bis auf die Kaninchenkadaver natürlich, aber da würde man wohl annehmen, irgendjemand habe ihm einen schlechten Streich spielen wollen.

Ryan setzte sich für eine Weile auf die Bank vor seinem Haus und sah den Schafen zu. Dick und fett waren sie geworden, und auch die Wolle der Lämmer hatte sich gut entwickelt. Hin und wieder kam ein neugieriges Tier zu ihm, stieß ihn mit dem schwarzen Kopf an und lief wieder davon, sobald einer der Hunde in die Nähe kam. *So ein friedlicher Morgen*, dachte Ryan, *so ein wunderschöner, friedlicher Morgen*, und dann sah er hinüber zu seinem Wagen, und ein leichtes Grauen zog ihm über den Rücken. Was hatte das bloß zu bedeuten? Irgendeinen Grund musste ein Mensch doch haben, der drei Kaninchen stahl, sie aufbewahrte, bis sie vergammelten, und dann die Kadaver wieder zurückbrachte. Und vor allem, wer war es? Die Hunde hatten nicht gebellt, sie interessierten sich auch nicht sonderlich für die Kadaver oder für mögliche Spuren rund um den Wagen. War es jemand, den sie kannten? Jemand, mit dem er selbst sie bekannt gemacht, den er als Freund bezeichnet hatte? Ryan stand auf und ging noch einmal um das Haus herum und dann hinauf zu seinem Schuppen. Aber die Tore waren geschlossen, der Pferdetransporter stand so, wie er ihn abgestellt hatte, und als er die Rampe öffnete, war auch die Ladung mit dem Krempel aus dem Schloss unberührt. Ryan verschloss alles wieder sorgfältig und ging zurück.

Die Hunde hatten sich in der Sonne ausgestreckt, die Schafe grasten friedlich, er sah auf die Uhr: Zeit, sich fertig zu machen, wenn er um zehn Uhr bei Andrea sein wollte. Er holte einen Spaten, nahm die zusammengebundenen Kadaver und vergrub sie hinter dem Haus. Dann häufte er ein paar Steine auf das Stück Erde, damit die Hunde sie nicht herausbuddelten, und besah sich den Landrover gründlich von innen, von außen und auch von unten. Aber alles war in Ordnung, abgesehen von dem Schmutz, der ihn bedeckte. Aber zum Waschen reichte nun die Zeit nicht mehr. Ryan ging nach oben, zog sich aus und duschte. Während er sich anzog, sah er in den Spiegel. Er war ein Mann mit einem knochigen Körper, hoch gewachsen und schmal in den Hüften. Aber seine Schultern und Arme waren ausgeprägt, er war fit und konnte zupacken, wo es nötig war. Das hatte er der körperlichen Arbeit zu verdanken, die ihn wenigstens hier für vier Wochen in Form hielt. Schlaffe Haut oder Fettpolster gab es nicht. Vielleicht verrieten die Falten in seinem Gesicht sein Alter, sein Körper jedenfalls war in bester Verfassung. Ryan rasierte sich, versuchte, sein Haar zu einer annehmbaren Frisur mit Scheitel zu kämmen, zog Jeans und ein kariertes Baumwollhemd an und ging nach unten, um seine verschmutzten Stiefel zu putzen. Als das Leder glänzte, stellte er sie neben die Tür und ging in Strümpfen in die Küche, um hier Ordnung zu schaffen. Das Geschirr kam in die Spülmaschine, die Lebensmittel in den Kühlschrank und der restliche Kaffee in den Ausguss. Sonntags kam Linda nicht, da musste er selbst für Ordnung sorgen, vor allem, wenn er Andrea mit hierher bringen sollte. Seinen schönen Tagesplan musste er ändern, aber er hoffte, dass die Frau Verständnis dafür haben würde. Zu dumm, dass er sie so wenig kannte. Er sah sich noch einmal um, aber was er sah, gefiel ihm, und weshalb sollte sich Andrea nicht für ein paar Stunden hier wohl fühlen?

Er zog die Stiefel an, steckte die Hosenbeine in die Schäfte und schloss die Tür ab. Er würde Fenstergitter einbauen lassen, das musste er gleich morgen in die Wege leiten. Niemals hätte er erwartet, hier mit solchen Problemen konfrontiert zu werden. Aber er würde den Schmied darum bitten und daraus einen so großen Auftrag machen, dass der Rest des Geldes für Lindas neue Zahnprothese reichte. Das hatte er sowieso vor, und damit hätte er der jungen Frau auch gleich geholfen.

Andrea freute sich. Der Tag versprach schön zu werden. Als sie zum Frühstück in die Wirtsstube kam, war der Tisch bereits für sie gedeckt, und die nass gewordene Kleidung von gestern lag gewaschen und gebügelt auf einem Stuhl. Auf der Lehne hing Ryans Blazer und sah aus wie neu. Andrea bedankte sich bei der Wirtin. »Wie haben Sie das bloß alles über Nacht geschafft?«

»Ach, das war halb so schlimm. Die Jacke ist von feinster Qualität, das merkt man sogar bei der Reinigung.«

Andrea spürte, dass die gute Frau mit dem Problem der wertvollen Puppe, dem guten Tweedjackett und einem simplen Schäfer noch nicht fertig war, aber sie hatte keine Lust, sich oder Ryan zu rechtfertigen und genoss Kaffee, frische Brötchen, selbst gemachte Butter und Quittenmarmelade. Dann lief sie zurück in ihr Zimmer, legte die gebügelten Sachen in den Schrank, nahm die Fototasche, in der auch ihre persönlichen Sachen untergebracht waren, und ging wieder nach unten. Pünktlich um zehn Uhr fuhr Ryan mit dem Landrover vor. Andrea freute sich, ihn wieder zu sehen. Er war ein stattlicher, gut aussehender Mann, der da selbstbewusst und adrett, wenn auch einfach in schilfgrüne Jeans und Buschhemd gekleidet, die Wirtschaft betrat. Amüsiert sah sie zu der Wirtin hinüber, die Gläser putzend hinter ihrer Theke stand und keinen Blick von dem Fremden ließ. Sie nahm den Blazer von der Lehne und reichte ihn Ryan.

»Er ist wieder wie neu. Mrs Jackson hat ihn gereinigt und gebügelt. Sie ist ganz begeistert von der Qualität«, fügte sie leicht ironisch hinzu.

Ryan nahm die Jacke, hing sie über die Schultern, blickte die Wirtin an und erklärte: »Das Beste ist immer das Billigste, weil es ein Leben lang hält. Ich habe da so meine Prinzipien«, und zu Andrea gewandt: »Können wir fahren?«

»Ich bin fertig.«

Die Wirtin begleitete sie zur Tür. »Wann kommen Sie denn wieder? Soll ich ein Mittagessen für Sie richten?«

Aber Ryan schüttelte den Kopf. »Danke, die Dame ist heute mein Gast.«

Dann hielt er die Wagentür für Andrea auf, setzte sich hinter das Steuer und startete.

»Etwas neugierig die Dame, was?«

»Ich nehme an, sie hat eben selten eine Abwechslung. Besonders angetan hatte es ihr die Puppe. Sie meinte, die sei sehr wertvoll.«

Ryan zuckte die Schulter. »Was für einen Wert hat so ein Stück schon, wenn es im Laufe der Jahre auf einem Speicher verrottet?«

»Für mich ist es eine wertvolle Erinnerung an einen verregneten Tag in Schottland und an einen großzügigen Schäfer.«

Ryan sah sie an und lächelte. Er würde auf jeden Fall versuchen, die Wahrheit zu vertuschen, bis er sie wirklich gut kannte. Sollte sie ihm das später übel nehmen, hatte er Pech gehabt, sollte sie Verständnis dafür haben, hatte er gewonnen, eine Frau nämlich, die ihn nicht um des Geldes willen akzeptierte oder gar mochte.

»Warum so nachdenklich?« Andrea spürte, dass ihn etwas bewegte, dass er nicht so frei und offen war wie gestern. »Haben Sie Probleme?«

»Leider ja.«

»Kann ich helfen?«

»Ich fürchte, nein.«

»Wollen Sie darüber sprechen?«

»Es ist sehr schwierig. Ich habe ein großes Problem, und ich weiß nicht, worin es besteht.«

»Aber wenn man ein Problem hat, kennt man es doch auch. Kommen Sie, reden Sie, vielleicht können wir es zusammen lösen.«

»Ich möchte Sie da nicht hineinziehen.«

Andrea überlegte. Hatte die Wirtin vielleicht doch Recht? Hatte er die Ware für den Trödelmarkt gestohlen? Aber Andrea war kein Mensch, der um den heißen Brei herumredete, und so fragte sie geradeheraus: »Haben Sie die Sachen gestohlen, die Sie da gestern auf dem Markt angeboten haben?«

Ryan lachte laut: »Halten Sie mich etwa für einen Kriminellen?«

»Könnte doch sein. Woher hat ein Schäfer so wertvollen Krempel?«

»Um Gottes willen, hören Sie auf. Ich bin doch kein Dieb. Ich hatte jedes Recht, die Sachen anzubieten und zu verkaufen.«

»Ist ja schon gut«, beruhigte Andrea ihn. »Es war ja nur eine Frage, und es war auch nicht böse gemeint. Und schließlich geht es mich ja auch nichts an.«

Ryan bog von der Straße ab und fuhr einen kaum erkennbaren Heideweg entlang. »Wir sind da.«

Andrea sah sich um. Der Wagen stand inmitten einer Schafherde vor einem schlichten Haus aus grauem Granit und wurde von zwei Hunden freudig bellend umtobt.

»Und wo, bitte schön, sind wir hier?«

»Bei mir.«

Etwas unwillig sah Andrea ihn an. »Hatten wir das ausgemacht?«

»Nein, aber damit fängt mein Problem schon an. Ich kann Haus und Herde nicht allein lassen.«

»Aber gestern konnten Sie das noch.«

»Ja, leider ist etwas dazwischengekommen.«

»Und Sie wollen mir nicht sagen, was los ist?«

»Erstens hatte ich einen sehr unliebsamen Besuch gestern Abend, und heute Nacht kam ein leider noch nicht gelöstes Problem dazu.«

Ryan erzählte ihr von der Frau, von den Kaninchen, von dem Schafstöter, dem fehlenden Gewehr und den Kadavern, die heute wieder aufgetaucht waren. »Und nun habe ich Angst, dass Sie sagen: ›Danke, mir reicht's‹, und dann darf ich Sie zurückfahren, und alles ist zu Ende.«

Andrea sah ihn an: »Erstens bin ich nicht ängstlich, zweitens sieht es hier sehr nett aus, und drittens, was meinen Sie mit ›alles ist zu Ende‹?«

»Hm, schwer auszudrücken, auf jeden Fall wäre etwas zu Ende, was noch gar nicht angefangen hat, was aber sehr schön sein könnte.«

»Drücken Sie sich deutlicher aus, ich habe nicht den Eindruck, dass Sie ein Mann sind, dem es an Worten fehlt.«

»Wie Sie wünschen: Ich finde Sie sehr sympathisch, ich möchte, dass wir uns besser kennen lernen, ich möchte, dass wir uns gegenseitig verstehen und dass wir uns vertrauen können.«

»Ist das nicht sehr viel für eine Wochenendbekanntschaft?«

»Wenn Sie es so sehen, ja. Aber ich hatte gehofft, die Bekanntschaft würde länger dauern.«

»Sie wissen, dass ich morgen weiterfahre, dass ich beruflich unterwegs bin und einen festen Terminplan einhalten muss.«

»So genau wusste ich das nicht, woher auch, aber ich bin sicher, da ließen sich Möglichkeiten finden. Nur habe ich nicht mit diesem Schlamassel hier gerechnet.«

»Ich schlage vor, wir genießen diesen Tag, wir machen einfach das Beste daraus und denken nicht an morgen, einverstanden?«

»Ja, mit Einschränkung.«

»Mit Einschränkung?«

»Sie werden mir erlauben müssen, auch an morgen und übermorgen und weiter zu denken.«

»Nun gut, dann denken Sie. Jetzt rufen Sie aber bitte erst einmal die Hunde, damit ich aussteigen kann.«

Ryan stieg aus und beruhigte die Hunde. »Kommen Sie, es passiert Ihnen nichts.«

Andrea stieg langsam aus, hielt ganz ruhig den Hunden die Hände hin, damit sie ihren Geruch aufnehmen konnten, und kraulte sie dann vorsichtig hinter den Ohren. Ajax und Bella zögerten ein Weilchen, dann stupsten sie Andrea mit den Nasen, tapsten mit den Pfoten nach ihr, rieben die Köpfe an ihrem Schoß und wedelten mit den Ruten.

»Alles erledigt«, lachte Ryan, »Sie sind akzeptiert. Nun kommen Sie, damit ich Ihnen mein Zuhause zeigen kann.«

Andrea sah sich um, bevor sie ihm folgte. »Das also ist Ihre Herde.«

»Es ist ein Teil davon. Meine eigentliche Herde steht im Tiefland, aber mit diesen zweihundert Tieren bin ich in jedem Sommer hier, weil die Hügel abgeweidet werden müssen. Es ist sozusagen meine Ferienzeit.«

»Wie groß ist Ihre Herde denn alles in allem?«

»Ich weiß es nicht genau, vielleicht zweitausend Schafe.«

»Sie wissen es nicht genau?«

»Jedes Jahr kommen neue Lämmer dazu, Schafe werden verkauft oder geschlachtet, das wechselt ständig.«

»Und das sind alles Ihre Tiere?«

Ryan zögerte mit der Antwort. Sagte er die Wahrheit, war seine Tarnung sehr schnell aufgeflogen, aber sollte er die Frau belügen? Das wollte er so gut es ging vermeiden.

»Sie gehören einem Werftbesitzer in Aberdeen.«

»Ach so, und Sie haben die Verantwortung.«

»Ja.«

»Und wer kümmert sich um die anderen Schafe, während Sie hier sind?«

»Da gibt es Gehilfen, die ihre Arbeit sehr gut machen.«

Andrea nickte und folgte ihm in das Haus. Begeistert blieb sie an der Tür stehen. »Das ist ja bezaubernd hier. Wer hat das eingerichtet?«

»Ich selbst, warum?«

»Diese Wohnhalle hat Stil, die gefällt mir. Hier kann man sich wohl fühlen. Im Winter, bei Eis und Schnee, muss das wunderbar sein.«

»Auch jetzt im Sommer ist es schön, Sie werden sehen.«

Ryan nahm einen Klapptisch und stellte ihn draußen vor die Bank. »Kommen Sie, ich möchte, dass Sie es ganz bequem haben. Hier in der Sonne ist es am schönsten. Was möchten Sie trinken?«

»Im Augenblick nichts, danke. Setzen Sie sich zu mir, und erzählen Sie von Ihren Problemen, ich denke, wir sollten darüber reden.«

Ryan fand diese Idee gar nicht gut. Er hatte Angst, sich in Widersprüche und Lügen zu verstricken. Andererseits fand er es wunderbar, dass es da eine Frau gab, die sich mit seinen Problemen belasten wollte.

Andrea sah ihn an. »Also, erst einmal zu der Frau, die da zweimal unerwartet aufgetaucht ist. Wer kennt sie? Gibt es diese Vogelwarte wirklich? Und wenn ja, gibt es diese Frau in dieser Vogelwarte, und wer kennt sie dort?«

»Ich muss alles mit einem Fragezeichen beantworten. Den Bauern hier war sie fremd, und nach der Vogelwarte hat sich keiner erkundigt. Wissen Sie, hier gibt es ja nicht einmal ein Telefon im Dorf. Ich kann in diesen Dingen auch nicht den Bauern vorgreifen. Sie sind es, die immer hier leben und mit solchen Dingen fertig werden müssen. Ich bin ja nur ein Gast. Sie akzeptieren mich zwar, und sie mögen mich auch, aber richtig dazu gehöre ich nicht. Deshalb muss ich sehr diplomatisch sein.«

»Dann sollten Sie Ihre Sorgen mit den Bauern teilen.«

»Es ist ja erst in diesen Stunden passiert.«

»Vielleicht will man Ihnen einen Schrecken einjagen?«

»Aber wer, und weshalb?«

»Haben Sie Feinde? Sind Sie irgendjemandem auf die Füße getreten?«

»Höchstens dieser Frau gestern Abend. Wissen Sie, ich bemühe mich, ein höflicher Mensch zu sein. So schnell trete ich keinem auf den Füßen herum.«

»Ja, das denke ich auch.«

»Aber Sie kennen mich doch kaum?«

»Ich habe Sie als Gentleman kennen gelernt, und ich besitze auch ein gewisses Maß an Menschenkenntnis.«

»Danke.«

»Etwas allerdings beunruhigt mich. Machen Sie das öfter?«

»Was?«

»Sie haben die Bauern hier belogen.«

»Womit?«

»Mit dem Verkauf von ihrem Krempel. Wenn das herauskommt, glaubt man Ihnen auch in anderen Dingen nicht mehr.«

»Ich habe sie nicht belogen. Ich will ihnen helfen und biege die Dinge nur ein wenig zurecht.«

Andrea sah ihn an. »Da haben Sie aber eine rücksichtsvolle Ausdrucksweise gefunden: ›Ich biege zurecht!‹ Sie haben nichts verkauft und wollen so tun, als hätten Sie den ersten Preis im Wettbewerb bekommen. Woher nehmen Sie das Geld, das Sie Ihren Freunden geben wollen? Ich denke mir, so viel verdient ein Schäfer auch nicht unbedingt.«

»Sehen Sie, einige Schafe gehören mir. Es ist erlaubt, dass ein Schäfer ein paar eigene Tiere in der Herde mitlaufen lässt. Zwei davon habe ich vorige Woche verkauft, ich habe das Geld, wie Sie sehen, und ich habe es auf ehrliche Weise verdient.«

»Na schön, lassen wir das gelten. Was aber ist, wenn die Bauern dahinter kommen? Es sind doch Ihre Freunde, und Freunden sollte man vertrauen können. Wenn diese Basis fehlt, ist es aus mit der Freundschaft, nicht wahr?«

»Sie haben ja Recht. Aber außer Ihnen weiß doch keiner etwas von meinen Manipulationen.«

Ryan erkannte mit Schrecken, welchen Wert Andrea auf Glaubwürdigkeit und Vertrauen legte. Wie lange konnte er seine Lügen, auch ihr gegenüber, noch aufrechterhalten?

»Könnten wir nicht von angenehmeren Dingen sprechen?«

»In Ordnung.« Andrea nahm ihre Tasche und suchte einen der Fotoapparate heraus. »Ich werde ein paar Schafe fotografieren und die Hunde und die Blumen dort drüben.«

»Das sind Disteln.«

»Sie sehen sehr schön aus, so bizarr mit diesen zarten violetten Blütenköpfchen auf dem stacheligen Kraut.«

»Es sind unsere Nationalblumen. Die alten Schotten haben sie sogar im Wappen verewigt.«

Andrea stand auf und fotografierte. Die Schafe, sehr scheu, rannten weg und sprangen in hohen Bögen übereinander, und die Hunde hatten Mühe, sie zusammenzuhalten. Ryan lachte, steckte sich eine Pfeife an und genoss das Durcheinander.

Als sie zu ihm auf die Bank zurückkam, sah er sie interessiert an. »Ihnen macht die Arbeit Spaß.«

Aber Andrea zuckte die Schultern. »Ich bin da gar nicht mehr so sicher.«

»Was meinen Sie damit?«

»Ich weiß es nicht genau. Bis gestern dachte ich, es sei ein annehmbarer Beruf, der mich einigermaßen ausfüllt, auch wenn er mir keine großen Chancen für die Zukunft lässt.«

»Aber?«

»Ich werde immer nur eine angestellte Fotografin sein. Ich habe kein Geld, um mich selbstständig zu machen, und ich werde nie genug verdienen, um ein Studio zu eröffnen. Aber das weiß ich natürlich schon lange. Bloß gestern, da ist noch etwas hinzugekommen, eine Art Unzufriedenheit.«

»Gestern auf dem Trödelmarkt?«

»Genau. Wenn ich fotografiere, was habe ich dann in der Hand? Ein Stück Papier, nichts weiter. Ich kann dieses Schaf nicht anfassen, die Blume nicht riechen, es bleibt nur Papier übrig. Ich habe auf diesem Markt ein paar hübsche Stücke gesehen, verschmutzt und kaputt. Und jetzt fühle ich ein regelrechtes Kribbeln in den Händen, so ein Stück Holz anzufassen, zu reinigen, zu reparieren, zu polieren – wie schön muss es aussehen, wenn man den alten Glanz wiederherstellen könnte. Ich glaube, so etwas würde mir Spaß machen.«

»Es wäre die Arbeit von Spezialisten.«

»Ich weiß, ich könnte das natürlich nicht selbst machen, aber ich könnte es in die Wege leiten.«

Ryan hörte ihr aufmerksam zu. »Und dann, was dann?«

»Dann könnte man diese alten, wunderschönen Sachen verkaufen. Es gibt Sammler und Liebhaber, die ein Vermögen dafür bezahlen würden. Ich weiß das aus Hamburg, aber diese ganzen deutschen Antiquitäten bieten nichts Neues mehr. Früher war das anders, da war der Trend neu, da war es schick, ein altes Butterfass im hochmodernen Wohnzimmer zu haben und in einer hundertjährigen Kinderwiege seine Blumentöpfe zu präsentieren. Dieser Trend ist vorbei. Aber die schottischen Sachen, dieser Highlandkram, um es mal profan auszudrücken, das wäre eine ganz neue Richtung.«

»Ich verstehe zu wenig von diesen Dingen, Andrea.«

»Es sind ja auch nur Träume. Ich bin eine hoffnungslose Träumerin, Ryan.«

»Ich finde es schön, wenn man noch Träume hat.«

»Manchmal gehen sie auch ein bisschen in Erfüllung.« Und sie erzählte ihm von den Träumen ihrer Kindheit, von den großen Hunden, von dem stichelhaarigen Pferd Sico und dem fröhlichen Flöckchen, vom ersten Auto und von den ersten Kurzreisen. Nur von dem Mann ihrer Träume erzählte sie ihm nichts. Ryan, neben ihr auf der Bank, hatte die Ärmel hochgekrempelt. Mit heimlichem Vergnügen betrachtete Andrea die kleinen Haare auf seinen Armen, die im Sonnenschein golden schimmerten. Romantische Träumerei!

IX

Andrea träumte vor sich hin und blickte mit blinzelnden Augen in den hellen Himmel, über den ein schwacher Wind kleine Wolken trieb. Ryan stand auf. Es wurde Zeit, an ein Mittagessen zu denken. Kochen war allerdings nicht sein Metier, davon verstand er nichts. Da er als Kind nie das Küchenpersonal stören durfte, hatte er selten erlebt, wie die köstlichen Gerichte entstanden, die später auf dem Tisch herumgereicht wurden. Später hatte er nie Lust gehabt, sich mit Pfannen und Töpfen zu beschäftigen. Seine Arbeit war anders geartet, und er verdiente damit Geld genug, um sich eine gute Köchin leisten zu können.

Andrea sah ihn an, als er aufstand. »Was haben Sie vor?«

»Es ist Mittag, Zeit etwas zu essen.«

»Darf ich mitkommen?«

»Selbstverständlich.«

Andrea folgte ihm in die Küche und sah mit Erstaunen, dass hinter der schlichten Holzfassade der Einbaumöbel teuerste Geräte verborgen waren. »Darf ich ein bisschen neugierig sein?«

»Bitte.«

Sie wanderte umher, öffnete Schranktüren und Schubladen, Ausziehschränke und Herdklappen und bewunderte eine Küche, wie sie sie noch nie gesehen hatte. *Und das alles in der schlichten Hütte eines Schäfers?*, ging es ihr durch den Kopf. »Diese Einrichtung ist bemerkenswert, Ryan. Haben Sie die einbauen lassen?«

»Ja. Wenn ich hier schon als Selbstversorger leben muss, dann wenigstens mit Komfort.«

»Und haben Sie dafür auch ein paar Schafe verkauft? Das muss ja wohl eine Herde gewesen sein, die das finanziert hat.«

»Andrea, ich lebe sehr bescheiden, und ich bin ein sparsamer Mensch. Sie werden in diesem Haus keinen unnötigen Luxus finden, was ich aber zum Leben brauche, dass leiste ich mir, und zwar in bester Qualität.«

»Ich weiß«, lachte sie, »Sie haben Ihre Prinzipien. Macht nichts, ich freue mich, dass Sie sich so einrichten können, wie es Ihnen Freude macht.«

»Und wie ich es für richtig halte.«

»Ja, das auch. Was gibt es denn heute Mittag?«

Ryan sah sie an, und dann lachte er: »Wenn ich das nur wüsste.«

»Aha.«

»Ich hatte keine Zeit, irgendetwas zu besorgen. Ich wollte Sie doch zum Essen ausführen.«

»Vielleicht sehen wir einmal nach, was an Vorräten da ist?«

»Ja, natürlich. Nur, zum Auftauen aus der Gefriertruhe ist es jetzt ein bisschen spät.«

Ryan ging in die kleine Speisekammer und kam mit einem Korb Eier und einer geräucherten Lachsseite zurück.

»Was halten Sie davon? Der Lachs ist ganz frisch, selbst gefangen und geräuchert.«

»Fein, dann machen wir Rühreier mit Lachsstreifen. Sehr delikat. Wenn Sie sich um geröstetes Brot und um Butter kümmern würden, stelle ich mich an den Herd.«

Andrea nahm ein Küchentuch, steckte es als Schürze in den Gürtel, suchte sich Schüsseln, Brettchen, Rührbesen und Pfanne zusammen und ließ sich Salz und Pfeffer geben. Während sie die Eier verquirlte und den Lachs in feine Streifen schnitt, legte Ryan Brotscheiben in den Backofen und gab Butter in die Pfanne. Andrea schwenkte den Lachs, bis er leicht geröstet war, dann gab sie die Eier darüber und rührte die Masse vorsichtig um.

»Eigentlich sollte man Rührei ja im Wasserbad machen und so gut wie gar nicht rühren, aber das ist mir jetzt zu umständlich«, erklärte sie und nahm die Pfanne vom Herd. »Fertig. Essen wir draußen? Es ist so schön in der Sonne.«

Ryan nickte, holte ein Tischtuch, Geschirr, Bestecke und Gläser aus dem Schrank und fragte: »Was trinken Sie?«

»Keinen Alkohol, bitte. In der Mittagshitze vertrage ich das nicht. Dann werde ich müde, und der Tag ist für mich gelaufen.«

»Gut, dann nehmen wir Eiswasser mit Zitronensaft.«

Bevor sie sich hinsetzten, gab Ryan den Hunden zwei harte Brocken von undefinierbarer Form und Farbe.

»Was ist das?«, erkundigte sich Andrea.

»Das sind getrocknete Rinderohren. Sehr gut für die Zähne und für die Verdauung. Ich kann sie aber nur im Freien verfüttern, sie riechen bestialisch, wenn sie zerkaut werden.«

Bella und Ajax suchten sich zwei Schattenplätze und kauten mit Genuss auf den stinkenden Ohren herum.

»Ich bekomme es nicht fertig, sie zuschauen zu lassen, wenn ich esse, deshalb habe ich immer ein paar Extras im Hause.«

Der Lunch schmeckte vorzüglich. Ryan sah seinen Gast mit Bewunderung an. »Das haben Sie wunderbar gemacht, und in so kurzer Zeit.«

»Ich koche gern, aber nur selten. Es macht keinen Spaß, für sich allein zu kochen. Außerdem bin ich den ganzen Tag unterwegs, und wenn ich dann abends heimkomme, habe ich keine Lust mehr, mich in die Küche zu stellen. Wissen Sie, die ganze Wohnung riecht dann stundenlang nach dem Gekochten, und ungesund ist es außerdem, so spät zu essen.«

»Sie leben allein?«

»Ja.«

Ryan dachte über diese Antwort nach. Sollte er weiterfragen? Zu gern hätte er mehr über sie gewusst, aber er wollte nicht aufdringlich sein, nicht schon am zweiten Tag – aber wie viel Zeit blieb ihm noch, wenn sie tatsächlich morgen weiterreiste? Vielleicht ergab sich am Nachmittag die Gelegenheit zu einem Gespräch.

Als sie das Geschirr abgeräumt, die Küche aufgeräumt und den Geschirrspüler angestellt hatte, ging Andrea wieder nach draußen. Ryan hatte ein paar Kissen und Decken auf dem Gras ausgebreitet.

»Kommen Sie, wir legen uns in die Sonne. Es ist zu warm, um jetzt etwas zu unternehmen. Später gehe ich mit Ihnen hinauf zum Hochmoor, da ist es wunderschön, und heute hat man einen klaren Blick auf den Firth bis hinüber zur Black Isle.«

»Einverstanden. Im Moment bin ich viel zu satt für eine Wanderung.«

Sie beobachtete, wie Ryan Schuhe, Strümpfe und sein Hemd auszog und sich auf die Decke legte. Schuhe und Strümpfe legte sie auch ab, aber die Bluse behielt sie an.

Ryan, der sie beobachtete, amüsierte sich. Aber er konnte ihr nicht gut empfehlen, noch mehr auszuziehen, wenn er das auch liebend gern getan hätte.

»Wenn Sie wollen, drehe ich mich um und bleibe die ganze Zeit mit geschlossenen Augen auf dem Bauch liegen«, erklärte er großzügig.

Aber Andrea lachte. »Nein danke, das kann ich nicht annehmen. Ich komme schon zurecht.«

Während sie sich hinlegte, warf sie einen Blick zu ihm hinüber. Er sah verflixt gut aus, und das verführerische Brusthaar zog sich bis unter den Gürtel, breit und gelockt oben, schmaler und dunkler zur Hüfte hin.

Ein unwiderstehlich verführerischer Mann, dachte sie, als er leise sagte: »Nun, kommen Sie schon, rücken Sie ein bisschen näher, ich beiße nicht.«

So legte sie sich neben ihn und duldete es, dass er seinen Arm unter ihren Kopf schob.

»So eine Stunde sollte nie zu Ende gehen«, seufzte sie.

»Es liegt an Ihnen, ob und wie sie zu Ende geht, Andrea.«

Er sagte es so sanft und doch eindringlich, dass es wie ein Streicheln auf ihrer Haut wirkte, und sie wusste: *Er ist ein Mann, der nicht viele Worte macht*. Und dann dachte sie an ihre Zukunft, an ihr Leben und an ihre Träume. Es war unmöglich, sich hier in einem fremden Land in einen fremden Mann zu verlieben, in einen dubiosen Schäfer, den sie nicht einmal kannte. Wo, um Himmels willen, sollte das hinführen?

Ryan, der sofort spürte, dass sie sich verkrampfte, sah sie an. »Was ist los?«

»Es ist schön hier, und ich genieße das alles. Aber in zwei Stunden muss ich zurückfahren, und morgen bin ich schon auf den Hebriden. Das war es dann.«

»Nicht an morgen denken, Andrea, genießen Sie das Heute, werfen Sie doch die Gedanken einfach über Bord.«

Als sei das richtige Stichwort gefallen, klang vom Wasser her das Tuckern eines Außenbordmotors zu ihnen herauf.

Ryan setzte sich hin. »Wer kann das denn sein?« Er zog Strümpfe und Schuhe an und stand auf. Auch die Hunde hatten den Motor gehört und stürmten bellend den Abhang hinunter zum Bootsanleger.

Ryan knöpfte sein Hemd zu und reichte Andrea die Hand, um ihr beim Aufstehen zu helfen. »Kommen Sie, wir müssen nachschauen, bevor die Hunde ihn zerreißen.«

Andrea sah ihn erschrocken an.

Ryan lachte. »Ich mache nur Spaß, der Besucher wird sich hüten, sein Boot zu verlassen, solange sie ihn anknurren.«

Sie liefen den Abhang hinunter, und erst jetzt sah Andrea, wie dicht sie am Wasser des Moray Firth waren. Am Steg hatte ein kleiner, alter Fischkutter angelegt, von dem der grünweiße Anstrich abblätterte und aus dem ihnen ein graubärtiger Mann zuwinkte.

»Hey Ryan, ruf die Bestien zurück, damit ich aussteigen kann.«

»Ajax, Bella, kommt her, ist schon gut. Hallo Steve, was machst du denn am Sonntagnachmittag hier in meiner Gegend?«

Der alte Mann kletterte von Bord und schleppte einen langen grauen, etwas unförmigen Gegenstand hinter sich her. »Ich hab hier was gefunden, und ich glaube, es gehört dir.«

Ryan ging ihm entgegen und besah sich das in eine Decke gehüllte Bündel. »Und was ist das?«

»Mach es auf, dann siehst du es.«

Ryan bückte sich und knotete den Bindfaden auf, der um das Bündel gewickelt war. Vorsichtig öffnete er die Decke. Hervor kamen ein Gewehr, ein schwarzer Motorradhelm und ein toter Goldadler.

»Ist doch dein Gewehr, oder?«

»Ich glaube schon.« Ryan nahm die Büchse in die Hand und drehte sich um. »Ich muss die eingestanzte Nummer mit meiner Waffenliste vergleichen, um sicher zu sein. Aber ich glaube, es ist wirklich mein Gewehr.«

»Dann geh nachsehen, sonst muss ich mit dem Kram nämlich zur Polizei nach Elgin, und das möchte ich mir ersparen.«

»Komm mit, wir gehen zum Haus und kontrollieren die Nummer.«

Ryan nahm die Decke an allen vier Ecken auf und trug den Inhalt vorsichtig nach oben. Er ging so schnell, dass Andrea und Steve Mühe hatten, mitzukommen. *Er ist sehr wütend*, dachte Andrea, *und wohl auch ziemlich ratlos*. Vor dem Haus angekommen, legte er das Bündel auf die Erde und ging hinein. Nach wenigen Minuten kam er mit einem Aktenordner zurück.

»Hier ist die Nummer, es ist die gleiche wie auf dem Gewehr. Es gehört mir. Verdammt, Steve, wo hast du das her?«

»Es lag im Schilf, nicht weit von meinem Bootssteg. Unter dem Helm muss eine Luftblase gewesen sein, und die drückte den Helm mit der Decke nach oben. War 'ne kugelrunde Sache, die ich da zuerst gesehen habe, und ich konnte mir nicht vorstellen, was das sein könnte. Deshalb bin ich neugierig geworden. Na ja, nun wissen wir es.«

»Was soll ich mit dem Helm und dem Kadaver?«

»Weiß ich nicht, ich bin das Zeug jedenfalls jetzt los.«

»Himmel noch mal, dieser Tag ist von Kadavern geprägt.«

»Was meinst du damit?«

»Das fing schon heute Morgen an.« Ryan erzählte die Geschichte von den Kaninchen an der Autotür.

»Ist wohl ein Verrückter unterwegs, Ryan. Reg dich nicht auf, irgendwann ist der auch wieder weg. Wollt ihr ein paar Fische zum Abendessen?«

»Nein danke, Steve.« Auch Andrea schüttelte den Kopf.

»Nun hab ich euch den Appetit verdorben, tut mir Leid, aber wohin sollte ich denn mit dem Zeug. Wie war das eigentlich auf dem Trödelmarkt gestern, hast du was verkauft?«

»Ist alles gut gelaufen. Morgen Abend bin ich im Pub, dann rechnen wir ab. Sag das bitte den anderen.«

»Mach ich. Kommst du auch klar mit diesem Mist hier?«

»Ist schon in Ordnung. Komm, wir trinken einen Schluck, und dann fährst du heim, um den Rest kümmere ich mich.«

»Klar doch.«

Andrea ging ins Haus, holte Gläser und die Flasche, die sie im Schrank gesehen hatte, und alle drei prosteten sich zu.

Dann ging der Fischer zurück zu seinem Boot, begleitet von den beiden knurrenden Hunden, und Ryan sah Andrea an. »Langsam frage ich mich, wann der Blödsinn ein Ende hat.«

Andrea überlegte: »Das mit dem Helm und dem Vogel ergibt überhaupt keinen Sinn. Wenn einer das Gewehr gestohlen hat und es nun wieder loswerden wollte, gut, dann hat er es in eine Decke gewickelt und im Wasser versteckt, aber der Helm und der Vogel?«

»Wenn wir heute Abend in Inverness sind, rufe ich bei der Vogelwarte an, dann wissen wir mehr.« Er stand auf. »Kommen Sie, wir trinken jetzt einen Tee, und dann gehen wir hinauf zum Moor. So wie jetzt darf der Tag nicht enden.«

Der Weg führte in sanften Steigungen nach oben. Ryan nahm Andrea an die Hand und führte sie über die schmalen Pfade, die das Wild in das Heidekraut getreten hatte. Die Sonne, schon ziemlich weit im Westen, tauchte die Hügel in ein rot glühendes Meer von Blüten so weit das Auge reichte.

»So etwas Schönes habe ich noch nie gesehen, Ryan.«

»Es ist das Licht hier bei uns, um diese Uhrzeit ist es besonders intensiv, ich wusste schon, weshalb wir erst jetzt hier heraufgehen.«

»Sie lieben dieses Land, nicht wahr?«

»Ich bin, so lange ich denken kann, in jedem Jahr um diese Zeit hier gewesen. Als Schuljunge erwischte ich immer gerade den Anfang der Heideblüte, später habe ich mir die Ferien selbst so eingeteilt, dass ich im August hier sein konnte. Nun, und jetzt arbeite ich eben um diese Zeit hier.«

»Gestern sagten Sie, es sind Ihre Ferien, die Sie hier verbringen.«

»Ja schon, im Gegensatz zu meiner sonstigen Arbeit ist das Hüten der kleinen Herde wirklich ein Vergnügen.«

»Ich freue mich für Sie. Ich komme selten heraus aus der Großstadt. Dass ich jetzt diese Arbeitstour machen kann, war ein großes Glück.«

»Erzählen Sie mir, wie es dazu gekommen ist.«

Andrea berichtete von der Military-Meisterschaft, von ihren geglückten Aufnahmen und von dem Reiseführer, für den sie jetzt unterwegs war.

»Und was machen Sie, wenn Sie wieder in Hamburg sind?«

»Fotografieren, was sonst? Da werden genug Termine auf mich warten.«

»Und was ist mit Ihren Träumen?«

»Welche Träume?«

»Nun, selbstständig etwas zu tun. Wissen Sie noch, gestern, als Sie die alten Sachen vom Trödelmarkt retten wollten?«

»Ach Ryan, das sind Träume, wirklich nur Träume.«

»Und wenn Sie die Chance hätten, Sie umzusetzen? Wie würden Sie es anfangen?«

»Ganz klein und bescheiden. Ich würde mir einen Studenten von der Kunstakademie suchen, der schon praktische Erfahrung hat und gern ein bisschen Geld verdienen würde. Der müsste die Sachen restaurieren. Und dann würde ich mir einen zusammenklappbaren Malertisch suchen, bei jedem Antikmarkt einen kleinen Stand anmelden und die Sachen anbieten.«

»Und wie bekämen Sie das Zeug nach Hamburg?«

»Mit meinem Auto natürlich. Ich sagte doch, ich würde das erst mal auf ganz kleiner Basis machen.« Sie lachte. »Später, wenn ich groß im Geschäft bin, würde ich vielleicht einen kleinen Laden mieten und einen Pferdetransporter nehmen.« Sie sah ihn grinsend an.

Aber Ryan blieb ernst: »Und was würde Ihre Sachen von anderen unterscheiden? Alten Kram gibt es überall.«

»Einmal die Tatsache, dass die Antiquitäten hier von der Insel kommen, jedes Land hat seine Originale, und dann natürlich ihr Kennzeichen.«

»Und was wäre das?«

»Schottische Disteln natürlich: eingebrannt, eingekerbt, aufgezeichnet oder als Aufkleber, mal sehen, was am besten ist. Träumereien, Ryan«, lachte sie und fasste seine Hand.

Aber Ryan hatte plötzlich eine Idee: Er wollte, dass sie diesen Traum weiterverfolgte, denn der würde sie wieder in die Highlands zurückbringen. Er würde nicht locker lassen, es war die Möglichkeit, sie wieder zu sehen, sie in der Nähe zu haben. *Eine großartige Idee,* dachte er und legte den Arm um ihre Schultern. »Andrea, Träume können wahr werden. Ich denke, wir sollten uns jetzt einmal küssen.«

Sie sah ihn einen Augenblick erstaunt an, dann nickte sie. »Ja, weshalb eigentlich nicht?«

»Dann werden wir jetzt mit einem Kuss unsere Träume besiegeln.«

Während sie ungläubig den Kopf schüttelte, nahm er sie in den Arm und suchte mit großer Zärtlichkeit ihre Lippen. Als sie Hand in Hand weitergingen, dachte Andrea über diesen Kuss nach. Es war ein guter Kuss, nicht stürmisch und auch nicht erotisch, er verlangte nichts, und er versprach nichts: ein guter Kuss. Sie lächelte, einfach ein guter Kuss.

X

Peter Erasmus in Hamburg war unruhig. Sorge, ja Angst führte ihn bis an den Rand des Erträglichen. Wäre er ein anderer Mensch gewesen und nicht dieser Phlegmatiker, wäre er explodiert: Seit sechs Tagen hatte er nichts von Andrea gehört, seit sechs Tagen wartete er auf einen Anruf, auf ein Zeichen, irgendeinen Hinweis, dass es ihr gut ging. Er machte sich Sorgen um sie, und er hatte Angst, sie zu verlieren. Er liebte sie, also durfte er besorgt sein und ängstlich.

Er hätte sie so gern begleitet, aber sie wollte es nicht, er hätte gern wenigstens einmal am Tag mit ihr telefoniert, aber er hatte keine Telefonnummer. Jetzt war er so weit, dass er ihr nachfahren wollte, aber er wusste nicht wohin. Was er allerdings genau wusste, war, dass sie genau das nicht wollte: dieses Nachfahren, dieses Besitzergreifen. Weshalb nur? Warum ließ sie sich nicht etwas verwöhnen, warum durfte er ihr nicht hin und wieder helfen? Was hatte sie gegen seine Nähe und gegen sein Geld? Er war nie aufdringlich oder lästig, er forderte nichts, er wollte nur geben, warum durfte er das nicht? Und nun, an diesem Wochenende, hatte er das ganz bestimmte Gefühl, dass Andrea ihn brauchte, dass sie sich in Gefahr befand und dass sie mit großen Problemen fertig werden musste. Seit Samstag früh saß er in der Nähe des Telefons und schreckte bei jedem Klingeln an der Haustür zusammen. Er war Anne gegenüber unbeherrscht und Fremden gegenüber missgelaunt.

Anne kannte solche Zeiten, sie wusste, dass ihr einstiger Zögling unausstehlich wurde, wenn er sich selbst nicht mehr helfen konnte. Sie wusste aber auch, dass er nicht aus seiner Haut herauskonnte, und sie hatte oft Angst um ihn, wenn ihn seine Gefühle überwältigten. Es war kein Wunder, dass er trotz seines guten Aussehens, seines Geldes und trotz seiner gesellschaftlichen Stellung noch keine Frau gefunden hatte.

Schon als Kind war er verschlossen gewesen. Er weinte nie, er lachte aber auch nie. Als sie seine Betreuung übernahm, war er gerade in die Schule gekommen. Er war ein gut aussehender Junge, aber sein ganzes Wesen war damals schon von Schüchternheit und Hemmungen geprägt. Seine Eltern hatten es nicht verstanden, dem Einzelkind entgegenzukommen: Sein Vater war mit der Firma beschäftigt, die er wohl geordnet und sehr renommiert vom eigenen Vater übernommen hatte und später dem Sohn in optimalem Zustand übergeben wollte, und seine Mutter war vollauf mit Wohltätigkeit beschäftigt. Kaum eine Initiative auf dem karitativen Sektor, der sie nicht angehörte, um damit dem Namen Erasmus in Hamburg nicht nur durch die Firma, sondern auch durch wohltätiges Engagement großes Ansehen zu verschaffen. Hinzu kamen zahllose gesellschaftliche Verpflichtungen, die sie beanspruchten. Keiner der beiden hatte Zeit, die bescheidenen Wünsche des einzigen Kindes zu erkennen und zu erfüllen. So zog sich Peter, unverstanden und, wie er meinte, wohl auch ungeliebt, immer weiter in sich selbst zurück. Er wurde ein stiller Junge, überaus intelligent und überaus scheu. Er absolvierte seine Schulzeit und sein Jurastudium in Hamburg ohne Zwischenfälle, stieg in die Firma ein, weil der Vater es wünschte, und übernahm den großen, angesehenen Betrieb, als die Eltern sich zur Ruhe setzten und nach Florida umsiedelten. Er war zwar ein würdiger Nachfolger, der seine Arbeit von der Pike auf gelernt hatte, trat aber nie als Chef hervor. Er wusste, dass er kompetente Mitarbeiter hatte, auf die er sich verlassen konnte, weshalb sollte er sich in ihre Arbeit einmischen?

In all den Jahren war Anne bei ihm gewesen, zuerst als Erzieherin, später als Vertraute und schließlich als die einzige Bezugsperson, die er in seinem Leben hatte. Und dann war Andrea gekommen, eine fröhliche Frau, die ihn freundschaftlich und vertrauensvoll behandelte, die nicht nach seinen Problemen fragte und seine Hemmungen bewusst übersah. *Sie könnte es schaffen,* dachte Anne, *aus ihm einen heiteren Mann zu machen, der es lernte, selbstbewusst nach vorn zu schauen.*

Sie sah nach draußen in den Garten, wo Peter an seinem Frühstückstisch saß, appetitlos in seinem Omelett herumstocherte und den Kaffee vor lauter Gedanken und Sorgen kalt werden ließ. Sie ging zu ihm. »Soll ich noch einmal frischen Kaffee aufbrühen oder lieber eine Tasse Tee?«

»Nein danke, Anne. Ist schon in Ordnung.«

»Darf ich dir einen Rat geben?«

»Immer. Um was geht es denn?«

»Du solltest hinterherfahren.«

»Ach Anne, genau das will sie ja nicht. Und wo soll ich sie suchen?«

»Na, das lässt sich doch feststellen. Und ob es ihr nun passt, danach würde ich überhaupt nicht fragen. Du bist ihr Freund, du bist einfach da, und schließlich wird sie sich darüber freuen.«

»Meinst du?«

»Ja. Und jetzt hole ich das Telefon, und dann versuchen wir's zusammen.«

Während Anne sein Handy holte, suchte Peter die Nummer der Reinickes aus seinem Notizbuch. Nach mehrfachem Klingeln meldete sich Jens. Peter nannte seinen Namen und bat: »Ich brauche dringend die Adresse von Andrea Steinberg, könnten Sie mir weiterhelfen?«

»Ich werde Sie mit meiner Frau verbinden, aber ich glaube nicht, dass wir eine Anschrift von Andrea haben. Sie hat sich nicht bei uns gemeldet.«

Wenig später war Inken am Apparat. »Tut mir Leid, aber ich kann Ihnen nicht weiterhelfen. Andrea hatte keinen festen Reiseplan, sie wollte einfach drauflosfahren und fotografieren, was ihr gefiel.«

»Aber irgendwie muss sie doch zu erreichen sein?«

»Vielleicht versuchen Sie es über den Verlag, für den sie unterwegs ist. Aber die Telefonnummer habe ich im Büro, und auch in Edinburgh werden Sie sonntags niemanden erreichen, fürchte ich.«

»Wenn Sie mir den Namen des Verlages nennen könnten, kann ich selbst die Nummer besorgen.«

»Ja, den weiß ich auswendig.«

Inken diktierte den schottischen Namen, und während Peter ihn notierte, überlegte er bereits, wie er an die Telefonnummer kommen könnte. Dann bedankte er sich, entschuldigte sich für die Störung und legte auf. Anne sah ihn gespannt an.

»Sehr viel weiter bin ich nicht gekommen, aber versuchen wir es über die Auskunft.«

Nach mehreren Fehlversuchen gelang es ihm schließlich gegen Abend, Mark an den Apparat zu bekommen, der nicht wenig erstaunt über dieses Ferngespräch war. Aber auch er hatte keinen Reiseplan von Andrea, rechnete jedoch aus, dass sie irgendwo zwischen Inverness und Glasgow an der Westküste sein müsste.

»Tut mir Leid, aber etwas Genaueres kann ich nicht sagen. Sie hatte so viel vor und ist so unternehmungslustig hier abgefahren, dass ich glaube, ganz Schottland liegt ihr inzwischen zu Füßen«, lachte er, nannte ihm den Wagentyp, mit dem sie unterwegs war, und wunderte sich im Stillen über den hartnäckigen Verehrer in Hamburg, der es nicht abwarten konnte, seine Freundin, die nur für zehn Tage verreist war, wieder zu sehen.

»Ich bin ab morgen in Schottland, ich werde einen Wagen mit Autotelefon mieten und melde mich bei Ihnen, wenn ich die Nummer weiß. Würden Sie Andrea bitte fragen, wo ich sie erreichen kann, falls sie sich meldet? Ich fürchte, ohne Ihre Vermittlung komme ich nicht sehr weit mit meiner Suche.«

»Da muss ich Ihnen leider Recht geben. Warten wir also ab, ob sie von sich hören lässt. Sie geben mir Ihre Nummer durch, sobald Sie die haben.«

Und während Andrea und Ryan das Tal erreichten und gemeinsam mit den Hunden die Schafherde zurück in den Pferch trieben, beschloss Peter Erasmus, Montag mit der ersten Maschine nach Schottland zu fliegen. Er buchte per Telefon das Flugticket, den Mietwagen und einen Fahrer, weil er mit dem Linksverkehr nicht klarkam und nicht nach Orten, sondern nach Andrea suchen wollte. Nachdem das alles geregelt war, schmeckte ihm endlich der Kalbsbraten, den Anne für das Abendessen zubereitet hatte und jetzt servieren durfte.

Als Peter am nächsten Morgen in der ersten Dämmerung aufstand, zweifelte er schon wieder an der Richtigkeit seines Vorhabens. Wäre da nicht Anne gewesen, die er nicht enttäuschen wollte, und wäre nicht die ganze Reise inzwischen festgelegt gewesen, er hätte alles abgesagt. Aber dann war da wieder der unbändige Wunsch, Andrea zu sehen, und die Angst, sie durch einen wie auch immer gearteten dummen Zufall zu verlieren. So schüttelte er zusammen mit dem eiskalten Wasser der Dusche alle Zweifel ab und zog sich an. Nicht im Nadelstreifenanzug und Seidenhemd wie sonst, sondern im Countrylook würde er auf die Suche gehen, angepasst an das Aussehen Andreas, von der er wusste, dass sie das Landleben und alles, was dazugehörte, liebte. Er besah sich im Spiegel, während er einen dünnen Schal statt der Krawatte im Hemdkragen platzierte, und stellte fest, dass er mit dem Gewicht aufpassen musste. Um die Taille herum war er sichtbar fülliger geworden, und auch im Gesicht waren die kantigen Züge leichten Rundungen gewichen. Daran war einmal Annes gute Küche schuld und dann seine eigene Bequemlichkeit. Er hielt nicht viel von sportlichen Strapazen und grünen Salaten, und die Fahrt im Mercedes war weitaus angenehmer als eine Joggingtour rund um die Außenalster.

Als er auf dem Flughafen die Maschine nach London bestieg, ging über Hamburg die Sonne auf. Rot glühend versprach sie gutes Wetter. Peter musste an einen anderen Sonnenaufgang denken, damals in Tunesien, als er auf einer Wüstensafari unterwegs war und den Sonnenaufgang vom Rücken eines Kamels aus erlebt hatte. Es war ein unvergleichliches Erlebnis gewesen, das er wohl nie vergessen würde: Sie waren mit Jeeps unterwegs und hatten in einem überraschend komfortablen Hotel mitten in der Wüste logiert. Als sie an jenem Morgen in der Dunkelheit nach draußen kamen, lagen die Kamele in einer Herde beisammen, von ihren Hirten bewacht und mit Wolldecken und Riemen gesattelt. Dann wurden jedem Teilnehmer ein Kamel und ein Treiber zugeordnet, und sobald man sich, fest an das Tier geklammert, endlich hoch oben auf dem schwankenden Rücken befand, startete die Karawane in die Finsternis hinein. Bis kurz vor Sonnenaufgang war nichts zu erkennen, man spürte lediglich, dass der Weg über Sanddünen bergauf und wieder bergab führte. Und dann blieben auf dem Kamm einer solchen Düne alle stehen, und plötzlich, beinahe ohne Vorankündigung, stieg im Osten die Sonne über den Horizont, breitete ihr Licht erst zaghaft, dann kräftig und zum Schluss fast brutal und blendend über der Wüste aus.

Peter lächelte, als er an dieses wundervolle Erlebnis dachte, und bestieg die Maschine, die ihn in kürzester Zeit nach London bringen würde. Dort musste er nach Glasgow umsteigen. Natürlich wusste Peter Erasmus, dass er sich dumm und lächerlich benahm. Er war selbstkritisch genug, um zu erkennen, dass er übermotiviert war und unüberlegt handelte. Aber was konnte er tun? Sein Herz war stärker als sein Verstand und der Wunsch, Andrea zu sehen, größer als seine Vernunft. Während er im Ankunftsbereich des Glasgower Flughafens am Gepäckband auf seinen Koffer wartete, beschloss er, alle Zweifel und alle Selbstkritik beiseite zu schieben und aus dem Gefühl heraus zu handeln. Als er schließlich bei Avis nach seinem gebuchten Wagen fragte, trat ein junger, adrett gekleideter Mann auf ihn zu und stellte sich als Fahrer vor. »Ich bin Byron, Ihr Chauffeur, Mr Erasmus. Der Wagen steht vor der Tür. Wenn Sie bitte mit mir kommen wollen?«

Er nahm Peters Koffer und führte ihn zu einer Limousine, neben der ein anderer Mitarbeiter der Firma mit Schlüsseln und Papieren wartete. Nachdem Sie den Flughafenbereich verlassen hatten und der Fahrer sich nach der Strecke erkundigt hatte, bat Peter ihn, anzuhalten, da er zunächst ein Telefongespräch führen müsse. Nach einigen Vermittlungen hatte er Mark am Telefon.

»Hallo Mr McLaughley, ich bin jetzt in Glasgow und wollte Ihnen die Nummer meines Autotelefons durchgeben. Hat sich Miss Steinberg inzwischen gemeldet?«

»Nein, tut mir Leid, aber ich habe mir die Strecke noch einmal angesehen, die sie fahren wollte, und ich denke, sie ist heute in den Inverewe Gardens an der Westküste, später fährt sie dann am Loch Ness vorbei den Caledonian Canal entlang, weil sie ja von Oban aus hinüber auf die Hebrideninsel Iona wollte.«

»Die Inverewe Gardens, was ist das?«

»Es sind Gärten, in denen Sie Pflanzen aus aller Welt bewundern können. Sie liegen in der wärmsten Ecke von Schottland, denn hier bringt der Golfstrom seine Wärme direkt bis an die Küste, und selbst tropische Pflanzen, von Reisenden und Kaufleuten in Jahrhunderten mitgebracht, gedeihen hier. Ein Besuch dort ist eigentlich ein Muss für jeden Schottlandreisenden, deshalb wollte Miss Steinberg sie fotografieren. Und ich glaube, mein Vater hat sie dazu auch ermutigt.«

»Braucht man dazu Mut?«

»Nun, da oben im Wester Ross beginnt die Einsamkeit: kaum befahrene Straßen, mit Schotter statt mit Asphalt aufgefüllt, enge Durchlässe mit Eisengittern auf der Erde, damit das Vieh nicht auf fremden Weiden grast, und nachts schlafende Kühe und Schafe auf den wenigen Asphaltstraßen, weil diese die Sonne speichern und die Tiere wärmen. Und kaum Menschen in der Gegend. Die Kleinbauern sind im vorigen Jahrhundert alle ausgewandert, weil die Großgrundbesitzer sie vertrieben haben. Ein sehr einsames Land.«

»Und gefährlich für eine Frau, die allein unterwegs ist?«

»Nur, wenn sie Probleme mit dem Wagen hätte, Menschen gibt es dort ja kaum.«

»Dann ist meine Sorge um Frau Steinberg berechtigt?«

»Nein, ich habe einen absolut sicheren, fast neuen Wagen für sie bereitgestellt. Sie wird keine Probleme damit haben.«

»Aber ich bin sehr beunruhigt.«

»Vergessen Sie das. Warten Sie in Oban am Fähranleger auf Miss Steinberg. Wenn sie sich nicht vorher meldet, müssten Sie sie dort treffen. Spätestens morgen oder übermorgen wird sie dort sein.«

Aber Peter ließ sich nicht beruhigen. »Wie konnten Sie einer allein reisenden Frau einen solchen Auftrag geben?«

»Mr Erasmus, niemand hat ihr einen Auftrag gegeben. Sie hat die Strecke allein gewählt. Mein Vater hat nur einige Hinweise gegeben. Unter die fallen die Inverewe Gardens genauso wie die Werften von Aberdeen, und ich würde sagen, die Industrieanlagen sind gefährlicher für eine Frau als die Einsamkeit im Wester Ross.«

»Hat der Wagen von Frau Steinberg wenigstens ein Telefon?«

»Tut mir Leid, aber darauf habe ich leider nicht geachtet«, gab Mark kleinlaut zu. »Aber ich werde mich sofort erkundigen. Ich rufe gleich zurück.«

Noch bevor Peter antworten und seinem Ärger Luft machen konnte, hatte Mark aufgelegt. Ratlos sah er den Fahrer neben sich an.

»Wester Ross, wo ist das, und wie kommt man dorthin?«

Byron nahm die Karte und zeigte auf die nordwestlichen Landstriche von Schottland. »Hier oben liegt der Landstrich. Man muss nach Inverness und von dort aus nach Westen. Eine lange Strecke und nur Landstraßen. Ich glaube nicht, dass wir das heute noch schaffen.«

Peter studierte die Karte. »Fahren wir erst einmal in Richtung Norden. Ich muss noch ein Telefongespräch abwarten.«

Es dauerte fast eine Stunde, bis Mark zurückrief.

»Tut mir Leid, aber es ging nicht schneller. Die Verleihfirma musste erst ihre Unterlagen durchsehen, und dann war der Sachbearbeiter nicht da, der die Wagen mit Telefon betreut. Also, Miss Steinberg hat ein Telefon im Wagen, und ich gebe Ihnen jetzt die Nummer. Ich möchte aber gleich dazu sagen, dass ich bereits versucht habe, sie zu erreichen, aber sie hat das Telefon nicht abgenommen. Ich denke, bei dem schönen Wetter ist sie zu Fuß unterwegs, um zu fotografieren, und hört das Telefon im Wagen nicht.«

Peter, inzwischen zutiefst beunruhigt und gereizt, notierte die Nummer und verabschiedete sich äußerst knapp von Mark.

»Wir bleiben auf jeden Fall in Verbindung. Ich fahre jetzt Richtung Inverness. Bitte melden Sie sich, wenn Frau Steinberg etwas von sich hören lässt.«

Dann gab er dem Fahrer den Auftrag, mit zulässiger Höchstgeschwindigkeit das Wester Ross anzusteuern und unterwegs auf einen entgegenkommenden wüstengelben Geländewagen der Firma Rover zu achten, während er selbst immer wieder und immer vergeblich Andreas Autotelefon anwählte.

XI

Die Hunde umkreisten ruhig die Herde. Sie bellten kaum, und die Schafe konnten ungestört ihr Futter aufnehmen: ein Bild tiefen Friedens an einem sommerlichen Spätnachmittag. Andrea und Ryan gingen gemächlich über die letzten Weiden vor dem Haus, und er erzählte vom Land, von den Tieren, dem Wetter und den Menschen. Andrea war verblüfft über sein Wissen, das eher einem studierten Biologen als einem Schäfer entsprach. Oder war es gerade der Schäfer, der wie kein anderer Mensch sein Land kannte? Ryan wusste eine Menge über Wildblumen und Kräuter, Vögel und Wild und über die Schafe natürlich, die ihr ganzes Leben draußen im Hochland verbringen.

»Nur einmal dürfen die Muttertiere ein Lamm haben, damit sie kräftig genug bleiben und Wind und Wetter, Hitze und Kälte hier draußen ertragen. Wir wollen ja ihr Fell und weder ihr Fleisch noch ihre Milch«, erklärte er und zeigte auf seine Herde. »Ich habe diesmal etwa neunzig Lämmer dabei. Sie sollen sich hier oben und bei verhältnismäßig warmen Temperaturen an das Leben draußen gewöhnen, bevor der Winter kommt.« Er zeigte auf einige Tiere, die an ihrem hellen Haar und an ihrer Verspieltheit als Lämmer zu erkennen waren. Auch die Größe der Muttertiere hatten sie noch nicht erreicht, aber viel fehlte nicht mehr.

»Wie lebst du im Winter, Ryan? Ich meine, persönlich, nicht die Schafe. Du hast mir erzählt, dass du hier im Norden nur im Sommer bist. Wohin gehst du danach? Hast du irgendwo eine Hütte, einen festen Wohnsitz, oder ziehst du mit der Herde umher?«

Ryan erschrak. Was sollte er über seine »Winterarbeit« sagen? Was konnte er erzählen, ohne allzu sehr zu lügen?

»Die Herden haben feste Weiden für den Winter. Die Flächen sind groß genug, um die Tiere zu ernähren. Sie ziehen nur in begrenzten Gebieten herum, und die einzelnen Schäfer können, meist sogar mit Familie, in festen Hütten wohnen.«

»Hast du auch so eine Hütte?«

»Ja, ich habe auch eine Hütte.«

»Und, entschuldige, wenn ich danach frage, wohnst du dort auch mit einer Familie?«

»Du willst wissen, ob dort eine Frau mit mir lebt? Ob ich verheiratet bin?«

»So direkt würde ich es nicht sagen. Aber irgendwie läuft meine Frage darauf hinaus«, lachte Andrea.

Ryan sah sie an. »Und weshalb willst du das wissen?«

»Es interessiert mich, wie ein Schäfer so lebt.«

»Also, meine Hütte steht in der Nähe des Dee, und ich habe einen schönen Blick auf den Fluss. Und eine Frau lebt da auch. Aber sie ist mit einem anderen Mann verheiratet und kümmert sich nur ein bisschen um die Hütte und meine Sachen.«

»So wie hier diese Linda, von der du mir erzählt hast?«

»Ja, so ungefähr.«

»Bist du da nicht sehr allein? Ich meine, immer nur die Schafe, die Hunde und eine Putzfrau?«

»Ich kann natürlich nach Lust und Laune in die Stadt fahren, Aberdeen ist nicht weit.«

»Ja, das könntest du natürlich.«

Andrea sah angestrengt in die Ferne, sie durfte unmöglich noch neugieriger sein. Eine feste Bindung hatte er anscheinend nicht, aber Bekanntschaften, weibliche Bekanntschaften in der Stadt, mit Sicherheit.

Ryan blieb stehen und sah sie an. »Was ist los, Andrea, was willst du wirklich wissen?«

Andrea zuckte mit den Schultern. »Nichts weiter, Ryan. Nur ein wenig über dein Leben. Ich meine, wir haben uns hier kennen gelernt und über so vieles unterhalten, da möchte man doch auch ein bisschen über denjenigen wissen, mit dem man sich so gut versteht.«

Ryan schmunzelte. »Da hast du natürlich Recht. Und wann fängst du an, mir zu erzählen, wie dein Leben in Hamburg aussieht und mit wem du zusammen bist?«

»Ach Ryan, jetzt artet das in ein Frage- und Antwortspiel aus. Hören wir besser auf damit. Erzähl mir doch etwas über diese wunderschönen Hunde, die du da hast. Ich kenne die Rasse nicht.«

»Es sind Collies, aber nicht mit langem, sondern mit kurzem Haar. Für die Pflege hat ein Schäfer keine Zeit, das lange Haar wäre ständig mit Kletten und Disteln verklebt, das kann man bei Arbeitshunden nicht gebrauchen. Die Tiere müssen ihr Fell selbst pflegen, und deshalb muss es so kurz wie möglich sein. Aber Collies sind die besten Hütehunde, die es gibt, und ihr Fell ist dicht genug, damit sie mit den Schafen bei jedem Wetter draußen sein können.«

»Einen Collie habe ich immer mit Lassie in Verbindung gebracht.«

»Ja, ein Modehund, den wir natürlich nicht gebrauchen können.«

»Ich finde, deine Hunde sind auch größer als normale Collies.«

»Ja, sie müssen auch weiter und schneller laufen als Stadthunde und über Zäune springen, wenn es nötig ist.«

»Ich mag Hunde, ich könnte mich direkt in Ajax und Bella verlieben.«

»Hast du in Hamburg auch einen Hund?«

»Nein. Die Großstadt ist nichts für Hunde, und ich habe auch keine Zeit dafür. Ich bin durch die Fototermine so oft unterwegs, das kann ich keinem Tier zumuten.«

»Ach ja, deine Fototermine. Wollen wir noch einmal über deine Träume sprechen?«

Ryan war froh, das Thema wechseln und Andreas Gedanken auf die Antiquitäten lenken zu können. »Wie sieht es aus mit den Träumen?«

»Hm, ich denke schon daran. Es würde mir Spaß machen, in altem Kram zu stöbern und Schätze zu entdecken.«

»Dann solltest du das machen. Ich könnte dir doch dabei helfen.«

Andrea lachte laut auf. »Und wie willst du das mit einer riesigen Schafherde im Schlepptau machen?«

»Nun, der Anfang steht da drüben im Schuppen. Du mochtest doch die Sachen, die ich im Anhänger habe.«

»Ja schon, es sind sehr schöne Sachen, aber auch sehr teure.«

»Mit den Besitzern ließe sich reden.«

»Ich muss mir das sehr genau überlegen, Ryan, vor allem muss ich rechnen. Zumindest ein Anfangskapital müsste ich haben.«

»Das ist richtig. Du könntest aber auch auf Kommissionsbasis damit anfangen.«

»Du verstehst eine ganze Menge davon, nicht wahr?«

»Ich habe mir ein paar Gedanken gemacht. Es würde mir Spaß machen, dabei zu sein, wenn du deine Geschäfte entwickelst. Ich könnte mich umsehen und hier nach Antiquitäten suchen, und du bräuchtest den Trödel dann nur abzuholen.«

Ryan dachte an die Räume voller alter Sachen in seinem Haus in Aberdeen, die da vor sich hingammelten und dabei doch zum Teil wirklich sehr wertvoll waren. Er würde Andreas Regale füllen, ohne dass sie wüsste, woher die Sachen kamen, und er würde nur ein Minimum an Geld verlangen, gerade so viel, dass sie nicht auf den Gedanken kam, er schenke ihr die Sachen. Und gleichzeitig würde sie immer wieder herkommen und bei ihm sein. Sie würden sich besser kennen lernen, und wer weiß, vielleicht …

Sie hatten das Haus erreicht. Ryan führte Andrea zur Bank.

»Komm, ruh dich etwas aus. Ich mache uns einen Tee.«

Andrea rieb sich die Schienbeine. »Ich glaube, ich habe Muskelkater in den Schienbeinen. Gibt es so etwas? Ich dachte, da seien nur Knochen.«

»Das kommt vom Bergsteigen. Du bist das Auf und Ab nicht gewöhnt.«

»Nein, überhaupt nicht.«

»Leg die Beine hoch«, er rückte einen Stuhl heran. »In fünf Minuten gibt es Tee, und wenn du willst, massiere ich deine Beine, ich bin darin Spezialist.«

Andrea lachte laut. »Das glaube ich sogar. Aber es wird nicht nötig sein, danke«, wehrte sie ab und tätschelte die Hunde, die sich neben sie gesetzt hatten und mit blanken Augen auf Streicheleinheiten warteten.

Ryan holte Geschirr und deckte den Tisch. »Die Hunde mögen dich.«

»Das beruht auf Gegenseitigkeit, und das spüren sie.«

Während Ryan im Haus beschäftigt war, sah Andrea sich um. Schön war es hier, sie würde gern hier leben oder wenigstens einmal wiederkommen und ein paar Tage hier sein. Musste sie wirklich morgen weiterfahren, immer die Zeit, immer die Arbeit im Nacken? Niemals konnte sie tun, was sie wirklich wollte, immer standen da Pflichten und Aufträge im Wege, die wichtiger waren als ihre Lust am Leben. Warum stand sie eigentlich unter diesem Zwang, warum tat sie nicht das, was wirklich Spaß machte, was sie wollte, sondern das, was andere von ihr wollten? War denn Geld immer nur das Wichtigste im Leben? Was aber sollte sie ohne Geld, ohne ihr Gehalt anfangen? Damit begann doch schon alles. Man musste wenigstens ein Minimum zum Leben haben, wenn man existieren wollte. Schön, es gab Menschen, die gingen diesen Weg des Ausstiegs, die schmissen alles hin und ließen sich treiben und überlebten auch, aber zu solchen Menschen gehörte sie nicht. Da gab es immer das Gefühl von Pflichtbewusstsein im Hintergrund, von gesellschaftlicher Bindung, die eingehalten, von sozialer Verantwortung, die befolgt werden musste. Sie schloss die Augen und träumte vor sich hin, und sie sah sich in diesem Winkel der Welt, fröhlich, unbelastet, losgelöst und locker, und irgendwo gab es da einen Mann, der genauso aussah wie Ryan und der zu ihr gehörte. Ein Schäfer, dachte sie, aber weshalb nicht? Zu so einem Leben würde dann auch ein Schäfer passen. Und der Mann, der sich unter dem großen Schlapphut und hinter dem Geruch nach Schafen verbarg, der würde ihr durchaus gefallen.

Ryan beobachtete sie von der Tür aus. Er sah Licht und Schatten über ihr Gesicht huschen und ein Lächeln, das sein Herz erwärmte, und ihn drängte es, diesen Mund zu küssen und das Mädchen nie mehr loszulassen. Aber er war ein gebranntes Kind, was Frauen betraf, und er war vorsichtig geworden.

So blieb er einfach stehen und sah zu, wie sich ihre Träume im Gesicht widerspiegelten, und er ahnte nicht, dass es die gleichen Träume waren, die nun ihn überfielen: Wie schön musste es sein, hier mit Andrea zu leben, einfach, bescheiden, nur sie beide, die Schafe und die Hunde. Und das Wetter und das Land natürlich, dachte er und setzte sich auf die Schwelle, um Andrea nicht zu stören. Was hinderte ihn eigentlich daran, das zu tun, was er wollte? Er besaß Geld genug, er verfügte über kompetente Mitarbeiter, die sein Imperium leiten konnten, er hatte alles, was er wollte, um ein sorgenfreies Leben nach seinem Geschmack zu führen.

Nur Andrea hatte er nicht, und die Unbekümmertheit, alles hinzuwerfen und die Freiheit zu genießen. Er wusste ganz genau, wo seine Träume endeten und seine Aufgaben anfingen. Er schüttelte den Kopf und lächelte: Beinahe wäre er nun auch ein Träumer geworden.

Dann kamen die Hunde zu ihm. Andrea drehte sich um und sah ihn.

»Hast du etwa auch Muskelkater in den Beinen, oder hast du den Weg hierher zur Bank nicht mehr geschafft, dass du dort auf der Türschwelle sitzen musst?«

»Ich wollte dich nicht stören, ich nehme an, du hast geträumt.«

»Ein bisschen, ja. Soll ich uns jetzt den Tee holen?«

»Das mache ich schon.«

Nach dem Tee bekamen die Hunde ihr Futter, und wenig später schlenderten sie mit der Herde über den Hügel und hinüber zum Pferch. Als sie oben auf dem Kamm der Bodenwelle waren, bat Ryan: »Bitte bleib hier und beobachte mein Haus. Ich habe nicht abgeschlossen, und ich möchte bei der Rückkehr nicht unerwarteten Besuch treffen. Mir reichen die Überraschungen für heute.«

Und mit diesen wenigen Worten waren alle Probleme wieder da, die die beiden für ein paar Stunden beiseite geschoben hatten. Andrea setzte sich in das blühende Heidekraut und sah auf der einen Seite das Haus im rötlichen Glanz der untergegangenen Sonne und auf der anderen den Mann, der mit wenigen Kommandos Herde und Hunde unter Kontrolle hatte und das Gatter verschloss, als die Schafe im Pferch waren. Ein leichtes Frösteln kroch Andrea über den Rücken, als sie an das Gewehr, den Helm, den Goldadler und den Schafstöter dachte.

Dann gab Ryan Ajax einen Befehl, und der Hund begann freudlos und mit eingeklemmter Rute, den Zaun zu umrunden, während er mit Bella zurückkam. Andrea sah ihn fragend an.

»Ich muss die Hunde heute trennen. Ajax bleibt bei den Schafen, Bella muss das Haus bewachen, während ich unterwegs bin.«

»Ajax sieht nicht gerade glücklich aus.«

»Nein, er bleibt nicht gern allein. Aber er ist gehorsam. Ich kann mich auf ihn verlassen.«

Bella, die, die Menschen begleiten durfte, rannte übermütig vor ihnen her, stöberte ein paar Wühlmäuse auf und legte sich schließlich vor die Türschwelle.

»Ich denke, es wird Zeit für den Rückweg, Ryan.« Andrea sah sich um. Abschiednehmen fiel ihr immer schwer. Sie wollte es nicht noch hinauszögern. »Würdest du mich zu meinem Wagen in Inverness bringen?«

»Selbstverständlich. Möchtest du noch etwas essen, wir hatten noch kein Abendbrot, und für ein Dinner in der Stadt reicht meine Zeit nicht.«

»Ich weiß, aber die Wirtin kann mir etwas richten. Es ist besser, du bist bald wieder hier.«

»Ich muss von Inverness aus telefonieren.«

»Ich habe ein Autotelefon, du kannst es gern benutzen.«

»Danke, ich nehme das Angebot an.«

Während Andrea ihre Tasche packte, holte Ryan seine Jacke, kontrollierte die Fenster und verschloss die Tür. Dann gab er Bella ein paar Kommandos, und die Hündin setzte sich gehorsam vor die Tür.

»Sie weiß jetzt, dass sie Haus und Hof bewachen muss«, erklärte Ryan und hielt Andrea die Autotür auf.

Andrea, die keine traurige Stimmung aufkommen lassen wollte, fragte: »Wann warst du eigentlich in Hamburg?«

»Ich weiß es nicht mehr genau, vor zwei oder drei Jahren, glaube ich.«

»Und was hast du dort gemacht? Nur um auf der Reeperbahn zu bummeln, ist die Reise doch ziemlich weit.«

Ryan überlegte, was er sagen sollte. Er konnte kaum erzählen, dass er bei Blohm & Voss gewesen war, weil die Werft mit der Zulieferung einiger Ersatzteile für seine Bohrinseln in Verzug geraten war.

Andrea, die ihn beobachtete, lachte. »Nun mal raus mit der Sprache, dein Zögern ist sehr verdächtig.«

Ryan nickte, ihm fiel eine Lösung ein, die sogar ein bisschen stimmte: »Ich war mit anderen Schäfern dort, und eigentlich haben wir einen Züchter von deutschen Schäferhunden in der Nähe von Hamburg besucht. Der Mann hat einen guten Namen, und der deutsche Verband hatte ihn uns empfohlen.«

»Und dann kam die Reeperbahn als Bonbon zum Abschluss.«

»Du sagst es.«

»Und wie war es auf der Animiermeile? Was habt ihr gemacht?«

»Nun, was man halt so macht. Wir sind von einem Etablissement ins andere gezogen. Hier ein Würstchen, da ein Tänzchen, dort ein Striptease. Du wirst schon wissen, was ich meine.«

»Und ob, ich kann es mir lebhaft vorstellen.«

»Aber das Beste kam zum Schluss. Wir hatten einen Wagen gemietet und in einer Seitenstraße abgestellt. Und als wir ihn gegen Morgen endlich wieder gefunden hatten, war er aufgebrochen, und man hatte darin Orgien gefeiert.«

»Was?«

»Ja, wirklich. Wir fanden Bierdosen und ein Höschen und Flecke auf den Polstern und noch so einiges. Es war schwer, bei der Rückgabe unsere Unschuld zu beweisen.«

»Du meine Güte. Und wie ist es ausgegangen?«

»Die Verleihfirma war versichert, und das war's dann.«

»Reizende Eindrücke. Du musst noch einmal nach Hamburg kommen, und dann zeige ich dir, was für eine schöne Stadt das ist.«

»Gern, ich nehme die Einladung jetzt schon an.«

In Inverness zeigte Andrea Ryan den Weg zu dem Parkplatz, auf dem sie ihren Wagen am Vortag abgestellt hatte.

»Hoffentlich ist meinem Auto nichts Ähnliches passiert.«

Dann hatten sie den Parkplatz erreicht.

»Da drüben, der Geländewagen ist es.«

Ryan fuhr quer über die asphaltierte Fläche, auf der jetzt kaum noch Fahrzeuge geparkt waren. »Man merkt, dass die Highlandspiele vorbei sind, die Menschen zieht es in die eigenen vier Wände, um acht Uhr sind hier die Bürgersteige hochgeklappt.«

»Das sagt man bei uns in Hamburg auch«. Andrea schloss den Wagen auf. »Komm, du wolltest telefonieren.«

Ryan rief die Vermittlung an und ließ sich die Nummer der Vogelwarte in Hill of Fearn geben. Nach wenigen Augenblicken hatte er eine Verbindung. Er winkte Andrea zu, die diskret draußen wartete. »Komm setz dich her, du kannst ruhig zuhören.«

Dann hatte er den Leiter der Station am Apparat. »Ich bin Ryan McGregor, und ich bin auf der Suche nach einer Ihrer Mitarbeiterinnen. Ihr Name ist Karen Brendan. Ist sie zu sprechen?«

»Nein, sie hat an diesem Wochenende frei. Um was geht es denn, vielleicht kann ich helfen?«

»Ich habe Miss Brendan in der vergangenen Woche kennen gelernt, sie war mit einem Motorrad unterwegs, um einen Golden Eagle zu suchen, der weggeflogen war. Könnten Sie mir sagen, ob sie den Vogel gefunden hat?«

»Weshalb wollen Sie das wissen?«

»Man hat hier einen Motorradhelm gefunden, der ihr gehören könnte, und in dem Helm einen toten Goldadler.«

»Das verstehe ich nicht. Warten Sie bitte einen Augenblick. Ich erkundige mich.«

Andrea sah Ryan fragend an, und er erklärte ihr den Verlauf des Gespräches. Dann war sein Partner wieder am Apparat.

»Also, Mr McGregor, der Adler ist nicht in seiner Voliere, und das Motorrad ist zusammen mit dem entsprechenden Anzug in der Garage abgestellt. Allerdings fehlt der Helm. Ich habe keine Ahnung, was das zu bedeuten hat.«

»Dann würde ich Sie bitten, einen Mitarbeiter zu mir zu schicken und diese Sachen abzuholen.«

»Selbstverständlich. Miss Brendan wird heute Abend zurückerwartet, sie kann die Sachen morgen holen und wird sicher alles erklären können.«

»Ich möchte Sie bitten, einen anderen Mitarbeiter zu schicken. Ich hatte eine Auseinandersetzung mit der Dame und möchte nicht weiter da hineingezogen werden.«

»Gut, wie Sie wollen, Mr McGregor. Bitte beschreiben Sie mir noch, wo Sie zu finden sind.«

Ryan erklärte den Weg und legte auf. Er zuckte mit den Schultern und sah Andrea an. »Viel weitergekommen bin ich nicht. Morgen holt man die Sachen ab, und dann habe ich hoffentlich nichts mehr damit zu tun. Wollen wir jetzt zu deinem Gasthaus fahren?«

»Ja, natürlich.« Aber Andrea war mit ihren Gedanken ganz woanders. Während sie hinter Ryan herfuhr, überlegte sie, woher sie den Namen McGregor kannte. Ryan hatte sich nur mit dem Vornamen vorgestellt, jetzt hatte sie zum ersten Mal seinen Nachnamen gehört, und er kam ihr sehr bekannt vor. Sie beobachtete ihn, als er da vor ihr herfuhr. Er hatte sein Tweedjackett wieder an, und dann wusste sie es. Die Wirtin hatte ihr das Etikett in der Jacke gezeigt und bewundernd gesagt »echter McGregor-Tweed, das Feinste vom Feinen«.

Als sie vor dem Rasthaus hielten, fragte sie ihn: »Ryan, du heißt McGregor, und du trägst ein McGregor-Jackett, gibt es da einen Zusammenhang?«

Ryan war einen Augenblick lang verblüfft, dann hatte er sich gefangen. »Andrea, McGregor ist einer der häufigsten Namen hier in Schottland. Du kannst im Telefonbuch seitenweise McGregors finden, warum sollte es ausgerechnet zwischen mir und dem Tweed eine Verbindung geben?«

»Ich weiß es noch nicht, aber du hütest Schafe, aus deren Wolle solch ein Tweed hergestellt wird. Ist meine Frage da so abwegig?«

»Nein, natürlich nicht.«

In der Haustür erschien die Wirtin und fragte die beiden: »Möchten Sie hier zu Abend essen? Ich kann ganz schnell etwas richten«, erklärte sie bereitwillig und sah Ryan eindringlich an. Irgendwo hatte sie diesen Mann schon gesehen, und zwar nicht nur heute Morgen, als er die Frau abholte, und auch nicht als Schäfer, aber sie fand keine Erklärung. Als Andrea sagte, sie würde allein essen und käme in wenigen Minuten, ging sie enttäuscht und unbefriedigt zurück in die Wirtsstube.

»Wohin fährst du morgen, Andrea?« Ryan war froh über die Unterbrechung durch die neugierige Frau und lenkte schnell von seinem Namen ab.

»Ich will die Inverewe Gardens fotografieren, es ist ein Wunsch des Verlegers, und übermorgen fahre ich nach Süden, am Loch Ness vorbei und weiter nach Oban.«

»Dann bist du morgen Abend wieder hier?«

»Ich könnte es so einrichten, dass ich hier noch einmal übernachte. Es gibt ja nur die Verbindung über Inverness, und dann ist es kaum ein Umweg bis hierher.«

»Wunderbar, dann sehen wir uns morgen wieder. Ich freue mich. Darf ich dir hier und jetzt einen Gute-Nacht-Kuss geben?«

»Vielleicht sollten wir ein Stück um die Hausecke gehen.«

Er nahm ihre Hand und zog sie von den Fenstern der Wirtsstube weg. »Wann bist du zurück?«

»Ich habe keine Ahnung, wie lange ich fahren muss.«

»Du wirst zwei bis drei Stunden für eine Strecke brauchen. Es gibt auch Abkürzungen, aber das sind dann nur Schotterwege, und die solltest du nicht nehmen. Bitte bleib auf den Asphaltstraßen. Es ist eine einsame Ecke da oben.«

»Ich denke, ich bin um sechs Uhr zurück.«

Ryan nahm sie behutsam in die Arme, während er in ihr Haar flüsterte: »Bis morgen Andrea, ich freue mich und warte hier.«

Dann drehte er sich um, stieg ein und fuhr davon.

XII

Ryan fuhr auf kürzestem Wege zurück zu seinem Cottage. Er wollte kontrollieren, ob alles in Ordnung war, und dann weiter zu dem vereinbarten Treffen mit den Bauern und Fischern im Pub. Es wurde Zeit, dass er den Männern reinen Wein einschenkte, bevor sie von Fremden erfuhren, wer er wirklich war. Er dachte, wenn auch nicht übermäßig besorgt, an die Drohung dieser Karen Brendan, der er einen solchen Verrat durchaus zutraute.

Als er vor seinem Haus hielt, rannte Bella freudig auf ihn zu, und gemeinsam mit dem Collie machte er die Runde. Als er sich überzeugt hatte, dass alles in Ordnung war, stieg er wieder ein, befahl dem Hund, aufzupassen, und fuhr nach Dyke.

Es war spät, als er dort ankam. Aber bis auf wenige Männer, die zu Hause Verpflichtungen hatten, waren alle in der Kneipe. Dicker Tabakrauch hing unter der niedrigen Balkendecke, und wie immer waberte der Dunst von frittiertem Fisch durch den Raum. Die meisten Männer tranken dunkles Bier vom Fass, gespeist hatten sie wohl zu Hause. Sonntags wurde mit der Familie gegessen, da verstanden die Frauen keinen Spaß, und die, die keine kleinen Kinder hatten, gingen anschließend mit in den Pub. Das war heute anders. Die Bauern, Forstarbeiter und Fischer waren allein gekommen, sie wussten, dass heikle Themen besprochen werden mussten, und hatten die Frauen zu Hause gelassen. So hörte Ryan nur das Durcheinander erregter Männerstimmen und hoffte, dass die Atmosphäre nicht allzu aufgeheizt war. Er wollte schließlich sagen, wer er wirklich war, und es war besser, dies mit nüchternen Leuten zu besprechen.

Im Mittelpunkt der Diskussion standen noch immer der Schafstöter, seine Verhaftung, die Frage einer Entschädigung und dann die Geschichte mit dem Motorradfahrer, der eine Frau war und Bob das Leben gerettet hatte. Ryan setzte sich zu Keit und Kendell Durness an den Tisch, sie hatten den Motorradfahrer entdeckt und sonnten sich in dem Erfolg, Bob gefunden zu haben.

Ryan erkundigte sich nach dem Großbauern.

»Er ist wieder bei Bewusstsein, aber wir durften ihn nicht sprechen. Die Ärzte sagen, es regt ihn zu sehr auf. Außer Quetschungen und einer bösen Schramme am Kopf hat er eine schwere Gehirnerschütterung und erinnert sich an nichts. Deswegen kann man nicht mit ihm reden.«

Andere Männer sprachen über den Schafstöter, dem sie schon immer misstraut hatten.

»Ich hab Bob damals gleich gesagt, als er ihn einstellte, der Mann taugt nichts, das ist ein falscher Hund, aber Bob brauchte dringend einen Hirten, und dann hat er ihn genommen.«

»Kannte man ihn denn hier in der Gegend?«, fragte Ryan.

»Nein, er kam von Süden rauf …«

»… und von da kommt selten etwas Gutes«, fuhr ein anderer dazwischen.

»Nun mal langsam«, unterbrach Ryan das Geplänkel. »Man darf nicht verallgemeinern. Überall gibt's solche und solche Menschen, und die Leute hier oben haben auch nicht alle eine reine Weste.«

Billy kam und fragte Ryan, was er trinken wolle.

»Bring mir auch ein Bier und dann eine Portion Fish and Chips, ich hatte noch kein Abendessen.«

»Das glaube ich sogar. Du warst ja ganz schön beschäftigt dies Wochenende, wie man sich erzählt.«

Ryan sah sich um: »Ist hier jemand, der etwas gegen meine Wochenendgestaltung hat? Ihr braucht es nur zu sagen.«

Rundherum war es plötzlich still.

»Wie war denn der Verkauf auf dem Trödelmarkt?«, fragte Billy und sah Ryan scharf an. »Bei so 'ner schönen Begleitung hattest du wohl nicht viel Lust aufs Handeln?«

Plötzlich wusste Ryan, dass er mit der Wahrheit herausrücken musste. Jetzt war nicht mehr die Zeit für Spielchen.

»Also«, Ryan stand auf, »ich muss euch etwas sagen.«

In der Kneipe herrschte absolute Stille, sogar das Geschirrgeklapper in der Küche legte sich.

»Trotz allem, was ihr jetzt zu hören bekommt, bitte ich euch, ein bisschen Verständnis zu zeigen.«

Dann holte er tief Luft und sagte: »Also, ich bin nicht der, für den ihr mich haltet. Ich bin nicht nur Ryan, der Schäfer, der einmal in jedem Sommer hier oben seine Schafe weiden lässt. Ich bin Ryan ...«

»Du brauchst nicht weiterzureden«, unterbrach ihn Billy, der noch immer neben ihm stand, die Hand auf seiner Schulter. »Du bist Ryan McGregor, der Multimillionär aus Aberdeen, und das wissen wir schon immer. Das wussten wir schon, als du noch als kleiner Junge hier bei dem alten Fischer deine Schulferien verbracht hast.«

Ryan sah sich um. Einige der älteren Männer nickten, ein paar grinsten, andere prosteten ihm zu.

Billy legte ihm auch die andere Hand auf die Schulter und drückte ihn auf seinen Stuhl: »Nun setz dich mal wieder hin. Dachtest du etwa, wir haben keine Augen im Kopf, wenn die modernsten Viehtransporter mit der Aufschrift ›McGregor-Corporation of agriculture‹ durch unser Dorf fahren und deine Schafe bringen? Oder damals, als jeden Sommer ein schwarzer Bentley einen kleinen Jungen beim alten Scotti ablieferte?«

Billy holte tief Luft und fuhr fort: »Keine Sorge, Ryan, wir mögen dich trotzdem. Du hast dich immer korrekt verhalten und nie den Großgrundbesitzer herausgekehrt. Deine Familie hat unsere Vorfahren nicht vom Land verjagt und zum Auswandern gezwungen wie so viele andere Herren. Wir hatten immer unsere Pflichten gegenüber dem Laird, wir hatten aber auch immer unsere Rechte. Wir waren nie reich, aber es ist uns immer gut gegangen unter der Herrschaft der McGregors, und du hast nichts daran geändert. Du hast uns nie beschummelt – bis auf die Sache mit dem Trödelmarkt. Aber da wollten wir dich provozieren. Wir wollten sehen, wie du reagierst, wenn du in die Enge getrieben wirst.«

»Klar doch«, kam es aus einer Ecke, »wir wollten wissen, wie weit deine Freundschaft geht.«

»Wir wollten mal sehen, ob du dich in der Öffentlichkeit schämst, auf unserer Seite zu stehen und unseren Krempel zu verkaufen.«

»Dass du ein Clanchef bist, wussten wir, aber ob du wirklich auch ein Freund bist, wollten wir wissen.«

Aus der ganzen Wirtsstube ertönten jetzt Stimmen.

»Hast dich aber prima geschlagen.«

»Bist echt gut damit fertig geworden.«

»Wo ist unser Kram eigentlich jetzt?«

»Wir haben dich natürlich beobachtet. Ist doch klar.«

»Wir haben unsere Frauen losgeschickt, um nachzusehen.«

»Also«, rief Ryan in das Durcheinander, stand wieder auf und hob die Hände, »darf ich jetzt auch mal etwas sagen?«

»Klar doch. Erkläre uns den ganzen Zauber mal von Anfang an.«

»Ich liebe das Land und die Menschen hier, schon immer. So viel zum Anfang. Aber ich liebe auch die Ruhe und den Frieden bei euch, und beides wollte ich auf keinen Fall stören. Ich wollte nicht als Mann hier auftreten, der an dieser Küste seinen Luxusurlaub mit Forellenfang und Moorhuhnjagd verbringt, denn das liegt mir nicht, sondern als einer, der sich in Ruhe und in der Gesellschaft netter Männer erholt. Einer, der Holz hacken und in der Kneipe herumsitzen kann, wenn's ihm Spaß macht, der mit dem Meer um seinen Bootssteg kämpft und mit dem Wind um sein Dach, wenn's nötig ist. Diese Atmosphäre war mir wichtiger als die Wahrheit.«

Er machte eine kurze Pause und sah in die Runde. Dann fuhr er fort: »Heute muss ich mich entschuldigen, weil ich dachte, ich könnte euch täuschen, und ich würde verstehen, wenn ihr jetzt auf meine Freundschaft keinen Wert mehr legt. Wenn ihr mich aber trotzdem akzeptiert, dann bin ich ab morgen wieder Ryan, der Schäfer, und sonst nichts.«

»Hast ganz schön versucht, uns an der Nase herumzuführen. Ist dir aber nicht geglückt. Ich denke mal, wir waren die besseren Schauspieler. Wir haben dich ja auch beschwindelt, als wir nicht verraten haben, dass wir dich besser kennen, als du denkst.«

Billy, der für alle sprach, sah sich um. »Deshalb sind wir uns darin einig: Du bleibst unser Freund, solange du nicht den Laird hervorkehrst.«

Ein paar Männer klopften mit den Fäusten auf die Tische und signalisierten damit Einverständnis. Zustimmendes Gemurmel erfüllte die Wirtschaft.

»So, und jetzt hol ich dir deine Portion Fish and Chips und dein Bier, und dann rechnen wir den Krempel ab. Mal sehen, wie du dich da aus der Affäre ziehst.«

Mit viel Gelächter und zahlreichen Trinksprüchen begleiteten die Männer Ryans Mahlzeit, und er überlegte, was wohl seine Direktoren sagen würden, wenn sie ihn hier in diesem stinkenden Pub erlebten. Er war für sie eine Persönlichkeit, die Macht und Selbstvertrauen ausstrahlte und nicht die kleinste Unsicherheit erlaubte, ein Chef, der sich selbst die strengsten Maßstäbe setzte. Und dann diese Männer hier, die er um Entschuldigung bitten musste, damit sie ihn als Freund akzeptierten und nicht als den eigentlichen Herren ihrer kleinen Farmen. Zum Glück hatte er gründlich überlegt, wie er sich mit dem Trödel aus der Affäre ziehen konnte.

Als er sein Essen beendet hatte und der Tisch abgeräumt war, zog er die Liste mit den aufgeführten alten Sachen aus der Tasche. Die Männer standen auf und umringten seinen Tisch.

»Na los, wo sind eure Aufstellungen? Und wer führt hier Buch, damit alles seine Ordnung hat?«

Steve, der Fischer, der Ryans Gewehr gefunden hatte, meldete sich. »Ich bin ganz gut im Rechnen, das ist was für mich.« Er setzte sich neben Ryan an den Tisch und wischte mit dem Ärmel letzte Kartoffelkrümel weg.

»So«, erklärte er. »Wer fängt an?«

Ryan sah in die Runde. »Also, damit ihr nicht lange herumrätselt, die Sachen sind alle verkauft. Nicht auf dem Trödelmarkt, sondern privat. Ich habe bei allem die Preise erzielt, die ihr aufgeschrieben habt. Wer im Einzelnen die Sachen gekauft hat, ist nicht wichtig. Ich denke, nur der Gewinn zählt. Habe ich Recht?«

Als sich zustimmendes Geraune erhob, fuhr Ryan fort: »Wir zahlen das Geld jetzt gleich aus. Wer kann das übernehmen?«

»Das mache ich«, erklärte der Wirt und setzte sich an die andere Seite des Tisches.

»Aber erklär uns vorher noch, woher du die Sachen hattest, die auf deinem Tisch lagen. Die Frauen erzählten von sehr schöner Leinenwäsche, von alten Leuchtern und von wertvollem Porzellan.«

»Na, woher wohl, aus meiner Abstellkammer in Aberdeen, aber davon bin ich kein Stück losgeworden.«

»War ja auch ein bisschen teuer, nicht wahr?«

»Kann sein, aber ich kenne mich mit dem Kram eben nicht aus, das habe ich euch gleich gesagt.«

Ryan zog seine Brieftasche aus der Jacke und reichte sie Billy. »Das Geld ist abgezählt und stimmt. Also verrechne dich nicht, sonst müssen wir von vorn anfangen.«

Der Reihe nach kamen die Männer an den Tisch und meldeten ihre Ansprüche. Ein altes Nachtgeschirr, ein Babybesteck, eine Petroleumlampe, ein Spinnrad, eine bemalte Milchkanne: Etwa sechzig verschiedene Sachen wurden aufgerufen und bezahlt, und nach einer guten Stunde war alles vorbei.

Ryan atmete auf. Er hatte die Männer nicht belogen, als er sagte, alles sei verkauft worden. Er hatte den Krempel eben selbst gekauft, so einfach war das.

Als er später nach Hause fuhr, dachte er an die Gespräche des Abends und wusste, dass sich etwas Entscheidendes geändert hatte. Er konnte es noch nicht genau benennen, aber es war etwas, was ihn unzufrieden machte. Die Beschaulichkeit seiner knapp bemessenen Ferientage war vorbei, für immer. Schuld daran waren nicht die äußeren Umstände, der Ärger mit den toten Schafen etwa oder der Einbruch in sein Haus, schuld daran war ein plötzlich gestörtes Gefühl des Vertrauens zwischen ihm und den Männern, diese Freundschaft, die unvermutet auf tönernen Füßen stand und keineswegs mehr selbstverständlich war. Gleichzeitig wusste er, dass es keine Möglichkeit gab, diese Probleme geradezubiegen. Für die Bauern änderte sich im Grunde gar nichts, wenn sie schon immer wussten, wer er war, für ihn aber änderte sich alles.

Ryan bremste scharf. Unverhofft war er in eine dichte Nebelwand gefahren. Eben noch hatten die Scheinwerfer die nächste Kurve ausgeleuchtet, und Sekunden später war er umhüllt von dicken, grauweißen Wolken, die vom Firth hereingezogen waren. Wie eine Wand lag die trübe Masse über dem Land, und es war unmöglich weiterzufahren. Ryan machte die Lampen aus, die in der milchigen Masse nur blendeten, und versuchte, in der Dunkelheit wenigstens den Straßenrand zu erkennen, um sich daran entlangzutasten. Er öffnete das Fenster in der Hoffnung, einen etwas besseren Blick zu bekommen, aber die graue Feuchtigkeit legte sich sofort auf sein Gesicht und füllte den Wagen. Er sah auf die Uhr. Wenn er zu Fuß weitergehen würde, brauchte er schätzungsweise noch etwa eine halbe Stunde, vorausgesetzt, er wusste genau, wo er sich befand. Aber das war dummerweise nicht der Fall. Er hatte sich viel zu sehr mit seinen Problemen befasst, anstatt auf die Straße zu achten. Bei gutem Wetter wäre er automatisch an der richtigen Stelle abgebogen, um zum Cottage zu kommen, jetzt aber starrte er ziemlich ratlos in die Nebelwand vor sich. Selbst wenn er zu Fuß weiterging, musste er den Wagen irgendwo abstellen. Auf der einspurigen Straße konnte er ihn nicht einfach stehen lassen. Hier war selbst bei bestem Wetter ein Überholen schwierig, weil es so wenig Ausweichmöglichkeiten gab. Er machte die Scheinwerfer wieder an, um andere Autofahrer zu warnen, falls so spät noch jemand unterwegs war, nahm die Taschenlampe und stieg aus. Vorsichtig ging er um den Wagen herum, bis er Gras unter den Füßen spürte. Dann beleuchtete er den schmalen Streifen und dann die Feldsteinmauer, die gleich daneben begann. Er ging ein Stück daran entlang, in der Hoffnung, eine Einfahrt zu einer Weide zu finden, aber die Suche war vergeblich. Dann ging er zurück und versuchte es auf der Strecke, die er gerade gekommen war. Nach etwa fünfzig Metern wurde der Nebel dünner und hörte schließlich ganz auf. Wenn er den Wagen vorsichtig zurückfuhr, würde er aus dem Nebel herauskommen und dann eine Weideeinfahrt suchen. Schritt für Schritt setzte er den Landrover zurück, immer ein paar Grasbüschel am Wegesrand im Blick. Wenig später hatte er es geschafft. Er gab mehr Gas und rollte schneller, schließlich fand er eine Öffnung in der Mauer und lenkte den Wagen hinein. Als er ausstieg, merkte er, dass er nass geschwitzt war. Nicht nur Hemd und Jacke waren feucht, auch die Hose war durchgeschwitzt und klebte so an den Beinen, dass er kaum laufen konnte. Er zog sie aus, warf sie über die Schulter, verschloss den Wagen und machte sich in Shorts auf den Heimweg.

Die benötigte Zeit hatte er gut geschätzt. Eine halbe Stunde später erreichte er, im spärlichen Licht seiner Taschenlampe, die Einfahrt zu seinem Gelände, und nach wenigen Minuten war er zu Hause, begeistert empfangen von einer Hündin, die ihr feuchtes Fell an seinen nackten Beinen rieb und dann, ihre Pfoten gegen seinen Brustkorb gestemmt, beglückt versuchte, sein Gesicht abzuschlecken.

Strahlender Sonnenschein und eine fröhliche Hündin, die sich am Fußende seines Bettes räkelte, was absolut verboten war, weckten ihn am nächsten Morgen. Am Stand der Sonnenstrahlen auf seinem Fußboden sah er, dass es schon recht spät sein musste. Er sprang auf, ging unter die Dusche und ließ den heißen Strahl auf seinen Körper prasseln. Er war noch dabei, sich anzuziehen, als ein Wagen vor dem Haus hielt. Neun Uhr, wer konnte das sein? Dann fiel ihm die Verabredung mit dem Chef der Vogelwarte ein. Er hielt Bella fest, die böse knurrend hinter der Haustür wartete, und öffnete.

»Ich bitte um Entschuldigung, dass ich so früh störe. Ich bin Gerald Jason vom Hill of Fearn. Wir haben gestern telefoniert.«

»Kommen Sie herein, ich bin Ryan.« Und zu Bella gewandt: »Setz dich, es ist alles gut.« Er lachte. »Man muss sie schon ernst nehmen, sonst ist sie beleidigt, und das möchte ich Ihnen nicht zumuten.«

Zögernd folgte ihm der Mann ins Haus. »Ich komme so früh, weil ich etwas beunruhigt bin. Unsere Praktikantin ist gestern nicht nach Hause gekommen. Karen ist sonst sehr zuverlässig.«

»Kommen Sie, ich mache uns erst mal einen Kaffee. Ich bin heute spät dran, daran war der Nebel schuld, der mich letzte Nacht zu einem Fußmarsch gezwungen hat.«

»Ja, ich habe heute Morgen in den Verkehrsnachrichten davon gehört. Es hat wohl eine ganze Reihe von Unfällen gegeben.«

»Ich musste mein Auto auf einer Weide abstellen. Um diese Jahreszeit tauchen die ersten Herbstnebel auf, und man ist einfach noch nicht darauf eingestellt.«

»Wenn Sie wollen, bringe ich Sie nachher zu Ihrem Wagen.«

»Das wäre nett.«

Ryan hatte den Kaffee fertig, stellte Tassen, Sahne und Zucker auf den Tisch und setzte sich. »Erzählen Sie mir von Karen Brendan. Sie hat einen etwas zweifelhaften Eindruck auf mich gemacht.«

»Sie ist eine fleißige und zuverlässige Mitarbeiterin. Ab Oktober studiert sie wieder in Glasgow, aber sie wollte unbedingt das Praktikum bei uns machen.«

»Interessiert sie sich wirklich so für Vögel, oder sucht sie Abenteuer?«

»Nein, nein, das ganz bestimmt nicht. Uns stört etwas anderes, und hätten wir es vor ihrer Einstellung gewusst, wären wir wohl nicht auf ihre Anfrage eingegangen.«

»Machen Sie es nicht so geheimnisvoll.«

»Karen gehört einer fast militanten Umweltorganisation an. Sie liebt Tiere und Natur, das ist ganz außer Zweifel, aber sie ist so stark im Umweltschutz engagiert, dass sie keinen Unterschied zwischen korrekten und kriminellen Handlungen macht. Das hat uns mehrmals starken Ärger eingebracht.«

Ryan überlegte. Welche Umweltprobleme gab es hier im Norden?

»Hat sie bei uns wirklich einen Adler gesucht, oder war sie irgendwelchen anderen Dingen auf der Spur?«

»Uns ist tatsächlich ein Jungadler weggeflogen.«

»Karen Brendan sprach immer von einem Golden Eagle, ich habe die Bezeichnung Goldadler noch nie gehört.«

»Wir nennen ihn so, weil sein Federkleid in der Sonne wie Gold glänzt. Es war ein sehr schönes Tier, fast ausgewachsen. Und Sie haben es gefunden?«

»Ja, unter sehr mysteriösen Umständen. Ein Teil seines Körpers, ganz passte er nicht hinein, war in einen schwarzen Motorradhelm gequetscht, einen solchen Helm hatte Miss Brendan auf, als sie hier herumfuhr. Und dieser Helm war, zusammen mit einem Gewehr, das mir kurz zuvor gestohlen wurde, in eine Decke gewickelt und etwa zehn Kilometer von hier entfernt im Schilf versteckt. Ein Fischer brachte mir gestern die Sachen, weil er mein Gewehr erkannte.«

»Könnte ich den Helm und den Adler sehen?«

»Natürlich, kommen Sie mit, ich habe die Sachen im Schuppen.«

Als Ryan das Schuppentor öffnete, spürte er sofort, dass etwas verändert war. Er schob auch das zweite Tor zurück, um mehr Licht zu haben, und holte das graue Bündel aus der Ecke. Die Decke war noch feucht, als er sie nach draußen trug. Dann rollte er sie auseinander. Das Erste, was er sah, war ein weißes Pappschild mit der Aufschrift »Warnung an die McGregor-Werften«. Ryan richtete sich auf.

»Sieht so aus, als hätte ich Besuch gehabt. Das Schild war gestern noch nicht da.«

»Sieht so aus, als hätten Sie Schwierigkeiten. Haben Sie etwas mit den Werften zu tun?«

»Ich bin McGregor.«

»Sie werden Ärger kriegen. Mit der Organisation kriegen Sie bestimmt Probleme.«

»Was haben die Werften mit der Umwelt zu tun? Ich erfülle jede Auflage.«

»Mann, Sie bauen Bohrinseln, da fragen Sie noch?«

»Ich baue Bohrinseln, aus denen nicht ein Tropfen Öl ins Meer fließen wird. Ich entsorge die Inseln später umweltgerecht, und ich gebe Tausenden von Menschen Arbeit, gut bezahlte Arbeit, und gesicherte Lebensverhältnisse.«

»Nach sozialen Aspekten fragt kein Umweltschützer, und ein militanter schon gar nicht. Die sehen nur die Schäden und den toten Vogel«, erklärte Gerald Jason und nahm das Tier in die Hand.

Auch Ryan konnte sehen, dass der Adler stark ölverschmiert war. Kopf und Rücken wirkten zwar sauber, deshalb war ihm das gestern auch nicht aufgefallen, aber die Brust und die Unterseiten der Flügel waren schwarz und so verklebt, dass Gerald Gewalt anwenden musste, um sie auseinander zu biegen.

»Ich möchte nicht in Ihrer Haut stecken, Ryan. Passen Sie gut auf sich auf.«

»Wissen Sie etwas darüber, wie diese Typen vorgehen?«

»Angst kennen die nicht. Die nehmen auch Haftstrafen und Geldbußen in Kauf. Inwieweit sie Gewalt anwenden, ist mir nicht bekannt. Die Firmen, die mit der Organisation zu tun hatten, schweigen sich aus. Ich weiß nur, was manchmal in der Presse steht, und da kommen die Firmen selten gut weg.«

Gerald sah sich um. »Sie wohnen sehr einsam hier draußen.«

»Es ist nur ein Ferienhaus. Ich schätze, mein Urlaub ist vorbei.«

Gerald nickte. »Ist vielleicht auch besser, wenn Sie sich in der Stadt aufhalten. Ein Hund und ein Gewehr sind bestimmt kein optimaler Schutz. Sie sehen ja, die kommen und gehen, wie es ihnen gefällt.«

Er reichte Ryan die Hand. »Tut mit Leid, dass Sie in diesen Hexenkessel geraten sind. Leider kann ich Ihnen überhaupt nicht helfen.«

»Danke für die Aufklärung, das war schon Hilfe genug.«

Gerald nahm den Helm mit dem Adler, hüllte beides wieder in die Decke und ging zum Auto zurück. »Meine Telefonnummer haben Sie ja, rufen Sie mich an, wenn noch Fragen auftauchen, aber ich glaube nicht, dass Karen Brendan in die Station zurückkommt.«

»Haben Sie eine Anschrift von ihr?«

»Ja, Augenblick.« Gerald ging zu seinem Wagen und holte ein Notizbuch aus dem Jackett. »Ich schreibe sie Ihnen auf.«

Dann brachte er Ryan zu seinem Landrover. »Vielleicht sehen wir uns ja einmal unter besseren Umständen wieder.«

Er winkte und fuhr weiter. Und Ryan wusste, dass sein Urlaub zu Ende war.

Er begann unverzüglich mit den Vorbereitungen für die Abreise. Er wusste, dass er keine Zeit für sentimentale Stimmungen hatte, und verwandelte sich fast augenblicklich in den nüchternen Firmenchef. Was jetzt gebraucht wurde, waren Konsequenzen und Courage, auch sich selbst gegenüber, und Ryan war klug genug, das sofort und ganz klar zu erkennen.

Er rief die Hündin und lief mit ihr hinüber zum Pferch, um die Herde herauszulassen und in die Nähe des Hauses zu treiben. Dann endlich bekamen die Hunde ihr Futter, und während sie Pansen und Rinderherz verschlangen, holte er den zweirädrigen Bootstransporter aus dem Schuppen, brachte ihn zum Ufer und kuppelte den Landrover davor. Dann befestigte er die Winde, hievte mit Motorkraft das Boot auf den Transporter und fuhr das Gespann in den Schuppen. Danach verschloss er das Haus und fuhr nach Inverness. Er musste Geld von der Bank holen und telefonieren. Zunächst rief er William, seinen alten Viehzüchter an. Er musste sofort den Rücktransport der Schafe einleiten. Dann gab er James Bescheid, dass er abends nach Hause käme, und schließlich rief er Charles, seinen geschäftsführenden Direktor, an und erklärte ihm die Situation mit der Umweltorganisation.

»Keine Sorge, Chef, wir wissen mit diesen Leuten umzugehen. Wir rechnen täglich mit solchen Problemen, und wir treffen unsere Vorkehrungen. Aber es ist gut, dass Sie zurückkommen. Sie werden sich wieder mit Ihren Bodyguards abfinden müssen, wenigstens für die nächste Zeit, und Ihr Haus am Dee muss auch geschützt werden. Ich habe schon von dieser Organisation gehört. Wir werden die Warnung nicht auf die leichte Schulter nehmen. Was halten Sie von einer Strafanzeige wegen Einbruchs?«

»Ich will erst mit meinen Anwälten sprechen. Eine Anzeige wird sie nicht von weiteren Aktivitäten abhalten.«

»Gibt es sonst noch akute Probleme?«

»Ich werde die Herde bewachen, bis die Tiere weg sind, und mit den Bauern reden, damit sie ab und zu nach meinem Haus sehen. Mehr kann ich nicht tun.«

»Dann beeilen Sie sich. Ich bin erst beruhigt, wenn ich Sie in Aberdeen weiß.«

Ryan legte auf. Es hatte keinen Zweck, jetzt lange zu diskutieren, er musste zurück und vorher ins Dorf. Der Pub war geschlossen, aber Ryan fand Billy hinten an der Tankstelle. »Ich brauche deine Hilfe, Billy. Ich habe Probleme mit einer Umweltorganisation und muss heute noch zurück nach Aberdeen.«

»Was kann ich für dich tun?«

»Hier ist Geld, ich möchte, dass du alle meine Verbindlichkeiten im Dorf bezahlst. Den Fleischer, die Bäckerin, den Gärtner – na, du weißt schon, wer alles infrage kommt. Ich erledige das sonst selbst vor meiner Abfahrt, aber heute ist alles etwas hektisch, außerdem muss ich noch zum Schmied. Er bekommt einen Schlüssel und soll einbruchsichere Schlösser und Eisengitter vor den Fenstern anbringen. Den zweiten Schlüssel, hier ist er, bekommst du, damit du ab und zu mal nach dem Rechten sehen kannst, so wie du das jedes Jahr machst, wenn ich nicht da bin. Und grüße die Männer von mir. Ich bin froh, sie als Freunde zu haben, bitte sag ihnen das.«

»Kommst du nachher nicht noch mal vorbei?«

»Nein, ich werde gleich nach dem Transporter abfahren und mich hinter die Kolonne hängen.«

»Bye-bye, Ryan, bis zum nächsten Sommer, dann ist alles wieder in Ordnung.«

»Hoffentlich, Billy. Goodbye.«

Ryan wendete und fuhr zum Dorfende, wo der Schmied die Werkstatt hatte. Ryan erklärte ihm, um was es ging, gab ihm einen größeren Geldbetrag und fügte hinzu: »Ich möchte, dass Linda eine neue Zahnprothese bekommt. Such einen Spezialisten in Inverness, und kümmere dich darum.

Wenn ich nächstes Mal herkomme, möchte ich eine fröhliche Frau sehen, die sich nicht schämt zu lachen, nur weil die Zähne nicht passend sitzen.«

Der Schmied sah ihn an. »Du kümmerst dich wohl um alles, was?«

»Wenn es um nette Menschen geht, kann man sich gar nicht genug kümmern.«

»In Ordnung. Dafür bekommst du den besten Einbruchschutz, den ich auftreiben kann, und ich fahre sofort los, damit ich morgen mit dem Einbau anfangen kann.«

»Ich wusste, dass ich mich auf dich verlassen kann. Grüß Linda, und sie soll den Rest in Ordnung bringen, wenn du auch im Haus bist. Ich will nicht, dass sie da allein ist.«

»Ich sag's ihr. Und ich pass schon auf, sie ist schließlich mein Mädchen.« Der alte Mann winkte, während Ryan in den Wagen stieg und abfuhr.

Am frühen Nachmittag trieb Ryan zusammen mit den Hunden die Herde zurück in den Pferch, da sie von dort aus über eine Rampe in die Viehtransporter verladen werden musste. Gegen drei Uhr trafen die ersten beiden Fahrzeuge ein, wenig später noch einmal zwei und kurz vor der Dämmerung die letzten beiden, während die ersten bereits auf dem Rückweg waren.

William kam mit dem letzten und entschuldigte sich. »Ich konnte in der Eile nicht genügend Fahrer auftreiben.«

»Ich weiß, es kam alles sehr schnell, aber jetzt seid ihr ja da. Wohin bringst du die Tiere?«

»Nach Forfar runter, zu den anderen. Da hab ich alles selbst unter Kontrolle.«

Ryan berichtete ihm von der Warnung, die unter Umständen sein gesamtes Imperium betraf und damit auch die Herden.

»Ich glaube allerdings nicht, dass sie sich an Tieren vergreifen, gerade die wollen sie ja schützen. Aber man weiß nie, zu was Hass die Menschen fähig macht.«

»Wir werden gut aufpassen, Chef, und die Viehhirten auf Black Isle werde ich sofort informieren. Wir haben Telefone in den Transportern.«

Ryan war beruhigt und streichelte die Hunde, die mit William zurückfahren würden. Und während die letzten Tiere verladen wurden, packte er seine Sachen und alle Waffen in den Rover, schloss das Haus und rollte hinter dem letzten Transporter von der Weide. Als sie Dyke hinter sich gelassen und die Hauptstraße erreicht hatten, ließ Ryan die Wagen allein weiterfahren und drehte nach Westen ab. Er wollte nicht wegfahren, ohne Andrea gesprochen zu haben. Sie musste um diese Zeit zurück sein, und sie hatten sich vor dem Wirtshaus in Tradespark für diesen Abend verabredet.

Nachdenklich fuhr er durch eine Landschaft, von der er Abschied nehmen musste: blühende Heide und Wacholderbeersträucher mit den unreifen Beeren, Steinmauern, die die Weiden begrenzten und den Wind abhielten, einzeln stehende, sturmzerzauste Bäume, die für den Einheimischen Richtungen markierten und den Fremden verwirrten, ab und zu ein leer stehender Schafstall, in dem die Tiere bei Winterstürmen Schutz fanden, hier und da eine Scheune mit Heu für Zeiten, in denen die Flächen hier weiß waren und die Schafe Zusatzfutter brauchten. Es war ein schönes Land, das seit Jahrhunderten seiner Familie gehörte, ein Land, von dem man ihn verdrängen wollte. Aber das würde niemandem gelingen. Jetzt musste er gehen, weil er in Aberdeen gebraucht wurde, aber er würde wiederkommen. Wer Ryan, den Schäfer, vertreiben wollte, der würde Ryan McGregor kennnen lernen.

Als er in Tradespark ankam, sah er sofort, dass Andreas Wagen nicht vor dem Gasthof geparkt war. Er ging hinein und erkundigte sich bei der Wirtin. Aber sie zuckte nur mit den Schultern.

»Miss Steinberg hat nicht gesagt, wann sie zurück sein würde. Sie wollte nur das Zimmer für eine weitere Nacht behalten.«

»Danke, bringen Sie mir bitte etwas zu essen, ich werde warten.«

»Was darf es sein? Ich habe ein gutes Lammragout, Sie können aber auch frittierte Hühnerkeulen mit Reis haben.«

»Bringen Sie mir das Ragout und eine Kanne mit starkem Tee.«

Ryan setzte sich so, dass er die Straße und die Haustür im Blick hatte. Nur selten fuhr ein Auto vorbei, und der Wagen von Andrea war nicht dabei.

»Könnte ich bitte telefonieren?«

»Natürlich, der Apparat hängt da drüben an der Wand.«

Ryan zog den Zettel mit Andreas Nummer aus der Brieftasche. Nur gut, dass er sich gestern die Nummer aufgeschrieben hatte, als er ihr Autotelefon benutzen durfte.

Er ließ es lange klingeln, aber es meldete sich niemand. Ryan war beunruhigt. Sie musste längst auf dem Rückweg sein und das Klingeln hören. Wo steckte sie, es wurde langsam dunkel, und zum Fotografieren war das Licht schon lange nicht mehr ausreichend. Langsam leerte sich die Gaststube, die wenigen Besucher fuhren heim. Ryan hatte mehr als vier Stunden gewartet. Er bat die Wirtin um einen Bogen Papier und einen Umschlag.

»Ich werde eine Nachricht hinterlassen, bitte übergeben Sie sie an Miss Steinberg, wenn sie zurückkommt.«

»Selbstverständlich.«

Er überlegte, was er schreiben sollte, denn er war überzeugt, dass die Wirtin die Nachricht lesen würde, sobald er fort war. So schrieb er nur: »Andrea, bitte ruf mich an, ich bin ab morgen früh Tag und Nacht unter folgendem Anschluss zu erreichen …«, dann notierte er die Nummer seines Handys, das er ab morgen immer bei sich tragen würde, unterschrieb mit »Ryan«, verschloss den Umschlag und übergab ihn der Wirtin.

Es war fast Mitternacht, als er die Rechnung bezahlte und zu seinem Wagen ging. Er wendete und fuhr nach Osten davon, weg von Andrea, mit jedem Kilometer weiter weg. Wäre er noch Ryan, der Schäfer, wäre er nach Westen gefahren, dahin, wo Andrea sein musste, irgendwo in den Weiten von Wester Ross. Aber er war nicht mehr der Schäfer, er war McGregor, der Chef eines Imperiums, und musste seine Pflichten erfüllen, und die begannen auf dieser Straße, die ihn weg von Andrea nach Osten führte. Und er ahnte nicht, wie sehr sie ihn in diesem Augenblick gebraucht hätte.

XIII

Andrea war früh aufgewacht. Es zog sie nach Westen in das Land der Einsamkeit. Sie wollte die tief stehende Morgensonne für Landschaftsaufnahmen nutzen, mittags in den schattigen Inverewe Gardens arbeiten und auf dem Rückweg einige berühmte Ruinen besichtigen.

Verschlafen und im Morgenmantel kam die Wirtin herunter, als sie Schritte auf der Treppe hörte.

»Ich wollte Sie nicht wecken. Ich möchte mich einfach still davonschleichen und unterwegs frühstücken«, entschuldigte sich Andrea für die Störung in der Dämmerung.

»Kommt gar nicht infrage. Sie sind mein Gast, und Sie bekommen ein gutes Frühstück vor der Abfahrt. Setzen Sie sich, in fünf Minuten steht alles auf dem Tisch. Möchten Sie Tee oder Kaffee?«

»Lieber einen starken Tee, danke.«

Andrea sah sich in der jetzt leeren Gaststube um. Immer war sie schnell hindurchgelaufen, weil der Raum voller Männer, voller Tabakqualm und Bierdunst war. Jetzt betrachtete sie die Wirtsstube mit mehr Aufmerksamkeit, immerhin war der Pub das Zentrum des kleinen Straßendorfes, eine Art Sammelstelle für Informationen, und sie konnte verstehen, dass er abends überfüllt war.

Trotz der frühen Stunde war der Raum bereits gereinigt, und von den gebohnerten Tischplatten stieg ein leichter Duft von Lavendelwachs auf. Wer weiß, wann die Wirtin nach dem letzten Gast zur Ruhe gekommen war? Auf den blanken Holztischen standen kleine Vasen mit künstlichen Blumen, auf den Fensterbrettern schrumpften einige Grünpflanzen vor sich hin, und im Kamin war bereits das Holz für das nächste Feuer gestapelt.

»So, hier ist schon mal der Anfang.« Die Wirtin stellte Toast und Butter, Orangenmarmelade und aufgeschnittene Wurst vor sie hin. Dann ging sie in die Küche und holte die Teekanne und Gebäck.

»Der Tee wird Ihnen gut tun, ich nehme immer die beste Yorkshire-Mischung, mein Mann kommt von dort, und der Tee schmeckt den Leuten hier.«

Andrea bedankte sich und griff ordentlich zu. Sie hatte wirklich Hunger, denn gestern Abend war sie ohne etwas zu essen ins Bett gegangen, vollkommen mit den Gedanken an Ryan und einen Antikhandel und mit ihren Zukunftsträumen beschäftigt. Dann verabschiedete sie sich, bedankte sich für das Frühstück und reservierte das Zimmer auch für die nächste Nacht.

Als sie Inverness hinter sich hatte und auch die neu entstehenden Industrieanlagen von Cromarty, wo nach Marks Angaben das größte Industriegebiet im Norden Schottlands entstehen sollte, begann die Einsamkeit. Je weiter sie nach Westen kam, umso schmaler wurde die Landstraße. Sie war zwar als landschaftlich schöne Strecke ausgewiesen, hatte aber nur zwei sehr schmale Fahrbahnen, und bei Gegenverkehr hatte Andrea Mühe, den Wagen so zur Seite zu fahren, dass es keine Kollision gab, denn meist waren es große Viehtransporter oder landwirtschaftliche Maschinen, die ihr entgegenkamen.

Die Gegend glich den Highlands, allerdings fehlten die vielen Steinwälle, die weiter östlich die Weiden begrenzten und das Land vor Stürmen schützten. Hier wirkte alles großräumiger, freier, einsamer und wilder. Sie dachte daran, wie Mark ihr abends, beim Dinner in dem gemütlichen Fischrestaurant, von dem Schicksal der Kleinbauern erzählt hatte, die im vergangenen Jahrhundert gewaltsam ausgesiedelt wurden, weil Großgrundbesitzer den Wert der Schafwolle erkannten und riesige Herden hier ansiedeln wollten.

Das Land wurde regelrecht entvölkert und gehörte bis heute wenigen Großfamilien. Ein paar üppige Schlösser und einige Straßen wurden gebaut, aber Menschen gab es kaum noch. Andrea stieg mehrmals aus, fotografierte besonders alte Brücken, eine rote, typisch Londoner Telefonzelle, die mitten in der Einsamkeit an der Kreuzung zweier Schotterwege stand und die Bronzegruppe einiger Wanderer, die als Denkmal an einem besonders hübschen Aussichtspunkt aufgestellt war.

Gegen Mittag erreichte sie die Inverewe Gardens. Verblüfft blieb sie stehen. Auf dem Breitengrad von Sibirien und Labrador und inmitten einer kahlen Klippenwelt wuchsen Palmen und Bambus, Eukalyptus und Rhododendron. Kiefern aus Korsika und zahllose subtropische Gewächse gediehen hier auf Terrassen, die zum Teil steil zum Meer hin abfielen oder auf weitläufiger Fläche zum Spazierengehen einluden. Andrea nickte, sie konnte verstehen, dass Mr McLaughley Bilder dieser Gärten, die ein weit gereister Kaufmann anlegen ließ, in seinem Buch haben wollte. Sie gab sich viel Mühe bei der Arbeit und hoffte, dass Holger die Bilder mit entsprechender Behutsamkeit behandelte.

Ach, Holger. Wie es wohl in Hamburg aussah? Ob es viel Arbeit gab, ob man manchmal an sie dachte? Sie musste sich bald einmal melden. Sie war nun schon über eine Woche unterwegs, höchste Zeit, ein Lebenszeichen von sich zu geben. Immerhin war es doch sehr großzügig, dass Inken ihr für diese Reise die Erlaubnis gegeben hatte.

Andrea setzte sich in ihren Wagen und griff zum Handy. Nach mehrmaligem Klingeln meldete sich Jens.

»Hallo, ich bin's, Andrea. Ich wollte mich mal bei euch melden und fragen, wie es im Studio geht.«

»Na, Andrea, wird aber auch Zeit, dass du mal etwas von dir hören lässt. Uns geht es gut. Ich verbinde dich mit Inken.«

Gleich darauf meldete sich die Studiochefin. »Nun, mein Mädchen, wie läuft's da oben im hohen Norden?«

»Du wirst es nicht glauben, aber ich sitze hier unter Palmen und Zypressen und blicke auf ein Meer, das zumindest in der Farbe durchaus mit dem Mittelmeer konkurrieren kann. Ich wollte euch nur sagen, dass es mir gut geht und dass ich im Zeitplan bin. Wenn nichts dazwischenkommt, bin ich am Freitag wieder in Hamburg.«

»Prima. Übrigens ist dein Freund Peter Erasmus auf dem Weg zu dir.«

»Wieso das denn?«

»Er war plötzlich sehr beunruhigt, weil er nichts von dir gehört hat, und hat mit dem Verlag in Edinburgh telefoniert. Die Anschrift musste ich ihm geben, ich hoffe, es macht dir nichts aus.«

»Und hat er etwas gesagt, wann und wo er mich treffen will?«

»Nein, das wusste er selbst nicht. Er ist heute Morgen abgeflogen und wird inzwischen in Richtung Inverness unterwegs sein.«

»Hm, was soll ich dazu sagen? Ich wollte die Reise nicht mit ihm machen, und das hatte ich ihm auch zu verstehen gegeben. Dann muss ich mich wohl bei Mark melden, damit er ihm sagt, wo ich wann bin. Warum ist er denn plötzlich so beunruhigt?«

»Keine Ahnung. Und wie geht es dir so? Ist die Fahrt sehr anstrengend? Lernst du auch ein paar nette Leute kennen?«

Andrea dachte an die »Leute« und sah Ryan vor sich.

»O ja, sehr nette Typen, die reinsten Originale. Da gibt's einen Schäfer, der hat es mir angetan«, kicherte sie, und Inken drohte: »Pass bloß auf, Schäfer sollen es in sich haben.«

»Und woher weißt du das?«

»Ich denk's mir halt. Die Einsamkeit und die viele frische Luft, die robuste Natur …«

Andrea lachte laut. »Nun hör aber auf, so ein Unsinn. Dieser Schäfer ist ein höflicher Mann, der sich gut benehmen kann, wenn er auch meist nach Schafen stinkt.«

»Hast du Fotos von ihm?«

»Natürlich, so viel Ursprünglichkeit kann ich mir doch nicht entgehen lassen.«

»Na schön, solange du diese Ursprünglichkeit nur mit der Linse festhältst, bin ich einverstanden. Aber ich denke, es ist gut, dass Herr Erasmus auf dem Weg nach Norden ist.«

»Unsinn. Trotzdem, vielen Dank, dass du's mir gesagt hast. So bin ich vorgewarnt. Ich werde jetzt Mark anrufen, und dann sehen wir weiter.«

»Ciao, Andrea, komm heil und gesund wieder.«

»Das mache ich.«

Andrea legte auf. So ein Blödsinn, wieso war Peter denn plötzlich um sie besorgt, so besorgt, dass er sich in den erstbesten Flieger setzte und ihr nachreiste? Oder gab es doch so etwas wie Gedankenübertragung? Hatte er gespürt, dass sie kurz davor war, sich ernsthaft in einen anderen Mann zu verlieben?

Sie rief in Edinburgh an, konnte aber weder Mark noch seinen Vater erreichen und ließ nur ausrichten, dass sie im Zeitplan war und wo sie sich befand. Dann nahm sie die Straßenkarte und studierte den Rückweg. Sie konnte die gleiche Strecke zurückfahren, aber das machte keinen Spaß. Es gab noch eine andere Möglichkeit mit einem Umweg in Richtung Süden. Die Straßen waren nur noch als Schotterwege eingezeichnet, aber immerhin hatte sie einen Geländewagen, und weshalb sollte sie nicht auch ein bisschen abseits der Touristenpfade herumstöbern. Es war früher Nachmittag, und sie hatte Zeit genug. Zu ihrer Verabredung mit Ryan würde sie mit Sicherheit zurück sein.

Die Wege waren wirklich schlecht. Andrea musste nicht nur vorsichtig fahren, sie musste auch oft aussteigen, Gatter öffnen, durchfahren und wieder schließen, sie rollte über Eisenroste, die das Vieh davon abhalten sollten, über die Straße von einer Weide auf die andere zu laufen, und mehrmals musste sie sich mit Gehupe den Weg mitten durch Schafherden bahnen. Aber sie kam auch durch eine wunderschöne, unberührte Landschaft.

Einmal führte der Weg durch ein verfallenes Dorf. Mauerreste zeigten an, wo vor vielen Jahren Häuser gestanden und Menschen gewohnt hatten. Etwas entfernt von den zerfallenen Gehöften sah sie eine Ruine, und als sie näher kam, erkannte sie die alten Mauern einer Kirche mit einer Abtei im Hintergrund. Sie hielt an, nahm ihre Fotoapparate und ging die etwa hundert Meter zu Fuß. Das Gelände war mit Findlingsblöcken übersät, und sie wollte keinen Achsenbruch riskieren. Als sie näher kam, sah sie, dass sie wunderbare Gegenlichtaufnahmen durch die alten Rundbögen der Ruine machen konnte. Die Sonne stand genau im richtigen Winkel, und Andrea beeilte sich mit der Arbeit. Dann fand sie Reste eines Bleiglasfensters und erkannte in dem farbigen Glas die Fragmente weißer und goldener Lilien – ein einmaliges Motiv mit dem blauen Himmel im Hintergrund. Sie kletterte über Mauerreste und durch Erdspalten, erklomm die Krone eines kleinen Rundbogens, machte ihre Fotos und geriet beim Absprung mit einem Bein in eine von Gras überwucherte Spalte zwischen Mauerbrocken. Nur darauf bedacht, die umgehängten Fotoapparate mit beiden Händen zu schützen, stützte sie sich nicht ab und prallte mit dem Kopf gegen einen Stein.

Als Andrea wieder zu sich kam, ging die Sonne im Westen unter. Benommen befühlte sie den schmerzenden Kopf und fand eine verkrustete Narbe, die aber nicht mehr blutete.

Sie richtete sich langsam auf, alles drehte sich vor ihren Augen. Dann spürte sie, dass sie ihr linkes Bein nicht bewegen konnte. Es war in einer Mauerspalte festgeklemmt, geschwollen und schmerzte stark. Vorsichtig bewegte sie die Zehen, versuchte Knöchel und Knie etwas zu drehen und hatte das Gefühl, dass nichts gebrochen war. Behutsam versuchte sie, mit beiden Händen das Bein herauszuziehen, aber da rührte sich gar nichts. Dann verlor sie wieder das Bewusstsein, und als sie das nächste Mal zu sich kam, war es dunkel. Die Schmerzen im Kopf hatten etwas nachgelassen, aber das Bein saß fest. Andrea wusste, dass sie sich allein nicht befreien konnte, und sie wusste auch, dass es hier weit und breit keinen Menschen gab, der sie finden würde. Entmutigt und den Tränen nahe, sah sie sich um. Nur schattenhaft waren die Ruinen zu erkennen. Ab und zu flogen ein paar Fledermäuse über sie hinweg, und sie hatte Angst, dass sie vielleicht das Blut riechen und sich auf ihrem Kopf festkrallen würden. Sie streifte die Bluse ab, zog ihr Seidenhemd aus, wickelte es um den Kopf und zog die Bluse wieder an.

Kalt war es geworden. Von der Wärme des Sommertages und von der tropischen Strömung eines warmen Meeres war nichts mehr zu spüren. Andrea sah nach oben. Nah, wie sie es noch nie erlebt hatte, blinkten die Sterne in tausendfacher Vielfalt. Sie sah auf die Uhr, da sie aber keine Leuchtziffern hatte, konnte sie nicht erkennen, wie spät es war. Sie versuchte, sich so bequem wie möglich hinzusetzen. Arme und Rücken verkrampften sich allmählich, denn sie konnte sich nirgends anlehnen. Bei jeder kleinsten Bewegung schmerzte der Kopf. Und dann weinte sie doch. Die Tränen liefen ihr einfach über das Gesicht und tropften auf die Bluse, mit der ein leichter Wind spielte. Wind, der den Morgen ankündigte?

Andrea holte tief Luft, und langsam beruhigte sie sich wieder. Sie überlegte, ob und von wem sie Hilfe erwarten konnte. Ryan wusste, wohin sie gefahren war, er würde sie vermissen, wenn sie nicht zurückkam, und spätestens morgen mit der Suche beginnen, vorausgesetzt, er konnte die Herde allein lassen und hatte seine eigenen Probleme im Griff.

Peter wusste inzwischen auch, in welcher Gegend sie steckte, er würde sie bestimmt suchen, wenn sie nicht auftauchte. Sie hatte in Hamburg gesagt, wo sie war – also, ganz allein und verlassen war sie eigentlich nicht. Etwas beruhigt stützte sie die Arme auf die Knie und legte den Kopf darauf.

Das Krächzen zahlreicher Krähen weckte sie. Erschrocken sah sie ganze Schwärme, die über ihr am dämmerigen Himmel kreisten. Würden sie angreifen? Wie konnte sie sich schützen? Grässliche Bilder aus dem Hitchcock-Film fielen ihr ein und alles, was Ryan über die toten Schafe und die Krähen erzählt hatte. Durchgefroren und vollkommen verkrampft überlegte sie, womit sie die Vögel abwehren konnte. Sie konnte die Bluse ausziehen und herumschwenken, und sie konnte schreien, mehr Möglichkeiten hatte sie nicht. Sie nahm die Fotoapparate ab und legte sie neben sich. Zur Not musste sie damit werfen. Ihr Bein war durch die Ruhe der Nacht etwas abgeschwollen, aber es ließ sich um keinen Zentimeter aus der Spalte ziehen. Hundert Meter, nur hundert Meter bis zum Auto, zum Telefon, zur Rettung, verdammte hundert Meter. Sie kämpfte wieder mit den Tränen, sie wusste aber auch, dass ihr alles Weinen nicht weiterhalf. Sie saß fest und musste warten.

XIV

Peter Erasmus und sein Fahrer erreichten Inverness kurz vor Mitternacht. Während Peter auf der ganzen Fahrt versucht hatte, immer wieder Andrea über ihr Autotelefon zu erreichen, hatte der Chauffeur telefonisch Zimmer im Moray Hotel bestellt, dem besten Haus am Platze, wie Peter angeordnet hatte. Man war sehr bemüht, die späten Gäste zufrieden zu stellen, und betonte, dass die Küche noch geöffnet sei und jederzeit ein Abendessen durch den Zimmerservice geordert werden könnte.

Peter nickte. »Bringen Sie in einer Viertelstunde ein kräftiges Essen in meine Suite. Wir speisen dort gemeinsam.«

Mit den Gedanken war er ganz woanders: Er konnte nicht begreifen, dass Andrea sich nicht meldete, obwohl sie mit dem Wagen unterwegs war und das Telefon hören musste. Ihre Handyanlage war keinesfalls gestört, wie er aus den Klingelzeichen heraushört und besetzt war die Leitung auch nie. Zwischendurch hatte er sich beim Verlag gemeldet und erfahren, dass sie in der Gegend der Inverewe Gardens unterwegs war, dass er sie also nicht auf der Strecke am Caledonian Canal und am Loch Ness verpasst hatte.

Während des Essens besprach er mit dem Fahrer die Situation. »Wir werden früh aufbrechen. Da die Straße sehr schmal und wenig befahren ist, dürfte es nicht schwer sein, entgegenkommende Autos zu sehen und zu kontrollieren.«

Er nahm die Karte aus seinem Handgepäck und breitete sie aus. »Es müsste eigentlich ganz leicht sein, sie zu finden, was denken Sie?«

Byron, der seinen Fahrgast für überempfindlich und übertrieben besorgt hielt, antwortete sehr vorsichtig:

»Könnte es sein, dass die Dame nicht gestört werden will und deshalb den Hörer nicht abnimmt?«

»Nein, so egoistisch ist Frau Steinberg nicht. Sie weiß inzwischen, dass ich unterwegs bin, wir sind schließlich Freunde.«

»Wir treffen sie morgen bestimmt. Wann wollen Sie aufbrechen?«

»So früh wie möglich. Ab wann bekommt man hier Frühstück?«

»Ich werde mich sofort erkundigen.«

Nach einer Rückfrage an der Rezeption sagte der Fahrer: »Wir können ab sieben Uhr frühstücken. Wenn wir früher aufbrechen wollen, sollten wir das Essen jetzt schon bestellen, es wird uns dann auf den Zimmern serviert.«

»Sieben Uhr genügt. Wir wollen ja nicht in der Dunkelheit fahren.«

»Gut. Ich kümmere mich vorher um den Wagen, dann können wir anschließend starten.«

Als Byron ging, rollte er den Servicewagen mit den Resten hinaus, wünschte gute Nacht und suchte sein Zimmer auf. Er machte sich Sorgen um das Auto. Die schwere Limousine auf den Straßen im Wester Ross? Er fragte sich, ob das gut ging. Andererseits hatte er gleich zu Beginn der Fahrt auf die Straßenverhältnisse hingewiesen. Aber sein Gast war dabei geblieben, mit diesem bequemen Wagen zu reisen. Er würde sehr vorsichtig fahren müssen, vor allem, wenn sie die Dame nicht auf der befestigten Straße trafen und Mr Erasmus auf die Idee kam, über die Südroute zurückzufahren. Da gab es dann nur noch Schotterwege und Pfade für das Vieh.

Wenige Minuten nach dem Frühstück saßen die beiden Männer im Wagen und fuhren Richtung Westen davon. Der Verkehr hatte noch nicht eingesetzt, und außer Arbeitern, die von der Nachtschicht in den Industrieanlagen am Cromarty Firth zurück in ihre Wohnungen fuhren, waren kaum Menschen unterwegs.

»Mr Erasmus, ich möchte Sie noch einmal auf die Straßen hinweisen, die wir vor uns haben. Der Wagen ist für diese Strecke nicht geeignet.«

»Ich möchte keine Zeit verlieren und jetzt nach einem anderen Auto suchen. Sie sind ein guter Fahrer, Sie werden das schon schaffen. Und außerdem wird eine Straße, auf der Viehtransporter und Touristenbusse zu den Zypressengärten fahren, der Limousine wohl nichts anhaben.«

»Aber später könnte es kritisch werden.«

»Später sehen wir weiter. Jetzt halten wir erst mal die Augen offen und versuchen, Miss Steinberg zu finden.«

Und wieder begann Peter zu telefonieren, und wieder gab es keine Verbindung.

»Wenn die Dame irgendwo übernachtet, wird sie das Telefon im Wagen nicht hören.«

»Ich weiß, aber irgendwann ist sie auch wieder unterwegs.«

Peter war mürrisch und schlecht gelaunt. Diese vergebliche Suche machte ihn nervös und ratlos. Und bei allem wusste er nicht einmal, wie Andrea ihn empfangen würde. Bestimmt war sie verärgert, weil er ihr nachgefahren war, vielleicht sogar so wütend, dass sie ihn nicht mehr sehen wollte. Andererseits hatte er dieses undefinierbare Gefühl, dass ihr etwas zugestoßen sein könnte, dass sie in Schwierigkeiten steckte, und das ließ sich einfach nicht abschütteln. Er wusste, dass er sich vor dem Chauffeur lächerlich machte, aber es war ihm gleichgültig. Und so schwieg er, starrte auf die Straße und versuchte immer wieder, Andrea zu erreichen.

Und dann bekam er zwei seltsame Anrufe. Der erste kam aus dem Verlag: Mark war am Telefon und erzählte: »Mr Erasmus, wir hatten soeben ein Gespräch mit Aberdeen. Ein Mr McGregor ist ebenfalls auf der Suche nach Miss Andrea. Ich denke, es ist am besten, Sie sprechen direkt mit ihm, ich habe ihm Ihre Nummer gegeben.«

»Können Sie mir sagen, wer das ist?«

»Nein, es gibt viele Leute dieses Namens in Schottland. Aber er sagte, er kenne Andrea und hätte sie eigentlich gestern Abend treffen wollen.«

»Gut, ich werde sehen, was er will. Danke, Mark.«

Er legte auf. Seit wann kannte Andrea hier in Schottland jemanden? Gab es da einen Mann, von dem er keine Ahnung hatte? War Andrea deshalb allein gefahren und hatte seine Begleitung abgelehnt? Mit wem war sie gestern Abend verabredet, und weshalb hatte sie diese Verabredung nicht eingehalten? Er schüttelte den Kopf: Seine kleine, geliebte, fröhliche Andrea war zu einem Rätsel geworden.

Wenig später klingelte das Telefon erneut, eine formelle Frauenstimme fragte ihn nach seinem Namen und erklärte dann: »Ich verbinde Sie mit Mr McGregor.«

Als er sich meldete, antwortete eine kühle, distanzierte Männerstimme: »Mein Name ist McGregor. Ich suche Andrea Steinberg, und ich bin in großer Sorge. Können wir die Suche koordinieren?«

»Könnten Sie mir erst einmal sagen, wer Sie sind?«

»Das sagte ich bereits. Wo befinden Sie sich zurzeit?«

Peter, verblüfft von der Arroganz in dieser Stimme, hätte am liebsten aufgelegt. Das aber brachte ihn keinen Schritt weiter. Und so erklärte er: »Wir sind auf der A 835 südlich vom Loch Broom.«

»Hatten Sie in den letzten Stunden Telefonkontakt zu Miss Steinberg?«

»Nein.«

»Ich habe mit einem Parkaufseher von Inverewe Gardens telefoniert. Miss Steinberg hat die Gärten gestern Mittag in südlicher Richtung verlassen. Sie muss auf der A 832 unterwegs sein. Wie schnell sind Sie dort?«

»Ich muss meinen Chauffeur fragen.« Dann: »In einer Stunde, wenn wir nicht in den Gärten nach ihr suchen müssen.«

»Bitte beeilen Sie sich, ich bin in großer Sorge. Ich bemühe mich, so schnell wie möglich hinzukommen.«

»Von Aberdeen aus?«, fragte Peter verblüfft.

»Von Aberdeen aus. Danke für das Gespräch.«

Damit legte dieser unhöfliche Schotte auf, und Peter sah verblüfft zu seinem Fahrer hinüber. »Ein Verrückter. Der will von Aberdeen aus schneller auf der A 832 sein als wir.«

Byron grinste und nickte. »Wenn es der McGregor ist, von dem ich annehme, dass er es ist, dann schafft er das.«

»Und wie?«

»Mit einem düsenbetriebenen Helikopter. Es gibt nichts, was für den unmöglich wäre.«

»Und wer ist dieser arrogante Typ, der mich wie einen dummen Jungen behandelt?«

»Der größte Industrielle hier im Norden, der reichste Mann in Schottland. Wenn ich ehrlich sein darf: Er ist ein knochenharter Typ, mit dem man sich nicht anlegen sollte, jedenfalls sagen das die Leute, die ihn kennen. Sie sagen aber auch, dass er seinen Leuten gegenüber hundertprozentig loyal ist.«

»Seine Leute, wer sind die?«

»Nun, alle seine Arbeiter und Angestellten und alle Familien, die dazugehören. Weihnachten zum Beispiel, da gibt es Feste, von denen ganz Schottland spricht. Feste für seine Leute, nicht für die Highsociety, wenn Sie wissen, was ich meine.«

»Und er selbst? Was ist mit ihm?«

»Er hat keine Familie, obwohl die Frauen, wie man sagt, Schlange stehen. Seine Eltern haben sich zur Ruhe gesetzt und leben in Washington, wo der alte McGregor noch ein bisschen in der Politik mitmischt. Dieser hier, der Junior, der aber auch schon um die fünfzig ist, ist ein totaler Einzelgänger, erzählt man sich.«

»Sie kennen ihn nicht persönlich?«

»Wo denken Sie hin, Mr Erasmus, einen McGregor trifft man nicht eben mal auf der Straße. Von den Bodyguards ganz abgesehen.«

Peter schwieg. Woher kannte Andrea diesen Menschen? Er schüttelte den Kopf.

»Fahren wir lieber schneller. Ich habe wirklich Angst um Miss Steinberg.«

Mittags hatten sie die Gärten bereits hinter sich gelassen. Bis zum nächsten kleinen Ort war die Straße einigermaßen befahrbar. Dann wurde es kritisch. Die tief liegende Limousine schrammte immer wieder über Steine, wenn die Räder gleichzeitig in Schotterlöchern versanken, und um Hindernissen auszuweichen, war der Weg zu schmal. Peter beobachtete den Fahrer, der sich alle Mühe gab, den Wagen nicht festzufahren und einen Achsenbruch zu vermeiden. Immer wieder stieg Peter aus, um Gatter zu öffnen und zu schließen, oder lief vor dem Wagen her, um Schafe zu vertreiben, die ihre Mittagsruhe auf dem Weg hielten.

Nach einer weiteren Stunde sahen sie am Horizont einen Krähenschwarm. »Da drüben muss etwas los sein.« Byron zeigte nach Süden. »Wir haben auf der ganzen Strecke kaum Vögel gesehen.«

Peter nickte. »Bitte fahren Sie so weit wie möglich heran.«

Dann hörten sie gleichzeitig das tiefe Brummen eines schweren Motors und sahen einen Helikopter, der nach Süden abbog und zur Landung ansetzte.

Als Ryan McGregor den Krähenschwarm sah, wusste er, was los war. »Dort drüben«, dirigierte er den Piloten und zeigte auf die schwarzen Vögel. Er hatte vor kaum einer Woche grässliche Erfahrungen mit diesen Rabenvögeln gemacht und wusste, was sie bedeuteten. Die meisten kreisten in der Luft. Einige stießen hinunter zur Erde, andere hockten auf Mauerresten, die Ryan jetzt auch erkennen konnte.

»Da vorn steht ein Auto«, rief der Pilot.

Ryan nickte, er erkannte Andreas Wagen, der in der prallen Sonne auf dem Schotterweg stand.

Er drehte sich zu den anderen Männern um. »Fertig machen, wir sind da.«

Neben einem Automechaniker, denn an einen festgefahrenen oder beschädigten Wagen hatte er als Erstes gedacht, befanden sich noch zwei Sanitäter und ein Arzt vom Werkschutz in der Maschine.

Ryan war ein umsichtiger Mann, und Rettungseinsätze gehörten zum normalen Alltag in seinem Unternehmen. Immer wieder kam es zu Unfällen auf den Werften oder draußen auf See, wo die Bohrinseln fertig montiert und in den Meeresboden eingelassen wurden. So hatten sein Vater als Schiffsbauer und er als Nachfolger nicht allein durch großzügige Spenden beim Ausbau eines modernen Hospitals in Aberdeen mitgeholfen, sondern sie besaßen auch eine eigene Station in der Klinik, in der verletzte Arbeiter bestens versorgt wurden. Und auf dem Werftgelände hatten sie eine Tag und Nacht besetzte Ambulanz eingerichtet.

Die Krähen, von der Maschine aufgeschreckt, flogen auseinander und setzten sich in einiger Entfernung auf die Ruinen. Kaum war die Tür geöffnet, sprang Ryan hinaus und rannte zwischen die Mauerreste, wo er Andrea vermutete. Als er sie schließlich fand, wurde ihm übel. Sie kauerte bewegungslos zwischen Steinen. Den Kopf hatte sie auf die Knie gelegt, die Arme hingen seitlich herunter. Als Ryan ihre Schultern und ihren Rücken sah, musste er sich beinahe übergeben. Die Bluse war zerfetzt, überall hatten die Vögel mit ihren gefährlichen Schnäbeln Löcher in ihren Rücken gehackt.

Während einer der Sanitäter sich um Ryan kümmerte, untersuchten der Arzt und der zweite Sanitäter die Frau.

»Sie lebt noch«, rief der Mediziner ihm zu, »wir werden sie durchbringen, es sind nur äußere Wunden, aber wir müssen uns beeilen.« Er gab ihr eine Spritze und rief dem Mechaniker zu, das Sauerstoffgerät und die zusammenklappbare Trage aus der Maschine zu holen und diese verdammten Vögel zu verscheuchen, die in unglaublicher Dreistigkeit immer wieder angeflogen kamen und sich auf ihrer Beute niederlassen wollten. Dann begann er, die Haut von Schultern und Rücken – oder was davon noch übrig war – mit Mulltüchern abzudecken.

Ryan hatte sich von dem Schreck erholt und wollte dem Arzt helfen, Andrea auf die Trage zu betten. Da erst bemerkten die Männer das bis zum Knie festgeklemmte Bein und begriffen, in welcher Lage sie sich befunden hatte. Aber trotz gemeinsamer Anstrengung gelang es ihnen nicht, das Bein aus dem Mauerspalt zu befreien. Ratlos sahen sie sich an. Und als Ryan dem Arzt in die Augen blickte, sah er, was der Mediziner dachte. »Das kommt überhaupt nicht infrage«, schüttelte er den Kopf. »Auf gar keinen Fall, das Bein wird nicht amputiert.«

Dann sahen sie zwei Männer, die durch die Ruinen auf sie zukamen. Ryan ging ihnen entgegen. »Ich bin McGregor, ich nehme an, Sie sind der Herr aus Deutschland, mit dem ich telefoniert habe.«

»Erasmus«, stellte sich Peter vor und ging weiter. »Was ist passiert?«

Da Andreas Wunden abgedeckt waren, blieb ihm der entsetzliche Anblick ihres Rückens erspart, trotzdem wurde er schneeweiß, und ein Sanitäter sprang hinzu, um ihn zu stützen.

Aber Peter winkte ab. »Ist schon in Ordnung. Was ist passiert?«

Während der Arzt ihm die Lage erklärte, sprachen Byron und der Mechaniker miteinander.

»Wir könnten versuchen, mit dem Geländewagen von Miss Steinberg heranzufahren und mit Seilen die Mauern auseinander zu ziehen.«

»Seile liegen im Helikopter, so etwas haben wir immer dabei.«

»Ich könnte fahren, ich bin ganz gut, wenn ich das passende Fahrzeug habe«, erbot sich Byron.

Der Mechaniker nickte. »Ich hole die Seile und was ich sonst noch an Werkzeug finde.«

»Gut.« Byron wandte sich ab. »Ich werde den Herren Bescheid sagen und fahre dann den Wagen heran.«

Er ging zu der Gruppe hinüber, die sich um den Arzt gebildet hatte. In knappen Worten erklärte er, was sie vorhatten, und lief zurück, um zu versuchen, mit dem Geländewagen durch die Steinwüste zu fahren.

Der Wagen sprang sofort an. Byron öffnete alle Fenster, denn die aufgestaute Hitze in dem Fahrzeug war fast unerträglich. Bis auf den Arzt, der ständig Andreas Puls kontrollierte und mit dem Sauerstoffgerät hantierte, und Ryan, der die Vögel verscheuchte, halfen alle Männer, den Wagen durch die Felsbrocken und die Mauerreste zu dirigieren. Als er nahe genug war und die Seile gespannt waren, traten alle zur Seite. Die Sanitäter eilten zu der Verletzten, der Mechaniker und der Chauffeur besprachen letzte Kommandos, und Peter sammelte die Fotoapparate ein, die um Andrea herum verstreut im Gras lagen. Er wusste, welche Bedeutung die teuren Geräte und die darin enthaltenen Filme für sie hatten.

Dann war es so weit. Byron bekam seine Kommandos, alle Männer halfen zusätzlich, die Steine auseinander zu schieben, und Ryan stand bereit, das Bein aus dem Spalt zu ziehen, während der Arzt Andrea in den Armen hielt. Auf den Zuruf des Mechanikers hin bewegte sich der Wagen, die Männer zerrten an den Mauerresten. Die Steine bewegten sich, für Sekunden nur, aber die reichten aus, um das Bein aus der Öffnung zu ziehen.

Andrea wurde auf die Trage gelegt und festgebunden. Byron fuhr den Wagen zurück auf die Straße. Der Mechaniker, der die Werkzeuge und Seile eingesammelt hatte, erklärte sich bereit, den Geländewagen nach Aberdeen zu fahren. In der Zwischenzeit stand Peter hilflos zwischen den Mauerresten, die Arme voller Fotoapparate und die Wangen nass vor Tränen. Erst jetzt war der Schock eingetreten, den der Arzt befürchtet hatte. Er sah Ryan an und bat: »Mr McGregor, ich glaube, der Mann braucht jetzt Hilfe.«

Ryan drehte sich um. In der Eile, Andrea zum Helikopter und in die Klinik zu bringen, hatte er den Deutschen ganz vergessen.

»Mr Erasmus, kann ich etwas für Sie tun?«

Peter schüttelte nur den Kopf.

»Kommen Sie, Sie können mit uns zurückfliegen.«

»Danke.« Peter fing sich wieder. »Ich werde meinem Fahrer Bescheid sagen und Andreas Sachen aus dem Wagen holen, dann komme ich.«

»Beeilen Sie sich, die Verletzte muss so schnell wie möglich in die Klinik.«

Peter lief zum Auto, holte Andreas Fototasche und den kleinen Reisebeutel, den sie immer bei sich hatte, und bat Byron: »Ich rufe Sie von Aberdeen aus an, sobald ich weiß, wo ich bleibe. Kommen Sie dann bitte dorthin. Und ich danke Ihnen, ohne Ihren Einsatz und die Idee mit den Seilen hätten wir Miss Steinberg nicht befreien könne.«

»Ist schon gut, Mr Erasmus. Die Idee hatten wir beide, der Mechaniker und ich. Und morgen sehen wir uns in Aberdeen wieder. Sie können sich auf mich verlassen.«

Ryan erklärte dem Mechaniker, der den Geländewagen an die Ostküste bringen sollte: »Fahren Sie über Inverness und Tradespark zurück. Holen Sie dort in der Gastwirtschaft die Sachen von Miss Steinberg, und bezahlen Sie die Rechnung. Ich telefoniere inzwischen mit der Wirtin.«

»Selbstverständlich, Sir, wird gemacht. Wohin soll ich die Sachen bringen?«

»In mein Haus am Dee.«

»Jawohl, Sir.«

Ryan stieg in die Maschine, nahm neben Peter Platz, und Minuten später waren sie in der Luft.

Peter verhielt sich still. Er war dankbar, dass er mitgenommen wurde, und wusste, dass sein Begleiter keinerlei Fragen duldete. So schwieg er, bis Ryan schließlich sagte: »Sie kennen Miss Steinberg aus Hamburg?«

»Wir sind befreundet.«

»Wie sehr befreundet?«

»Das geht Sie nichts an.«

»Da irren Sie sich.«

»Ich kenne Sie nicht und wüsste nicht, was unser Leben in Deutschland mit Ihnen zu tun hat.«

»Sie werden mich kennen lernen.«

Peter war schockiert. Der arrogante Mensch zeigte offene Feindschaft, und er wusste, dass seiner Beziehung zu Andrea von diesem Mann Gefahr drohte. Andererseits war er es gewesen, der Andrea das Leben gerettet hatte, denn ohne ihn und sein Team hätte er mit seinem Fahrer absolut hilflos in der Einöde gestanden. Und hier kam es wirklich auf jede Minute an.

Im hinteren Teil der Maschine stöhnte Andrea. Der Arzt sprach beruhigend auf sie ein. Die beiden Männer standen auf und beugten sich über die Trage. Dann erkannte sie Peter und flüsterte: »Die ... Fotos ... bitte ... nach ... Hamburg.«

Peter nickte. »Natürlich Andrea, verlass dich darauf.«

Aber sie hatte die Augen schon wieder geschlossen.

»Ich musste ihr ein starkes Schmerzmittel geben, sonst könnte sie den Transport auf dem Rücken liegend nicht ertragen.«

»Wie geht es ihr?« Ryan beugte sich über sie und nahm ihre Hand.

»Der Herzschlag ist stabil, aber die Wirkung der Spritze wird bald nachlassen. Eine zweite kann ich nicht geben, die

Patientin ist zu geschwächt. Der Pilot soll über Funk die Klinik verständigen.«

»Ist bereits geschehen. In wenigen Minuten landen wir.«

Der Pilot forderte alle auf, sich anzuschnallen, drosselte den Motor, und langsam verlor die Maschine an Höhe. Im letzten Licht der hinter den Highlands untergehenden Sonne landeten sie auf dem Gelände der Queen-Victoria-Klinik von Aberdeen.

Das Notfallteam stand bereit, und nur Minuten später war Andrea in der Unfallchirurgie. Man wusste in diesem Krankenhaus, was man einem Mann wie Ryan McGregor schuldete. Der Chefarzt übernahm sofort den Fall, und Ryan wurde in einen eleganten Warteraum geführt. Als er den Deutschen in der Halle stehen sah, forderte er ihn auf, mitzugehen. Er wusste, dass er diesen Mann nicht mochte, der da mit allen Fasern seines Wesens Besitzansprüche auf Andrea anmeldete, auf die Frau, die Ryan für sich gewinnen wollte. Er wusste aber auch, dass er sich diesem Fremden gegenüber wie ein Gentleman benehmen musste.

»Kommen Sie mit. Wir werden uns da drinnen etwas sauber machen, und dann können Sie telefonisch ein Hotelzimmer buchen und Ihrem Fahrer sagen, wo Sie zu finden sind.«

Peter folgte ihm.

»Da drüben ist ein Waschraum, Sie können ihn zuerst benutzen.«

Peter versuchte, den ärgsten Staub von seiner Kleidung zu entfernen, und wusch Gesicht und Hände. Ryan telefonierte mit seinem Butler.

»James, ich bin im Queen-Victoria-Hospital. Bring mir bitte komplett frische Kleidung.«

»Sofort Sir, ich bin in fünf Minuten unterwegs. Darf ich fragen, ob Sie einen Unfall hatten?«

»Ich nicht, aber ich habe bei einem Unfall geholfen. Bis gleich, James.«

»Jawohl, Sir.«

Ryan zeigte Peter den Telefonapparat an der Wand. Er war nicht bereit, ihm sein Handy anzubieten, und obwohl er das selbst albern fand, steckte er seinen Apparat in seine Jackentasche.

»Ich empfehle Ihnen das Greenparc Hotel. Die Nummer finden Sie dort drüben im Verzeichnis.«

Dann ließ er Peter allein und ging auf die Privatstation, um zu kontrollieren, ob alles für Andreas Aufnahme vorbereitet war. Wie er es angeordnet hatte, war das beste Zimmer, das sonst nur ihm vorbehalten war, das er aber noch nie bewohnt hatte, für sie hergerichtet worden.

Die Schwester, die sichtlich stolz darauf war, das fertige Zimmer präsentieren zu können, war nicht wenig erstaunt, als sie sah, dass Ryan McGregor jede Kleinigkeit überprüfte. Er überzeugte sich von der Weichheit der Handtücher und vom Duft der Seife, strich über die seidenglatte Bettwäsche und schüttelte persönlich das Kopfkissen noch einmal auf, er besah sich den Morgenmantel im Schrank und das Geschirr auf dem Servicewagen.

Er sah sich um, blickte aus dem Fenster, befühlte die Vorhänge, kontrollierte den Sonnenschutz und verlangte: »Besorgen Sie bitte einige kleine Blumensträuße. Nichts Aufdringliches, ich wünsche keinen Gewächshauseffekt, nur ein paar liebevoll zusammengestellte kleine Sträuße, die im Zimmer verteilt werden. Es gibt doch ein Blumengeschäft unten im Foyer?«

»Ja natürlich, Mr McGregor.«

»Dann machen Sie das jetzt bitte.«

Als die Schwester weg war, setzte er sich in einen Sessel. Endlich allein. Ihm war zum Heulen zumute. Was würde passieren, wenn Andrea zu sich kam, wie würde sie die Verletzungen ertragen, deren Narben sie ein Leben lang mit sich herumtragen musste? Was würde sie sagen, wenn sie dahinter kam, wer er war, dass er sie belogen und hintergangen hatte? Aber spielte das jetzt noch eine Rolle? Gab es etwas Wichtigeres als ihre Gesundheit, als ihr zu helfen, über den Schock ihres Lebens hinwegzukommen? Was musste sie durchgemacht haben, allein da draußen, die Krähen um sich herum, die immer näher kamen, und sie selbst so gefangen, dass sie sich nicht rühren konnte! Wie lange mochte sie sich gewehrt haben, wie lange geschrien, um die Vögel zu vertreiben? Ryan stöhnte laut, als er daran dachte.

Er stand auf und trat ans Fenster. In der Stadt gingen die ersten Lichter an. Drüben, am anderen Ufer des Dee, war die ganze Gegend in orangerotes Licht getaucht, das waren die Speziallampen auf seinem Werftgelände, die mit zunehmender Dunkelheit immer heller wurden. Nachts leuchteten sie weißblau und vermittelten den Arbeitern auf dem Gelände den Eindruck von Tageslicht. Sein Unternehmen, sein Imperium – wie gern hätte er das alles in diesem Augenblick weggegeben, wie gern wäre er jetzt eingetaucht in die bescheidene Rolle eines Schäfers, der die Frau, die er liebte, in den Armen hielt. Denn dass er Andrea liebte, war ihm an diesem Tag klar geworden. Daran gab es überhaupt keinen Zweifel mehr.

XV

Ryan öffnete die Tür, als es leise klopfte. Die Schwester kam mit drei kleinen Sträußen ins Zimmer. Bunte, nicht duftende Sommerblumen waren liebevoll gebunden und brachten Farbe in das lindgrün gestrichene Krankenzimmer. Mit der Schwester zusammen betrat James den Raum.

»Ich habe mich nach Ihnen erkundigt, Sir, und die Schwester war so freundlich, mich mitzunehmen.«

»Danke, sehr schön.« Mit einem Kopfnicken entließ er die Frau und bat James, hereinzukommen. »Ich werde mich hier umziehen, dann können Sie die schmutzigen Sachen mit zurücknehmen.«

»Wie Sie wünschen, Sir.«

Während er sich umzog, berichtete er dem alten Mann von dem Unfall. »Und jetzt, James, brauche ich die Hilfe Ihrer Frau. Ich möchte, dass Mary herkommt und die Betreuung der Patientin übernimmt.«

James sah ihn erschrocken an, doch Ryan beruhigte ihn sofort. »Nicht die medizinische Betreuung, da ist genügend geschultes Personal vorhanden, sondern die seelische Betreuung. Miss Steinberg hat entsetzlich gelitten, sie wird sich nur sehr schwer von dem Schock erholen. Ich möchte, dass eine verständnisvolle, mütterliche Frau Tag und Nacht bei ihr ist, und ich denke, Mary wäre vorzüglich geeignet.«

»Jawohl, Sir, Mary ist sehr liebevoll.«

»Sie kann im Nebenzimmer bei geöffneter Verbindungstür wohnen. So haben beide Frauen einen eigenen Bereich, Mary ist aber stets anwesend, wenn es ein muss. Sie soll bei jedem Besuch, auch bei Visiten, neben Miss Steinberg stehen. Mit den Ärzten und mit dem Pflegepersonal kläre ich das. Und noch eins, James, sie soll auf jeden Fall verhindern, dass ihr jemand sagt, wer ich bin. Sie kennt mich nur als Ryan, den Schäfer, und so soll es bleiben, bis sie in der Lage ist, die Wahrheit zu verkraften. Habe ich mich verständlich ausgedrückt?«

»Jawohl, Mr McGregor. Ich werde Mary genau informieren.«

»Und noch eins, James, fremde Besucher haben keinen Zutritt.«

»Das wird schwierig, Sir, fürchte ich.«

»Das Krankenhauspersonal wird informiert. Ich glaube nicht, dass ein Fremder unbemerkt bis zu dieser Station kommt.«

»Ja, Sir.«

»Dann fahren Sie jetzt, und holen Sie Mary.«

Als James fort war, sah Ryan sich noch einmal um. Alles war wohl geordnet. Er schloss die Tür und fuhr mit dem Lift hinunter zur Unfallstation.

Vor der breiten Glastür, die den Durchgang verhinderte, sah er Peter Erasmus stehen. Einerseits tat ihm der Deutsche Leid, andererseits wünschte er ihn zur Hölle. Aber er bemühte sich, höflich zu bleiben.

»Gibt es schon Nachrichten?«

»Nichts, gar nichts. Niemand fühlt sich zuständig, mir etwas zu sagen, und der Chefarzt scheint immer noch zu operieren.«

»Er muss einen ganzen Rücken zusammennähen«, sagte Ryan fast grob, um seine eigene Schwäche zu verbergen.

Peter nickte. »Es wird kaum möglich sein, sie gleich mit zurück nach Hamburg zu nehmen.«

Ryan sah ihn verblüfft an. »Sind Sie verrückt? Die Frau wird Wochen brauchen, bevor sie transportfähig ist. Sie haben die Wunden nicht gesehen.«

»Nein. Aber sie wird nach Hause kommen wollen.«

»Sie wird hier bleiben müssen.«

»Sie sind sehr überzeugt davon, dass Andrea sich fügt.«

»Ich weiß, was am besten für sie ist. Das genügt.«

»Wer gibt Ihnen eigentlich das Recht, so aufzutreten?«

»Sie wissen eben nicht, wer ich bin.«

»Ich weiß inzwischen sehr wohl, wer Sie sind. Aber Geld und Macht haben Andrea noch nie gereizt. Damit können Sie sie in keiner Weise beeindrucken.«

»Sie kennen mich tatsächlich nicht«, sagte Ryan in etwas versöhnlicherem Ton. »Miss Steinberg kennt mich nur als einen armen Mann, und so soll es auch bleiben. Vorläufig jedenfalls.«

Peter schüttelte den Kopf. »Was soll denn dieser Unsinn. Jedes Kind hier kennt Sie, wurde mir gesagt. Die Rettungsaktion im Helikopter, diese Klinik, die Behandlung durch den Chefarzt, das alles organisiert ein armer Mann? Machen Sie sich doch nicht lächerlich.«

»Das lassen Sie meine Sorge sein. Ich möchte nur, dass Sie den Mund halten, wenn Sie mit ihr sprechen sollten. Die Betonung liegt auf ›wenn‹«, fügte er nachdrücklich hinzu. »Außerdem nehme ich an, dass Sie in Hamburg zurückerwartet werden.«

Peter war sehr verärgert, und er zeigte das auch. »Selbstverständlich werde ich mit Andrea sprechen, und ich werde dafür sorgen, dass sie ihre Lage genau kennt und einschätzt. Und ich werde nicht eher abreisen, bis ich genau weiß, was sie selbst wünscht. Nicht, was irgendein Fremder will, dass sie es wünscht.«

Die Glastür wurde geöffnet, und ein Team von Ärzten kam an den beiden vorbei. Dann sah Ryan Professor McAllan, der auf ihn zukam, und ging ihm entgegen.

»Und, Professor?«

Der Arzt hob abwehrend die Hände. »Wir tun, was wir können. Miss Steinberg ist in einem furchtbaren Zustand. Wir haben die zahllosen Wunden gereinigt und genäht. Wir haben ihr so viel antiseptische Mittel gegeben, wie wir verantworten konnten, und ich kann nur hoffen, dass es zu keiner Infektion kommt. Vögel sind in höchstem Grade Bakterienträger, und was das heißt, wissen Sie selbst, Mr McGregor.«

»Wie geht es jetzt weiter?«

»Miss Steinberg kommt auf die Intensivstation, wir müssen sie ständig unter Beobachtung halten. Sie muss auf dem Bauch liegen, was für sie die Sache erschwert, und wir geben ihr starke Schmerzmittel, um sie ruhig zu halten. Sie ist also vorläufig nicht ansprechbar.«

Ryan kämpfte um seine Fassung. Peter hatte sich abgewandt und starrte aus dem Fenster, ohne irgendetwas zu sehen. Verstohlen wischte er sich Tränen aus dem Gesicht.

Ryan sah den Arzt an. »Ich möchte, dass Miss Steinberg vom ersten Augenblick an neben der medizinischen Versorgung seelische Betreuung hat, dass da jemand sitzt, der einfach ihre Hand hält, ist das auf der Intensivstation möglich?«

»An wen haben Sie gedacht?«

»An eine ältere, sehr liebevolle Frau, die ich seit vielen Jahren kenne.«

»Frau Steinberg ist hier ganz fremd, sie hat keinerlei Bekannte oder Familienangehörige«, mischte sich Peter ein. »Ich möchte sie so bald wie möglich mit nach Hamburg nehmen. Wann wäre das möglich?«

»Das kann ich nicht sagen, es hängt vom Zustand der Patientin ab. Aber in den nächsten Wochen wird es kaum möglich sein.«

Peter nickte. »Danke.«

Der Arzt wandte sich wieder an Ryan. »Die Betreuung durch eine mütterliche Frau könnte sehr hilfreich sein. Aber wenn sie auf der Intensivstation arbeiten soll, müssen wir sie gründlich untersuchen und beide, Patientin und Betreuerin, isolieren. Sie müssten ein separates Zimmer bekommen.«

»Das ist kein Problem. Mary, so heißt die Frau, trifft in Kürze hier ein. Sie steht dann zu Ihrer Verfügung.«

»Und sie wird damit einverstanden sein?«

»Selbstverständlich. Mary wird alles tun, was Miss Andrea helfen kann. Dafür lege ich meine Hand ins Feuer.«

»Gut, dann bringen wir die Patientin auf die Intensivstation. Sie wird in einem Isolierzelt transportiert, um Infektionen, die überall auftreten können, auch in einem Krankenhaus, zu vermeiden. Ansprechbar ist sie nicht, die Narkose wirkt noch.«

McAllan gab einigen Schwestern ein Zeichen, und nach wenigen Minuten wurde Andrea auf einem Bett vorbeigerollt. Weder Ryan noch Peter konnten etwas von ihr erkennen. Sie war vollkommen in weiße Tücher gehüllt, und der Kopf war bandagiert. Der Professor zeigte auf die wenigen Haare, die über ein Tuch fielen. »Sie hatte eine große Wunde am Kopf. Wahrscheinlich ist sie damit auf die Mauer aufgeschlagen. Wir mussten einen großen Teil der Haare entfernen. Zum Glück ist es kein Schädelbruch, wir haben das sofort kontrolliert. Aber die Narbe ist sehr lang, und wir mussten mehrfach nähen. Die Wunde ist auch schuld daran, dass die Patientin da draußen bewusstlos wurde.«

Dann waren die Schwestern mit dem Bett fort. Ryan gab dem Professor eine Karte. »Hier ist meine private Nummer, ich möchte, dass Sie mich sofort anrufen, wenn irgendeine Veränderung eintritt.«

»Selbstverständlich. Und jetzt entschuldigen Sie mich, ich möchte mich um die Unterbringung persönlich kümmern.«

»Ich danke Ihnen für alles.« Ryan reichte dem Arzt die Hand. »Ich weiß Miss Steinberg hier in den besten Händen, danke.«

Auch Peter nickte. Er konnte so wenig tun, er wusste aber auch, dass Andrea die beste Behandlung bekam, die möglich war. Er schluckte seinen Ärger herunter und wandte sich an Ryan: »Ich möchte Ihnen auch danken, ich weiß sehr genau, was Sie für Andrea tun. Es fällt mir schwer, das zuzugeben, aber ich denke, sie ist hier sehr gut aufgehoben und könnte nirgends eine bessere Betreuung bekommen.

Wir haben in Hamburg ausgezeichnete Ärzte, aber ich habe nicht den Einfluss, den Sie hier haben, deshalb ist es sehr gut, dass Andrea in Ihrer Obhut bleibt.«

»Was haben Sie jetzt vor?« Ryan erwiderte den Händedruck und sah Peter an.

»Ich werde in Aberdeen übernachten und dann die Fotos zusammensuchen und nach Hamburg bringen, wie es ihr Wunsch ist. Den Großteil der Filme hat sie sicherlich in dem Gepäck, das Ihr Mitarbeiter in Tradespark abholt. Könnten Sie mir das Material ins Greenparc Hotel bringen lassen?«

»Ja, der Fahrer wird heute Nacht zurück sein. Morgen früh haben Sie die Sachen. Ich wünsche Ihnen gute Reise. Und«, fügte er versöhnlich hinzu, »Sie wissen, wie Sie mich über meine Firma erreichen. Wir bleiben in Verbindung.«

Peter sah ihn noch einen Augenblick an, er hatte sehr wohl bemerkt, dass er nicht, wie der Professor, die private Telefonnummer bekam, und auch, dass dieser Schotte ihn nicht nach seiner Adresse in Hamburg gefragt hatte. Kleinigkeiten, dachte Peter, aber typisch für diesen Mann und für einen feinfühligen Menschen sehr brüskierend.

Als James mit Mary in die Klinik kam, erklärte Ryan den beiden die veränderte Situation und fragte Mary, ob sie mit der Untersuchung und seinen Wünschen einverstanden war.

Mary, Mutter von drei erwachsenen Söhnen, die längst eigene Familien hatten, war keine ängstliche oder weltfremde Frau. Sie war trotz ihrer sechzig Jahre eine couragierte Person, die niemand für dumm verkaufen konnte, und sie wusste sehr schnell, um was es hier ging: Ryan McGregor liebte eine Frau, die mit dem Tode rang. Und Mary liebte Ryan McGregor, den besten Chef, den sie sich vorstellen konnte. Wenn es mit der medizinischen Versorgung klappte, konnte man alles andere getrost ihr überlassen. Und das sagte sie auch. »Sir, ich tue alles, was mir möglich ist. Sie können sich auf mich verlassen. Die Dame wird nicht einen Augenblick allein sein.«

»Mary, die Dame heißt Andrea, und wir werden sie auch so nennen. Sie braucht einen Menschen, der sie lieb hat, und außer Ihnen ist da niemand, der ihr das zeigen könnte.«

»Und Sie selbst, Sir?«

»Ach Mary, kluges Mädchen, ich liebe sie, aber sie weiß es nicht, das ist das Problem.«

»So etwas spürt eine Frau, da braucht man nicht viele Worte zu machen, Sir.«

»Ich weiß, aber wir hatten überhaupt keine Zeit, Gefühle zu entwickeln.«

»Waren Sie zu vorsichtig, Sir?«

»Wie Recht Sie haben, Sie kennen mich wirklich gut, Mary.«

Sie lächelte. »Es gehört zu meinen Aufgaben, Sir, mich um Sie zu kümmern, und das betrifft nicht nur das Essen und die Kleidung, Sir, sondern auch Ihre Seele, wenn ich das mal so sagen darf.«

»Ich danke Ihnen, Sie dürfen das sagen. Und nun kommen Sie.«

Mary drehte sich zu ihrem Mann um und flüsterte: »Pass gut auf ihn auf.« Dann gab sie ihm einen Kuss auf die faltige Wange und nickte Ryan zu.

Er bat eine Schwester, Mary in ihre Obhut zu nehmen, und blieb mit James zurück. »Wir werden nach Hause fahren, ich kann hier nichts mehr tun.«

»Jawohl, Sir. Erlauben Sie mir, Ihnen mein Mitgefühl auszusprechen und die Hoffnung, dass bestimmt alles gut wird.«

»Danke, James.« Ryan war gerührt. Was für wunderbare Menschen es doch gab, die ihm halfen, wenn er in Not war.

Ryan McGregor war ein Arbeiter. Abgesehen von den vier Wochen Urlaub in jedem Sommer, der allerdings in diesem Jahr so gut wie nicht stattgefunden hatte, war er von früh bis spät in seinen Betrieben. Obwohl er bestens qualifizierte Mitarbeiter hatte, kümmerte er sich um alles persönlich. Es gab kein Problem, das er nicht kannte, keine Arbeit, die er nicht hätte ausführen können. Sicher, er verbrachte täglich viele Stunden in der Vorstandsetage und dirigierte vom antiken Schreibtisch seines Großvaters aus seine Unternehmen, aber mindestens die gleiche Zeit verbrachte er auf dem Werftgelände inmitten der Arbeiter und packte mit an, wo Not am Mann war. Wenn er Jackett und Weste auszog, die Ärmel hochkrempelte und sein Büro verließ, dann wussten seine drei Vorzimmerdamen, dass er im Begriff war, an der Basis nach dem Rechten zu sehen. Und bevor er unten angekommen war, sprach es sich wie ein Lauffeuer herum: »Der Chef ist unterwegs.«

Heute war das alles anders. Ryan stand am Fenster seines Büros und starrte auf das Werftgelände, ohne etwas zu sehen. Seit zwei Tagen lag Andrea nun auf der Intensivstation. Niemand durfte sie besuchen, auch er nicht. Die Infektionsgefahr war zu groß, wie ihm der Professor gesagt hatte. Man konnte Andrea nicht den Rücken verbinden, denn die Narben mussten trocken gehalten werden, weil sie Luft brauchten, um zu heilen. Das bedeutete, dass sie mit zahllosen vernähten, aber doch offenen Wunden dalag und sich nicht rühren konnte. Sie wurde künstlich ernährt und in einem Dämmerschlaf gehalten. Er hatte durch eine Glasscheibe hindurch mit Mary gesprochen, aber sie hatte nur den Kopf geschüttelt. Es gab keine Veränderung, nicht im positiven Sinne, zum Glück aber auch nicht im negativen Sinne.

Und zu der Sorge um Andrea kam der unerträgliche Ärger mit dieser militanten Umweltorganisation, die ihn ständig mit Drohungen in Atem hielt. Transparente an den Werkstoren, Flugblätter für die Arbeiter, Plakate auf den Straßen und Plätzen, Drohbriefe zu Hause. Ständig und überall wurde er beschuldigt, die Umwelt zu zerstören, ohne dass konkret gesagt wurde, was man ihm vorwarf. Und da er nicht wusste, was er angeblich verbrochen hatte, konnte er sich nicht wehren. Er ließ Betriebsversammlungen einberufen, hielt Konferenzen ab, sprach mit den Arbeitern, wann immer die Rede darauf kam, und konnte im Grunde gar nichts tun. Die Taktik dieser Leute zermürbte ihn, und wahrscheinlich war es genau das, was sie erst einmal wollten.

Und dann die Bodyguards. Das Direktorium bestand darauf, dass er auf Schritt und Tritt von Wachleuten begleitet wurde. Es war in den Satzungen festgelegt, und er musste sich daran halten. Mit seiner Person stand und fiel eine Firma, die mehr als dreißigtausend Menschen ein normales, einigermaßen sorgenfreies Leben garantierte.

Wo immer er sich aufhielt, standen mindestens zwei Guards neben oder hinter ihm, und selbst zu Hause kontrollierten Männer mit Hunden die ganze Nacht hindurch seinen Garten. Sogar im Krankenhaus standen sie in diskretem Abstand in seiner Nähe, und seine Direktoren hätten es am liebsten gesehen, wenn auch noch vor Andreas Krankenzimmer ein Wachmann seinen Posten bezogen hätte. Durch sie sei er erpressbar, hatten sie behauptet, aber das hatte er energisch bestritten.

Ryan starrte über das Werftgelände zum Firth hinüber, wo gleichzeitig drei Bohrinseln wuchsen. Er dachte daran, und nicht erst seit heute, dass er die Verantwortung und damit natürlich auch die Kompetenzen aufteilen sollte. Es war zu viel für einen Mann allein. Was aber passierte, wenn er seine Vollmacht aufteilte? Sein Vater hatte das vermieden und ihn davor gewarnt. »Das gibt nur Streit und Kompetenzgerangel«, hatte er gesagt. »Da wachsen Neid und Hass und Misstrauen schneller, als man hinsehen kann. Bleib allein an der Spitze«, hatte er geraten. »Du wirst vielleicht von der Verantwortung erdrückt, aber du erhältst den Frieden in der Firma. Opfer muss man nun mal bringen, mein Sohn.«

Ja, Opfer brachte er weiß Gott. Aber er hatte Frieden und dadurch Erfolg. Seine Firma konnte sich vor Aufträgen kaum retten, und natürlich wollte auch er teilhaben an dem Ölboom, der sich da vor den Küsten des Landes entwickelte. Die ganze Stadt profitierte vom schwarzen Gold, warum sollten seine Firma und seine Arbeiter nicht auch ein Stück vom Reichtum ernten?

Mary verbrachte sehr ruhige Tage im Krankenhaus. Man hatte ihr einen bequemen Liegesessel neben Andreas Bett gestellt, und sie hatte ihn so hingerückt, dass sie Tag und Nacht eine Hand der Patientin halten konnte. Sie wollte nicht die kleinste Regung versäumen und streichelte immer wieder behutsam über die kühlen Finger in ihrer Hand. Während eine Schwester vom Nebenraum aus die Apparate beobachtete, an die Andrea angeschlossen war, sprach Mary leise mit der jungen Frau, überzeugt davon, dass die ihre Nähe und ihre Zuneigung spürte, auch wenn sie im Schlaf dahindämmerte.

Am dritten Tag spürte sie ein leises Zucken in der Hand, die sie hielt. Sie beugte sich vor, strich der Kranken vorsichtig über den Arm und über das Gesicht. Dann sah sie, dass Andrea die Augen geöffnet hatte und, behindert durch ihre Lage, seitlich zum Fenster hinübersah.

»Es wird alles gut, mein Mädchen. Keine Angst, es wird alles gut«, flüsterte sie und streichelte weiterhin die Hand.

Andrea versuchte, den Kopf zu drehen, aber es gelang ihr nicht. »Wo … bin … ich?«

»Im Krankenhaus, meine Kleine. Alles wird gut.«

»Es … tut … so … weh …«

»Ja, ich weiß, aber es wird bald vorbei sein. Alles wird gut«, flüsterte Mary und beobachtete die großen Augen, die starr zum Fenster hin sahen.

»Mein … Rücken … was ist mit … meinem … Rücken?«

»Er heilt, bald ist er wieder in Ordnung, dann tut nichts mehr weh.«

Sie sah, wie Tränen über die Wangen ins Kopfkissen liefen, und tupfte sie behutsam ab. Die Schwester kam herein, sie hatte eine wachsende Unruhe auf dem Monitor beobachtet und kontrollierte die Apparate, mit denen Herzschlag und Gehirnfrequenz, Kreislauf und Infusionen registriert und gemessen wurden.

»Ich werde den Professor benachrichtigen. Er muss wissen, dass dic Patientin ansprechbar ist.«

Mary nickte und sprach weiter mit Andrea. Als der Chefarzt kam, stand sie auf und ging in den Nebenraum.

McAllan beugte sich zu Andrea hinunter, um ihr ins Gesicht sehen zu können. »Wie fühlen Sie sich?«

»Mein Rücken und die Schultern tun weh. Was … ist … passiert?«

»Sie hatten einen Unfall, Miss Steinberg, und daraus resultierend ein paar Verletzungen am Rücken und an den Schultern.«

»Aber … warum?«

»Ein Unfall, nur ein Unfall, das kann passieren. Aber jetzt wird alles gut.« Zärtlich wischte er mit dem Daumen eine Träne ab, die ihr über die Wange rollte. »Sie müssen auf dem Bauch liegen, damit Ihr Rücken heilen kann. Ein paar Tage noch, dann wird alles besser, dann können Sie auf der Seite liegen, dann hören auch die Schmerzen auf«, versuchte er, sie zu beruhigen.

»Wo bin ich hier? Wie bin ich hergekommen?«

»Mr McGregor hat Sie hergebracht.«

»Wer ist – ach, Sie meinen Ryan?«

»Ja. Morgen wird er Sie besuchen. Sie kommen in ein anderes Zimmer, und dann kann er Sie besuchen.«

»Das ist schön.«

Der Arzt strich ihr über das Gesicht. »Tut Ihr Kopf noch weh?«

»Ein bisschen.«

»Sie haben eine Gehirnerschütterung und eine Wunde am Hinterkopf, aber sie verheilt gut.« Während er noch sprach, schlief Andrea wieder ein. Er winkte Mary und gab ihr die Hand. »Sie machen das sehr gut. Miss Steinberg wird jetzt immer öfter und immer länger wach sein. Sie müssen gut aufpassen, wenn sie nach ihren Wunden fragt. Sie soll noch nichts von den Vögeln wissen, es könnte einen neuen Schock für sie bedeuten.«

»Ja, Professor.«

Als sie allein waren, setzte sie sich wieder auf ihren Platz und nahm Andreas Hand. So konnte sie am besten fühlen, wenn die junge Frau wach wurde.

Gegen Abend war es wieder so weit. Andrea öffnete die Augen und bemühte sich, Mary anzusehen. »Wer sind Sie?«

»Ich bin Mary, eine alte Bekannte von Ryan. Er hat mich hierher gesetzt und gesagt: ›Pass auf das Mädchen auf.‹«

»Ach Ryan. Der Schäfer. Wo ist er?«

»Er muss arbeiten.«

»Ja, er hat die Verantwortung für die große Herde.«

»Er hat viel zu tun. Aber er war jeden Tag hier, um nach dir zu sehen. Er hat auch gesagt, ich könne einfach Andrea zu dir sagen.«

»Das können Sie. Gut, dass Sie da sind.«

»Morgen ziehen wir in ein schönes großes Zimmer um, hat der Professor gesagt. Dann stelle ich dein Bett direkt an das Fenster, und du kannst die ganze Stadt sehen.«

»Welche Stadt?«

»Aberdeen, wir sind in Aberdeen.«

»Da war ich schon einmal. Da habe ich … da, da habe ich fotografiert. O Gott, wo sind meine Fotos?«

Von nebenan kam die Schwester. »Nicht aufregen, Sie dürfen die Patientin nicht aufregen.«

»Ist schon gut«, erklärte Mary. »Aber ein paar Sachen müssen wir besprechen.« Sie nahm wieder Andreas Hand und erklärte: »Es ist alles in Ordnung mit den Fotos. Sie sind in Hamburg und werden von dort aus nach Edinburgh geschickt.«

»Das ist gut. Wer ...?« Dann seufzte Andrea tief und war gleich darauf wieder eingeschlafen.

XVI

Zwei Tage später, auf dem Weg zu Andrea, hielt die Stationsschwester Ryan auf dem Flur an und bat ihn, zunächst Professor McAllan aufzusuchen. Ryan folgte der Schwester erschrocken, aber der Arzt winkte beruhigend ab, als er sah, dass Ryan sich Sorgen machte.

»Alles in Ordnung, Mr McGregor, kein Grund zur Beunruhigung. Ich möchte nur etwas mit Ihnen besprechen, bevor Sie zu Miss Steinberg gehen.«

Ryan setzte sich. »Was gibt es, Professor?«

»Wir haben heute Morgen die Fäden gezogen und die Patientin in ein normales Bett gelegt. Sie hat wieder Schmerzen und wagt nicht, auf dem Rücken zu liegen. Das ist verständlich, und es schadet nichts, wenn sie mehr oder weniger im Bett sitzt. So viel zu dem äußeren Eindruck, wenn Sie das Zimmer jetzt betreten. Aber wir möchten auch den Kopfverband abnehmen. Die Wunde dürfte verheilt sein, und ein leichtes Pflaster wird genügen. Aber, und da fängt unser Problem an, Miss Steinberg wird erfahren, dass wir einen großen Teil ihrer Haare abnehmen mussten. Sie ist fast kahl, und das ist für eine Frau schrecklich. Nun weiß ich nicht, ob es der Patientin gut tut, wenn Sie dabei sind und sie trösten, oder ob sie lieber allein mit dem Schock fertig werden möchte. Wie gut kennen Sie Miss Steinberg?«

»Nicht sehr gut, Professor. Aber mir steht diese Frau sehr nahe.«

»Können Sie offen mit ihr sprechen?«

»Ja, ich denke schon.«

»Dann sprechen Sie erst einmal mit ihr. Sagen Sie ihr die Wahrheit, was ihr Aussehen betrifft, und fragen Sie einfach, was ihr lieber ist.«

»Hm, das wird nicht ganz leicht sein.«

»Deshalb wollte ich hier mit Ihnen sprechen.«

»Ich versuche es.«

»Gut, und dann sollten Sie auch bald mit ihr über sich selbst sprechen. Sie sollte die Wahrheit über Ihre Person von Ihnen hören, sonst erfährt sie es von dritter Seite, und das wäre für Ihre Beziehung sicherlich nicht gut.«

»Wie meinen Sie das, von ›dritter Seite‹?«

»Sie bittet um ein Telefon, Sie möchte unbedingt mit einem Verlag in Edinburgh telefonieren. Sie will Hamburger Freunde anrufen, sie bittet um Zeitungen und fragt nach einem Fernseher.«

»Ja, damit musste ich rechnen.«

»Also?«

»Gut, ich spreche mit ihr. Erst über mich, dann über die Kopfwunde. Geben Sie mir genügend Zeit.«

»Natürlich. Klingeln Sie nach der Schwester, wenn es so weit ist.«

Nachdenklich ging Ryan über den langen Flur. Da kam einiges auf ihn zu, aber eine Lösung fand er auf dem kurzen Weg nicht. Man musste sehen, wie sich das Gespräch entwickelte. Mit großen Augen in dem blassen Gesicht sah Andrea ihm entgegen. Sie saß leicht angelehnt in ihrem Bett, zum ersten Mal ohne dieses grüne Klinikhemd, sondern von Seide und feinen Spitzen umhüllt, und versuchte zu lächeln.

»Wie geht es dir, Andrea?«

»Der Rücken tut wieder sehr weh, aber das geht vorbei, es kommt durch das Fädenziehen heute Morgen.«

»Du siehst sehr hübsch aus.«

»Ach Ryan, irgendjemand hat mir Berge von feinster Wäsche geschickt. Ob das auch der Verlag war? Ich verstehe das gar nicht.«

»Die Sachen habe ich besorgt, Andrea. Du warst doch nicht auf einen wochenlangen Krankenhausaufenthalt eingerichtet, als du nach Schottland gekommen bist.«

»Aber Ryan, wieso hast du das gekauft? Du kennst mich doch kaum. Und überhaupt, ich erkenne sehr teure Sachen. Die kannst du doch gar nicht bezahlen.«

»Warum sollte ich dich nicht ein bisschen verwöhnen? Du bist doch ein sehr nettes Mädchen.«

»So ein Unsinn, du weißt doch gar nichts von mir. Sag mal ehrlich, wie viel Schafe musstest du verkaufen, um diese Sachen zu besorgen?«

»Gar keine, Andrea. Ich habe etwas Geld, und ich kann mir das leisten.«

»Das glaube ich nicht.«

»Doch, das musst du. Ich möchte dir etwas erzählen.«

»Etwas Schlimmes?«

»Nein, aber vielleicht magst du mich hinterher nicht mehr.«

»Warum sollte ich dich nicht mehr mögen?« Sie lächelte. »Und wer sagt denn, dass ich dich jetzt mag?«

»Ich habe dich belogen ... oder, besser gesagt, ich habe dich etwas getäuscht, nicht so ganz die Wahrheit erzählt.«

»Dann aber heraus damit.«

»Wie du weißt, haben wir uns getroffen, als ich Urlaub machte. Ich habe eine kleine Herde gehütet und in einem bescheidenen Cottage gewohnt, das ist die Wahrheit. Etwas anders steht es um das, was ich mache, wenn ich nicht Urlaub habe. Dann arbeite ich in einer großen Firma, in der Bohrinseln für die Nordsee gebaut werden.«

»Ja? Das hättest du mir doch sagen können, was ist daran so schlimm?«

»Es ist eben so, dass mir diese Firma gehört.«

Andrea schwieg einen Augenblick. Dann lachte sie: »Da hast du mich ja ganz schön auf den Arm genommen. Und ich hielt dich für einen armen, stinkenden Schäfer.« Dann wurde sie wieder ernst. »Und weshalb diese Schauspielerei?«

»Auch die Bauern da oben rund um Dyke hatten – wie ich irrtümlich glaubte – keine Ahnung, wer ich wirklich bin. Und du verstehst mich vielleicht besser, wenn ich dir sage, warum: Diese einfachen Leute kennen mich und mögen mich, weil ich scheinbar einer von ihnen bin. Sie sind meine Freunde. Freunde, die ich als wohlhabender Mann nie finden würde. Verstehst du, was ich meine.«

»Ja.«

»Als ihr Freund habe ich auf diesem Trödelmarkt gesessen, als du mich kennen gelernt hast, und als Freunde haben sie mich im Cottage besucht, als du da warst. Ich hatte gar keine Gelegenheit, dir sofort zu sagen, wer ich wirklich bin. Und eigentlich gefiel mir der Gedanke, nichts weiter als ein Schäfer zu sein. Sicher, als wir dann allein waren, hätte ich dir die Wahrheit sagen können, verzeih mir, aber da hatte ich Angst, du nimmst mir die Lügerei übel und willst mich nicht mehr wieder sehen.«

Andrea sah ihn an und schüttelte den Kopf. »Ein bisschen viel, was ich da begreifen muss, findest du nicht auch?«

»Andrea, es war einfach so, dass ich dich nicht verlieren wollte, nachdem ich dich besser kennen gelernt hatte. Ich wollte nicht, dass du enttäuscht bist und wütend abreist.«

»Und jetzt sagst du mir die Wahrheit, weil du genau weißt, dass ich hier nicht herauskann?«

»Nein.« Er nahm ihre Hand. »Jetzt wird es einfach Zeit, mit dem Lügen aufzuhören. Ich habe große Probleme in der Firma, ich brauche nicht auch noch Probleme im Privatleben. Diese Lügerei hat mich sehr bedrückt. Ich habe inzwischen den Bauern die Wahrheit gesagt und festgestellt, dass sie es längst wussten, und ich möchte, dass du mich auch als den akzeptierst, der ich wirklich bin, nichts nur als Schäfer. Dass du *den* mochtest, habe ich gefühlt.«

Andrea legte sich vorsichtig zurück und sah aus dem Fenster. »Weißt du, ich muss mit alledem jetzt erst einmal fertig werden. Aber so viel will ich dir sagen: Ob ich dich mag oder nicht, hängt nicht von dem Rahmen ab, in dem du steckst, sondern von dem Mann, der du bist. Und jetzt erkläre mir bitte noch ein paar Dinge, über die ich mir den Kopf zerbreche.«

»Was willst du wissen?«

»Wer hat mich da aus dem Wester Ross geholt und hierher in diese teure Klinik gebracht?«

»Ich.«

»Wer bezahlt das alles hier? Dieses Zimmer, die Behandlung durch den Chefarzt, die Blumen, wer bezahlt Mary?«

»Ich.«

»Und warum?«

»Weil ich zum ersten Mal in meinem Leben einer Frau begegnet bin, die mir sofort ans Herz gewachsen ist.«

»Ans Herz gewachsen?« Andrea nickte nachdenklich. »Ans Herz gewachsen, das hört sich gut an, obwohl es altmodisch klingt. Bist du ein altmodischer Mann, Ryan?«

»Ich weiß es nicht. Vielleicht in Gefühlsdingen. Im Arbeitsleben habe ich keine Zeit für Gefühle.«

»Man lernt nie aus«, flüsterte Andrea vor sich hin.

»Was meinst du damit?«

»Ich meine Männer und ihr Gefühlsleben. Aber ich kenne zu wenige, um zu wissen, was richtig oder falsch ist.«

»Andrea, ich muss noch etwas anderes mit dir besprechen.«

»Noch mehr Wahrheitsfindung? Eigentlich habe ich genug davon für heute.«

»Der Professor möchte den Kopfverband abnehmen.«

»Ja und? Ich bin froh, wenn er herunterkommt.«

»Er ist in Sorge, du könntest einen Schock bekommen, weil er so viel Haar entfernen musste.«

Andrea wurde blass. »Bin ich etwa kahl?«

»Nein, nicht ganz.«

»O Gott.«

»Aber es wächst doch nach.«

»Aber wann?«

»Ich mache dir einen Vorschlag. Wir lassen den Verband entfernen, es kommt ein Pflaster auf die Wunde, und dann besorge ich eine Friseurin, die dich berät. Vielleicht kann sie eine Frisur hinzaubern, und wenn nicht, kann sie einen Haarersatz für den Übergang besorgen.«

Andrea nickte bedrückt. »Was habe ich mir da nur eingebrockt. Ich weiß immer noch nicht, was passiert ist. Kannst du es mir nicht sagen?«

»Andrea, ich war nicht dabei. Aber ich denke, du bist in den Ruinen herumgeklettert und dann gestürzt.«

»Ich weiß nur, dass ich wunderschöne Motive gefunden hatte, Reste von einem Buntglasfenster und Mauerbögen im Gegenlicht. Dabei muss ich abgerutscht sein. Wer hat eigentlich meine Filme nach Hamburg geschickt?«

»Mr Erasmus war hier, um dich zu suchen, er hat sie mitgenommen, nachdem wir dich in die Klinik gebracht haben.«

»Dann habt ihr zu zweit nach mir gesucht?«

»Ja.«

»Was für ein Glück ich hatte.«

»Wir wussten ziemlich genau, wo wir suchen mussten.«

»Und Peter, wo ist er jetzt?«

»In Hamburg. Er wollte dich mitnehmen, aber das hat der Professor nicht erlaubt.«

»Der gute Peter ...«

Ryan schwieg, eine Diskussion über Peter Erasmus war das Letzte, was er jetzt wollte.

»Andrea, der Professor wartet. Möchtest du, dass ich dabei bin, wenn der Verband herunterkommt?«

»Nein, bitte nicht. Aber schick mir die Friseurin. Und, Ryan, danke für alles, auch, dass du mir die Wahrheit gesagt hast. Darf ich Mary noch ein wenig hier behalten?«

»Selbstverständlich, sie würde gar nicht gehen, selbst wenn ich sie dazu aufforderte.«

»Sie ist eine richtige Freundin, sie wird mir jetzt helfen.«

Auf dem Weg zurück in die Firma ließ Ryan einen der Bodyguards fahren und lehnte sich hinten im Wagen zurück. Er dachte an das Gespräch, und er überlegte, wie alles weitergehen würde. Er wusste, dass er Andrea mit seinen Gefühlen nicht überfallen durfte. Wie lange aber konnte er warten? Er musste damit rechnen, dass der Deutsche in den nächsten Tagen zurückkommen würde, und er hatte keine Ahnung, wie eng die Bindung zwischen diesem Mann und Andrea war. Auf seine Andeutungen hatte sie nicht reagiert, und fragen konnte er sie nicht. Da war ihm nun endlich eine Frau begegnet, die er lieb haben und umsorgen wollte, und er wusste nicht, wie er es anfangen sollte.

Es passte überhaupt nicht zu ihm, so unbeholfen und ratlos zu sein. Von klein auf war er streng und hart erzogen worden. Kaum hatte er das entsprechende Alter erreicht, schickten ihn die Eltern in das berüchtigte Internat von Gordonstoun, »damit ein richtiger Mann aus dir wird«, wie sein Vater das begründete.

Nach dem Abitur kam die Militärzeit, dann studierte er Volkswirtschaft und Soziologie, und direkt nach dem ersten Staatsexamen begann seine praktische Ausbildung auf der Werft. Es schüttelte ihn immer noch, wenn er an die erste Lehrstelle in der Schmiede dachte, an die groben Männer, die den Auftrag hatten, ihn hart ranzunehmen. Dann kamen die anderen Betriebe, die Schweißerei, die Schlosserei, die Ausbildung bei den Elektrikern, bei den Malern, in der Tischlerei. Nichts blieb ihm erspart, bis er über die Buchhaltung und die Personalabteilung die Direktionsetage erreichte. Aber anstatt dort zu arbeiten, setzte er sich zum ersten Mal gegen seinen Vater durch und ging für drei Jahre nach Norwegen, um alles über den Bau von Bohrtürmen zu erfahren. Er lernte zu planen, zu zeichnen, zu rechnen, zu konstruieren und schließlich zu bauen. Draußen, dreißig Meter hoch über dem Meer, machte er seinen Abschluss als Ingenieur, und von dem Tage an durfte ihm niemand mehr etwas vorschreiben, auch sein Vater nicht. Er übernahm die Firma, als er vierzig Jahre alt war, und seine Eltern gingen nach Washington.

Zeit für sich selbst hatte er in diesen Jahren der Schufterei nie. Und als es schließlich besser wurde, als die Umwandlung vom Schiffbau in die erfolgreichen Werftanlagen für Bohrinseln vollzogen war, da wusste er kaum noch, wie es ist, frei zu sein, Muße zu haben, sich jung zu fühlen. Er hatte einfach keine Zeit, ernsthaft Freunde zu suchen, sich mit Frauen zu beschäftigen, Reisen zu machen oder interessante Menschen kennen zu lernen. Und nun, völlig unerwartet, war an einem verregneten Nachmittag eine Frau in seinen stinkenden Schaftransporter getreten und ließ ihn einfach nicht mehr los. Ganz schön verfahren, die Sache, überlegte er und beobachtete, wie sein Chauffeur einer Demonstration von Umweltschützern auswich und über Nebenstraßen zum Firmengelände fuhr. Das Haupttor war geschlossen, und vier Frauen hatten sich an das Eisengitter gekettet.

»Sollen wir die Durchfahrt erzwingen, Chef?«, fragte ihn einer der Leibwächter.

»Nein, wenn ich es richtig sehe, sind die Medien auch schon da. Ich will kein Aufsehen und vor allem keine Gewalt. Aber halten Sie bitte kurz an.« Ryan ließ das Fenster herunter und beobachtete die Szene. Die Demonstranten blockierten die Straße, und die Polizei schien fest entschlossen, sie zu vertreiben. Eine drohende Eskalation hing in der Luft wie die Elektrizität eines Gewitters. An einer anderen Stelle versuchten Umweltschützer, aus den Tischen und Bänken eines Gartenlokals eine Barrikade zu errichten, aber die meisten der jungen Leute liefen planlos hin und her. Irgendwo schrillte eine Stimme aus einem Megaphon, sie musste vom Ende der breiten Straße kommen, die vorn am

Eingangstor zur Werft endete. Ein paar Streifenwagen standen in Nebenstraßen, einige davon mit rotierendem Blaulicht, aber ohne Sirene.

»Fahren Sie über die Northern Bridge und von hinten ins Gelände«, erklärte Ryan dem Chauffeur, »und rufen Sie den Posten dort an, damit er das Tor öffnet, sobald er uns sieht.«

Als er endlich im Verwaltungsgebäude eintraf, hatten die Direktoren sich versammelt und warteten bereits auf ihn. »Wir haben hier ein Schreiben von der Umweltorganisation. Es ist die Kopie eines Briefes, den angeblich auch die Medien bekommen haben.«

Ryan ging in sein Büro. »Kommen Sie bitte mit«, forderte er seine fünf engsten Mitarbeiter auf und setzte sich an seinen Schreibtisch, um das Papier zu lesen. Eine der Unterschriften war die von Karen Brendan.

»Das ist es also«, nickte er und sah seine Direktoren an. »Das ist zum einen ein persönlicher Racheakt, der mir gilt, und zum anderen sind sie der Meinung, wir verseuchen die Bucht mit verunreinigten Abwässern. Menschen, die an den Stränden baden, würden sich vergiften. Sie behaupten, wir verpesten die Luft, weil Abgase ungefiltert aus den Schornsteinen qualmen. Drittens töten wir Fische, weil wir Abfälle im Meer verklappen. Und viertens bringen wir Wale um, die durch das Getöse der Bohrtürme im Ozean orientierungslos werden und stranden. Und das Letzte: Wir baggern vergifteten Schlamm aus der Bucht, damit sie tief genug ist für den Transport unserer Bohrtürme aufs offene Meer, und lagern diesen Schlamm in der Nähe von Wohngebieten ab.«

Er sah sich um. »Nun, meine Herren was sagen Sie dazu?«

»Alles Unsinn, erstunken und erlogen«, rief einer, und andere nickten.

»Das mit dem Schlamm stimmt, aber das ist ein Problem der Stadtverwaltung.«

»Das Drama mit den Walen stimmt auch nicht, wieso verirren sich jährlich Hunderte von Walen in Tasmanien und an den Küsten Neuseelands, wo keinerlei Bohrinseln im Wasser stehen.«

»Den Reichtum vom Ölboom wollen alle genießen: die prachtvollen Straßen, die neuen Wohngebiete, die schönen Stadtparks, die Schwimmbäder, die wir jetzt haben, aber woher der Luxus kommt und wie er erarbeitet wird, das will keiner wahrhaben.«

»Nein, so einfach ist das nicht. So leicht können wir uns das leider nicht machen.« Ryan stand auf, trat an einen der Schränke, in dem eine Bar eingebaut war, und nahm sich ein Glas Mineralwasser.

»Bedienen Sie sich, wenn Sie etwas möchten.« Er zeigte auf die Bar. »Wir werden uns mit diesen Vorwürfen sehr genau auseinander setzen. Diese Leute behaupten immerhin, Beweise zu haben. Wir werden die Proteste genau prüfen. Und zwar heute noch. Wir haben die ganze Nacht lang Zeit. Und morgen werden wir die Unterzeichner dieses Briefes und die Medien zu einer Pressekonferenz und einer Werksbesichtigung einladen. Sie sollen prüfen und beweisen, was sie uns da in die Schuhe schieben.« Er fuhr sich mit beiden Händen durch sein Haar.

»An die Arbeit, meine Herren. Ich wünsche, dass Sie sich persönlich in den einzelnen Abteilungen um diese Vorwürfe kümmern.« Er trat ans Fenster und sah hinunter auf das Werftgelände, auf dieses so genannte Resultat seiner jahrzehntelangen Plagerei.

»Setzen Sie sich mit Ihren Mitarbeitern zusammen. Schließlich beschäftigen wir seit Jahren hoch bezahlte Experten für den Umweltschutz, damit so ein Schlamassel nicht passiert. Und wenn nur das kleinste bisschen stimmt, werde ich nicht zögern, den Verantwortlichen zur Rede zu stellen. Umweltschutz, und das wissen Sie, meine Herren, steht bei mir immer an erster Stelle, und wehe, ich entdecke irgendwo Schlampereien.«

Er drehte sich zu den Direktoren in ihren Designeranzügen um. »Wir treffen uns in sechs Stunden hier in diesem

Büro. Die Zeit sollte für die ersten Prüfungen reichen. Danach sehen wir weiter.«

Und an seinen ersten Direktor gewandt: »Charles, sagen Sie den Medienvertretern, dass wir morgen eine Stellungnahme abgeben. Aber sprechen Sie nicht mit den Sensationsreportern draußen am Tor, sondern mit den Redakteuren in den Chefetagen.«

Ryan drückte auf den Summer für das Vorzimmer. Als Jane in der Tür stand, bat er: »Bitte lassen Sie Kaffee für mich kochen und ein Sandwich aus der Kantine holen.«

»Sofort Sir, ich kümmere mich persönlich darum.«

»Und sagen Sie in der Kantine Bescheid, dass wir morgen gegen zehn Uhr ein Frühstück für etwa dreißig Personen brauchen.«

»Jawohl. Welche Art von Frühstück, Sir?«

Ryan sah sie verblüfft an. »Wie meinen Sie das?«

»Es richtet sich nach den Gästen, die Sie erwarten, Sir.«

»Keine Delikatessen, wenn Sie das meinen. Ein Arbeitsessen, etwas Rustikales meinetwegen.«

Ryan setzte sich an seinen Schreibtisch und nahm noch einmal dieses Pamphlet der Umweltschützer in die Hand. Dabei starrte er immer wieder auf die Unterschrift dieser Karen Brendan. Mein Gott, wozu waren Frauen fähig, wenn sie abgewiesen wurden. Wie konnte eine Frau sich derart entblößen, und, was wichtiger war, wie konnte er damit fertig werden? Es war direkt ein Wunder, dass sie bei dieser ganzen verdammten Aktion nicht auch noch das Erschießen von Wildkaninchen angeprangert hatte. Und dann dieser Goldadler, wieso war der plötzlich tot und ölverschmiert? Er war doch handzahm und gehorchte ihr. Und da oben an der Südküste vom Moray Firth gab es weit und breit kein Öl im Meer. Sollte sie ihn selbst in ein Ölfass getaucht und getötet haben? Sie, die Tierschützerin? Ryan schüttelte den Kopf und damit auch die Gedanken an diese Frau von sich ab. Er hatte weiß Gott jetzt andere Probleme. Dabei hätte er sich am liebsten auf den Weg in das Queen-Victoria-Hospital gemacht und neben Andrea gesetzt. Ihre Hand in seiner, das wäre die Geborgenheit gewesen, die er jetzt brauchte. Aber daran war nicht zu denken. Ryan rief im Vorzimmer an und bat, seine Anwälte zu benachrichtigen. Er wollte sie in einer Stunde in seinem Büro sehen.

XVII

Andrea weinte fast die ganze Nacht. Sie hatte Mary abends nach nebenan ins Bett geschickt und gesagt, alles sei in Ordnung. Aber kaum allein, war sie zusammengebrochen. Es war einfach zu viel für sie. Die Schmerzen im Rücken und die Tatsache, dass sie sich nicht erklären konnte, wie es zu diesen furchtbaren Wunden gekommen war, dann der Augenblick, als der Kopfverband entfernt wurde und sie erkennen musste, dass nur auf einer Seite des Kopfes noch einige Haarsträhnen vorhanden waren.

Niemand hatte ihr einen Spiegel gegeben, aber schließlich hatte sie ja Hände zum Fühlen, und beim Abendessen hatte sie den Messerrücken als Spiegel benutzt und fassungslos die weiße, kahle Kugel ihres Kopfes betrachtet. Sie war für ihr ganzes Leben gezeichnet, und sie war kaum dreißig Jahre alt: die roten, dick vernarbten Verletzungen auf ihrem Rücken, von denen der Professor gesagt hatte, dass man sie vielleicht später durch Hautverpflanzungen abmildern könne, und dann das noch immer geschwollene, gequetschte Bein, das sie nicht belasten konnte. Vielleicht konnte sie nie wieder richtig laufen, vielleicht blieb ein Dauerschaden zurück, und sie musste ein Leben lang hinken?

Dahin waren all die Träume, die sie einmal gehabt hatte. Kein Mann würde sie mehr ansehen, und wenn sie an ihre Fotokarriere dachte, überkam sie ein Grauen. Niemals wieder würde sie ohne Angst einen Apparat in die Hand nehmen. Und plötzlich erinnerte sie sich schwach, dass sie ihre Apparate zu etwas anderem benutzt hatte – doch zu was, um Himmels willen?

Sie wechselte vorsichtig ihre Lage und überlegte. Aber wie immer, wenn sie daran dachte und die Augen schloss, sah sie nur so etwas wie schwarze Schleier, die vor ihren Augen hin und her, auf und nieder schwangen, immer näher kamen, aber nicht zu greifen waren.

Dann war sie doch eingeschlafen und wurde wach, als Mary ihr zärtlich über das Gesicht strich. Wie gut, dass sie Mary hatte, kein Mensch konnte ihr diese Frau ersetzen, die sie durch die schlimmsten Augenblicke ihres Lebens hindurchbegleitete. Der man nichts erklären musste, die einfach alles wusste und fühlte; die wie eine Mutter war, eine Mutter, die sie schon seit so vielen Jahren nicht mehr hatte.

»Mary, ich bin so unglücklich«, schluchzte sie und legte ihre Wange in die alte, schon runzelige Hand, die von viel körperlicher Arbeit zeugte und so zärtlich sein konnte. »Was soll ich bloß machen?«

»Alles wird gut, Andrea, glaube mir. Das Haar wächst nach, die Kleidung verdeckt deinen Rücken, und dein Bein erholt sich mit jedem Tag.«

»Würdest du mir bitte die Friseurin bestellen, von der Ryan gestern gesprochen hat?«

»Ja, Andrea. Wir waschen dich jetzt und beziehen das Bett, und dann rufe ich unten an. Der Salon ist neben der Cafeteria im Erdgeschoss. Sie kann in fünf Minuten hier oben sein.«

»Und, Mary, bitte keinen Besuch vorläufig. Auch Ryan soll nicht kommen. Ich muss mich erst an mich selbst gewöhnen, bevor ich anderen Menschen begegne.«

»Natürlich. Aber du musst keine Angst vor Ryan haben. Er weiß doch, wie du aussiehst, und es hat überhaupt keine Bedeutung für ihn.«

»Mary, Ryan ist für mich ein fremder Mann. Er ist sehr hilfsbereit und sehr nett, aber ich kenne ihn doch kaum. Und dann diese Täuschung. Bis gestern wusste ich nicht einmal, wer er wirklich ist. Warum hat er mich belogen?«

»Ryan hat große Probleme mit seinem Leben, er hat viele Enttäuschungen hinter sich und musste sich so oft mit falschen Freunden auseinander setzen, das hinterlässt Narben, Andrea. Ein bisschen Verständnis musst du für ihn haben und ein bisschen Vertrauen in ihn auch. Glaube mir, du wirst nicht enttäuscht werden, dafür kann ich meine Hände ins Feuer legen.«

»Ach Mary, deine Hände, wenn ich die nicht gehabt hätte.« Tränen liefen ihr über das Gesicht. »Aber glaub mir, ich muss erst einmal zu mir selbst finden, bevor ich auf die Suche nach irgendetwas oder irgendjemandem gehen kann.«

»Du hast alle Zeit der Welt, mein Kind, sei ganz ruhig.«

Mary wischte ihr die Tränen ab und begann, sie auszuziehen und zu waschen. Dann klingelte sie nach der Schwester, damit das Bett frisch gemacht wurde. Als alles bereit war, rief sie im Frisiersalon an.

Die Friseurin, eine kompetente Frau von knapp vierzig Jahren, kannte die Probleme ihrer Kundinnen im Krankenhaus. Ein totaler Haarverlust war keine Seltenheit bei der häufigen Anwendung von Chemotherapie auch in dieser Klinik, und sie war auf den Anblick von Andrea vorbereitet, auch auf die Verzweiflung, die ihr aus übergroßen Augen entgegensah.

Sie begrüßte die beiden Frauen und stellte den kleinen Koffer ab, den sie mitgebracht hatte.

»Ich bin Kate Felloway. Sie müssen keine Angst haben, Miss Steinberg, wir werden Ihrem wunderschönen Gesicht einen würdigen Rahmen geben.«

Andrea nickte skeptisch. »Ich wage nicht, daran zu glauben.«

»Sechs anderen Frauen, die zurzeit hier in der Klinik sind, geht es genauso wie Ihnen. Aber Sie dürfen sicher sein, dass keine Ihre Ausstrahlung hat, und das ist der Pluspunkt, den nur Sie besitzen.«

Kate Felloway wusste genau, dass sie erst einmal das Selbstbewusstsein der Patientin aufbauen musste, und sie machte das äußerst geschickt. Nicht umsonst hatte sie diese delikate Stellung in der besten Klinik Schottlands.

Andrea, durchaus empfänglich für etwas Aufmunterung, nickte. »Wissen Sie, mit meinen Haaren habe ich wirklich kein Glück. Sie sind glatt und weich und viel zu fein, um etwas damit anfangen zu können. Aber jetzt, wo sie fehlen, bin ich total verzweifelt.«

»Das brauchen Sie nicht. Ich schlage vor, wir entfernen auch die restlichen Strähnen, dann kann das Haar gesund und kräftig und gleichmäßig nachwachsen. Vielleicht ist es später schöner als je zuvor.«

Andrea sah die beiden Frauen an. »Ich hoffe, Sie haben Recht, aber was machen wir jetzt?«

»Ich habe auf dem Flur mit dem Stationsarzt gesprochen, er möchte, dass die Wunde an Ihrem Kopf Luft hat und dadurch besser heilen kann. Ich rate also von einer Perücke ab. Sie würde den Kopf zu fest umschließen und schlecht für die Heilung sein. Wir werden aus feinen seidenen Tüchern, farblich passend zu Ihrer Wäsche, hauchdünne Turbane falten, die weder die Wunde noch die nachwachsenden Haare behindern. Hier«, sie suchte in ihrem Koffer, »ich habe Ihnen ein paar Fotos mitgebracht, damit Sie wissen, was ich meine.«

Sie zeigte Andrea verschiedene Bilder.

»Sie sind lieb«, lächelte Andrea, »Sie glauben, mir Mut machen zu müssen – aber wahrscheinlich haben Sie Recht, wahrscheinlich brauche ich einen solchen Anstoß, danke auf jeden Fall.«

Dann zog Kate einen Stapel zart getönter Seidentücher aus dem Koffer und bat Mary, sie mit den Farben der Nachthemden und Pyjamas zu vergleichen. An Andrea gewandt sagte sie:

»Und Sie schließen jetzt die Augen, ich nehme die restlichen Haare ab und rasiere die Kopfhaut, damit das gesamte Haar gleichmäßig nachwachsen kann. Und keine Angst, Miss Steinberg, in vierzehn Tagen sehen Sie schon den ersten Erfolg.«

»Versprochen?«

»Versprochen!«

Gehorsam schloss Andrea die Augen, und während Kate mit großer Vorsicht ihren Kopf behandelte und Mary eine ihrer Hände hielt, träumte sie ein wenig vor sich hin. Zaghaft, um keine Enttäuschung zu provozieren, dachte sie an die Zukunft, die an dem Tag beginnen würde, an dem sie die Klinik verließ. Wohin sollte sie dann gehen? Sie träumte nicht mehr von dem Supermann oder von der Karriere, nicht von Ruhm und Reichtum, das waren ausgeträumte Träume, aus und vorbei. Ganz bescheiden träumte sie vom Sommerhimmel und von grünen Wiesen, von blühender Heide – o ja –, von den Highlands, vom Hochmoor, von schottischen Disteln. Sie träumte von dem Spaziergang hinauf in die Einsamkeit und sah dieses einsame Land wieder vor sich: Unten im Tal, wo sich die Heide und das Grün der Weiden trafen, grasten die Schafe, Steinmauern begrenzten zickzackartig die Flächen, hin und wieder sah man Schafställe wie graue Tupfer über den Hügeln verstreut, und ein paar windzerzauste Bäume, deren vom Meerwind gequälte Äste sich nach Süden bogen, gab es auch. Andrea dachte an den Mann, der mit ihr dort hinaufgegangen war, daran, wie sie die Landschaft genossen hatten, und sie dachte an die Ruhe, die dieser Mann ausstrahlte, dieser Schäfer, der sich nun als gestresster, problembeladener Fabrikbesitzer entpuppt hatte.

Aber daran wollte sie jetzt nicht denken. Sie fühlte Kates Hände, die behutsam ihren Kopf behandelten, und tauchte wieder ein in die Erinnerung an diesen schönen Tag in dieser wunderbaren Landschaft. Sie lächelte in Erinnerung an den zärtlichen Kuss, den Ryan ihr im roten Licht der untergehenden Sonne gegeben hatte.

Wie eine Ermunterung war dieses Lächeln für Kate und Mary. Sie nahmen das Frisiertuch ab, schüttelten die Kissen in ihrem Rücken auf und reichten ihr einen Spiegel.

»Schau mal, Andrea«, sagte Mary aufmunternd, während Kate noch etwas Rouge auf ihren Wangen verteilte und mit einem Pinsel vorsichtig über ihre Lippen strich.

Unsicher sah Andrea die beiden Frauen an, dann nahm sie den Spiegel und blickte hinein, und was sie sah, überraschte sie und war gar nicht schlecht. Ihr Gesicht mit etwas frischer Farbe, die hübsch geformten Lippen, mit denen sie schon immer zufrieden gewesen war und die fein geschwungenen Brauen, die gut zur Geltung kamen – sie konnte eigentlich zufrieden sein, wären da nicht die furchtbaren Gedanken an das, was unter Farbe und Seide so sorgfältig verborgen wurde. Aber sie durfte den beiden Frauen nicht das Gefühl der Zufriedenheit verderben. Sie hatten sich so viel Mühe gegeben. Und so nickte sie, lächelte und erklärte: »Danke, das sieht wirklich gut aus. Ich fühle mich wie neu, Kate, Sie haben Ihr Versprechen gehalten.«

Kate zeigte Mary, wie die Seidentücher gefaltet und befestigt werden mussten, und Andrea versuchte, den Spiegel so zu halten, dass sie einen Teil ihrer Schultern sehen konnte. Aber sie waren sorgfältig bedeckt, wie immer hatte Mary dafür gesorgt, dass nicht das kleinste Stückchen Haut unter der Seide des Nachthemdes hervorschaute. Und dann nahm man ihr den Spiegel auch schon wieder ab. Kate packte ihre Sachen ein, dazu gehörte auch dieser kleine Spiegel, und Andrea wusste, dass man ihr noch lange das Aussehen ihres Rückens verheimlichen würde.

Etwas später an diesem Tag bekam Andrea zum ersten Mal Post. Ein dicker brauner Umschlag mit verstärkter Rückseite lag neben dem Tablett mit dem Teegedeck, und bevor Mary ihn zur Seite legen konnte, hatte Andrea ihn schon bemerkt. Mary, die genau wusste, dass Ryan nicht wollte, dass Andrea mit unkontrollierten Dingen konfrontiert wurde, versuchte, den Umschlag an sich zu nehmen, aber Andrea winkte energisch ab.

»Es wird Zeit, dass ich mich wieder um meine eigenen Angelegenheiten kümmere, Mary. Es ist lieb von dir, dass du alles von mir fern halten willst, aber ich muss mich wieder an Normalitäten gewöhnen. Es wird Zeit, dass ich der Wirklichkeit ins Auge schaue.«

Sie nahm den Umschlag und besah sich den Absender. »Er kommt vom Fotostudio, Mary, ich nehme an, es sind ein paar von meinen Aufnahmen.«

Sie öffnete den Umschlag und nahm zuerst den Brief heraus, der obenauf lag. Er war von Inken.

»Liebe Andrea, wir wünschen dir alles, alles Gute. Wir wissen, dass du sehr krank bist, und hoffen, dass es dir jeden Tag ein bisschen besser geht und dass du bald wieder hier bei uns bist. Heute schicke ich dir diese wunderschönen Fotografien, damit du sehen kannst, wie gut du mit deinen Apparaten gearbeitet hast. Holger hat sich ebenfalls große Mühe gegeben und bewundert dich und lässt dich grüßen. Herzlichst, Inken und Jens.«

Leicht bekümmert in der Erinnerung an ihre unbeschwerte und dann so unerwartet zu Ende gegangene Fahrt und an die vielen Motive, die ihr begegnet waren, begann Andrea, die einzelnen Bilder zu betrachten. *Schöne Fotos,* dachte sie. Inken hatte Recht, ihr Auftraggeber konnte zufrieden sein.

»Schau mal, Mary«, rief sie, »wo ich überall gewesen bin. Das hier ist der Tweed, der längste Fluss Schottlands.«

»Ich weiß, Andrea, hier hat Ryan seine Herden stehen und die Spinnereien.«

Andrea sah sie erstaunt an: »Ich denke, er hat eine Werft in Aberdeen.«

»Ja, und Schafe dort unten. Du hast ihn doch als Schäfer kennen gelernt.«

»Ja schon, er hat auch etwas von größeren Herden gesagt.« Andrea nahm andere Fotos in die Hand. Sie lachte. »Das ist der Whisky-Trail, na, da konnte ich natürlich nicht widerstehen. Die Probeschlückchen an Ort und Stelle hatten es in sich, das sage ich dir. Das hier sind die Ruinen der Abtei von Dryburgh, eine riesige Anlage, und das hier sind meine ersten Fotos von den Highlands. Die Highlands waren lange der unzugänglichste Teil Schottlands, und noch um 1700 wusste man in London über dieses Land nicht mehr als über fernste Kolonien in Übersee.«

»Du liebst die Highlands, nicht wahr?«

»Ich finde sie unbeschreiblich schön, wild und unberechenbar und einmalig.«

»Ryan ist auch vernarrt in diese Gegend. Er könnte Weltreisen machen, aber was tut er? Er zieht mit seinen Schafen in die Highlands.«

»Das ist es, was mir an ihm gefällt, Mary, dieser Wunsch nach dem einfachen Leben. Mit dem anderen Ryan McGregor kann ich nichts anfangen.«

»Du kennst ihn ja noch gar nicht.«

»Stimmt, aber ich weiß nicht, ob ich das überhaupt will. Schau mal hier, wie er mit den Hunden herumtobt, und hier die Schafe vor seinem Haus und die Blumen.«

»Das sind Disteln, unsere Nationalblumen.«

»Ich weiß. Und das hier ...«

Andrea wurde blass, dann musste sie sich plötzlich übergeben, und bevor Mary nach der Schwester klingeln konnte, hatte sie das Bewusstsein verloren. Mary war aufgesprungen. Die Schwester kam sofort, gleich darauf ein Arzt und dann der Professor.

»Sie hat einen Schock, mein Gott, was ist denn jetzt passiert?«

Man schloss sie an ein Beatmungsgerät an, sie bekam Injektionen, dann stabilisierte sich der Herzschlag wieder. Der Atem wurde gleichmäßig, und die akute Gefahr war gebannt.

»Was ist passiert?«, fragte der Professor, und Mary deutete auf die Fotos.

»Wir haben uns diese Aufnahmen angesehen, plötzlich musste sie erbrechen, und dann war sie auch schon ohnmächtig.«

McAllan besah sich die Fotos. »Das hier war es.« Er hielt ein Bild hoch, und als Mary genau hinsah, erkannte sie Ruinen und über den Ruinen einen Schwarm Krähen, der genau auf Andrea zugeflogen kam.

»Mein Gott, jetzt weiß sie es.«

»Wir hätten damit rechnen müssen. Woher kommen diese Aufnahmen?«

»Sie bekam sie heute mit der Post. Bevor ich sie verstecken konnte, hatte sie den Umschlag gesehen, und dann ließ sie ihn nicht mehr aus den Händen.«

Mary schluchzte. »Ich hätte schneller reagieren müssen. Ich hätte mich durchsetzen müssen, aber ich konnte doch nicht ahnen, dass solch ein Foto dabei war.«

»Nein«, tröstete der Arzt, »das konnten Sie wirklich nicht wissen. Beruhigen Sie sich, sonst habe ich gleich zwei Patienten hier.«

Er beugte sich zu Andrea hinab. »Ich glaube, es geht schon wieder besser. Nehmen Sie das Beatmungsgerät ab, sie bekommt wieder genügend Luft«, wies er die Schwester an und gab Andrea noch eine Injektion.

»Wir lassen sie hier im Zimmer. Die Intensivstation mit den ganzen Apparaten möchte ich ihr ersparen, aber sie muss genau überwacht werden. Schwester, sorgen Sie dafür, und bleiben Sie im Raum, mindestens in den nächsten sechs Stunden.«

McAllan sammelte die Fotografien ein. »Ich nehme die Bilder an mich und gebe sie Mr McGregor, wenn er kommt. Sagen Sie ihr das, wenn sie danach fragt.«

Mary nickte. »Professor, noch etwas, sie möchte erst einmal keinen Besuch, hat sie gesagt. Was soll ich Mr McGregor sagen, ich kann ihm doch nicht verbieten, hier hereinzukommen?«

»Ich werde mit ihm sprechen. Er soll selbst entscheiden, wie er sich verhält. Außerdem glaube ich nicht, dass er in den nächsten Stunden Zeit für einen Krankenbesuch findet. Er hat eine Menge Ärger am Hals, den ihm die Umweltschützer seit gestern servieren. Also, machen Sie sich keine Sorgen, trösten Sie Miss Steinberg, und helfen Sie ihr über die neue Klippe hinweg.«

XVIII

Ryan hatte eine furchtbare Nacht hinter sich: Konferenzen, Diskussionen, Telefongespräche, Besichtigungen. Die Aufregung nahm kein Ende und die Angst der Mitarbeiter auch nicht. Wo war geschlampt worden, wer war schuld, wen traf der Zorn des Chefs?

Ryan hatte längst Krawatte, Weste und Jacke abgelegt und arbeitete in Hemdsärmeln, ausgelaugt und verschwitzt, denn es war eine schwüle Nacht, und er hatte seit ewigen Zeiten nicht mehr durchgeschlafen – jedenfalls kam es ihm so vor.

Welch ein Glück, dass Jane da war und ihm zur Hand ging. Er hatte seinen Vorzimmerdamen vor Stunden angeboten, nach Hause zu gehen, aber Jane war geblieben, führte Protokolle, versorgte ihn mit Kaffee und Sandwiches, stellte Telefonverbindungen her, war zur Stelle, wenn er Hilfe brauchte.

Er sah ihr nach, als sie aus dem Zimmer ging, um ein paar Stichworte in den Computer einzugeben, die ihm spontan eingefallen waren und die er morgen bei eventuellen Verhandlungen brauchte. Er bewunderte sie im Stillen. Sie war eine gut aussehende und kompetente Frau, die einfallsreich und loyal mitdachte und ihn unterstützte. Natürlich, die Personalabteilung schickte ihm nur die besten Mitarbeiterinnen, aber so wie heute Nacht hatte er diese Jane noch nie erlebt.

Sie sieht gut aus, dachte er, als er ihr nachblickte: Schlank, mit wohlgeformten langen Beinen ging sie sehr selbstbewusst durch sein Büro. Ihre Bewegungen waren elegant, das rötliche Haar hatte sie hochgesteckt, ließ aber einige lockige Strähnen rechts und links herabfallen, was den Eindruck von Zufälligkeit vermitteln sollte, aber sehr gekonnt gemacht war. Passend zum roten Haar hatte sie eine weiche, an Perlmutt erinnernde Hautfarbe und – nein, die Augenfarbe kannte er nicht. In die Augen hatte er ihr noch nicht geschaut. Ryan riss sich zusammen. Er musste sich um wichtigere Dinge kümmern als um das Aussehen einer Sekretärin.

Es war kurz vor fünf, als er James anrief und ihm mitteilte, dass er nach Hause käme, duschen und sich umziehen wollte und dann wieder fortmusste.

»Ich werde für ein gutes Frühstück und einen starken Kaffee sorgen, Sir, und ich werde im Bad alles vorbereiten.«

Ryan bat Jane, die Bodyguards und seinen Chauffeur zu benachrichtigen, damit der Wagen unten vorfuhr. Dann fragte er sie. »Wollen Sie mitfahren? Kann ich Sie irgendwo absetzen?«

»Das wäre nett, ich wohne in der Angels Road, das liegt fast auf Ihrem Weg.«

»Gut, dann nichts wie los.«

Ryan zog Weste und Jackett wieder an, stopfte die Krawatte in die Jackentasche und löschte das Licht in seinem Zimmer. Als sie aus den Büros traten, merkten sie, dass sie die Einzigen auf dem mit gefliestem Marmor und mit Teppichen elegant ausgelegten Flur waren. Untypisch für den Korridor in einem Verwaltungsgebäude waren die bequemen Sessel und die Beistelltische, die in Gruppen herumstanden. Grünpflanzen waren in der Nähe der Aufzüge und am Ausgang zum Treppenhaus aufgestellt und dienten als Raumteiler, und statt nüchtern-kalter Deckenlampen gab es dezente Wandleuchter, die eine gewisse intime Atmosphäre schufen. Es war die Direktionsetage, und schon der Besucher wegen musste das Entree einen gewissen Luxus aufweisen, immerhin wurden auf dieser Etage oft genug Geschäfte in Millionenhöhe abgeschlossen.

Ryan sah sich um. »So spät dürfte hier wohl kaum noch einer unterwegs sein.« Er sah auf seine Uhr. »Wann fangen die Putzkolonnen an?«

»Gegen fünf Uhr, Sir.«

Sie nahmen den Lift nach unten. Obwohl viel Platz in der verspiegelten Kabine war, hatte sich Jane dicht neben Ryan gestellt, und als der Aufzug mit einem leichten Stoß anhielt, stolperte sie gegen ihn. »Verzeihung, Sir.«

»Bitte.«

Draußen wartete der Lincoln mit den Bodyguards und dem Chauffeur. »Tut mir Leid, Männer, es ist eine lange Nacht geworden. Wir fahren durch die Angels Road und setzen Jane vor ihrer Tür ab.«

»Jawohl, Sir.«

Während sich die drei Männer vorn auf die Sitze quetschten, hatten Ryan und Jane hinten den ganzen Fond für sich. Dennoch setzte sich Jane so dicht neben ihn, dass sie in jeder Kurve gegen ihn fiel. Dass sie auf diese ziemlich plumpe Weise Annäherungsversuche unternahm, blieb Ryan nicht verborgen, und er dachte: *Schade, dass sie das nötig hat*. Er konnte ihr schlecht ausweichen, aber er reagierte mit keiner Bewegung auf ihre Versuche, und als sie spürte, dass sie erfolglos blieb, zog sie auch den hochgerutschten Rock wieder über die hübschen Oberschenkel, die Ryan durchaus zur Kenntnis genommen hatte.

Im Osten ging bereits die Sonne auf, als er sein Haus erreichte. Die beiden Männer vom Werkschutz, die mit Hunden nachts sein Grundstück bewachten, hatten Mühe, die Tiere zurückzuhalten, als der Wagen zu so ungewohnter Zeit in die Einfahrt einbog.

»Kommt mit herein, Leute«, lud Ryan die Männer ein, »ich denke, Kaffee und ein paar Brote tun jetzt allen gut.«

James öffnete die Haustür und zeigte den Männern den Weg in die Küche, während Ryan nach oben ging, um zu duschen und sich umzuziehen. Als er seinen Frühstücksraum betrat, hallten ihm aus der Küche Gesprächsfetzen und Gelächter entgegen. *Na, wenigstens nehmen sie die Nachtschicht auf die leichte Schulter,* dachte er und setzte sich an den Tisch, den James erstaunlich hübsch gedeckt hatte.

»Mary könnte das nicht besser machen«, sagte Ryan, als der Butler kam, um ihm heiße Speisen und Kaffee zu bringen. »Kommst du denn allein hier zurecht?«

»Sehr gut, Sir, meine Frau hat immer dafür gesorgt, dass ich aufpasse, wenn sie etwas richtet. Kein Problem, Sir.«

»Mary geht es gut, James, ich bin froh, dass sie in der Klinik ist.«

»Ja, Sir, sie ist sehr liebevoll und bestimmt eine Hilfe für Miss Steinberg. Wann wird denn die Dame hierher kommen, wenn die Frage erlaubt ist, Sir? Ich meine, damit ich ein Zimmer richten kann.«

»Ich weiß es nicht, James, und ich weiß auch nicht, ob sie hierher kommen will, aber ich sage früh genug Bescheid.«

James zog sich zurück, und Ryan sah hinaus auf den Fluss, in dem sich die ersten Sonnenstrahlen spiegelten. Er wusste tatsächlich nicht, wie es weitergehen würde. Dass er Andrea mit nach Aberdeen genommen hatte, war selbstverständlich gewesen und auch richtig, was sie aber plante, wenn sie die Klinik verließ, davon hatte er keine Ahnung. Würde sie zurückgehen nach Hamburg und an ihrer Fotokarriere weiterbasteln, oder würde sie sein Angebot mit den Antiquitäten ernsthaft in Erwägung ziehen?

Dann hatte er eine Idee. Er sah auf die Uhr. Noch nicht einmal sieben, nein, das war zu früh, um einen Juwelier anzurufen. Ryan machte sich eine Notiz. Bei dem Desaster in der Firma würde er den Anruf sonst vergessen, und das wäre schade. Vielleicht hing sogar ein Stückchen Zukunft von diesem Anruf ab.

Später, in der Hektik der Konferenzen und Gespräche, fiel ihm der Zettel wieder in die Hände. Er rief Danny, eine der beiden anderen Sekretärinnen, in sein Büro und bat sie, ihn mit dem besten Juwelier der Stadt zu verbinden. Er hatte keine Ahnung, welcher Juwelier infrage kam, er hatte keine Erfahrung mit dem Kauf von Schmuck und sagte sich, der beste wäre der richtige. Als er den Geschäftsinhaber schließlich am Telefon hatte, bestellte er einen Armreifen aus Platin, den rundherum Disteln aus Emaille schmücken sollten.

»Ein so ausgesuchtes Schmuckstück müssten wir anfertigen, Mr McGregor.«

»Selbstverständlich. Ich möchte ein Designerstück und keine Dutzendware.« Ungeduldig spielte er mit dem Kugelschreiber.

»Wie viel Zeit haben wir für diesen Auftrag?«

»Gar keine. Setzen Sie Ihre besten Leute sofort daran. Machen Sie einen Entwurf, den ich heute Mittag sehen kann, und machen Sie sich an die Arbeit, sobald ich mein Okay gebe.« Ryan machte sich ein paar Notizen.

»Haben Sie einen besonderen Wunsch, der berücksichtigt werden soll?«

»Der Reif muss etwa zwei Zentimeter breit und sehr filigran sein, die naturfarbenen Disteln sollten zart hineingearbeitet werden. Aus Platin muss es sein, weil das am besten zum Silbergrün der Distelstiele passt.«

Der Juwelier wusste, dass es unmöglich war, einen McGregor zu fragen, welcher Preis ihm vorschwebte, er wusste aber auch, dass dieser Schmuck ein Vermögen kosten würde. So beschloss er sehr diplomatisch, dem Entwurf, wenn er bis Mittag fertig werden sollte, eine diskrete Preisangabe beizulegen. Er würde persönlich auf die Werft fahren und mit dem Industriellen sprechen, einen solchen Auftrag würde er auf keinen Fall einem anderen überlassen, denn er ging davon aus, dass diesem Schmuckstück andere folgen würden, vorausgesetzt, es entsprach den Erwartungen.

Die nächtlichen, trotz der Hektik aber gründlich vorgenommenen Untersuchungen hatten in keinem Fabrikationszweig der Werft Verfehlungen im Bereich des Umweltschutzes aufgedeckt. Man hatte alle infrage kommenden Abteilungen von mehreren Seiten aus untersucht, in aller Eile Experten anderer Unternehmen hinzugezogen und weder eine Verfehlung noch irgendwelche Schlamperei festgestellt.

»Wer immer uns eins auswischen will, hat einfach Behauptungen aufgestellt, die in keiner Weise zutreffen«, erklärte Generaldirektor Charles Needs seinen Mitarbeitern, »und wenn man die einzelnen Vorwürfe Punkt für Punkt durchgeht, dann stellt man fest, dass diese hyperaktiven Umweltschützer sich da eine Liste zusammengebastelt haben, die einfach alle jemals erhobenen Vorwürfe aus welchen industriellen Bereichen auch immer beinhaltet. Nichts, aber auch gar nichts betrifft unsere Werft.«

Ryan, der bis dahin wortlos zugehört hatte, stand jetzt auf und erklärte: »Wir haben die Vorwürfe, wir haben unsere Vermutungen, und wir haben die Berichte unserer Experten. Was wir nicht haben, sind Beweise, weshalb man uns diese schmuddeligen Geschichten unterschiebt. Wir müssen uns also weiterhin verteidigen, ohne irgendeine Schuld zu haben. Wie werden Sie sich, meine Herren, in der gleich beginnenden Pressekonferenz verhalten?«

Schulterzucken, wenige, unkonkrete Wortfetzen und ein unentschlossenes Gemurmel waren die Antwort auf seine Frage. Charles bat um Ruhe. »Ich schlage vor, wir präsentieren die Untersuchungsergebnisse der letzten Nacht, die wir jetzt vorliegen haben. Ob man uns glaubt, müssen wir abwarten.«

»Nein, das hilft uns nicht weiter.« Ryan lockerte seine Krawatte und sah auf die Uhr. »Wir werden eine ganz noble Antwort geben: Wir bitten die Pressevertreter, die immer noch an unserer Glaubwürdigkeit zweifeln, und diese so genannten Umweltschützer, die uns das eingebrockt haben, einen eigenen Untersuchungsausschuss einzusetzen, der ungehindert eine Woche lang alle infrage kommenden Industriebereiche unter die Lupe nehmen kann. Und«, er schlug mit der Hand auf den Tisch, »um unsere Großzügigkeit vollkommen zu machen, werden wir uns bereit erklären, diesen fremden Expertenausschuss zu finanzieren, ganz gleich, welche Kosten dabei entstehen. Vortragen werden Sie das, Charles. Da man, wie ich den Unterschriften entnehme, hauptsächlich mich treffen will, werde ich mich zurückhalten. Meine Gelegenheit zur persönlichen Abrechnung kommt noch, darauf können Sie sich verlassen.«

Einige Abteilungsleiter klatschten Beifall, einige schüttelten die Köpfe, und mit dem empörten Zuruf: »Wie kommen wir dazu, diese verlogenen, hinterhältigen Typen auch noch zu finanzieren« stand einer der Direktoren mit hochrotem Kopf auf und sah sich Beifall heischend um. Aber keiner wagte, ihn zu unterstützen. McGregor hatte gesprochen, und da war Widerspruch nicht angebracht.

Pünktlich um zehn Uhr betrat das Leitungsgremium der McGregor-Werften den Konferenzsaal im Erdgeschoss, in dem das Treffen stattfinden sollte.

Die Pressekonferenz verlief für die Werft zufrieden stellend. Ausschlaggebend war die Bereitschaft der Direktion, einen Expertenausschuss der Gegenseite zu dulden und zu finanzieren. Ryan hatte das richtige Gespür gehabt: Die Umweltschützer behaupteten nach kurzer Zeit, von den Untersuchungsergebnissen der Werft überzeugt zu sein, und zogen ihre Anschuldigungen zurück Die Medienvertreter waren froh, dass sie nicht gegen eine Firma antreten mussten, die der Stadt und Tausenden von Arbeitern zu Wohlstand und geregeltem Einkommen verhalf.

Ryan, der die Entwicklung vorausgesehen hatte, hielt sich im Hintergrund. Er war anwesend, das genügte, um das nötige Maß an Macht und Autorität zu demonstrieren. Er war sich seiner Wirkung durchaus bewusst und setzte sie, wenn das auch selten geschah, gezielt ein.

Ganz offen beobachtete er Karen Brendan und sah mit Vergnügen, wie sie zunehmend unruhiger wurde. Sie hatte auf einem der hinteren Stühle Platz genommen und blätterte eifrig in Papieren, um seinen Blicken auszuweichen. In die Debatte hatte sie nicht eingegriffen.

Als sich die Konferenz dem Ende zuneigte, ging Ryan langsam auf sie zu. Die Hände gelangweilt in den Hosentaschen, kehrte er mit brutaler Dominanz den Firmenchef hervor, und obwohl er innerlich kochte, sah er sie mit eiskalten Augen an.

»Ich muss mich noch für ein Geschenk bedanken.«

»Was müssen Sie?« Sie war aufgestanden, um nicht von unten her zu ihm aufsehen zu müssen.

»Ich meine den toten Adler in Ihrem Helm, falls Sie den vergessen haben sollten.«

»Fein, dann ist er ja angekommen.«

»Danke, dass Sie das hier vor Zeugen bestätigt haben. Ich werde nun Anzeige gegen Sie erstatten.«

»Ach ja? Und weshalb?«

»Wegen bestialischer Tiermisshandlung und Tiertötung.«

»Sind Sie verrückt?« Sie war blass geworden und sah sich um. Immer mehr Leute kamen und hörten zu. »Der tote Adler ist der beste Beweis für die Ölverschmutzung der Küsten durch Ihre Anlagen.«

»Er ist der beste Beweis für die Verlogenheit Ihrer militanten Vereinigung, von der sich längst alle offiziellen Umweltorganisationen distanziert haben.«

»Damit kommen Sie niemals durch!« Sie raffte ihre Sachen zusammen und wollte gehen.

Doch Ryan versperrte ihr den Weg. »Sie werden sich wundern, was ich alles kann, oder können Sie mir erklären, wieso ein Landgreifvogel im Meer Fische fängt? In einem Küstenabschnitt, der als der sauberste im Norden der Britischen Inseln gilt? Ich habe mich beim Institut für Meeresbiologie in Edinburgh erkundigt.«

»Sie … Sie haben ja überhaupt keine Ahnung …«

»O doch«, unterbrach er sie wütend. »Ich habe die Ahnung, dass Sie dieses bedauernswerte Tier in ein Fass mit Schweröl gesteckt und dann in Ihren Helm gestopft haben – einen Goldadler, Miss Brendan, und nur, weil ich nicht mit Ihnen schlafen wollte, um es ganz deutlich auszudrücken.«

Sie war schneeweiß geworden. »Ach, machen Sie doch, was Sie wollen.«

»Der Staatsanwalt erledigt das für mich.«

»Sie werden es nicht wagen …«

»Ich werde!« Damit drehte er sich um und wandte sich einigen Reportern zu, die mit größtem Interesse den Disput verfolgt hatten. »Die Lady gehört Ihnen, meine Herren.«

»Ist da eine gute Story drin, Mr McGregor?«

»Überlassen wir es dem Richter, ich möchte nicht vorgreifen. Und nun, meine Damen und Herren, folgen Sie mir. Nebenan wartet ein reichhaltiges Büfett auf Sie.«

Als Ryan später die Direktionsetage erreichte, saß in einem der Sessel ein Fremder, der aufstand, als Ryan näher kam. Gleichzeitig kam Jane, frisch und ausgeruht, aus ihrem Büro.

»Darf ich vorstellen? Mr van Grunen, der Juwelier, Mr McGregor. Wenn die Herren mir bitte folgen wollen?«

Sie ging voraus in Ryans Büro, wo ein kleiner Tisch mit Snacks und Drinks gedeckt war. Jane wusste, was sich gehörte: Wenn ihr Chef den besten Juwelier der Stadt bestellte, dann sollte auch das Ambiente stimmen, in dem die Herren verhandelten. Natürlich fragte sie sich, was der Besuch zu bedeuten hatte, und sie kam zu der Überzeugung, dass Ryan McGregor, gentlemanlike wie immer, zwar ihre Annäherungsversuche übersehen hatte, sich nun aber für ihren nächtlichen Einsatz bedanken wollte. Womit sonst konnte sich ein Chef auf diskrete Weise erkenntlich zeigen? Und dass er den bekannten van Grunen dafür herbestellt hatte, ließ auf etwas Einzigartiges schließen.

Aber Ryan war nicht in der Stimmung für gepflegte Unterhaltung mit einem fremden Menschen. Er wollte, dass ein Auftrag schnell und problemlos ausgeführt wurde, und nahm hinter seinem Schreibtisch Platz. Das bedeutete, dass van Grunen ihm gegenübersitzen musste und dass das Gespräch nüchtern verlaufen würde und nicht in der romantischen Atmosphäre von Häppchen und Drinks. Ryan ließ sich die Zeichnungen geben und studierte sie aufmerksam. Dann entschloss er sich für einen durchbrochenen Armreifen, der sehr zart aussah und seinen Vorstellungen am ehesten entsprach.

»Das ist er«, erklärte er und zeigte auf die entsprechende Zeichnung. »Wenn ich das richtig erkenne, ist es der einzelne Zweig einer Distel, der sich um den ganzen Reifen zieht und die Blüten sehr hübsch zur Geltung kommen lässt. Wo ist der Anfang?«

Van Grunen beugte sich über den Schreibtisch und zeigte auf das Schloss. »Hier beginnt er, hier ist der Stiel am breitesten.«

»Sehr schön. Ich möchte, dass Sie unten neben den Stielanfang zwei Buchstaben setzen: Links ein A, rechts ein R.«

»Wünschen Sie einen bestimmten Schriftstil?«

»Ja. Ich denke an eine etwas antike Form, passend zu der altmodischen Reifenform, etwa an das A der Signatur von Albrecht Dürer, ist es Ihnen bekannt?«

»Selbstverständlich. Und dazu das entsprechende R.«

»So ist es. Wann kann das Schmuckstück geliefert werden?«

»Ich werde mehrere Leute beschäftigen, die in Schichten die Nacht über durcharbeiten. Es ist sehr anstrengend für die Augen, deshalb müssen wir oft wechseln. Die einen arbeiten am Reifen, die anderen an der Emaille. Morgen Mittag kann ich liefern.«

»Sehr gut. Es war mir ein Vergnügen, Sie kennen zu lernen.«

Er stand auf und verabschiedete mit diesen Worten den Juwelier, der die Geste verstanden hatte.

Ryan klingelte nach Danny, seiner zweiten Sekretärin. »Bitte räumen Sie die Snacks und die Drinks ab. Sie können eine Pause einlegen und zusammen mit den anderen Damen die Köstlichkeiten verputzen. Aber vorher verbinden Sie mich bitte mit dem Queen-Victoria-Hospital.«

»Sofort.«

Dann hatte er Mary am Apparat. »Wie geht es unserer Patientin?«

»Nicht sehr gut, Sir.«

Sie erzählte Ryan von dem Rückfall. »Miss Andrea weiß, was geschehen ist. Man hat ihr Spritzen gegeben, und sie schläft jetzt. Eine Schwester muss sie in den nächsten Stunden überwachen.«

»Ich komme sofort.«

»Mr McGregor, Sir, sie möchte keinen Besuch, hat sie gesagt.«

»Ich komme trotzdem. Sagen Sie dem Professor, dass ich unterwegs bin.«

Ryan umging Bodyguards und Chauffeur, fuhr im Lift direkt in die Tiefgarage, wo sein Jaguar stand, und brauste mit aufgeblendeten Scheinwerfern aus dem Gebäude, kaum dass der Pförtner die Schranke geöffnet hatte. Als er das Werftgelände hinter sich gelassen hatte, fuhr er langsamer, schaltete die Scheinwerfer aus und legte eine CD ein. Er liebte schottische Volksmusik. Die alten Instrumente, allen voran die Dudelsäcke und die Flöten, und dann die Rhythmen, die ein wenig an Marschmusik erinnerten, sie schafften es immer wieder, ihn aufzumuntern, herauszureißen aus Tiefen, die sich auch für ihn so oft auftaten.

Wie konnte er Andrea helfen, die sich so wenig helfen lassen wollte, und wie konnte er sich selbst helfen? Seine Sehnsucht nach dieser Frau war übermächtig, aber er wusste genau, dass er sie nicht überrumpeln durfte. Schon die Tatsache, dass er kein einfacher Schäfer war, hatte sie aus der Bahn geworfen, wie würde sie mit einem Geständnis seiner Liebe fertig werden? Sie sagte mit Recht, dass sie ihn kaum kenne, und über ihr Leben in Hamburg wusste er so gut wie gar nichts.

Er musste langsam vorgehen, aber hatte er die Geduld dazu? Er wusste, wie schnell er ungeduldig, unbeherrscht und aufbrausend werden konnte, wenn nicht alles so lief, wie er es sich vorstellte. Zu lange war er allein gewesen, musste auf keinen Menschen Rücksicht nehmen und wollte das auch gar nicht. Konnte er sich überhaupt noch anpassen? Ein Leben zu zweit war der totale Gegensatz zu dem Leben, das er jetzt führte. Er würde Rücksicht nehmen und Vertrauen aufbauen müssen. Er würde zurückstecken und selbstlos werden müssen. Konnte er das?

Fünfzig Jahre war er allein gewesen, auch früher, in seinem strengen Elternhaus, wo er so wenig Liebe und Zuneigung erfahren hatte, fünfzig Jahre, die ihn geprägt hatten, ließen sich nicht einfach abschütteln – aber da war dieser grenzenlose Wunsch nach Geborgenheit, den er unbewusst spürte, die Sehnsucht nach Ruhe, die Sehnsucht nach einem Menschen, der zu ihm gehörte, dem er vertrauen konnte, in dessen Hände er sein Leben legen konnte.

Einen solchen Menschen zu finden, war beinahe unmöglich, aber er hatte ihn gefunden, er war so sicher wie noch nie in seinem Leben, und er würde um diesen Menschen kämpfen, mit allen Mitteln, die ihm zu Gebote standen. Und darin sah er nicht etwa seine Macht und seinen Reichtum, sondern sein Wesen und seinen Charakter, den er ernsthaft würde ändern müssen. Er war zur Liebe fähig, das spürte er, auch wenn er es mit Sicherheit nicht wusste, woher auch? Aber er konnte lernen, er konnte an sich arbeiten, seinen Hochmut abstreifen und der Mann werden, den Andrea am Rande eines Trödelmarktes kennen gelernt hatte. Und plötzlich freute er sich. Er würde es schaffen. Andrea musste nur noch gesund werden.

Professor McAllan empfing ihn sofort und erklärte ihm, was geschehen war. Dann erlaubte er ihm, die Patientin kurz zu sehen.

Mary hatte ein seidenes Tuch über Andreas Kopf gelegt. Sie wusste, dass es ihr Wunsch gewesen wäre, und sie wollte Ryan den Anblick des kahlen Schädels ersparen.

Ryan nickte ihr zu und bat: »Lasst mich ein paar Minuten mit ihr allein.«

Die beiden Frauen gingen in den Nebenraum und schlossen die Tür. Ryan setzte sich neben Andrea, nahm ihre Hand und flüsterte. »Alles wird gut, mein Mädchen. Wir werden mit diesem ganzen Chaos fertig. Wir schaffen das, gemeinsam schaffen wir das. Ich verspreche es. Du hast noch ein paar schlimme Tage vor dir, vielleicht sind es auch Wochen, aber gemeinsam stehen wir das durch.«

Er sah sie an. Ihr Atem ging gleichmäßig und kräftig, sie schlief ganz tief. Das Licht eingeschalteter Überwachungsgeräte ließ ihre Haut schimmern und verlieh dem seidigen Gewebe ihrer Augenlieder einen durchscheinenden Glanz.

Er stand auf, küsste behutsam ihre Stirn und streichelte mit seiner Hand ihren Kopf. Er nahm das Tuch nicht ab, weil er wusste, dass sie es nicht gewollt hätte, und strich mit einer Fingerspitze über ihre Lippen: »Wenn du hier herauskommst, gehe ich mit dir zurück in die Highlands, das verspreche ich dir. Du wirst ganz gesund werden, und wir werden eine wunderbare Zeit da oben haben. Beeile dich, mein Mädchen, bitte.«

XIX

Andrea war klug und kritisch genug, um zu wissen, dass Selbstmitleid ihr nicht weiterhalf. Sobald sie wusste, woher die Wunden auf Rücken und Schultern stammten, erholte sie sich erstaunlich schnell von dem Schock und setzte ihre ganze Kraft ein, um mit diesem Wissen fertig zu werden. Sie würde schreckliche Narben zurückbehalten, aber sie würde damit leben können.

Sie wusste allerdings auch, dass sie nie wieder fotografieren konnte. Sobald sie einen Apparat in die Hand nahm, würde sie die schwarzen Vogelschwärme vor sich sehen. Der Anblick eines Fotoapparates würde sie stets an die schrecklichsten Stunden ihres Lebens erinnern, und das musste sie nicht haben.

Was aber konnte sie stattdessen tun? Sie musste Geld verdienen, sie hatte kaum Ersparnisse, und sie hatte keine Familie, die sie unterstützen konnte. Sie war auf sich allein gestellt, aber das war sie schon immer, und das war sie gewöhnt.

Mary beobachtete sie heimlich. Sie sah die Veränderungen, die mit Andrea vor sich gingen, nachdem sie wieder bei Bewusstsein war und sich von dem Schock erholt hatte. Sie sah, dass die junge Frau grübelte, und sie überlegte, wie sie ihr helfen könnte. Sie spürte aber auch, dass Andrea mit ihren Gedanken allein fertig werden musste, und ließ sie in Ruhe. Sie blieb im Hintergrund, bereit, einzuspringen, wenn Hilfe nötig wurde, aber auch bereit, sich langsam völlig zurückzuziehen. Die junge Frau machte in diesen Stunden einen Wandel durch, der ihr ganzes Leben verändern konnte. Dabei wollte sie nicht stören.

Als Ryan am nächsten Tag anrief, um sich nach Andreas Zustand zu erkundigen, beruhigte sie ihn.

»Miss Steinberg ist sehr nachdenklich, Sir, ich glaube, sie erholt sich jetzt und beginnt, an die Zukunft zu denken.«

»Kann ich sie besuchen, oder will sie noch immer keinen Menschen sehen?«

»Sie können kommen, Sir, ich werde ihr sagen, dass Sie unterwegs sind, und sie ein bisschen zurechtmachen.«

»Für mich ist das nicht nötig, Mary.«

»Ich weiß, Sir, aber für Miss Andrea ist es wichtig. Sie ist eine Frau, und Frauen brauchen neben Selbstvertrauen manchmal auch ein bisschen Farbe.«

Ryan kam gegen vier, und Andrea erwartete ihn. Mary hatte ihr einen Turban gebunden, und Andrea verlangte nach einem Spiegel und nach Kosmetika, und als Ryan kam, saß sie in einem Sessel am Fenster und sah ihm gefasst entgegen.

»Andrea, welch eine Überraschung.« Ryan kam schnell auf sie zu und küsste sie auf beide Wangen. »Wie schön, dass du schon am Fenster sitzen kannst.«

Sie nickte und lächelte: »Der Professor sagt, es sei besser, im Sessel zu sitzen als im Bett zu liegen, der Rücken wird auf diese Weise geschont.«

»Ich habe mit ihm gesprochen, er ist sehr zufrieden.« Ryan zog sich einen Stuhl heran und setzte sich neben sie.

»Darf ich deine Hand nehmen?« Und bevor sie antworten konnte, hatte er nach ihrer Hand gegriffen und hielt sie fest.

»Ich freue mich. Du siehst viel besser aus als gestern.«

»Gestern? Warst du hier?«

»Ich habe von deinem Schock gehört, und ich wollte nicht, dass du allein damit bist.«

»Danke. Es war schrecklich, aber es war auch ein heilsamer Schock.«

Fragend sah Ryan sie an.

»Er hat mich wachgerüttelt. Er hat mich gezwungen, an die Zukunft zu denken und daran, wie es weitergehen soll.«

»Und? Hast du schon eine Antwort gefunden?« Sanft streichelte er ihre Hand.

»Nicht direkt. Aber eines weiß ich, ich werde nie wieder fotografieren.«

»Kann ich dir helfen, eine Lösung zu finden?«

»Ich glaube nicht. Damit muss ich allein fertig werden.«

Sie lächelte und entzog ihm ihre Hand. »Du bist sehr nett, Ryan, aber es gibt Dinge, mit denen muss man allein zurechtkommen.«

»Ich wäre sehr froh, wenn du mich in deine Pläne einbeziehen würdest.«

Er stand auf und trat ans Fenster, er wollte nicht, dass sie sah, wie wichtig ihm diese Bitte war. Dann gab er ihr ein kleines Päckchen. »Vielleicht hilft dir dies bei deiner Entscheidung. Mach es auf, wenn ich weg bin, damit du dann in Ruhe darüber nachdenken kannst.«

Überrascht sah sie ihn an. »Ryan, Geschenke sind verboten. Ich stehe so tief in deiner Schuld, wie soll ich das jemals gutmachen? Du hast mir das Leben gerettet, kein Mensch hätte mir ein größeres Geschenk machen können, ich ...«

Ratlos sah sie ihn an, das Schächtelchen in den Händen, die Augen voller Tränen.

»Nicht doch, Andrea«, er versuchte heiter zu wirken und die aufkommende Trauer abzuwenden, »wenn du mich besser kennen würdest, wüsstest du, dass ich nichts ohne eigenen Vorteil tue.«

»Was soll das denn heißen?« Sie lächelte und betrachtete seinen Rücken, den er ihr immer noch zuwandte. »Dreh dich um und sieh mich an. Was sollte das mit dem Eigennutz heißen?«

»Genau das, was ich gesagt habe. Ich bin eben ein sehr egoistischer Mensch.«

»Ach komm, setz dich wieder her. Du und egoistisch, wer soll das denn glauben?«

»Frag mal meine Arbeiter oder Mary, die draußen hin und her läuft und sich den Kopf zerbricht über das, was ich dir hier vermutlich antue.«

Jetzt musste sie laut lachen.

Ryan bemerkte: »Lieber Schmerzen als Tränen, nicht wahr?«

»Du hast Recht. Aber da wir schon über Mary sprechen, du könntest sie wieder mit nach Hause nehmen. Sie war so lieb, so hilfreich, so mütterlich, aber sie soll nun wieder ihr eigenes Leben führen, bei ihrem Mann sein, in ihrem eigenen Bett schlafen, mit ihren Enkelkindern spielen können. Mir geht es gut, ich komme wirklich allein zurecht.«

Ryan sah sie zweifelnd an und auch etwas unglücklich. Solange Mary hier war, wusste er, wie es um Andrea stand, er wusste, dass sie gut versorgt war und dass jemand auf sie aufpasste. Sie entglitt ihm langsam, suchte nach neuen Wegen, und das wollte er nicht zulassen, nicht, bevor sie sich nicht eindeutig für ihn entschieden hatte. Mary musste ihm dabei helfen, er konnte sie hier nicht wegnehmen.

»Bitte, Andrea, noch ein, zwei Tage, ich habe einfach ein besseres Gefühl, wenn Mary hier ist.«

»Gut, wenn du es wünschst, ich will nicht undankbar sein. Aber ich habe mit dem Professor gesprochen, ich möchte so bald wie möglich hier heraus. Und ich muss vorher ein paar Tage allein zurechtkommen, bevor ich mich draußen wieder umsehe. Das musst du verstehen.«

Ryan war blass geworden, ließ sich aber seinen Schrecken nicht anmerken. »Was hat der Professor gesagt?«

»Ich mache jetzt gute Fortschritte. Ich brauche später noch Nachbehandlungen, Ölbäder, leichte Massagen, weil ich allein nicht an den Rücken herankomme, aber dazu sei dann kein Klinikaufenthalt mehr nötig.«

»Davon hat er mir noch gar nichts gesagt.«

»Nein, ich habe ihn erst heute Morgen unter Druck gesetzt. Ich muss hier heraus. Ich muss wieder leben, irgendwie muss ich doch wieder auf die Beine kommen, Ryan, bitte versteh mich richtig.«

»Natürlich, Andrea. Aber überstürze nichts. Bleib bitte so lange, bis du eine Lösung für die Zukunft gefunden hast. Könntest du mir das versprechen?«

»Ja, aber ich beeile mich, damit musst du rechnen.«

»Ich verstehe.«

Andrea merkte, dass Ryan enttäuscht war. Aber sie hatte sich entschlossen, ihr Leben wieder in die Hand zu nehmen, und dabei durfte sie niemand stören.

Als Ryan fort war, wickelte sie das Päckchen aus. An der Schatulle merkte sie, dass sie ein Schmuckstück enthalten würde. Sie war erschrocken, ja verärgert. Schmuck, das war das Letzte, was Ryan ihr schenken durfte. Niemals würde sie Schmuck von ihm annehmen. Sie mochte den Schäfer, den einfachen Mann mit dem offenen Hemd und dem verführerischen graugoldenen Haarbüschel auf der Brust, in das sie sich verliebt hatte, aber sie mochte nicht den reichen Unternehmer im Nadelstreifenanzug, der nun auch noch mit Schmuckstücken zu beeindrucken versuchte. Wahrscheinlich hatte er, wie das in diesen Kreisen so üblich war, eine Sekretärin beauftragt, irgendetwas zu besorgen. Schlimm genug, dass sie auf seine Kosten in diesem Krankenhaus liegen musste und dass sie gezwungen war, Blumen und Wäsche von ihm anzunehmen, abgesehen davon, was diese ganze Such- und Rettungsaktion gekostet haben mochte, aber nun ging er zu weit. Enttäuscht legte sie das Päckchen auf die Fensterbank und schüttelte den Kopf. Schade, dass er sich so vergriffen hatte.

Mary, die Ryan bis zum Lift begleitet hatte, spürte sofort die Verärgerung, als sie das Zimmer betrat.

»Was ist passiert, Andrea?« Sie kam näher und sah die dunkelblaue, elegante Schachtel. »Hat Ryan dich verletzt?«

»Das kann man wohl sagen. Mary, ich will keinen Schmuck von ihm, das müsste er wissen.«

»Aber woher denn?«

»Wir haben keine intime Beziehung, die Schmuck rechtfertigen würde, und die Freundschaft, die uns verbindet, erlaubt solche pompösen Gebärden nicht. Ein Mann mit Feingefühl weiß das.«

»Andrea, du bist zu streng. Woher soll er das denn alles wissen?« Sie nahm die kleine Schachtel in die Hand. »Hast du denn schon hineingesehen?«

»Nein, es interessiert mich nicht.«

»Darf ich einen Blick hineinwerfen?«

»Bitte.«

Mary öffnete den kleinen Verschluss, seufzte tief und war stumm vor Entzücken. So etwas Schönes hatte sie noch nie gesehen.

Als sie nichts hörte, drehte sich Andrea zu ihr um. »Hat dich ein Blitz getroffen, Mary?«

»So könnte man es nennen.«

»Zeig her, ein Blitz ist immerhin mal eine Abwechslung.«

Andrea stockte der Atem, als sie den Armreifen sah. Ja, das war ein unglaubliches Geschenk, keines, das eine Sekretärin ausgesucht hatte, keines, das protzig auf Wohlhabenheit pochte oder unüberlegt mal eben gekauft worden war. Das war ein Geschenk mit einer ganz bestimmten Bedeutung. Es war ein Wegweiser, das wusste sie sofort. Sie spürte, dass ihr Tränen über das Gesicht liefen, und als Mary ihr ein Taschentuch reichte, sah sie zu der Frau auf und nickte: »Er weiß, was ich brauche, er weiß das ganz genau!«

»Er ist Ryan McGregor, Andrea, er ist ein ungewöhnlicher Mann. Du wirst ihn immer besser kennen lernen.«

Andrea legte den Reifen um ihr Handgelenk, und wie verzaubert sah sie alles vor sich: schottische Disteln, die Highlands, die blühende Heide, die Schafe, das Moor, das Meer, Bella und Ajax – und Ryan, den Schäfer. Träumte sie schon wieder?

Ryan hatte gesagt: »Mach es auf, wenn ich weg bin, damit du dann in Ruhe darüber nachdenken kannst.« Sie brauchte keine Zeit mehr zum Nachdenken, sie wusste, wohin sie wollte: zurück in die Highlands. Natürlich, das Cottage, die Hunde, die Schafe, den Schäfer gab es dann nicht mehr, aber sie würde nach Tradespark fahren und bei Mrs Jackson wohnen. Dort waren auch die Highlands, und das Cottage war nahe genug, um heimlich hinzufahren, im Gras zu liegen und zu träumen, um die alten Wege zum Hochmoor hinaufzugehen, die Berge in der Ferne und die Hügel in der Nähe zu sehen, das Meer zu hören und an Ryan zu denken.

Und dann würde sie sich um Kunst und Krempel kümmern, nach Antiquitäten suchen und Flohmärkte durchstöbern. Und wenn sie genug beisammen hatte, würde sie die Sachen in Hamburg restaurieren lassen und verkaufen. Sie würde mit Gabi, ihrer Freundin, sprechen, die war immer für etwas Neues zu begeistern, und vielleicht würde sie mitmachen und den Hamburger Teil übernehmen. Gabi war nicht glücklich in ihrem Job als Anwaltsgehilfin, sie hatte sich mehr vom Leben erträumt, als verstaubte Akten zu sortieren und Testamente zu tippen, sie würde mitmachen, und dann konnte sie selbst hier bleiben und für Nachschub sorgen. Oh, mein Gott! Schottische Disteln, sie träumte schon wieder!

Es war fast zehn Uhr abends, als bei Peter Erasmus die Türklingel ging. Peter, der bereits in Pyjama und Hausmantel war und auf der Terrasse bei einem Glas Moselwein den Spätsommerabend genoss, bat Anne, nachzusehen.

Sie öffnete die Tür, ließ aber die Sicherheitskette davor, so spät abends war Besuch eher ungewöhnlich, und sie wollte vorsichtig sein. Vor ihr standen ein Mann und eine Frau.

»Wir sind Inken und Jens Reinicke vom Fotostudio Rosenhaus, wir hätten gern Herrn Erasmus gesprochen, wenn das um diese Zeit noch möglich ist.«

Anne führte die Besucher in die Bibliothek und ging hinaus, um Peter von den Gästen zu berichten.

»Die Reinickes? So spät noch? Da muss etwas mit Andrea passiert sein. Ich komme.« Als er die beiden sah, wusste er, dass ihn sein Gefühl nicht getrogen hatte. Sie sahen bestürzt und ratlos aus.

»Kann ich Ihnen etwas anbieten, einen Brandy oder etwas anderes vielleicht? Sie sehen so erschrocken aus, was ist passiert?«

Jens erklärte: »Es tut uns Leid, dass wir so spät noch stören, aber wir haben gerade eine E-Mail von Andrea bekommen, und wir dachten, dass Sie vielleicht eine Erklärung dafür haben.«

»Was schreibt Sie? Ich habe seit dem Unfall nichts mehr von ihr persönlich gehört, und wenn ich in der Klinik anrufe, heißt es immer nur, sie sei auf dem Wege der Besserung, aber die Wunden bräuchten ihre Zeit zum Heilen.«

»Sie hat uns geschrieben, dass sie ihre Arbeit bei uns sofort beenden möchte.«

Jens Reinicke gab ihm den Computerausdruck. »Lesen Sie selbst, sie schreibt nicht einmal, weshalb.«

Peter las den Brief und wurde blass. »Das verstehe ich nicht. Sie war doch glücklich mit ihrer Arbeit, sie hat sich bei Ihnen wohl gefühlt, sie hat so schöne Aufnahmen gemacht, und nun wirft sie alles hin?«

»Sie wollte natürlich mehr. Ich weiß, dass sie weiterkommen wollte und nicht hundertprozentig zufrieden war«, erklärte Inken. »Aber sie hat nie gesagt, dass sie aufhören will, und das von einem Tag auf den anderen.« Inken nahm den Brief. »Und dann hier: Sie schreibt, der Unfall sei schuld und sie wolle nun ganz von vorn anfangen. Womit denn bloß? Sie hat doch nichts anderes gelernt. Sie ist unsere beste Fotografin, und das weiß sie auch.«

»Hat sie sich nicht verpflichtet, nach der Ausbildung bei Ihnen zu bleiben?«, warf Peter ein.

»Ja«, nickte Jens, »das hat sie, aber diese festgelegte Zeit ist längst abgelaufen. Ehrlich gesagt, wir möchten sie nicht verlieren. Andrea ist ja nicht nur eine gute Fotografin, sie ist eine fabelhafte Mitarbeiterin. Die Kunden mögen sie, und es ist gerade bei Fotoarbeiten so wichtig, dass zwischen Fotograf und Klient Harmonie besteht.«

Peter wanderte auf und ab, die Hände in den Taschen und die Stirn in Falten gezogen. »Ich fürchte, da steckt mehr dahinter, als es den Anschein hat.«

»Wie meinen Sie das? Hat sie Ihnen gegenüber gesagt, dass sie aufhören will, dass sie andere Pläne hat?«

»Nein, ich habe da nur so ein Gefühl. Sehen Sie, sie hat mir nicht ein einziges Mal geschrieben, sie hat mich nicht angerufen, sie ließ sich nicht mit mir verbinden, wenn ich am Apparat war. Ich glaube, ich kann Ihnen am allerwenigsten helfen.«

»Das verstehen wir nicht. Sie beide sind doch so eng befreundet, wir haben eher damit gerechnet, dass aus dieser Freundschaft bald mehr werden würde.«

Peter nickte. »Ich will nicht sagen, dass ich damit gerechnet habe, aber gehofft habe ich es bestimmt.«

»Und nun? Aber diese Kündigung muss ja für Sie nichts bedeuten. Andrea kommt nach Hamburg zurück und wird sich wahrscheinlich eine andere Arbeit suchen, das muss ja nichts an Ihrer Freundschaft ändern.«

»Sie hat in Schottland einen Mann kennen gelernt.«

»Herr Erasmus, meinen Sie etwa den Schäfer? Sie werden Andrea doch nicht für so geschmacklos halten. Sie hat mir davon erzählt, eine Laune von ihr, und wir haben darüber gelacht.«

»Ich habe diesen so genannten Schäfer kennen gelernt, es handelt sich bei ihm um den reichsten Mann Schottlands.«

»Was …?«

»Genauso ist es, und dieser Mann ist vernarrt in Andrea. Da muss ich leider passen.«

»Aber nein«, Jens winkte energisch ab, »Andrea ließ sich noch nie von Geld beeindrucken, das wissen Sie doch auch. Oder durften Sie ihr jemals helfen, wenn sie knapp bei Kasse war? Wir durften es jedenfalls nicht.«

»Aber dieser Mann hat anscheinend noch andere Qualitäten.«

Inken packte ihn an den Armen und schüttelte ihn. »Aber davon werden Sie sich doch nicht einschüchtern lassen. Ein Mann wie Sie. Um eine Frau wie Andrea muss man kämpfen, die überlässt man nicht einfach einem anderen.«

»Ach, Frau Reinicke.« Peter streifte behutsam ihre Hände ab. »Ich liebe Andrea, und ich denke, ich liebe sie genug, um ihr auch das Glück an der Seite eines anderen Mannes zu gönnen.«

»So ein Unsinn.« Inken war entsetzt. »So etwas Dummes kommt doch nur in Romanen vor. Kein Mann gibt auf, wenn es um sein Glück geht. Auch Sie nicht. Los, fahren Sie hin, holen Sie Andrea zurück, ganz gleich, ob sie bei uns weitermacht oder nicht. Hauptsache ist doch, sie kommt zurück und bleibt bei Ihnen. Und dann werden Sie ihr zeigen, was gut für sie ist. Versprochen?«

»Nein, Frau Reinicke. Ich werde hinfliegen, und ich werde mit ihr sprechen, ich will mich vor allem überzeugen, dass es ihr gut geht und dass sie keinen Fehler macht, aber mitbringen werde ich sie wohl nicht.«

»Versuchen Sie es wenigstens.«

»Man wird sehen.« Peter sah verstohlen auf seine Uhr, er wollte jetzt allein sein. Er musste mit dieser neuen Entwicklung fertig werden und vor allem mit der Tatsache, dass Andrea nicht ihn, sondern die Reinickes über ihre Pläne informiert hatte. Sie war so weit genesen, dass sie E-Mails schreiben konnte, sie war gesund genug, um Pläne zu schmieden, aber sie war nicht in der Lage, ihn zu benachrichtigen. Einem klärenden Gespräch konnte sie sich nicht verschließen, und deshalb würde er sie aufsuchen. Vielleicht glückte es ihm, sie mit nach Hamburg zu nehmen, vielleicht aber auch nicht. Dann aber wollte er einen fairen Abschluss einer Freundschaft, die für ihn beinahe lebenswichtig war. Denn wie es ohne Andrea weitergehen sollte, wusste er nicht.

XX

Den Ehrgeiz, die Zielstrebigkeit und die Klugheit, die Ryan zu dem gemacht hatten, was er beruflich und gesellschaftlich war, setzte er nun ein, um sein privates Leben in den Griff zu bekommen. Freilich, eine Frau war kein Wirtschaftsimperium, keine Direktorenkonferenz oder gar eine Handelsdelegation. Eine Frau war etwas Besonderes, etwas, mit dem Ryan erst umzugehen lernen musste. So viel war ihm vom ersten Augenblick an klar: Eine Frau wie Andrea durfte nicht bevormundet, nicht überrascht und nicht überredet werden. Es kostete Ryan Überwindung, das zu begreifen. Es war so viel einfacher, Macht spielen zu lassen und Überlegenheit einsetzen zu können. Aber Ryan war auch ein kluger Mann, und diese angeborene Klugheit verhalf ihm zu richtigen Entschlüssen. Er war im Grunde seines Wesens ein einfacher Mensch, ein Mann, der für sich persönlich keinen Reichtum und keine Macht brauchte. Erfolg ja, dazu trieb ihn sein Ehrgeiz, aber öffentlich diesen Erfolg zu demonstrieren, das lag ihm nicht. Er war ein harter Mann, wenn es um das Wohl seiner Arbeiter und um den Bestand seiner Werke ging, aber er hatte nie seine natürliche Sensibilität verloren, die ihn zu einem liebenswerten Menschen machte. Ryan wusste, was er wollte, als er Andrea den Armreifen schenkte, und er wusste, dass sie den »Hinweis« verstand.

Er hatte ihr einen Tag Zeit gelassen, um sich damit auseinander zu setzen. Als er sie am nächsten Morgen besuchte, wusste er, dass er alles richtig gemacht hatte. Andrea war bereit, auf seinen Plan einzugehen.

Sie kam ihm entgegen, als er an die Tür klopfte und eintrat.

Sie bewegte sich vorsichtig, da sie ihrem Bein noch nicht ganz vertraute, aber sie konnte gehen, und sie freute sich, ihn zu sehen.

»Du machst Fortschritte, Andrea.«

»Ja, ich muss und will auf die Beine kommen. Danke für den Reifen.« Sie streckte ihm den Arm entgegen und lächelte.

»Du wusstest genau, was ich brauche.«

Ryan führte sie behutsam zu ihrem Sessel zurück. »Ich wollte, dass du uns nicht vergisst, wenn du Pläne machst.«

»Das ist kein Erinnerungsstück, Ryan, das ist ein Wegweiser für die Zukunft, gib es zu.«

Er holte sich einen Stuhl und setzte sich neben sie. »Willst du darüber sprechen?«

»Ja. Es wird Zeit. Ich möchte deine Idee mit dem Antikmarkt aufgreifen, und ich würde gern hier in den Highlands bleiben.«

Ryan versuchte, seine Freude hinter einem ernsten Gesicht zu verbergen. »Hast du dir das gründlich überlegt? Ich würde mich sehr freuen, wenn du hier bliebest, und ich würde dir sehr gern helfen, das weißt du.«

Andrea sah ihn offen an. »Ryan, eines muss ganz klar sein, ich möchte das allein schaffen. Ich habe eine Freundin, die mit Begeisterung den Hamburger Teil der Arbeit übernehmen würde, sodass ich mich ganz auf die Suche nach Kunst und Krempel konzentrieren kann, und ich habe ein paar Ersparnisse, die mir den Anfang hier gestatten werden.«

Ryan wollte sie unterbrechen, aber sie hob abwehrend die Hände. »Bitte, lass es mich allein versuchen. Ich muss neu anfangen, und ich muss das selbst schaffen. Ich würde gern Sachen übernehmen, die du irgendwo nutzlos herumstehen hast, aber sie dürfen nicht zur Grundlage meiner Existenz werden. Sie dürfen eine interessante Komponente sein, mehr aber nicht.«

»Einverstanden.« Ryan wusste genau, dass er auf Andreas Wünsche eingehen musste. Er würde sich zurückhalten, beobachten, ganz vorsichtig führen. Bei aller Ungeduld, die ihn beherrschte, wusste er, dass sie Recht hatte.

»Hast du schon konkrete Pläne?«

»Ich habe eine E-Mail geschrieben und in Hamburg gekündigt. Es kann sein, dass ich von dort noch Proteste zu hören bekomme, aber ich habe ein freundschaftliches Verhältnis zu meinem Chef und denke, er wird keine Schwierigkeiten machen.«

Ryan stand auf und lief im Zimmer hin und her. Die nächste Frage beschäftigte ihn schon seit Wochen. »Und andere Bindungen? Ich weiß so wenig von dir.«

Andrea zögerte, weil sie darauf selbst noch keine Antwort hatte. »Du meinst Peter Erasmus? Du hast ihn ja bei der Suchaktion kennen gelernt, wie Mary mir sagte.« Sie schüttelte den Kopf. »Ich weiß es nicht. Er ist ein sehr lieber Freund, ich hoffe, er akzeptiert meinen Schritt, aber sicher bin ich nicht. Es ist gut möglich, dass er herkommt und mich zu überreden versucht, in Hamburg zu bleiben.«

»Würde er das schaffen?«

»Nein – ich glaube nicht.«

»Du glaubst es nicht, aber du weißt es nicht mit Bestimmtheit.«

»Ach Ryan, diese ganze Zukunft steht doch auf so wackeligen Beinen. Ich müsste mir wenigstens anhören, was er zu sagen hat.«

»Du würdest dir von ihm helfen lassen und von mir nicht?«

»Bitte, Ryan, du musst mich verstehen. Peter und ich, wir kennen uns schon lange. So eine Beziehung kann man nicht mit einem Brief oder einem Telefongespräch beenden. Das wäre nicht fair.«

»Darf ich dir wenigstens sagen, dass mir unendlich viel daran liegt, dass du hier bleibst?« Ryan setzte sich wieder zu ihr und sah sie eindringlich an.

Andrea wich seinem Blick aus. Sie mochte diesen Mann, sie fühlte sich wohl in seiner Gegenwart, und sie waren sich durch diesen ganzen Unfall auch näher gekommen. Dennoch war er ein Fremder für sie, ein Mann, den man nicht durchschauen konnte, der nichts von sich preisgab, der sich immer, wenn sie dachte, ihn zu verstehen, wieder zurückzog, so als hätte er Angst vor einer Beziehung, die er im Grunde nicht wollte.

Wider Willen lächelte sie. Nein, sie würde ihm nicht entgegenkommen, sie würde ihn nicht dazu veranlassen, persönliche Vorbehalte aufzugeben. Der Schäfer damals, das war ein Mann, mit dem sie fertig werden konnte, der Millionär war ein Typ, vor dem sie Respekt und auch Angst hatte.

Ryan legte die Hand auf ihren Arm. »Was ist denn los, Andrea?« Wie er befürchtet hatte, rückte sie innerlich von ihm ab.

»Du musst schon erlauben, dass mir ein paar Gedanken durch den Kopf gehen.«

»Wenn sie etwas mit mir zu tun haben, dann sprich sie aus.«

Sie räusperte sich, strich mit der Hand über das Tuch auf ihrem Kopf und sah ihn an. »Also gut, Ryan, abgesehen von dem Unfall und all diesen Folgen hier kenne ich dich genau zwei Tage. Du warst schmutzig, hast gestunken, hast mir Whisky aus der Flasche angeboten und ein nasses Jackett, und du warst sehr nett.« Andrea sah aus dem Fenster, und vor ihren Augen liefen noch einmal die Bilder dieser verregneten Stunden ab.

»Dann haben wir einen etwas aufregenden Tag mit ein paar bösen Überraschungen vor deinem Cottage verbracht, sind gewandert, haben gegessen und getrunken und in der Sonne gelegen, und ich war nahe daran, mich in diesen Schäfer zu verlieben. Einfach so! Selbst für mich war das eine Überraschung. Aber es war schön.«

Sie warf ihm einen Blick zu und merkte, dass er sie unverwandt ansah.

»Und dann war alles zu Ende. Ich weiß, es war meine Schuld. Ich habe meine Arbeit über meine Gefühle gestellt und bin abgefahren, und was dann passiert ist, hat alles geändert. Wer bist du heute wirklich? Ich kenne dich nicht, und ich werde mich hüten, noch einmal leichtgläubig und leichtsinnig auf Gefühle zu achten.«

Ryan nickte, nahm seine Hand von ihrem Arm und strich ihr über die Wange. »Es tut mir so Leid, Andrea, ich habe alles vermasselt, verzeih mir.«

Er stand auf, schob den Vorhang zur Seite und sah aus dem Fenster. »Wie soll es nun mit uns weitergehen?«

Sie erhob sich vorsichtig und stellte sich neben ihn. Zusammen sahen sie hinaus auf die Stadt, auf das entfernte Meer, auf dem Tankschiffe im grauen Dunst des späten Sommertages auf Reede lagen und Barkassen hin und her fuhren. In der Nähe der breiten Flussmündung erhoben sich die Kräne und Verladerampen der McGregor-Werften, türmten sich die wachsenden Bohrtürme im rostfarbenen Rohbau, flogen Helikopter wie wütende Wespen über das Gelände und hinaus aufs Meer, während die Blitze der Schneidbrenner bis hier zu sehen waren.

»Schau Ryan, das ist deine Welt, da gehörst du hin.«

»Es ist nicht die Welt, in der ich leben möchte.«

»Hast du eine Wahl?«

»Nur, wenn ich Leben und Arbeit trenne.«

»Und? Kannst du das?«

»Ich weiß es nicht.«

»Dann hast du ein großes Problem«, sagte sie mit einer gewissen Schärfe, als hätte er nicht das Recht, wählerisch zu sein.

»Ich weiß.«

Andrea runzelte die Stirn. »Dann sind wir also beide auf der Suche nach einem Weg. Das ist wenigstens etwas, das uns verbindet.«

»Ich finde das gar nicht lustig.«

»Es war auch nicht lustig gemeint, Ryan.«

»Könnten wir nicht zusammen auf die Suche gehen?«

»Nein, dazu sind die Richtungen zu verschieden.« Sie sah ihn an, diesen großen, schlanken Mann mit dem durchtrainierten Körper. Wieder einmal traf sie seine Nähe wie ein Schlag, und gerade deshalb gab sie sich kühl und zurückhaltend.

»Was hast du als Nächstes vor, Andrea?«

»Ich werde mit meiner Freundin telefonieren und sie bitten, sich in Hamburg umzusehen und den Trödelmarkt abzuklopfen. Sie muss feststellen, ob schottische Antiquitäten überhaupt gefragt sind. Viele Hanseaten bevorzugen englische Möbel, warum sollten schottische Raritäten keine Liebhaber finden? Und dann muss sie mir sagen, ob sie mitmacht. Aber ihre Antwort kenne ich im Voraus, und dann werde ich Mrs Jackson in Tradespark anrufen und fragen, ob ich in der nächsten Zeit bei ihr wohnen kann. Ich fühle mich bei ihr gut aufgehoben, kann zur Nachbehandlung nach Inverness fahren und von dort aus auch mit der Arbeit anfangen.«

»Du könntest in meinem Cottage wohnen, und Linda würde sich um dich kümmern.«

»Allein? In dem abgelegenen Haus? Nein, Ryan, das ist mir zu einsam, obwohl ich es wunderschön finde. Danke für das Angebot, aber das ist im Augenblick nicht das Richtige für mich.«

»Ich würde dir Bella und Ajax bringen, wenn du magst.«

»Danke, es ist gut gemeint. Aber das geht nicht. Jetzt noch nicht.« Sie schüttelte den Kopf, entzog sich seiner verführerischen Nähe und setzte sich wieder.

»Na gut, ich verstehe dich.«

»Vielleicht später einmal, ich mag das Haus und das Gelände, und ich werde es oft von Tradespark aus aufsuchen, wenn es dir recht ist.«

»Natürlich. Ich würde mich freuen. Vielleicht fühlst du dich dort genauso wohl wie ich. Das Land strömt so viel Frieden aus.«

Er setzte sich auf die Fensterbank und drehte ihr das Profil zu. Sie sah die tief liegenden Augen unter buschigen Brauen, die leicht gebogene Nase und das energische Kinn.

Sie sah aber auch die harten Falten, die das Leben in dieses Gesicht gezeichnet hatte, und die sensiblen Lippen, die ihr besonders gefielen. *Ein Mann mit einem ungewöhnlichen Charisma,* dachte sie, und davor musste man sich in Acht nehmen.

Ryan sah nach draußen, von Süden her zog eine Wolkenwand herauf, hoffentlich kündigte sie nicht einen Wetterwechsel an. Der Spätsommer hier oben an der Küste konnte schnell in einen kühlen Herbst hinüberwechseln, und Schneefall in den Highlands war im Oktober keine Seltenheit.

Das Gespräch war nicht so verlaufen, wie er es gehofft hatte. Aber was wollte er? Er konnte nicht erwarten, dass diese Frau diese Liebe, die ihn wie ein Blitz getroffen hatte, spontan erwiderte. Er musste ihr Zeit lassen, mehr konnte er nicht tun.

Er sah auf sie hinunter, wie sie dasaß mit dem Seidentuch auf dem Kopf, mit den Schmerzen im Rücken und den hübschen Händen, die mit dem Armreif spielten.

»Andrea, darf ich dich nach Tradespark bringen und dich dort besuchen?«

»Natürlich, Ryan, ich würde mich sehr freuen. Was ist eigentlich aus meinem Leihwagen geworden?«

»Wir haben ihn in Aberdeen zurückgegeben und den Verlag benachrichtigt.«

»Danke. Aber ich werde wieder ein Auto leihen müssen. Wenn meine Freundin mit meinen Plänen einverstanden ist, kann sie mich hier besuchen und in meinem Wagen herfahren, dann bin ich wieder selbst motorisiert.«

»Du brauchst hier kein Auto zu leihen. Ich habe genügend Firmenwagen, von denen du einen haben kannst. Das ist kein Problem.«

»Danke, das Angebot würde ich annehmen. Ich muss natürlich ziemlich rechnen in Zukunft.«

»Ich weiß.« Ryan schloss den obersten Kragenknopf und zog die Krawatte zurecht. Er versuchte immer, so leger wie möglich bei Andrea aufzutreten, um den Unterschied zwischen dem Schäfer und dem Mann in Designeranzügen klein zu halten. Irgendwann würde sie sich auch daran gewöhnen, aber, wie sie gesagt hatte, in den Schäfer war sie verliebt, der Fabrikant war ihr fremd. Noch! *Eine hartnäckige resolute Person,* dachte Ryan und sah sie liebevoll an, aber gerade ihr Widerstand war es, der ihn reizte, und dass er den letztlich besiegen würde, daran zweifelte er keinen Augenblick.

Er nahm ihre Hand und küsste sie. »Was macht das Haar?«

»Es wächst, Ryan. Ein kleiner brauner Schimmer ist schon da, und jeden Tag wird er ein bisschen dichter.« Sie sah ihn mit ihrem lebhaften Lächeln an, und dann fragte er einfach: »Darf ich dich küssen?«

»Ja …«

Er kniete neben dem Sessel, nahm ihr Gesicht in beide Hände und berührte zärtlich ihre Lippen. »Alles wird gut, Andrea, verlass dich darauf.«

Er küsst wie ein Schäfer, dachte Andrea glücklich, als er gegangen war, und kuschelte sich behaglich in ihren Sessel.

Und Ryan, auf dem Weg zurück zur Werft, dachte: *Sie ist das schönste Mädchen, das mir je begegnet ist. Sie ist frisch und lebendig, und ihr Aussehen zeugt von innerem Frieden, von Ausgeglichenheit und seelischem Einklang. Ihr Zauber liegt in ihrer Natürlichkeit, und sie weiß überhaupt nichts davon.*

Es regnete seit zwei Tagen. Andrea stand am Fenster und sah hinaus. Seit vier Wochen war sie nun hier in der Klinik, morgen würde Ryan sie nach Tradespark bringen. Hoffentlich besserte sich das Wetter bald. Sie freute sich auf die

Spaziergänge. Die Heide würde nun nicht mehr blühen, aber Stechpalmen und Ginstersträucher, Wacholder und Wildkräuter würden die Hügel schmücken.

Sie sah hinüber zum Hafen, zum Industriegelände und zu den Werften. Hier wurde wegen des schlechten Wetters Tag und Nacht mit Licht gearbeitet. Weiße, gelbe und orangerote Lichtbündel brachen sich an den niedrigen Wolken. Es wurde zeitig dunkel an diesen Regentagen. Auch heute ließ die Dämmerung nicht mehr lange auf sich warten. Was mochte Ryan gerade tun? Es fiel ihr schwer, ihn als Geschäftsmann hinter einem noblen Schreibtisch oder in Konferenzen vor sich zu sehen. Oder war er gerade mit dem Helikopter unterwegs zu irgendeiner Bohrinsel weit draußen im Meer? Er hatte ihr erzählt, dass er sich gern selbst um alles kümmerte, um den Männern auf ihren gefährlichen Posten ein Gefühl von Verbundenheit zu geben. »Das ist wichtiger, als Bilanzen zu ziehen und Verträge zu schließen«, hatte er gesagt und dabei fast sehnsüchtig zum Horizont hinübergesehen. Er war nicht nur ein Mann der Hügel und der Hochmoore, er war genauso sehr ein Mann des Meeres und des Himmels.

Und dann stand Peter Erasmus plötzlich im Zimmer. Er hatte angeklopft und war eingetreten, als Mary die Tür öffnete. Andrea war so in Gedanken versunken, dass sie das Klopfen nicht hörte. Und er hatte Anne mitgebracht. Während nun drinnen zwei Freunde vorsichtig aufeinander zugingen, kämpften auf dem Flur vor der Tür zwei alte Ladies mit harten Bandagen.

Anne, die als frühere Gouvernante vorzüglich Englisch sprach, machte Mary sofort klar, dass sie gekommen war, um Andreas Betreuung zu übernehmen und sie nach Hamburg zu holen.

Und Mary erklärte furchtlos: »Sie können gleich wieder abreisen, Miss Andrea bleibt hier.«

Aber so schnell ließ Anne sich nicht abweisen. »Irrtum. Ich kenne Miss Andrea länger, und ich weiß, wohin sie gehört.«

»Nun«, erwiderte Mary, wütend über diesen Überfall, der ihr nicht einmal Zeit ließ, Mr McGregor anzurufen, »die Würfel sind längst gefallen, und sie sind endgültig gefallen, das sollten Sie zur Kenntnis nehmen.«

»Wir werden sehen, welche Würfel hier fallen.« Und voller Optimismus sah Anne zur Tür, die in das Krankenzimmer führte. »Da drinnen ist der Mann, den Miss Andrea heiraten wird, sie erfährt es gerade.«

Aber Anne erzählte nicht, wie viel Überredungskunst nötig war, Peter Erasmus von der Dringlichkeit dieser Reise zu überzeugen, und wie viel Mut sie ihm machen musste, bis er sich bereit erklärte, hier und heute Andrea um ihre Hand zu bitten. Dieser liebenswerte, schrecklich phlegmatische Mann, für den es so typisch war, Andreas Glück über sein eigenes zu stellen, musste zu seinem persönlichen Glück gezwungen werden. Sie hatte, von den Reinickes unterstützt, wirklich energisch werden müssen und ihm gedroht, ihn zu verlassen, wenn er sich nicht endlich in Bewegung setzte – noblesse oblige hin oder her – und sich zu seiner Liebe bekannte. Misstrauisch beobachtete Anne diese Mary, eine Frau, die ihr eigentlich recht sympathisch war, die ihr aber eines voraushatte: Sie durfte Andrea in den vier schrecklichsten Wochen ihres Lebens betreuen. Da war mit Sicherheit eine Bindung entstanden, die nicht so einfach gelöst werden konnte.

Mary dagegen wusste überhaupt nicht, wie sie dieser Frau begegnen sollte. Wer war der Mann da drinnen, welche Beziehung hatte Andrea zu diesen Leuten, musste man die

Drohung, Andrea abzuholen, ernst nehmen? Sie musste unbedingt telefonieren. Sie musste Mr McGregor Bescheid geben. Er würde ihr nie verzeihen, wenn sie ihm jetzt nicht half.

Sie sah auf die Uhr und erklärte: »Ich habe zu tun.« Damit ließ sie die Deutsche stehen und ging zum Lift, um vom Foyer aus zu telefonieren. Da Ryan immer ein Handy bei sich trug und sie seine Geheimnummer hatte, war die Verbindung sofort da.

»Mr McGregor, entschuldigen Sie, Sir, aber hier sind ein Mann und eine Frau aus Deutschland eingetroffen, die Miss Andrea abholen wollen. Das sollten Sie wissen, Sir.«

Ryan zögerte einen Augenblick mit der Antwort. Nun war also eingetreten, was er befürchtet hatte. Wie sollte er sich verhalten?

»Sind Sie noch am Apparat, Sir?«

»Ja, Mary. Danke für den Anruf. Aber ich werde nicht kommen. Miss Andrea muss jetzt allein mit der Situation fertig werden.«

»Sir, die Frau sagte mir, der Herr wird ihr einen Heiratsantrag machen.«

»Ja, Mary, damit muss ich rechnen. Wenn Miss Andrea gehen will, kann ich sie nicht halten, aber ich glaube, sie hat sich längst entschieden. Ganz ruhig, Mary, wir warten.«

»Jawohl, Sir.«

Sie fuhr mit dem Lift wieder nach oben und beschloss, die Frau in die Cafeteria einzuladen. Immerhin war sie seit Stunden unterwegs, und die Jüngste war sie auch nicht mehr.

Peter steckte voller Hemmungen, als er Andrea sah, und musste sich erst einmal räuspern, bevor er so forsch wie möglich sagen konnte: »Hallo, meine Liebe, es wird Zeit, sich um dich zu kümmern. Wie geht es dir?«

Andrea ging ihm entgegen und reichte ihm die Hand. Sie merkte sehr wohl, wie schwer ihm die Begrüßung fiel. »Danke, Peter. Morgen verlasse ich die Klinik.«

»Gut siehst du aus und sehr elegant.« Er betrachtete den Seidenschal auf ihrem Kopf, den kimonoähnlichen, bestickten Hausmantel, den er noch nie bei ihr gesehen hatte, die feinen Hausschuhe, die zu dem Mantel gehörten, und das zarte Make-up, das er nicht von ihr gewohnt war.

»Schau mich nicht an, als hättest du mich noch nie gesehen, Peter.«

»Du hast dich verändert, du trägst Sachen, die ich nicht kenne, und seit wann benutzt du Make-up?«

»Vier Wochen Krankenhaus, Peter, woher soll da frische Farbe ins Gesicht kommen?« Dass Ryan die hübsche Kleidung für sie besorgt hatte, ging ihn überhaupt nichts an. Spürte sie da etwa kleine Anzeichen von Eifersucht?

»Komm, benimm dich nicht wie ein Fremder, setz dich zu mir und erzähl von Hamburg. Wie geht es im Atelier?«

»Deine Kündigung traf alle wie ein Blitz. Warum, um Himmels willen, möchtest du aufhören? Inken lässt dir ausrichten, du seiest ihre beste Fotografin und sie würde Wege finden, um dich weiter zu fördern, und dafür sorgen, dass du selbstständiger als bisher arbeiten kannst. Und über dein Gehalt ließe sich auch verhandeln.«

»Ich werde nie wieder fotografieren, Peter. Daran ist der Unfall schuld, und ich möchte nicht darüber sprechen.«

Gedankenverloren spielte sie mit ihrem Armreif.

»Einen hübschen Schmuck hast du da. Darf ich mal sehen?«

Sie hielt ihm den Arm hin, abnehmen wollte sie den Reifen nicht.

Peter nahm ihren Arm. »Was ist das für eine Blüte? Hat sie etwas zu bedeuten?«

»Es ist eine Distel, die schottische Nationalblume, und sie zeigt mir, wohin ich gehöre.«

»Du meinst, du gehörst nach Schottland? Das kann doch nicht dein Ernst sein. Du kennst das Land doch gar nicht, und die Menschen hier gelten als besonders schwierig und verschlossen.«

»Vielleicht, aber mir gefallen beide, das Land und die Leute.«

»Bezieht sich das Wort ›Leute‹ auf einen einzelnen Mann?«

»Auch, Peter. Aber nicht im Sinne einer intimen Beziehung, wenn du das meinst.«

»Und wie darf ich das verstehen?«

»Du kannst es mit dem Wort Freundschaft interpretieren. Eine Freundschaft, wie sie auch uns verbindet. Geradlinig, verständnisvoll, rücksichtsvoll.«

»Und das soll ich dir glauben? Andrea, bei diesem Schmuck? Bei dieser exklusiven Klinikunterbringung, von deiner Kleidung will ich gar nicht sprechen.«

»Das ist auch besser so, du könntest sehr leicht eine wunderbare Freundschaft zerstören, Peter, unsere Freundschaft nämlich.«

»Andrea, ich will keine Freundschaft zerstören, im Gegenteil, ich bin hergekommen, um dich zu fragen, ob du mit zurückkommen möchtest. Wir gehören doch zusammen. Ich möchte dich bitten, meine Frau zu werden.«

Sie stand auf und trat ans Fenster. Nervös trommelte sie mit den Fingerspitzen auf die Fensterbank. Genau das hatte sie befürchtet.

Peter trat neben sie und bedeckte die unruhigen Finger mit seiner Hand. »Andrea, bitte hör mir zu, ich möchte ...«

Aber sie hob abwehrend die Hände. »Nicht, Peter, sprich nicht weiter, mein Entschluss ist gefallen. Ich bleibe hier.«

»Und wie stellst du dir das vor? Wirst du diesen anderen Mann heiraten, den, der dich belogen hat, der dir einen Naturburschen und Schäfer vorgespielt hat?«

»Du meinst Ryan McGregor, der mir das Leben gerettet hat? Ach Peter, wofür hältst du mich. Ich dachte wirklich, du kennst mich besser.«

»Dann sag mir, was du hier willst.«

»Ich werde einen kleinen bescheidenen, aber feinen Handel mit schottischen Antiquitäten betreiben.«

»Das ist nicht dein Ernst, Andrea. Wie kommst du denn auf die Idee?«

»Ich habe während meiner Fahrt durch die kleinen Städte auf Flohmärkten herumgestöbert und dabei wunderbare Dinge gesehen, die hier für Pennys verschleudert werden und bei uns ein kleines Vermögen einbringen könnten.«

»Ich fasse es nicht.«

»Es wäre aber besser, du gewöhnst dich an den Gedanken.«

»Na ja, die Idee ist vielleicht gar nicht so schlecht. Aber wie wird die Praxis aussehen?«

Andrea erklärte ihm ihre Pläne mit der Freundin, mit den Kunststudenten, mit dem Transport und mit einem kleinen Lager in Hamburg, um von dort aus die Antikmärkte besuchen zu können.

»Halt mal, da hätte ich sogar eine Idee«, unterbrach sie Peter, der inzwischen von dem Plan ganz begeistert war. »Ich könnte doch ein bisschen helfen.«

»O nein, mein Lieber, das machen Gabi und ich ganz allein.«

»Aber Andrea, sieh mal, meine Laster rollen täglich zwischen Deutschland und England hin und her, mal voll und meist leer auf dem Rückweg. Die können doch ein paar Kisten von dir mitnehmen.«

»Ja, das wäre natürlich gar nicht schlecht.«

»Und dieses Lager in Hamburg – ich habe eine ganze leer stehende Büroetage in der City Nord. Die nützt keinem Menschen irgendetwas. Ich brauche sie nicht, sie war einmal eine gute Geldanlage und ich will sie auch behalten, aber sie ist absolut leer.«

»Darüber können wir sprechen. Ein, zwei Räume gegen entsprechende Miete könnte ich gebrauchen.«

»Na bitte, mit der Miete einigen wir uns schon. Keine Angst, ich weiß, dass du dir nichts schenken lässt. Wann soll denn das alles losgehen?«

Draußen war es dunkel geworden, die Schwester kam, um das Bett für die Nacht zu richten, und Peter hatte seine Heiratsabsichten total vergessen. Andrea atmete auf. Und als das Abendessen serviert wurde, verabschiedete er sich, um ins Hotel zu fahren.

»Wann besprechen wir die Einzelheiten? Wann soll ich morgen kommen?«

»Gar nicht, Peter. Ich sagte doch schon, ich verlasse morgen die Klinik. Aber ich gebe dir meine Anschrift und die Telefonnummer, und du hörst von mir, wenn es losgeht.«

Andrea nahm ein Blatt und schrieb die Adresse auf. »Und bitte, Peter, keine Überraschungsbesuche, ich möchte erst einmal zur Ruhe kommen, dann melde ich mich.«

XXI

Andrea erlebte an diesem Tag verschiedene Überraschungen. Das fing mit einem orangeroten Sonnenaufgang an, als wolle Aberdeen sich zum Abschied von seiner schönsten Seite zeigen. Die Regenwolken hatten sich weit hinaus auf das Meer verzogen, und nur der ferne Horizont verbarg sich in den grauen Massen der vergangenen Tage. Die Sonne tauchte aus der wattigen Abgrenzung hervor, als wolle sie zeigen, wie mächtig sie in ihrer Schönheit war.

Andrea stand am Fenster und sah zu, wie sie größer, glühender und heller wurde, bis man sie nicht mehr ansehen konnte. Mary packte hinter ihr die letzten Sachen ein und schüttelte den Kopf. »Du hättest gut noch eine Stunde länger schlafen können.«

Andrea zog die alte Frau zum Fenster. »Schau, was ich dann versäumt hätte.« Nebeneinander standen sie hinter den Scheiben und sahen auf die Stadt, die langsam erwachte. Menschen fuhren zur Arbeit, viele auf Fahrrädern, Zeitungsjungen waren unterwegs, erste Barkassen schossen hinaus ins Hafenbecken, Kirchenglocken läuteten irgendwo, und die nächtlichen Scheinwerfer auf den Werften verlöschten einer nach dem anderen.

»Ich kann es kaum glauben, aber ich habe mich hier wohl gefühlt, Mary, es fällt mir schwer zu gehen.«

»Das ist doch natürlich, du hast entscheidungsreiche und schwere Wochen hier verbracht.«

»Wann sehen wir beide uns wieder?« Andrea drückte die Frau an sich, die ihr so sehr geholfen hatte.

»Bald, denke ich. Ich besorge den Haushalt für Mr McGregor, und ich hoffe, du besuchst uns in dem Haus am Dee.

Der Chef wird nicht locker lassen, ich kenne ihn, und wenn der sich etwas in den Kopf setzt, dann bekommt er es auch.«

»Das hört sich ja richtig rabiat an, Mary. Wie wohnt er dort, erzähl mir ein wenig davon, auf das Frühstück müssen wir sowieso noch warten.«

Gedankenverloren sah Mary nach draußen. »Es ist ein bescheidenes Haus im Vergleich zum Wohnsitz der Vorfahren. Er hat sich die alte Remise mit der Kutscherwohnung ausbauen lassen. Früher standen die Kutschen der Familie darin und später die Autos.«

»Und wo hat die Familie gewohnt?«

»In McGregor House natürlich.«

»Erzähl mir davon.«

»Es ist ein riesiges graues Haus, halb Schloss, halb Burg, mit Türmen und Anbauten und Erkern, ein Moloch von einem Gebäude.«

»Was ist daraus geworden?«

»Mr McGregor hat es für ein Pfund an die Stadt verkauft, jetzt wohnen Waisenkinder da drin, das war seine Bedingung, aber Teile des Hauses stehen immer noch leer.«

»Und Ryan ist in die Remise gezogen.«

»Ja, was sollte er allein in dem Schloss, nachdem die Eltern nach Washington gezogen waren.«

»Und jetzt wohnt ihr zusammen in dem Kutscherhaus.«

»Ja, Mr McGregor, mein Mann James und ich. Es gibt eine Zugehfrau, die zweimal in der Woche kommt, und ein Mädchen, das mir täglich hilft. Aber die beiden wohnen nicht bei uns.«

»Und wo steht dieses Kutscherhaus?«

»Im Park, aber etwas versteckt. Vom Schloss aus wollte man früher die Wirtschaftsgebäude und die Stallungen nicht sehen.«

»Und man sieht den Dee von dort aus?«

»Ja, er fließt nicht weit entfernt von uns nach Osten, und wenn er Hochwasser führt, dann reichen die braunen Fluten fast bis an die Terrassen.«

»Braunes Wasser?«

»Ja, das kommt vom vielen Torf im Land, durch das er fließt.«

»Es muss ein schönes Haus sein.«

»Es ist wunderschön, und ich könnte mir denken, dass es dir gefällt. Mr McGregor hat einen sehr guten Geschmack, und er wird dir alles zeigen wollen. Und dann musst du kommen, und wir sehen uns wieder.«

Wenig später wurde das Frühstück gebracht, und danach kamen einzelne Schwestern und Ärzte, um sich zu verabschieden. Die Visite bei Professor McAllan hatte Andrea gestern gehabt. Er war zufrieden, machte aber deutlich, dass sie sich unbedingt schonen musste, und gab ihr Anweisungen für die Nachbehandlungen in Inverness mit.

»Später werden wir ein paar kosmetische Operationen vornehmen, ein paar Hautverpflanzungen, aber das hat noch Zeit. Erst einmal müssen Sie sich gründlich erholen, auch von dem seelischen Schock, dann sehen wir weiter.«

Andrea hatte genickt, jetzt wollte sie nichts weiter, als das Krankenhaus verlassen und erst einmal in den Hügeln tief Luft holen und möglichst viel vergessen.

Endlich kam Ryan, um sie abzuholen. Sie hatten zwar neun Uhr vereinbart, aber die Zeit war ihr lang geworden. James war mitgekommen und brachte ihr Gepäck zum Wagen, und Mary würde mit ihm zurück in das Haus am Dee fahren.

Die zweite Überraschung an diesem Morgen war Ryans Wagen. Er war mit dem Jaguar gekommen, weil er ihr eine bequeme Fahrt in einem bestens gepolsterten Sitz ermöglichen wollte. Sie kannte ihn nur im verschmutzten Landrover und war leicht schockiert über den Unterschied. Ryan selbst war keine so große Überraschung. Er hatte grüne, an den Knien und am Gesäß blank gescheuerte Cordhosen an, dazu ein grünes Hemd im Schottenmuster, und trug einen farblich abgestimmten Pullover über der Schulter.

»Ein bisschen siehst du so aus wie damals, als ich dich kennen gelernt habe.«

»Wir fahren in die Highlands, Andrea, und ich möchte auch vermeiden, dass Mrs Jackson in Ohnmacht fällt, wenn sie mich sieht.«

Andrea lachte laut. »Und was, meinst du, denkt sie, wenn sie dein Auto sieht?«

»Es lässt sich nicht vermeiden, wenn sie dann umkippt. Aber wir können es ja hinter der Ecke parken. Weißt du, die Ecke, die nicht einsehbar ist.«

»Ich erinnere mich sehr genau an die Ecke.« Andrea grinste und dachte an den Kuss von Ryan, den sie dort bekommen hatte. »Eine sympathische Ecke«, nickte sie.

Ihr Gepäck wurde in einen zweiten, kleineren Wagen geladen.

Zwei Männer standen daneben und sahen zu ihr herüber.

»Wer sind diese Leute?«

»Bodyguards.«

»Bodyguards?«

»Ja, die Firma verlangt, dass sie mich auf Schritt und Tritt begleiten, es wurde nach diesem Problem mit den Umweltschützern und dem verrückten Schafstöter vertraglich festgelegt. Leider, aber ich kann es nicht ändern. Sie sind aber sehr diskret.«

»Na ja, das kann ich irgendwie verstehen. Sind sie auch diskret in Bezug auf eine bestimmte Hausecke in Tradespark?«

»Da ganz besonders.« Ryan freute sich, dass Andrea ihren Humor wieder gefunden hatte. Sie war ein so fröhlicher, optimistischer Mensch, es wäre traurig gewesen, wenn ihre Seele einen unheilbaren Schaden genommen hätte.

»Das Auto ist übrigens der Firmenwagen, den du benutzen kannst. Ich habe ein wendiges, leicht zu fahrendes Fahrzeug gewählt, weil du wahrscheinlich viel auf kleinen Landstraßen unterwegs sein wirst.«

»Danke, du denkst wirklich an alles.«

»Komm, steig ein, einer muss sich schließlich um dich kümmern.«

»Aber nicht mehr lange, Ryan.«

»Ja, leider, ich weiß, die eigenen Füße und ähnliche Dinge …«

Andrea setzte sich in den Wagen. Vor dem Eingang standen ein paar Leute und winkten. Sie winkte zurück, und mit leisem, behaglichem Schnurren setzte sich das schwere Cabriolet in Bewegung.

Die nächste Überraschung dieses Tages war die Route, die Ryan einschlug. »Ich dachte, ich zeige dir etwas vom Land, bevor wir an die Küste fahren. Der Tag ist wie gemacht dafür.«

Dankbar kuschelte sich Andrea in den Sitz. Mary hatte ihr eine Schirmmütze aus Tweed besorgt, die den Kopf vor dem Wind schützte, und da James ihr vor ein paar Tagen den eigenen Koffer, der bei Ryan abgestellt worden war, mitgebracht hatte, konnte sie sich mit Hosen, Bluse und Pulli passend für die Autotour anziehen, nicht ahnend natürlich, dass Ryan eine so groß angelegte Expedition plante.

Als sie die letzten Vororte hinter sich hatten, fuhren sie über flaches Land, und Andrea sah mit Staunen, dass der Herbst Einzug gehalten hatte. Bauern brachen mit schwerem Gerät ihre goldgelben Stoppelfelder um, verfolgt von Schwärmen weißer Möwen, die in der aufgewühlten Erde nach Würmern und Käfern suchten. Heckenrosenbüsche voller schwerer Hagebuttendolden zwischen letzten rosa Blüten säumten die Wege, und die Bäume hatten ein buntes Herbstkleid angelegt.

»Woran denkst du, Andrea?« Ryan beobachtete sie, passte den Wagen den Straßenverhältnissen an und umfuhr vorsichtig Unebenheiten in der Asphaltdecke.

»Es ist Herbst geworden, Ryan, ich habe das gar nicht miterlebt.«

»Wenn wir näher herankommen, wirst du den ersten Schnee auf den höheren Bergen sehen.«

»Müssen wir sehr hoch hinauf?«

»Nein, wir bleiben meist in den Tälern. Für Schotterwege und Serpentinen ist dieser Wagen nicht zu gebrauchen. Fühlst du dich wohl? Sitzt du bequem?«

»Ich fühle mich wunderbar. Danke, Ryan, dass du dir diesen Tag freigenommen hast.«

»Ich freue mich selbst auf die Fahrt. Ich komme zu wenig heraus, wenn ich mich erst wieder im Trott der Firma eingerichtet habe. Aber das wird sich in Zukunft ändern.«

Fragend sah ihn Andrea an. »Wie meinst du das?«

»Ich werde mir hin und wieder ein freies Wochenende gönnen. Ich muss mich sowieso mehr um mein Land an der Küste und um die Leute, die es gepachtet haben, kümmern.«

»Bist du so etwas wie ein Clan-Chef?«

»Nein, das sind veraltete Sitten, die ich nicht mehr mitmache. Die Bauern bezeichnen mich zwar als ihren Laird, das ist etwas Ähnliches, und ich kann sie nicht davon abbringen, aber da ich mich wenig um sie kümmere, weil ich der Meinung bin, diese an Leibeigenschaft grenzenden Verhältnisse müssen abgeschafft werden und die Bauern können ihre Interessen selbst vertreten, finde ich auch die Bezeichnung Laird unpassend. Mir ist die Freundschaft der Leute wichtiger, und dass sie mich mit dem Vornamen ansprechen, betrachte ich als Ehre.«

»Für einen Fremden ist das alles schwer zu verstehen.«

»Das glaube ich. Selbst wenn man in die Verhältnisse hineingeboren ist, muss man sich immer wieder daran gewöhnen.«

Das Land wurde hügeliger, sie hatten die Ebenen des Dee verlassen und fuhren in Richtung Nordwesten auf die Ladder Hills zu, während die Grampian Mountains im Süden blieben. Hin und wieder kamen sie durch einen kleinen Ort. Bauern, die Karren bepackt mit Körben voller Früchte, Gemüse und Geflügel, waren auf dem Weg zum Markt oder zurück in ihre Gehöfte, Straßenschilder mit kaum lesbaren Namen zogen vorbei. Dann wurden die Orte kleiner. Eine Sammlung weniger Cottages um einen Pub, eine Kapelle, einen Friedhof, man konnte sie kaum noch als Dörfer bezeichnen. Sie tauchten auf, verschwanden hinter der nächsten Kurve, und schließlich wurden auch sie immer seltener. Die Einsamkeit der Highlands begann.

Wenn Ryan den Motor drosselte und langsam um eine Kurve fuhr, schmeckte man den ersten Schnee auf der Zunge. Die eisgekühlte Luft aus dem Norden prickelte im Gesicht, und Andrea zog den umgehängten Pullover dichter um die Schultern.

»Fünf Meilen noch, dann machen wir Rast.«

»Hast du etwa einen Picknickkorb im Auto?«

»Nein, da vorn ist ein Berggasthof, der für seine gute Küche bekannt ist. Im Herbst ist dieses Gebiet bei Moorhuhnjägern sehr beliebt, und Touristen kommen von weit her, um mit einem Jagdschein und einer Flinte die Highlands zu erobern.«

»Bist du auch ein Jäger?«

»Ungern. Ich jage nur, wenn es sein muss. Wenn, wie beim Cottage, die Wildkaninchen überhand nehmen und in die Bauerngärten einfallen oder wenn sich die Männer über zu viele Füchse und über Dachse beklagen, die ihnen die kleinen Felder zerstören, die geringe Ernte wegfressen und im Geflügelhof wüten.«

»Das kann ich verstehen. Machst du bei Fuchsjagden mit?«

»Jetzt nicht mehr. Früher gehörte das, so dachte ich jedenfalls, zum Image, heute ist es mir egal. Ich mache, was mir Spaß macht, und diese Jagd mit fünfzig Pferden und fünfzig Hunden hinter so einem mageren, zu Tode geängstigten Fuchs macht mir einfach keinen Spaß.«

»Bei uns in Deutschland jagen sie ein Phantom, das nur aus stinkender Brühe besteht, hinter dem die Meute herhetzt.«

»Das ist noch lächerlicher. Wenn ich reiten will, dann gibt es andere Gründe dafür.«

»Welche?« Andrea verlagerte ihr Gewicht etwas und sah ihn an.

»Es ist wunderschön, mit einem Pferd zu wandern, einmalig schön. Die Einsamkeit, die Vertrautheit zwischen Mensch und Tier, das Wissen, aufeinander angewiesen zu sein – kein Wild ergreift vor einem Pferd die Flucht, die Rehe und Hirsche und oben im Gebirge die Gemsen und die wilden Ziegen bleiben einfach stehen. Sie lassen dich so nah herankommen, dass du sie fast berühren kannst, das ist ein Erlebnis, wie ich es suche.«

Sie hatten eine Kreuzung erreicht. Auf der einen Seite stand ein zwei Meter hohes Keltenkreuz mit verwitterten Inschriften im grauen Stein, auf der anderen Seite zeigte ein fröhliches, buntes Holzschild mit bemalten Wanderern den Weg zum Gasthaus.

»Wir sind da. Hast du Hunger?«

»Ja, großen Hunger. Vor Aufregung habe ich heute Morgen kaum gefrühstückt.«

»Dann komm.« Er half ihr aus dem Wagen, hielt sie einen Augenblick fest, bis sie ihr Gleichgewicht gefunden hatte und das steif gewordene Bein bewegen konnte, und führte sie in die Gaststube, in der fröhliche Betriebsamkeit herrschte.

»Wo kommen all die Leute her, draußen parken doch kaum Wagen?«

»Das sind Bergwanderer. Hier treffen verschiedene Routen zusammen, und die Küche ist sehr beliebt.«

Andrea sah sich in der fröhlichen Runde um. »Nur die Küche?«

Ryan lachte. »Ich gebe zu, du hast die Leute durchschaut, hier wird ein vorzüglicher Whisky gebrannt. Wir sind ja nicht weit vom Whisky-Trail entfernt, und etwas Besseres als das frische Quellwasser hier oben kann es nirgends geben.«

Und während sie an der Bar darauf warteten, dass ihnen ein Platz im Restaurant zugewiesen wurde, bestellte Ryan zwei bernsteinfarbene Maltwhisky und prostete ihr zu: »Auf die Zukunft, meine Liebe.«

»Und das auf einen leeren Magen«, stöhnte Andrea voll Behagen.

»Bis zu unserem Tisch schaffen wir es noch.«

Während ein Bodyguard draußen bei den Wagen blieb, war ihnen der andere in das Haus gefolgt und hatte sich diskret im Restaurant umgesehen. Dann nickte er Ryan zu und setzte sich an einen Tisch neben der Tür.

»Bekommen die beiden auch ihr Essen?«

»Natürlich, sie wechseln sich ab.«

Andrea nickte, den Umgang mit Personal oder gar mit Guards war sie nicht gewohnt. Sie war froh, dass Ryan sich um die beiden kümmerte, auch wenn ihm die Anwesenheit lästig war.

»Sie können ja nichts dafür«, beruhigte er sie.

»Woher weißt du, was ich gerade dachte?«

»Ich sehe es dir an der Nasenspitze an, du kannst dich überhaupt nicht verstellen.«

»Du hast Recht. Kann ich hier drinnen eigentlich meine Mütze aufbehalten?«

»Du kannst. Was immer du willst, kannst du auch. Wem es nicht gefällt, der kann ja wegsehen. Ich habe aber bemerkt, dass einige Ladies ganz verstohlen ihre Mützen inzwischen wieder aufgesetzt haben.«

»Meinst du? Weshalb denn?«

»Aus Höflichkeit einem Gast gegenüber. Sie haben gesehen, was du verstecken willst, und nun machen sie dir das Versteckspiel ein bisschen leichter.«

»Die berühmte englische Höflichkeit.«

»Die berühmte schottische Höflichkeit. In diesem Land rücken die Menschen in allen Bereichen enger zusammen, das prägt.«

Verblüfft sah sich Andrea um, als sie zu ihrem Tisch geführt wurden. Fast alle Frauen hatten inzwischen Mützen oder Kappen auf. Sie lächelten, als sie Andrea ansahen, und nickten, einige wenige winkten leicht mit der Hand.

»Ich fasse es nicht.« Andrea winkte freundlich zurück. Was sie nicht wusste war, dass zahlreiche Gäste Ryan McGregor erkannt hatten. Ein Mann, der so oft im Fernsehen zu sehen war, blieb auch in einem Gasthaus oben in den Highlands nicht lange unerkannt. Und wenn eine Dame in seiner Begleitung die Mütze auf dem Kopf behielt, dann gehörte es sich so, dann passte man sich an. Dennoch kam die Freundlichkeit von Herzen, und das spürte Andrea. Es war wie ein Nachhausekommen für sie.

Auch Ryan genoss den Tag. Es kam so selten vor, dass er sich einen freien Tag gönnte und seine Arbeit anderen überließ. Früher freilich, da war das noch anders, da versuchte er bei gesellschaftlichen Anlässen oder bei sportlichen Veranstaltungen Menschen kennen zu lernen, Freunde zu finden, einer Frau zu begegnen, die er akzeptieren könnte. Aber im Laufe der Zeit hatte er diese Versuche aufgegeben. Es gab zu oft Enttäuschungen und Probleme, und letzten Endes war es bequemer, allein zu bleiben und diese Freiheit zu genießen. Soweit man bei Vierundzwanzig-Stunden-Stress von Genuss sprechen konnte.

Ryan ließ sich die Speisekarten bringen und beobachtete Andrea, die mit gerunzelter Stirn die Liste der Gerichte studierte.

»Möchtest du etwas Bestimmtes?«

»Gibt es hier Spezialitäten des Hauses? So etwas probiere ich immer gern.«

»Die Küche ist berühmt für ihre Forellengerichte. Etwas unterhalb der Straße liegt ein Bergsee mit mehreren Wildwasserzuflüssen, da gibt es die besten Fische der ganzen Region.«

»Dann würde ich gern Forelle essen.« Andrea sah aus dem Fenster und hinunter ins Tal, wo im windstillen Wetter die blanke Wasserfläche zum Spiegel der umliegenden Berggipfel geworden war.

»Ist es dir recht, wenn ich einen Weißwein aus Kalifornien bestelle? Früher hatten sie hier eine Marke, die ich sehr mochte, vielleicht gibt es die noch.«

»Warst du oft hier?«

»Nein, zwei- oder dreimal, und es ist schon lange her. Mein Vater war ein Moorhuhnjäger, und ein Freund von ihm besaß hier oben eine Jagd, da hat er mich manchmal mitgenommen, damit ich die ›richtigen‹ Leute kennen lernte. Bei der Gelegenheit habe ich diesen Wein getrunken.«

»Und«, Andrea schmunzelte, »hast du auch die richtigen Leute kennen gelernt?«

Auch Ryan musste lachen. »Nein, eigentlich nicht. Wenn diese Naturburschen morgens in der Dämmerung mit ihren Büchsen und ihren Hunden aufbrachen, dann habe ich mich im Bett auf die andere Seite gedreht und die Decke über den Kopf gezogen. Es war die einzige Möglichkeit, mal auszuschlafen. Weder im Internat noch beim Militär und erst recht nicht während der Lehrjahre auf der Werft ließ man mich mal ausschlafen. Und wenn die Männer dann zurückkamen, die armen Hühner stolz an die Gürtel gehängt und so viel Whisky in den Bäuchen, dass sie nicht mehr richtig sehen konnten, habe ich mich wie ein begeisterter Mitläufer dazwischengemogelt und den Beifall der Damen geerntet.«

»Du warst ja ein ganz Schlimmer.«

»Ich war nur egoistisch genug, das zu tun, was am besten für mich war.«

Sie beobachtete ihn, wie er den Wein probierte, mit dem Kellner sprach, das Essen bestellte, eine ganz bestimmte Salatsoße erbat und über den Nachtisch verhandelte. Sie hatte noch nie die Gelegenheit gehabt, Ryan in einem Restaurant oder unter anderen Menschen zu erleben. Sie kannte den Schäfer, der sich selbst versorgte, den Besucher im Krankenhaus, der sie verwöhnte, und daher ein wenig den Chef, der seinen Angestellten gegenüber bestimmt, aber fair auftrat.

»Ach Andrea, hast du mich auf den Prüfstand gestellt?«

»Dir bleibt aber auch nichts verborgen. Ja, es wird Zeit, dich unter die Lupe zu nehmen.« Sie nickte freundlich und ganz unbefangen. »Du versuchst, einen ziemlich großen Platz in meinem Leben einzunehmen, oder täusche ich mich da?«

»Du täuschst dich nicht.«

»Dann wird es Zeit, dich kennen zu lernen, bevor es zu spät ist.«

»Bevor es zu spät ist?«

»Bevor ich mich in diese Beziehung so verstrickt habe, dass ich nicht mehr herausfinde.«

»Wäre das so schlimm?«

»Ja.«

»Und warum? Hast du Angst vor einer Beziehung?«

»Ich brauche meinen Freiraum, ich brauche eine gute Sicht auf die Dinge, die um mich herum passieren, und vor allem muss ich wissen, worauf ich mich einlasse.«

»Und das weißt du nicht?«

»Sagen wir, ich weiß es noch nicht.«

»Wenn du ehrlich bist, musst du erkennen, dass du jeden Freiraum hast, den du willst, und niemand dir deine Sicht verstellt.«

»Ja, und dafür bin ich dankbar. Lass mir einfach ein bisschen Zeit. Bitte.«

XXII

Mabel Jackson erwartete ihre Gäste voller Sehnsucht. Miss Steinberg hatte bei ihr angerufen um zu fragen, ob sie in den nächsten Wochen bei ihr wohnen könnte, und Mabel hatte mit Begeisterung zugesagt. Sie hatte natürlich, als man nach dem Unfall das Gepäck von Miss Steinberg holte, erfahren, was geschehen war und vor allem wer Ryan McGregor war. *So eine bestimmte Ahnung hatte ich ja,* dachte sie und erinnerte sich an die Puppe und die Tweedjacke, aber die Gewissheit kam erst mit dem Chauffeur, der nur zu bereitwillig ausplauderte, wer Miss Steinberg gerettet hatte und wohin der Koffer ihres Gastes gebracht werden würde.

Und nun wollte sich Miss Steinberg bei ihr erholen, und das, so hoffte sie, würde mit Sicherheit bedeuten, dass der berühmte Mr McGregor in ihrem Haus aus- und eingehen würde. Nun wartete sie auf die Gäste. Miss Steinberg hatte sich für den späten Nachmittag angemeldet, und sie hatte den Vormittag genutzt, ihr Haus auf Hochglanz zu bringen. Ein Mädchen aus dem Dorf, das hin und wieder als Hilfskraft einsprang, half ihr dabei, und Eddi, ihr Mann, musste sich um das Grobe kümmern: Vorplatz fegen, Holz und Torf neben dem Kamin stapeln, Blumenkästen mit Wasser versorgen, Arbeiten für einen Mann eben.

Den Nachmittag hatte sie selbst dann in der Küche verbracht, frisches Brot gebacken, eine Cremesuppe mit Lachsbeilage vorbereitet, die beste Wildpastete ihres Lebens gebacken und verschiedene Getränke kalt gestellt. Man wusste ja nie, was Herrschaften wie ein McGregor zu sich nahmen, und Mabel wollte für alles gerüstet sein. Und während sie Gläser polierte und das Mädchen kleine Tischvasen mit Herbstblumen füllte, dachte sie daran, welch eine Reklame der Besuch des Industriellen für ihr kleines, unbekanntes Gasthaus war.

Als alles gerichtet und der Pastetenduft den eingegerbten Whiskydunst weitgehend vertrieben hatte, zog Mabel sich um, suchte die mit handgearbeiteten Spitzen verzierte Schürze, die sie nur zu besonderen Anlässen trug, aus der Schublade, drehte das weiße Haar noch einmal zu einem neuen Knoten und stellte sich hinter das Gaststubenfenster, von dem sie den besten Blick auf die Straße hatte. Sie wusste nicht, was sie sich mehr wünschen sollte: dass ihr Gast eintraf, bevor die Bauern kamen und mit Pfeifenrauch, Bierdunst und Whisky die Wirtsstube wieder in eine primitive Kneipe verwandelten, oder aber dass die Bauern zuerst kamen und dann sehen würden, was für prominente Gäste sie bewirtete. Vielleicht wurde ein McGregor abgeschreckt von so einem Haufen schwatzender Männer und suchte gleich eine andere Unterkunft für Miss Steinberg, oder aber es gefiel ihm, dass sich so viele Männer bei ihr wohl fühlten und die Kneipe zum Mittelpunkt des Dorfes machten.

Schwierig zu sagen, was richtig ist, dachte Mabel Jackson und sah weiter aus dem Fenster. Noch war es zu früh für die Bauern, die um diese Jahreszeit ihre abgeernteten Felder winterfest machten und das Vieh allmählich von den höheren Hängen auf die Hausweiden trieben. Um diese Jahreszeit kamen sie eigentlich erst bei Einbruch der Dunkelheit, und bis dahin war noch etwas Zeit.

Am liebsten hätte Mabel Jackson beide Fremdenzimmer für Miss Steinberg reserviert, dann hätte sie das Bad für sich allein gehabt und sich bequem in der oberen Etage ausbreiten können. Dummerweise aber hatte das nicht geklappt, denn kurz vor dem Anruf von Miss Steinberg gestern kam ein anderes Gespräch, in dem eine Landschaftsmalerin ein behagliches Zimmer für die nächsten Wochen suchte. Sie wollte das küstennahe Herbstlicht einfangen, wie sie sagte, und mehrere Wochen bleiben. Da Mabel noch nichts von dem zweiten Anruf wusste, hatte sie begeistert zugesagt, denn vier Wochen Zimmermiete und eventuelle Einnahmen durch Vollpension konnte sie sehr gut gebrauchen. Den ganzen Herbst über hatten die Zimmer leer gestanden, und nun, kurz vor dem Winter, war das ein gern gesehener Zuschuss für die touristenarmen Monate.

Von irgendwoher kam Motorengeräusch. Mabel konnte nicht erkennen, ob ein Wagen aus Richtung Inverness oder aus Nairn kam.

Die Straße wurde von Steinwällen und hohen Hecken begrenzt und war kaum einzusehen. Dann kam der Wagen näher, und Mabel sah, dass es ein unbekannter Geländewagen war, der aus Inverness kam. Vor dem Haus bog der Wagen von der Straße ab und rollte auf dem Vorplatz aus. Mabel ging nach draußen und empfing eine junge, gut aussehende Frau, die sich bemühte, ihre Malutensilien und die zusammengeklappte Staffelei vom Rücksitz zu nehmen, während Eddi bereits das Gepäck aus dem Kofferraum holte.

»Herzlich willkommen, ich bin die Wirtin, Mabel Jackson, ich hoffe, Sie hatten eine gute Reise und haben uns gleich gefunden.«

»Danke, alles hat wunderbar geklappt, und schwer zu finden ist das Haus auch nicht.« Sie folgten dem Wirt ins Haus, und während er schon die Koffer nach oben brachte, bat Mabel ihren Gast, das Anmeldeformular auszufüllen.

»Haben Sie noch andere Gäste?«

»Nur eine Dame, die ich auch jeden Augenblick erwarte. Wir haben nur zwei Fremdenzimmer, Sie werden es ruhig und gemütlich bei uns haben. Abends ist die Wirtsstube natürlich voll, aber davon hört man oben nichts.«

»Das ist sehr angenehm. Dürfte ich mir das Zimmer ansehen, bevor ich die Anmeldung ausfülle?«

»Selbstverständlich. Bitte, hier geht es hinauf.«

Mabel ging vor und zeigte ihrem Gast das Zimmer, das Bad, das die Gäste sich teilen mussten, erklärte, wie der Heißwasserzufluss funktionierte und wann es die Mahlzeiten gab.

»Die andere Dame hat schon einmal bei uns gewohnt und sich so wohl gefühlt, dass sie nun wiederkommt. Sie werden sehen, es ist sehr erholsam hier, und mit meiner Küche werden Sie zufrieden sein. Was wollen Sie denn malen?«

»Ich muss mir die Motive erst einmal ansehen, ich werde mit dem Wagen herumfahren und die schönsten Ecken suchen. Vielleicht können Sie mir ja auch ein paar Tipps geben.«

»Nun ja, ich komme eigentlich nicht viel heraus, und mit dem Wagen fährt mich mein Mann höchstens mal zum Einkaufen, aber er als Wirt kennt sich aus, er wird Ihnen einiges empfehlen können. Die Küste, die Hochmoore, die Hügel und weiter im Süden die Berge, das ist ja alles in der Nähe.«

»Ja, deshalb habe ich auch dieses Gebiet ausgesucht. Danke also erst einmal, ich werde auspacken und mich frisch machen, und später komme ich zum Essen nach unten, wenn es recht ist.«

»Selbstverständlich.«

Und als Mabel die Treppe hinunterging, um wieder ihren Posten hinter dem Fenster zu beziehen, stellte sie fest, dass sie immer noch nicht wusste, wer diese Malerin eigentlich war.

Ryan sah auf die Uhr. »Ich glaube, wir müssen aufbrechen, wenn wir vor Einbruch der Dunkelheit in Tradespark sein wollen.«

»Ja.« Andrea sah sich um. »Es war sehr schön hier, aber wir sind beinahe die letzten Mittagsgäste.«

»Ich genieße es, so in Ruhe zu essen. Meist hetze ich in die Kantine, und auch dort wird über Arbeit geredet.«

»Auch am Sonntag?«

»Wir arbeiten rund um die Uhr, Andrea, die Maschinen müssen laufen, und wir Arbeiter dann eben auch.«

»Wie lange fahren wir noch?«

»Drei bis vier Stunden, wenn wir die schönere Route nehmen.«

»Dann wird es wirklich Zeit.«

Ryan beglich die Rechnung, auch die seiner Bodyguards, und wenig später waren sie unterwegs. Kurz nach dem Start hielten sie an und blickten zurück auf das Bergmassiv, das hinter ihnen lag, und auf das Gasthaus auf halber Höhe. Dann fuhren sie weiter, hinunter in ein kleines Tal mit einem quirligen Bach und großen alten Ulmen zu beiden Seiten der Straße, danach ging es noch einmal auf eine Anhöhe, und von dort konnte man im Norden die flacher werdenden Hügelkuppen der Findhorn Hills erkennen. Das Licht wurde heller, man näherte sich dem Meer, das einen lichten Silberglanz über das Land zu legen schien.

»Ein einzigartiges Licht.«

»Das gibt es nur im Herbst, es ist, als spiegelte sich das Meer im Himmel und nicht umgekehrt, wie es meist der Fall ist. Wir haben Glück mit dem Wetter, man sieht das Licht nicht alle Tage.«

Gleich darauf verließen sie die Anhöhe und folgten im Tal größeren Straßen nach Norden, bis sie bei Forres die Überlandstraße erreichten und wenig später in Tradespark eintrafen.

Es gelang Ryan nicht, den Jaguar unbemerkt hinter dem Haus abzustellen, und verschmitzt sah er Andrea an. »Nichts zu machen mit der heimlichen Ecke, die Wirtin steht schon vor der Tür.«

Während Mabel Jackson glücklich lächelnd auf Andrea zulief, inspizierten die beiden Guards in diskreter Weise Haus und Hof.

»Wie schön, dass Sie da sind, Miss Steinberg, herzlich willkommen. Guten Tag, Mr McGregor.« Die alte Frau wagte nicht, dem Mann die Hand zu reichen, aber Andrea bekam Küsschen auf beide Wangen. In der Gaststube hatten sich die ersten Bauern an der Theke versammelt und schauten neugierig nach draußen. So einen Begrüßungswirbel kannten sie von der alten Mabel nicht. »Mich hat sie noch nie geküsst«, rief einer, und ein anderer stellte fest: »Beinahe hätte sie einen Knicks gemacht.«

»Das Haus hat sie auch auf Vordermann gebracht, so viel Blumen auf den Tischen, wo soll man denn da noch Karten spielen.«

»Wer sind die Leute überhaupt?«

»Die Frau war schon mal hier, die kenne ich, die hat oben gewohnt.«

»Ist das nicht die, die den Unfall hatte?«

»Na klar doch, stand ja in der Zeitung, dass sie hier gewohnt hat.«

»Jetzt geht es ihr anscheinend wieder besser.«

»Den Mann hab ich aber auch schon irgendwo gesehen.«

»Damals hat sie ein Schäfer hergebracht.«

»Ob das der Schäfer ist?«

»Blödsinn, sieh dir doch das Auto an.«

»Hm, ich will euch mal was sagen, den kenn ich aus dem Fernsehen.«

Die Stimmen wurden lauter, das Bier in den Krügen weniger, die Augen größer oder glasiger, und die Whiskygläser mussten neu gefüllt werden. Eddi kam kaum mit der Arbeit nach. Es wurde Zeit, dass Mabel wieder den Ausschank übernahm. Aber die hatte anscheinend keine Zeit. Sie half beim Gepäck, begleitete die junge Frau nach oben und verschwand in deren Zimmer, während die drei Männer draußen bei den Wagen stehen blieben. Seltsame Gäste, war die einhellige Meinung der Kneipenbesucher, und als man genug geschaut hatte, wandte man sich wieder seinen Karten, den Würfeln, den Gesprächen und den Gläsern zu.

Dann kam Mabel mit der jungen Frau wieder herunter.

Sie gingen nach draußen, und Andrea erklärte: »Mrs Jackson hat ein Abendessen für uns gerichtet. Bitte kommt doch herein.«

Ryan nickte. »Gern, wenn es nicht zu lange dauert, wir wollen heute noch zurück nach Aberdeen.«

Andrea sah ihn erstaunt an. »Ich dachte, du übernachtest im Cottage, und wir können uns morgen noch einmal treffen.«

»Ich habe keine Schlafgelegenheit für meine Männer, ich will nicht, dass sie auf der Erde liegen. Es ist besser, wir fahren zurück.«

»Das verstehe ich. Schade ist es trotzdem.«

»Wir beide machen nachher noch einen kurzen Spaziergang.«

»Du meinst, um die Ecke herum.«

»Genauso ist es.« Vergnügt griff er nach ihrem Arm und führte sie ins Haus.

Mabel Jackson hatte zwei etwas abseits stehende Tische für ihre Gäste reserviert.

Andrea sah sich um. »Für wen ist denn der zweite Tisch?«

»Ich habe noch einen Gast, eine Malerin, die auch heute angekommen ist. Sie wollte sich nur frisch machen und dann herunterkommen. Aber anscheinend hat sie sich etwas hingelegt und ist eingeschlafen.«

»Dann wollen wir sie nicht stören«, erklärte Ryan und setzte sich zu Andrea, während sich seine Männer, von den neugierigen Blicken der Bauern verfolgt, einen anderen Tisch suchten.

Und dann machte eine Vermutung die Runde durch die Kneipe: »Wenn ihr mich fragt, dann ist das der Laird von Terefords.«

»Unsinn, den gibt's schon lange nicht mehr.«

»Nein, öffentlich nicht, aber ich kenne Bauern, die gehören zu seinem Clan.«

»Und wo soll das sein?«

»Ostwärts die Küste herauf.«

Und wieder einmal schaffte Eddi es kaum, die Krüge neu zu füllen, die Gläser auszutauschen und die Stimmung gedämpft zu halten.

Mabel war natürlich in der Küche. *Immer wenn man sie braucht, ist sie nicht da,* stöhnte Eddi heimlich und beschwichtigte zwei Burschen, die einen Streit über die Bedeutung eines Clan-Chiefs anfangen wollten.

Andrea und Ryan kümmerten sich wenig um die Bauern. Ryan kannte diese Atmosphäre aus dem Pub in Dyke, und Andrea wusste, dass diese Männer bei aller Lautstärke nette Burschen waren. Beunruhigt schienen nur die Bodyguards zu sein, die nervös auf ihren Stühlen hin und her rutschten, erschrocken den Wortgefechten lauschten und sich am liebsten hinter Ryan aufgestellt hätten.

Das Essen war vorzüglich, und Ryan lobte die Wirtin, die mit hochrotem Kopf beglückt in ihre Küche flüchtete. Es war bereits dunkel, als sie die Mahlzeit beendet hatten. Rauchschwaden und Bierdunst waberten unter der niedrigen Balkendecke, und jeder Stuhl war inzwischen besetzt. Man lamentierte, diskutierte, schrie sich an, lachte und klopfte sich auf die Schultern.

Ryan stand auf. »Höchste Zeit abzufahren.« Er sah sich um. »Und du meinst, ich kann dich hier allein lassen?«

»Natürlich. In einer Stunde sind sie alle wieder weg, und dann ist das der ruhigste Ort, den man sich denken kann.«

»Hoffentlich, es war deine Entscheidung, hierher zu kommen.«

»Ja, Ryan, und du kannst unbesorgt sein. Ich bin hier bestens aufgehoben.«

»Ich mache mir keine Sorgen um deine Sicherheit, die Männer hier oben sind in Ordnung, die kenne ich, ich mache mir Sorgen um deine Erholung, du könntest andere Zimmer in anderen Häusern und eine erstklassige Betreuung haben, das weißt du.«

»Ich weiß«, sie nahm seine Hand, »komm, lass uns nach draußen gehen, du hast mir einen Spaziergang um eine Ecke herum versprochen.«

»Das stimmt.«

Eine schon herbstlich kühle Nachtluft empfing sie, als sie am Haus entlangschlenderten. Die Bodyguards hielten sich diskret zurück und blieben bei den Fahrzeugen stehen.

Ryan legte ihr den Arm um die Schultern und zog sie behutsam näher.

»Andrea, ich möchte, dass du weißt, dass ich dich liebe.«

»Ich weiß es, Ryan, so etwas fühlt eine Frau.«

»Gibst du uns eine Chance?«

»Ja, aber bitte lass uns Zeit.« Andrea dachte an ihr Aussehen: Konnte ein Mann sich damit abfinden, einen zerstückelten Rücken in den Armen zu halten? Sie dachte auch an die gravierenden Unterschiede ihrer Herkunft, die gesellschaftlichen Entwicklungen, den Lebensstandard – und dann die Tatsache, dass sie sich kaum kannten. Was wusste sie von diesem Mann, von seinem Wesen, seinem Charakter, seinen Wünschen, Vorlieben, Gewohnheiten, seinen Plänen und Hoffnungen? Und was wusste er von ihr?

»Ryan, uns trennen Welten.«

»Nein, Andrea, uns trennen keine Welten. Lass den ganzen äußerlichen Kram beiseite, und sieh den Mann, der vor dir steht, nur den Mann, dann wirst du feststellen, dass uns gar nichts trennt. Ich brauche dich, Andrea, so einfach ist das.«

»Aber was kann ich dir geben, was du nicht hast?«

»Liebe, Geborgenheit, Vertrauen – all das besitze ich nicht. Was ist denn ein Leben ohne Liebe?«

Er nahm sie in die Arme. »Bitte, denk darüber nach, wenn du heute noch keine Antwort weißt.«

»Ich verspreche es.«

»Darf ich dich küssen?«

»Weshalb fragst du immer?«

»Ich möchte dich nicht überrumpeln.«

»Ich liebe es, überrumpelt zu werden, Ryan.«

Er küsste ihren Mund, ihren Hals, schob die Mütze etwas zurück und küsste auch den Ansatz des nachwachsenden Haares, obwohl sie zurückzuckte. Aber er hielt sie fest und duldete nicht, dass sie sich ihm entzog. Zärtlich flüsterte er: »Ich liebe dich so, wie du bist. Für mich bist das Schönste auf der Welt.«

»Hör auf, Ryan, sonst muss ich weinen.«

»Ich weiß, aber deine Tränen liebe ich auch.« Er küsste sie noch einmal, und dann ließ er sie los, ergriff ihre Hand und ging mit ihr zurück zum Wagen. Es war mehr, als er ertragen konnte, diese Frau in den Armen zu halten und nicht zu wissen, wie sie sich entscheiden würde. Dennoch war er guten Mutes. Er brachte sie zurück zur Eingangstür und küsste noch einmal ihre Hand. »Wenn ich es schaffe, bin ich morgen am späten Nachmittag wieder hier. Wenn ich in Aberdeen nicht fortkomme, rufe ich an.«

»Ich werde hier auf dich warten.«

Er ging rasch zum Wagen, die Bodyguards hatten bereits vorn Platz genommen, sodass er sich bequem im Fond zurücklehnen konnte. Andrea winkte, alle drei winkten zurück, dann war der Wagen auf der Straße und rollte nach Aberdeen zurück.

Als Andrea die Wirtsstube betrat, kam eine fremde, gut aussehende Frau die Treppe herunter. Sie blieb auf der letzten Stufe stehen und sah Andrea entgegen.

»Hallo.«

»Guten Abend.«

Die junge Frau lächelte. »Darf ich mich vorstellen? Mein Name ist Karen Brendan.«

XXIII

Die Fahrt zurück nach Aberdeen verlief reibungslos. Ryan wurde wach, als der Wagen über den Kies vor seinem Haus knirschte und vor der Tür ausrollte. Er verabschiedete die beiden Bodyguards und forderte James auf, ihn morgens um sieben Uhr zu wecken und das Frühstück für halb acht Uhr bereitzuhalten.

Obwohl Mitternacht vorbei war, fühlte er sich frisch und ausgeruht. Er nahm ein Bad, holte sich einen doppelten Scotch und machte es sich vor dem Schlafzimmerkamin gemütlich. James hatte für ein kleines Feuer gesorgt, keine großartigen Flammen, die sich wild durch Eichenkloben fraßen, nur ein kleines Feuer, das die Kühle der Herbstnacht verdrängte und dem Raum eine angenehme Atmosphäre gab. Ryan setzte sich vor den Kamin, legte die Beine auf einen Hocker und schwenkte die bernsteinfarbene Flüssigkeit langsam hin und her. Er dachte an Andrea, die wohl schon lange schlief, und hoffte, dass sie eine gute und erholsame Zeit in Tradespark hatte.

Und dann, langsam, aber zwingend, kroch der Ärger in ihm hoch. Was war das für ein verdammtes Leben, in dem er sich um eine Hausecke herumdrücken musste, um eine Frau zu küssen, die er liebte? Kein Schritt ohne Bodyguards, ohne Aufsicht, nicht einmal, wenn er seine Liebe erklärte. Er fühlte sich wie ein gegängelter Schuljunge, und jeder kannte jeden Schritt, den er machte, denn er konnte kaum erwarten, dass die Guards verschwiegen waren. Hatte er das nötig, in seinem Alter und in seiner Position? Aber genau diese Position war es, die ihm diesen Begleitschutz aufzwang, der in seinen Augen so überflüssig war wie eine

Wespe auf dem Honigbrot. Er engte ihn ein und begrenzte seine Handlungsfreiheit zu einer Zeit, in der er versuchte, sein Privatleben in den Griff zu kriegen. Er musste und würde das ändern, sofort, heute noch, zumindest würde er das in die Wege leiten. Verdammt, er wollte in seinem Cottage schlafen und konnte es nicht, weil die Betten für die Bodyguards fehlten. Eines Tages würde er mit Andrea dort wohnen wollen, und fremde Männer saßen auf der Bank vor dem Haus und warteten darauf, dass man endlich den Liebesakt beendete, das Bett verließ und nach Aberdeen zurückfuhr.

Bei aller Wut, die er verspürte, musste Ryan auch grinsen. Es war eine so absurde Situation, dass man sie kaum ernst nehmen konnte, dennoch würde er sie mit allem Nachdruck ändern, gleich morgen. Er trank seinen Whisky aus, fuhr sich mit den Händen durch das Haar und löschte das Licht. Drei Stunden konnte er noch schlafen, bevor ihn James weckte, und mit dem Morgenlicht kam dann hoffentlich auch die Erleuchtung, mit der er den Start in einen neuen Lebensabschnitt einleiten konnte.

Ryans erste Handlung im Büro war, Charles Needs, seinen Generaldirektor, zu sich zu bitten. Der Mann, ein Experte auf dem Gebiet der Firmenleitung, so alt wie Ryan und schon mehr als zwanzig Jahre auf der Werft, spürte sofort, dass sein Chef wütend und nervös war.

Ryan bat ihn, Platz zu nehmen, und begann sofort: »Ich will nicht um den heißen Brei herumreden, Charles, aber in der Firmenleitung muss sich etwas ändern. Ich will den Druck der Alleinverantwortung loswerden, sofort.«

»Die jetzige Form entsprach der Tradition, Ryan. Sie haben sie von Ihrem Vater übernommen und nichts daran ändern wollen.«

»Das weiß ich. Aber jetzt wird alles anders.«

Als Charles ihn ungläubig ansah, fuhr er fort: »Ich kenne Sie gut genug, um Ihnen die Wahrheit sagen zu können, Charles. Ich werde mein Privatleben ändern, ich will mehr Freiheiten. Ich will diese ganze Alleinverantwortung loswerden und endlich so leben, wie es mir passt. Kurz und gut, ich werde mich aus vielen Bereichen zurückziehen, um mehr Zeit für mich zu haben. Ich denke, mit fünfzig habe ich ein Recht dazu.«

»Selbstverständlich, Ryan. Und woran hatten Sie gedacht?«

»Wir werden die Firmenleitung auf mehrere Schultern verteilen. Unter Ihrer Führung wird ein Konsortium gebildet, das in Zukunft meine Aufgaben übernimmt. Die Firma gehört nach wie vor mir, aber Sie werden als Vorsitzender die Leitung übernehmen, und der gesamte Vorstand wird die Verantwortung tragen.«

»Ich danke für Ihr Vertrauen, Ryan.«

»Setzen Sie sich sofort mit den Anwälten zusammen, und erarbeiten Sie die Formalitäten. Ich will keine Zeit verlieren. Sobald die Unterschriften geleistet sind, ziehen Sie meine Bodyguards zurück. Sie stören mein Privatleben.«

Charles sah ihn verblüfft an. »Verzeihen Sie, Ryan, aber es ist das erste Mal, dass Sie von einem Privatleben sprechen.«

»Höchste Zeit, damit zu beginnen. So, und jetzt trinken wir einen Schluck, und dann ran an die Arbeit.«

Andrea stand unschlüssig vor der Treppe. Sie wollte nach oben, aber diese Miss Brendan blockierte den Aufgang und lächelte sie an.

»Wollen Sie mir nicht Gesellschaft leisten? Ich habe das Abendessen verschlafen, aber wir könnten ein Bier zusammen trinken.«

Andrea schüttelte den Kopf. »Danke nein, ich bin müde.« Sie versuchte an der jungen Frau vorbeizukommen, aber die stand mitten auf der Treppe und wich nicht zur Seite.

»Bitte, nur einen Schlaftrunk.«

»Nein.« Andrea wurde ärgerlich. »Würden Sie bitte Platz machen?«

»Schade.« Karen Brendan trat zur Seite. »Aber vielleicht frühstücken wir morgen gemeinsam? So gegen neun Uhr?«

»Vielleicht. Gute Nacht.«

Andrea ging nach oben. Sie hatte keine Lust auf ein Geschwätz mit einer Fremden. Sie wollte allein sein und an Ryan denken, der ihr eine Liebeserklärung gemacht hatte, auf die sie, überrascht und gehemmt, nicht einmal richtig geantwortet hatte. Aber was war schon richtig? Wie reagierte man auf die Liebeserklärung eines Mannes, der einem so viele Rätsel aufgab? Eines stand fest, wenn sie an den Schäfer dachte, überzog ein Prickeln ihre ganze Haut, warum passierte das nicht, wenn Ryan, der Millionär, vor ihr stand?

Dabei gab er sich so viel Mühe, ihr zu gefallen. Sie hatte sehr wohl bemerkt, dass er sich heute einfach gekleidet hatte, und mit einem Lächeln dachte sie an die blank gescheuerten, ausgebeulten Knie seiner Cordhosen, die sie tatsächlich ein wenig an das Outfit des Schäfers von damals erinnerten. Sie machte sich fertig und kletterte in das hohe, altmodische Bauernbett, in dem sie die steife Leinenwäsche erst einmal anwärmen musste, bevor es darunter behaglich wurde.

Ryan hielt sie sicher für eine unentschlossene, dumme Person, die nicht wusste, was gut für sie war, und wenn sie Pech hatte, war er sehr bald mit seiner Geduld am Ende. Aber sie hatte so viele Pläne, wollte den Handel mit den Antiquitäten aufziehen, sich und den anderen beweisen, dass sie es ohne fremde Hilfe zu etwas bringen konnte, sie hatte eben immer noch ihre Träume. Und sie wusste, dass sie nicht nur Zeit brauchte für eine Entscheidung, sondern dass sie auf einen ganz besonderen Kick wartete, und dann würde sie wissen, was gut für sie war und was nicht.

Der nächste Morgen war grau und neblig. Andrea roch den Nebel, bevor sie die Augen öffnete. Sie hatte bei offenem Fenster geschlafen, und die Nebelschwaden zogen den Geruch der Torffeuer in den Kaminen der Bauernhäuser mit sich. Sie sah auf die Uhr: halb acht. Wenn sie sich beeilte, konnte sie mit dem Frühstück fertig sein, bevor diese Miss herunterkam. Andrea ärgerte sich noch immer über die Dreistigkeit, mit der sie die Treppe versperrt hatte. Warum sollte sie mit einer fremden Person frühstücken, nur weil die es wollte?

Die Gaststube war bereits aufgeräumt und geputzt. Ein leichter Wachsduft und der Geruch des Nebels verdrängten den Bierdunst des Abends. Mabel Jackson war in der Küche, und Andrea klopfte an die offen stehende Tür.

»Guten Morgen, könnte man schon einen Kaffee bekommen, Mrs Jackson?«

»Selbstverständlich, ich komme sofort. Ich dachte, Sie frühstücken erst gegen neun Uhr. Sonst wäre alles schon fertig.«

»Warum sollte ich gegen neun Uhr frühstücken? Wir haben doch gar nicht darüber gesprochen?«

»Die Malerin, die das andere Zimmer bewohnt, sagte, sie wollten zusammen um diese Zeit essen.«

»Ich ziehe es vor, allein zu frühstücken, ich kenne die Dame ja gar nicht.«

»Selbstverständlich, wie Sie wünschen, Miss Steinberg. Nehmen Sie doch schon Platz, ich komme sofort.«

Andrea setzte sich an einen der beiden gedeckten Tische und sah sich um. In diesem Haus hatten früher die Reisenden ihre Rast gemacht, wenn die Pferde gewechselt wurden. Die alten gebohnerten Holztische mochten schon damals hier gestanden haben, während ein Wirt oder seine Frau in der Küche die Speisen für die Durchreisenden bereiteten.

Reiche Leute mit vierspännigen Kaleschen, arme Bauern mit Handkarren auf dem Weg zum Markt, Auswanderer mit Sack und Pack auf dem Weg zum nächsten Hafen, um in Übersee ihr Glück zu suchen: In dieser Stube mochten sich Schicksale entschieden und Lebenswege gekreuzt haben.

Andrea schob den bunt karierten Fenstervorhang beiseite und sah nach draußen. *Kein Wetter für einen Ausflug,* dachte sie und beschloss, nur nach Inverness zu fahren. Sie musste sich Geld aus Deutschland überweisen lassen, ein Konto eröffnen und warme Kleidung kaufen. Ihre Sommerkleider hatten die Saison hinter sich, und bevor sie nach Deutschland flog, um dort nach ihrer Wohnung zu sehen und einen Teil ihrer Sachen zu holen, konnte noch einige Zeit vergehen. Außerdem wollte sie in Inverness die Therapiestation aufsuchen, in der sie behandelt werden sollte. Diese Nachbehandlungen waren das Allerwichtigste, ihr Rücken tat noch immer bei jeder Bewegung weh.

Mabel Jackson kam mit einem Tablett herein. Kaffee und frische Brötchen dufteten verführerisch, und Andrea langte mit großem Appetit zu. Sie war fast fertig, als Karen Brendan die Treppe herunterkam. »Oh, guten Morgen, ich dachte, wir frühstücken gemeinsam.«

»Ich hatte nicht zugesagt, bis um neun zu warten.«

»Ja, das stimmt. Darf ich mich zu Ihnen setzen?«

Andrea nickte. Obwohl ihr die Frau nicht sehr sympathisch war, wollte sie nicht zu unhöflich erscheinen und schob ihr Frühstücksgeschirr zur Seite, damit Karen Platz hatte. Mabel Jackson begrüßte ihren zweiten Gast und brachte auch für sie das Tablett mit dem Frühstück.

Als Andrea fertig war und aufstehen wollte, hielt Karen sie zurück. »Bitte bleiben Sie doch noch. Es ist so langweilig, hier allein zu sitzen.«

»Ich habe Besorgungen zu machen, guten Tag.«

Aber Karen sprang auf. »Nicht doch, wir können doch etwas zusammen unternehmen. Bei dem Wetter kann ich nicht malen, wir könnten gemeinsam in die Stadt fahren.

Ich kenne mich da aus, ich kann Ihnen alles zeigen, wenn Sie wollen.«

Andrea zögerte. Was sprach dagegen? Außer diesem Gefühl einer gewissen Antipathie gab es eigentlich keinen Grund, nicht mit ihr in die Stadt zu fahren. *Man muss auch mal seine Gefühle überwinden,* dachte Andrea und sagte: »Gut, fahren wir zusammen. Wann?«

»Gleich, ich bin gleich fertig.«

»Ich hole meine Sachen und warte hier unten.«

Mabel Jackson, die von der Theke aus das Gespräch gehört hatte, sagte zu der Malerin: »Bitte füllen Sie noch das Anmeldeformular aus, bevor Sie fahren, wir haben es gestern ganz vergessen, ich lege es hierhin, ich muss nach draußen in den Stall.«

»Selbstverständlich«, lachte Karen Brendan, steckte den letzten Brötchenbissen in den Mund und trank im Stehen den Kaffee aus. »Wird gemacht, gleich, wenn ich die Hände gewaschen habe und herunterkomme.«

Zehn Minuten später saßen die beiden Frauen in Karens Wagen und starteten in Richtung Inverness. Der Nebel war so dick, dass man kaum etwas sehen konnte.

»Wir sind wirklich dumm, bei diesem Wetter zu fahren«, dachte Andrea laut und beobachtete mit einigem Unbehagen die riskanten Überholmanöver der Fahrerin.

»Keine Angst, ich kenne die Straße wie meine Westentasche. Rechts kommt jetzt der kleine Flugplatz von Inverness, und dann haben wir es auch gleich geschafft.«

Im Nebeldunst tauchten die ersten Häuser auf, Straßenlampen brannten noch und umgaben sich mit gelben Kreisen, die den Dunst nicht durchdringen konnten. Die Straßen wurden breiter, der Verkehr dichter. Dann kamen sie über eine große Brücke. Man hörte es am Geräusch der Räder, sehen konnte man die Brücke nicht. Andrea allerdings erinnerte sich, dass sie nie über eine Brücke gefahren war, wenn sie nach Inverness hineinwollte.

»Haben wir uns verfahren? Was ist das für eine Brücke?«

»Keine Angst, wir fahren von hinten in die Stadt, da bekommt man leichter Parkplätze, gleich sind wir da.«

Aber die Fahrt ging weiter, die Laternen blieben zurück, die Häuser auch, und Andrea hatte den Eindruck, wieder auf freiem Land zu sein.

»Entschuldigen Sie, Miss Brendan, aber ich denke, Sie haben sich wirklich verfahren, wir sind längst wieder aus Inverness heraus.«

»Und wenn schon, es ist doch eine amüsante Fahrt, oder?«

»Was soll das heißen, eine amüsante Fahrt? Ich habe in Inverness zu tun.«

»Das werden Sie verschieben müssen, Miss Steinberg.«

»Ich denke gar nicht daran. Drehen Sie sofort um.«

»Geht nicht, ich habe andere Pläne für Sie.«

»Was fällt Ihnen ein? Was für Pläne?«

»Sie werden sehen.«

Andrea überlegte. *Ganz ruhig bleiben,* dachte sie. *Entweder hat die Frau den Verstand verloren, oder sie versucht, mich zu entführen. Aber warum? Sie kennt mich doch überhaupt nicht. Was soll dieser ganze Spuk*?

Sie sah sich heimlich im Wagen um. Konnte sie die Tür öffnen und herausspringen? Unmöglich, mit ihrem verletzten Rücken wäre das reiner Selbstmord, und nach vier Wochen Krankenhaus hatte sie auch keine Kondition für akrobatische Fluchtversuche.

Das Land, soweit man etwas davon sehen konnte, wurde wellig, dann hügelig. Der Wagen folgte einer kleinen Straße, die in Windungen langsam nach oben führte. Nach wie vor waberte der Nebel in dichten Schwaden um das Auto herum.

»Vielleicht erzählen Sie mir einmal, wohin Sie mich bringen?«

»Wozu? Sie kennen die Gegend ja doch nicht. Es ist sehr hübsch hier, bei Sonnenschein, aber der Nebel verbirgt natürlich alles, mir kommt dieses Wetter sehr gelegen.«

»Dann könnten Sie mir wenigstens sagen, warum diese Spazierfahrt stattfindet?«

»Ach, wissen Sie, ich wollte einfach mal ein bisschen Spaß haben.«

»Spaß? Sind Sie verrückt?«

»O nein, alles andere, aber verrückt bin ich nicht.«

»Dann werden Sie deutlicher.«

Andrea beobachtete, wie fest Karen die Hände um das Steuer presste. Weiß stachen die Knöchel durch die Haut, und ihr Mund wurde zu einem brutalen Schlitz, aus dem sie die nächsten Worte förmlich herauspresste.

»Ich räche mich an einem Menschen, der mich zu Tode gedemütigt hat.«

Andrea wurde blass. Leise fragte sie: »Und dazu brauchen Sie mich? Was habe ich Ihnen getan?«

»Sie sind nur das Werkzeug, das brutalste Instrument, das ich finden konnte.«

Andrea versuchte, ruhig zu bleiben. Sie verstand das alles nicht. Wer war die Frau? An wem wollte sie sich rächen? Weshalb wurde sie dazu gebraucht? Sie kannte doch überhaupt niemanden in diesem Land. Oder doch? Wen kannte sie? Ryan fiel ihr ein, sie kannte Ryan McGregor. Hatte das alles etwas mit Ryan zu tun? Sie dachte an die Probleme, die er damals hatte, als sie sich in seinem Cottage aufhielten. Aber das war doch längst vorbei.

Sie kamen höher, der Himmel wurde heller, der Nebel lichtete sich und blieb schließlich hinter ihnen zurück. *Ein schönes Land*, dachte Andrea kurz, ein hügeliges Land im Sonnenschein, dann tauchten sie ein in ein großes Waldgebiet, in dem sich die Straße verlor, zu einem Sandweg wurde und schließlich zwischen Bäumen auf einer Lichtung endete. Ein grauer Betonklotz, kaum größer als eine kleine Hütte, erhob sich zwischen den Bäumen.

Andrea sah Karen an. »Was ist das?«

»Ein Bunker aus dem letzten Krieg. Von hier aus hatte man damals, als die Bäume noch klein waren, einen großartigen Blick auf den Moray Firth. Eine gut platzierte Kanone konnte von hier aus meilenweit schießen und hatte den Schiffsverkehr unter Kontrolle.«

»Und was wollen Sie jetzt hier?«

»Ihnen Ihr neues Zuhause zeigen. Man kann ganz gut da drinnen leben.«

»Sind Sie wahnsinnig?«

»Nein, steigen Sie aus.«

Plötzlich hatte Karen eine Pistole in der Hand und zwang Andrea, auszusteigen. »Versuchen Sie nicht wegzulaufen. Ich bin eine erstklassige Schützin, und ich werde nicht zögern, Sie umzulegen. Wie ich schon sagte, man hat mich zu Tode erniedrigt, mir kann niemand mehr Schaden zufügen. Gehen Sie endlich, los, worauf warten Sie noch?«

»Auf Ihre Vernunft. Wie können Sie sich rächen, indem Sie mich hier einsperren?«

»Das verstehen Sie nicht. Los jetzt.« Sie winkte mit der Waffe und richtete sie auf Andrea. Ihr blieb nichts anderes übrig, als auf diesen Bunker zuzugehen. Sie konnte sich nicht wehren, sie konnte auch keine schnellen Bewegungen machen, um diese Verrückte zu überwältigen. Ihr Rücken machte da einfach nicht mit. Eine schwere Eisentür mit kolbenartigen Riegeln oben und unten und einem Schloss in der Mitte versperrte den Eingang.

»Los, öffnen Sie die Tür.«

Andrea mühte sich mit den verrosteten Riegeln ab, öffnete erst den einen, dann den zweiten und zum Schluss das Schloss.

Quietschend ließ sich die Tür nach außen ziehen.

»Treten Sie ein. Sie finden alles, was Sie brauchen, im zweiten Raum. Licht und Luft bekommen Sie durch die Schießscharten. Rufen brauchen Sie nicht, hier gibt es meilenweit keine Menschenseele.«

Sie stieß Andrea mit einem Schlag auf den Rücken hinein, und während ihr von dem plötzlichen Schmerz am Rücken die Tränen in die Augen schossen, hatte Karen Brendan die Tür geschlossen und verriegelt.

Andrea stand erstarrt in dem dämmerigen Raum. Etwas Licht gab es tatsächlich. Über ihr in den Mauern waren einige handbreite Schlitze, die früher wohl als Schießscharten gedient hatten. Der Boden war grau und schmutzig. Walderde, vermodertes Laub und Tannennadeln, Papierschnitzel, Scherben, ein paar verrostete Dosen – sie ging langsam weiter. Eine zweite Tür führte in einen anderen Raum. Ein Feldbett mit einem Schlafsack, mehrere Kisten mit dauerhaften Lebensmitteln, eine große Butangasflasche mit einem Kocher, mehrere Kanister mit destilliertem Wasser, Blechgeschirr, ein primitives Besteck, ein Klappstuhl, ein Tisch und einige Kartons mit Kerzen und Streichhölzern. *Zum Überleben reicht es erst einmal,* dachte Andrea, *wenn sie mich umbringen wollte, bräuchte sie mich nicht vorher zu füttern.* Sie ging weiter. Nebenan war ein kleiner Raum mit einem in die Erde führenden Loch, wahrscheinlich mehrere Meter tief, denn Andrea konnte kein Ende erkennen. Sie hielt dieses Loch für die Toilette.

Der Rücken tat ihr weh, als sie zurückging. Irgendwie klebte das Hemd an der Haut fest. Wahrscheinlich blutete eine der Narben nach dem Schlag, den ihr die Frau versetzt hatte. Sie zog sich vorsichtig aus, damit der Stoff nicht an der Wunde festklebte und später nicht abzulösen war. Tatsächlich, das Hemd war blutverschmiert. Sie nahm ein Papiertaschentuch aus der Handtasche, zum Glück hatte man ihr die gelassen, stäubte etwas Puder auf den Stoff und versuchte, damit die Wunde zu erreichen. Vorsichtig tupfte sie das Blut ab und beschloss, nichts anzuziehen, damit die Platzwunde schnell trocknete. Dann legte sie sich auf das Feldbett, den Rücken nach oben, verbarg den Kopf in den Armen und schloss die Augen. In was für eine verteufelte Situation war sie da schon wieder hineingerutscht. Schottland bekam ihr sehr schlecht.

XXIV

Ryan, müde und erschöpft nach stundenlangen Verhandlungen mit den Juristen, hatte nur einen Wunsch: so schnell wie möglich Andrea wieder zu sehen und bei ihr auszuruhen. Seine Anwälte hatten schnell reagiert und gute Arbeit geleistet. Er wusste, dass er sich auf sie verlassen konnte. Sie gehörten zu den besten im industriellen Management von Aberdeen, und sie hatten Formen gefunden, die seine Stellung und seinen Besitz sicherten, ihn aber von dieser einengenden Gesamtverantwortung entbanden. Wenn ihm etwas geschehen sollte, würden die Werke weiter bestehen, die Zukunft der Arbeiter und der Firma war gesichert, und sein gesamtes Vermögen ging an die neu geschaffene McGregor-Stiftung, deren Gelder zur Hälfte der Firma und zur anderen Hälfte dem Waisenhaus zufließen würden – vorausgesetzt, er hatte keine Erben. Aber so weit mochte Ryan jetzt nicht denken. Er sah die Zukunft vor sich, die sich nicht auf den Tod konzentrierte, sondern auf das Leben. Und obwohl die Papiere noch nicht unterzeichnet waren, verließ Ryan zufrieden und unbemerkt von Leibwächtern und Angestellten die Werft und fuhr in Richtung Inverness davon.

Er freute sich auf das Wiedersehen mit Andrea. Der Nebel des Vormittags hatte sich aufgelöst, das Land lag im Sonnenschein des Spätnachmittags, und wenn nichts dazwischenkam, war er in zwei Stunden bei der Frau, die er liebte. Ob sie schon wartete? Ob sie, wie er hoffte, an eine gemeinsame Zukunft dachte? Er war ja gestern sehr deutlich geworden, aber er wollte, dass sie endlich wusste, wie es um ihn stand, und dass sie sich damit auseinandersetzen musste.

Vor der Wirtschaft in Tradespark sah er ihren Wagen. *Schön, sie ist zu Hause,* dachte er und stellte sein Auto daneben. Die Gaststube war leer. Irgendwo im Hintergrund hörte er Geschirr klappern. Sollte er nach oben gehen und Andrea in ihrem Zimmer aufsuchen? Nein, das wollte er denn doch nicht, es schickte sich nicht, und die Leute im Dorf achteten auf solche Sachen. Er ging zur Tür, die in die Küche führte, und klopfte an. Mabel Jackson, erhitzt und rotgesichtig von den Vorbereitungen für das Abendessen, kam nach vorn.

»Oh, Mr McGregor, ich habe Sie gar nicht erwartet.«

»Ich möchte Sie auch nicht stören. Ich wollte zu Miss Steinberg, ist sie oben?«

»Aber nein, Sir.« Mabel wischte sich die Hände an der Schürze ab und versuchte schnell, das nicht mehr ganz saubere Kleidungsstück abzustreifen. »Nein, sie ist doch heute Morgen mit der Malerin nach Inverness gefahren.«

»Mit der Malerin?«

»Ja, die andere Dame, die das zweite Zimmer gemietet hat. Die es gemietet hatte, wollte ich sagen.«

Ryan schüttelte den Kopf. »Hat sie es nun gemietet oder nicht?«

»Nein, das ist ja das Eigenartige. Sie wollte vier Wochen bleiben, um hier zu malen, und dann ist sie heute Morgen weggefahren und hat mir oben einen Briefumschlag mit dem Geld für vier Wochen Zimmermiete hingelegt, damit ich keinen Verlust habe. Sie muss nachts gepackt haben, sie hat alle Sachen mitgenommen, Sir.«

»Und Miss Steinberg hat sie auch mitgenommen?«

»Ja.«

»Das verstehe ich nicht. Wie soll Miss Steinberg denn aus Inverness zurückkommen, wenn diese Malerin wer weiß wohin reist.«

»Ich habe auch schon daran gedacht, aber es gibt ja den Bus, der kommt gegen sieben Uhr hier durch, vielleicht benutzt sie den?«

»Vielleicht. Wer war denn diese Malerin?«

»Das weiß ich nicht, Sir.«

»Das wissen Sie nicht? Sie muss sich doch angemeldet haben.«

»Das hat sie eben nicht. Jetzt, wo Sie das so sagen, fällt mir auf, dass sie das dauernd verschoben hat.«

»Was soll das heißen?« Ryan wurde ungeduldig und ärgerlich, und er ließ das auch spüren. »Entweder man meldet sich an, oder man bekommt kein Zimmer.«

»Zuerst, als ich ihr das Formular geben wollte, sagte sie, sie müsse erst das Zimmer sehen. Dann ist sie wohl eingeschlafen, denn als Sie gestern hier waren, hat sie oben geschlafen. Dann kam sie herunter und hat gegessen, da wollte ich ihr nicht das Formular neben den Teller legen. Und dann war sie auch schon wieder oben, da mochte ich nicht stören, Sir. Und heute Morgen, als ich es ihr zum Frühstück gab, sagte sie, sie müsse sich erst die Hände waschen, und dann waren die Damen plötzlich weg.«

»Und der Brief mit dem Geld? Da gibt es doch eine Unterschrift.« Die Sache wurde immer mysteriöser und Ryan immer unruhiger.

»Also, der Brief, da war nur das Geld drin und ein Zettel mit der Bitte, die plötzliche Abreise zu entschuldigen, weil sie in den Süden reisen wollte, wo es wärmer sei, und statt der Unterschrift stand da nur ›Besten Dank‹.«

»Sie wissen also überhaupt nicht, wer diese Malerin war? Haben Sie denn wenigstens die Autonummer?«

»Nein, Sir, ich bin doch nicht auf die Idee gekommen, dass sie so plötzlich abreist. Das habe ich erst gemerkt, als ich das Zimmer putzen wollte. Und sie hat ja auch alles bezahlt.«

»Könnte ich diesen Zettel einmal haben?«

»Selbstverständlich.« Sie eilte in die Küche und kam mit dem Blatt zurück. »Hier, bitte, Mr McGregor.«

Draußen hielt ein schwerer Wagen. Der Bus war gekommen. Ryan beobachtete drei Männer, die ausstiegen und die Straße entlang zu ihren Häusern gingen. *Arbeiter aus Inver-*

ness, die Feierabend haben, dachte er und ging nach draußen. Aber der Bus, fast leer, fuhr weiter, von Andrea keine Spur.

Ryan ging zurück. »Wann kommt der nächste Bus?«

»Es war der letzte für heute«, erklärte die Wirtin, jetzt auch ängstlich und ratlos.

»Ich verstehe das nicht. Wie konnte Miss Steinberg mit einer wildfremden Frau wegfahren?«

»Na ja, die Frau war vielleicht etwas aufdringlich, Sir.«

»Inwiefern?«

»Nun, gestern Abend wollte sie mit Miss Steinberg zusammensitzen und hat ihr fast die Treppe versperrt, als sie hinaufgehen wollte. Und heute Morgen wollte sie unbedingt mit ihr zusammen essen, obwohl Miss Steinberg schon allein gefrühstückt hatte.«

»Dann verstehe ich erst recht nicht, weshalb sie mitgefahren ist.«

»Die Malerin hat angeboten, ihr in Inverness die Geschäfte zu zeigen, und bei dem Nebel wollte Miss Steinberg vielleicht nicht gern allein fahren, mit dem verwundeten Rücken, und diese blonde, hübsche Frau gab sich ja auch alle Mühe, nett zu ihr zu sein.«

»Blond? Beschreiben Sie mir die Frau.«

»Nun, sie sah sehr gut aus, Sir, wie ein Mannequin, wenn ich so sagen darf. Lange blonde Haare, gute Figur, so groß wie Miss Steinberg und recht elegant gekleidet.«

»Karen Brendan«, entfuhr es Ryan.

»Karen Brendan? Ich glaube, das Wort Karen habe ich gehört, als sie sich vorstellte. Gestern Abend auf der Treppe da drüben.«

Ryan war blass geworden. »Ich muss telefonieren.«

Er stürmte hinaus zu seinem Wagen und riss das Handy aus der Halterung.

Wenig später war er mit dem Polizeipräsidium in Inverness verbunden, stellte sich vor und erklärte: »Ich gebe hiermit eine Vermisstenanzeige auf und zeige Miss Karen Brendan wegen Kidnapping an. Ich bin in einer halben Stunde bei Ihnen, ich wünsche aber, dass bereits jetzt etwas unternommen wird. Die Dame Brendan hat vor, ins Ausland abzureisen.«

Dann gab er die Beschreibung beider Personen durch. Hätte ein Unbekannter angerufen, man hätte ihn vertröstet, man hätte ihm geraten, abzuwarten und nicht solche unbewiesenen Behauptungen aufzustellen. Einem Ryan McGregor gegenüber verhielt man sich anders. Man setzte einen Polizeiapparat mit allen zur Verfügung stehenden Mitteln in Bewegung, denn man wusste, was zu tun war, wenn dieser Mann Hilfe forderte. So wurden die Polizeistationen auf den Flughäfen, den Bahnhöfen und in den Häfen informiert, man setzte sich mit den Wachen in Edinburgh und Glasgow in Verbindung und gab die Meldung weiter nach London. Und wenige Minuten nach Ryans Anruf umspannte der Fahndungsaufruf die gesamten britischen Inseln. Ryan fuhr mit Höchstgeschwindigkeit nach Westen. Er hatte etwa die Hälfte der Strecke hinter sich, als sein Handy klingelte.

Andrea wurde wach, weil sie fror. Sie sah auf ihre Uhr, aber in dem dämmerigen Licht konnte sie die Zeiger nicht erkennen. Sie setzte sich hin, die Rückenwunde schien getrocknet zu sein. Vorsichtig zog sie sich an und stand auf. Auch am Kopf fror sie. Diese fünf Millimeter nachgewachsener Haare, die sich da zeigten, wärmten in keiner Weise. Sie suchte in ihrer großen Schultertasche nach einem Seidentuch, das sie umbinden konnte. Dabei stießen ihre Finger auf einen harten Gegenstand ganz unten. Vorsichtig holte sie ein in Seidenpapier gewickeltes Päckchen heraus. Ein Handy. Und ein Brief. *O Gott, danke,* dachte sie und las, was auf dem Zettel stand.

»Damit du nie wieder ohne Hilfe unterwegs bist. Ryan.«

Auf der Rückseite des Handys, das in Klarsichtfolie steckte, fand sie eine Liste mit Nummern, die Ryan dort befestigt hatte. Sie überlegte, ob sie aus einem Betonbunker heraus eine Verbindung bekommen würde. Dann rückte sie den Klapptisch an eine der Schießscharten, kletterte hinauf und wählte Ryan Nummer, wobei sie ihr Handy so weit wie möglich in die Betonspalte hielt. Er meldete sich sofort.

»Ryan, hier ist Andrea. Danke für das Handy.«

»Um Gottes willen, wo steckst du?«

»Ich fürchte, man hat mich entführt.«

»Ja, ich weiß, ich bin schon auf der Suche, aber wo bist du?«

»Ich weiß es nicht, Ryan. Wir sind hinter Inverness über eine Brücke gefahren, aber es war so neblig, dass man nichts erkennen konnte. Dann kam freies Land, später wurde es hügelig, und als wir höher kamen, blieb der Nebel zurück. Jetzt bin ich in einem Militärbunker vom letzten Krieg eingesperrt.«

»Und wo ist der? Wie lange wart ihr unterwegs? Versuch dich zu erinnern, Andrea.«

»Nach der Brücke sind wir noch eine gute Stunde auf kleinen Straßen gefahren. Dann kam ein großer Wald. Als die Bäume jung waren, konnte man den Moray Firth sehen, sagte diese Frau. Und es gab hier eine Kanone, die den Schiffsverkehr im Krieg überwachte.«

»Das genügt, Andrea, wir finden dich, bleib ganz ruhig. Wir fangen gleich mit der Suche an. Die Polizei von Inverness wird wissen, wo so ein Bunker steht. Wir holen dich ganz schnell da heraus.«

»Danke, Ryan, und danke für das Handy.«

»Wenn etwas ist, ruf mich wieder an. Ich bin jetzt in Inverness, und wir beginnen sofort mit der Suche. Bis gleich, meine Kleine.«

Andrea kletterte vom Tisch hinunter, zündete eine Kerze an und setzte sich auf das Bett. Sie dachte an Ryan, der schon wieder unterwegs war, um sie zu retten. Was musste er bloß von ihr denken. Eine Person und so viel Pech, das gab es doch gar nicht. Wann hatte er ihr eigentlich das

Handy in die Tasche gesteckt? Das musste gestern Morgen passiert sein, als er sie in der Klinik abholte und ihre Sachen zum Auto brachte. Ja, richtig, da hatte er ihre Tasche getragen und lachend erklärt, sie solle sich selbst und ihr Bein ins Auto tragen, das andere würde er besorgen. Und dann hatte einer seiner Leibwächter den Koffer genommen und er die Tasche.

Ryan hatte die Polizeistation erreicht und sah mit Genugtuung, dass der Fahndungsapparat lief. Was ihm aber viel wichtiger war, nämlich die Suche nach Andrea, besprach er mit einigen Offizieren, die sofort alte Karten holten und nach früheren Verteidigungsstellungen suchten. Sie berechneten eine Stunde Fahrzeit und zogen mit einem Zirkel einen entsprechenden Kreis um Inverness.

Waldgebiet, Blick auf den Firth, ein Geschütz, das den Schiffsverkehr überwachte? Die Worte flogen hin und her, und bald gab es konkrete Berechnungen.

»Da kommt nur der Millbuie Forest auf der Black Isle infrage, da gab es früher Verteidigungsanlagen.«

In wenigen Minuten war eine Suchmannschaft zusammengestellt. Später im Forest würde man sich trennen, weil es eine ganze Reihe von Bunkern gab, die eine Verteidigungslinie gebildet und die Industrieanlagen von Inverness geschützt hatten. Ryan, der zunächst nicht wusste, welchem Trupp er sich anschließen sollte, dachte an seine Hunde. *Hätte ich bloß Bella bei mir, die würde sofort die Spur von Andrea aufnehmen,* überlegte er und beschloss, in Zukunft die Hunde bei sich zu behalten. Andrea mochte sie, und sie boten doch ein großes Maß an Sicherheit, vor allem im Cottage. Denn dorthin würde er sich jetzt erst einmal mit Andrea zurückziehen.

Und dann hatte er Glück. Sein Suchtrupp war es, der den Bunker fand, in dem Andrea eingesperrt war.

Es war fast Mitternacht, als Andrea Geräusche und Stimmen im Wald hörte. Sie nahm eine Kerze und hielt sie an eine der Schießscharten, um durch das Licht auf sich aufmerksam zu machen. Und dann hörte sie auch Ryans Stimme.

»Bist du da drin, Andrea?«

»Hier, Ryan, hier …« Sie winkte mit der Kerze, und dann ging die quietschende Tür endlich auf, und Ryan nahm sie in die Arme. »Alles ist gut, mein Mädchen, wir haben es geschafft.«

Die Polizisten durchsuchten die Räume, forschten nach Spuren von Karen Brendan und nach Fingerabdrücken und beschlossen zu bleiben, um bei Tageslicht die Umgebung abzusuchen.

Einer der beiden Sergeanten, die den Trupp begleitet hatten, brachte Ryan und Andrea zurück zum Präsidium, wo Ryan seinen Wagen abgestellt hatte. Auch hier gab es eine Erfolgsmeldung. Man hatte Karen Brendan zwar in Glasgow nicht mehr erwischt, dort war sie schon gegen Mittag abgeflogen, aber in London Heathrow musste sie auf eine Anschlussmaschine warten, die sie über Rom nach Kairo bringen sollte. Die Falle war zugeschnappt, als sie auf der Toilette versuchte, ihre blonde Haarpracht unter einer schwarzen Perücke zu verbergen, und die Putzfrau, trainiert, auf solche Aktionen bei der Arbeit zu achten, hatte die Flughafenpolizei verständigt.

Andrea wurde vernommen, musste sich aber, weil man sie nicht länger auf der Wache festhalten wollte, zu weiteren Vernehmungen bereithalten. Gegen Morgen konnte sie das Präsidium verlassen. Ryan hinterließ seine Handynummer und versicherte, ständig erreichbar zu sein.

»Was wird mit dieser Karen Brendan geschehen?«, fragte Andrea, als sie im ersten Morgenlicht zu seinem Wagen gingen. Ryan zuckte die Schultern. »Kidnapping ist eine der schwersten Straftaten. Sie wird für Jahre hinter Gittern verschwinden.«

»Kann man sie nicht einfach nach Ägypten abfliegen lassen? Wir wären sie los, und mir ist ja nichts passiert.«

»Sie würde zurückkommen. Sie will mich vernichten, und das kann ich nicht dulden.«

»Sie sprach von Rache, meinte sie dich damit? Von tödlicher Erniedrigung und Demütigung.«

»Hat sie sonst noch etwas gesagt?«

»Nur, dass ich das beste Werkzeug für diese Rache sei, das sie finden konnte.«

»Ich habe sie als Frau abgewiesen, als Umweltschützerin diskriminiert und als Menschen öffentlich bloßgestellt.«

»Das verzeiht eine Frau nie.« Andrea nickte. »Schrecklich, mit solchen Sachen konfrontiert zu werden.«

»Es tut mir Leid, dass du mit hineingezogen wurdest.«

»Mach dir darum keine Sorgen, ich frage mich inzwischen nur, ob Schottland das richtige Pflaster für mich ist.«

»Aber ja, Andrea. Du hattest einen schlimmen Unfall, aber den hättest du auch woanders haben können, und nun bist du leider in meinen Ärger hineingezogen worden, aber er ist fast überstanden. Komm, Andrea, Schottland ist so wunderbar, wir werden einen neuen Anfang machen.«

Andrea sah sich um. Sie hatten Inverness hinter sich, und auch Tradespark war schon vorbei.

»Wohin fahren wir überhaupt?«

»Ins Cottage, Andrea. Ich bleibe bei dir, ich lass dich nicht mehr allein, nie mehr. Ich hatte solche Angst um dich, das kann ich mir einfach nicht noch einmal antun.«

Andrea sah ihn an, und sie sah die tiefe Verzweiflung, die ihn aufwühlte. Sie nahm seine Hand und sagte einfach: »Das Cottage ist gut. Mit dir zusammen ist das sehr gut.« Und sie hielt seine Hand, bis der Wagen von der Landstraße auf den

Wiesenweg abbog und das Haus im Perlmuttschimmer der ersten Sonnenstrahlen vor ihnen auftauchte. Ryan zog den Schlüsselbund aus der Tasche und schloss auf. Man hatte ihm längst die Schlüssel für die neuen Sicherheitsschlösser geschickt, und er sperrte die Tür weit auf, damit Licht und Sonne hereinkonnten.

»Möchtest du dich hinlegen, Andrea? Willst du erst einmal eine Runde schlafen und dich ausruhen?«

»Aber nein, ich freue mich viel zu sehr, hier zu sein, da kann ich jetzt doch nicht schlafen. Was machen wir als Erstes? Wobei kann ich helfen?«

»Ich werde Feuer machen, es ist kühl und etwas feucht, und du könntest die Fenster öffnen.«

»Bin schon unterwegs.« Andrea lief durch das Haus, entriegelte die Sicherheitsschlösser und öffnete die Fenster. Dann ging sie nach oben, sah sich um und stellte mit Freude fest, wie hübsch, wenn auch sehr männlich, Bad und Schlafraum eingerichtet waren. Sie sah aber auch, dass es nur ein Bett und nur ein Schlafzimmer gab, und überlegte, wie das nachts werden sollte. Das Bett war zwar sehr groß, aber sie hatte nicht die Absicht, mit diesem Mann in einem Bett zu schlafen. *Wir sehen weiter, wenn es so weit ist,* dachte sie und sah unten die große Couch vor sich, auf der man bestimmt gut schlafen konnte. Im Kamin prasselte das Feuer. Ryan hatte ein Gitter davor gestellt und war in der Küche auf der Suche nach Lebensmitteln.

»Also, mit Essen und Trinken ist es schlecht bestellt, wir werden erst einkaufen müssen. Ich habe nur eine Dose Tee gefunden. Möchtest du erst einmal einen heißen Tee?«

»Gern, der wird uns gut tun, und dann kaufen wir ein. Ich freue mich, die Leute im Dorf kennen zu lernen.«

»Ich muss vorher noch einige Telefongespräche führen, schreib doch schon auf, was wir brauchen.«

Und während Andrea die Liste erstellte, rief Ryan in der Werft an, um mitzuteilen, dass er Urlaub mache und man ihm die erarbeiteten Unterlagen zuschicken müsse, sobald sie unterschriftsreif seien. Er bat James, seine Feriengarderobe einzupacken und zusammen mit dem Landrover ins Cottage zu bringen, und beauftragte William, seinen Viehzüchter, ihm die Hunde zu schicken.

»Was machen wir mit deinen Sachen in Tradespark, Andrea? Soll ich sie schicken lassen? Das Auto müsste auch geholt werden.«

»Ich möchte alles selbst abholen. Ich bin Mrs Jackson eine Erklärung schuldig.«

»Gut, dann erledigen wir erst die Einkäufe, anschließend holen wir deinen Wagen und das Gepäck, und morgen fahren wir nach Inverness, dann kannst du deine Besorgungen machen und mit der Therapie anfangen. Ist dir das recht?«

»Ja, aber wie lange planst du eigentlich, mit mir im Cottage zu bleiben?«

»Solange du möchtest.«

»Und dann?«

»Dann sehen wir weiter. Andrea, wir haben alle Zeit, die wir uns wünschen. Nichts und niemand wird uns drängen. Und wenn es kalt und ungemütlich wird, bist du hoffentlich bereit, mein Haus in Aberdeen anzusehen.«

»Aber du weißt, dass ich hier arbeiten möchte. Dafür brauche ich Freiheit, die du mir lassen musst.«

»Ich werde dich nicht behindern. Ich will nur in deiner Nähe sein. Das musst du mir erlauben, es bedeutet mir mehr, als ich sagen kann.«

Billy, der Wirt, staunte nicht schlecht, als Ryan mit einer hübschen jungen Frau den Pub betrat. Eigentlich war es in Schottland nicht üblich, Frauen mit in den Pub zu nehmen, aber die Gaststube war noch leer, und bei Ryan wurde ganz einfach eine Ausnahme gemacht. Das war schon immer so, auch wenn er es nicht immer bemerkte. Billy begrüßte die beiden mit breitem Grinsen und Zwinkern im Auge.

»Hallo Ryan, was verschafft mir die Ehre?«

»Ich wollte dir Miss Steinberg vorstellen. Wir beide werden in den nächsten Wochen im Cottage wohnen. Du kannst es gleich allen erzählen, dann ist es wenigstens im Dorf herum.«

»Hältst du mich für eine Klatschtante?«

»Nein, für die Tageszeitung, und das ist auch gut so. Dann kommen erst gar keine falschen Gerüchte in Umlauf.«

»Wie kommt es, dass du schon wieder Ferien hast?«

»Na, du weißt doch selbst, dass die letzten ins Wasser gefallen sind. Wo bleibt der Begrüßungsschluck eigentlich?«

»Bin schon unterwegs«, grinste Billy, verschwand in der Küche und kam gleich darauf mit einem Krug Maltwhisky zurück. »Für euch natürlich das Beste«, erklärte er und öffnete das Gefäß.

»Meine Güte, auf den leeren Magen? Ryan, ich weiß nicht, ob ich das durchstehe«, stöhnte Andrea und probierte vorsichtig.

»So ein Scotch ist ein Lebenselixier«, erklärte Billy und wollte gleich nachfüllen. Aber Andrea zog das Glas weg und sah Ryan Hilfe suchend an.

»Lass gut sein, Billy, wir kommen wieder, und bis dahin hat sich Miss Steinberg an dein Lebenselixier gewöhnt.«

Billy schüttelte zweifelnd den Kopf. »Ich glaube, gegen die Lady kommst du nicht an. Die sieht mir ganz so aus, als wüsste sie, was sie will. Stimmt's Miss?«

Andrea lachte. »Irgendwie muss man sich doch durchsetzen, Mister, nicht wahr?«

»Nun lassen Sie aber mal den Mister weg, ich bin Billy, und das genügt.«

»Und ich bin Andrea, das genügt auch.«

»Aber darauf müssen wir wirklich noch ein Schlückchen nehmen.«

»Nun gut. Cheers, Billy, auf dein Wohl.«

Ryan beobachtete die beiden mit Vergnügen. Es war wunderbar, wie Andrea mit dem sturen Billy zurechtkam, der so rabiat sein konnte und so schwierig, wenn ihm etwas nicht in den Kram passte. Aber er hatte sich nicht in Andrea getäuscht, vom ersten Augenblick an hatte er gewusst, dass sie das Herz auf dem rechten Fleck hatte. Als sie ihm damals auf dem Trödelmarkt geholfen hatte, im strömenden Regen die Plane zu befestigen, da hatte er gewusst: Die Frau ist in Ordnung, die redet nicht lange, die packt mit an, und das mit so viel Charme, dass einem warm ums Herz wird. Na ja, ihm war nicht nur warm, ihm war heiß ums Herz geworden, und jetzt wollte er weiter, damit er sie möglichst schnell wieder für sich allein hatte. Im Dorf war sie bereits integriert, dafür würde Billy sorgen, das stand fest.

»Andrea, wir müssen los. Sag dem Charmeur bye-bye, sonst sehe ich schwarz für die Flasche und für deinen Magen.«

»Du hast Recht. Bis bald, Billy, ich komme wieder.«

Sie hatten die Runde im Dorf schnell hinter sich, und Andrea begriff, wie viele Freunde Ryan hier hatte und wie wohl er sich in dieser Umgebung fühlte. Das war seine Welt – und doch sah sie im Geiste auch die Scheinwerfer und Schneidbrenner seiner Werften im Grau einer frühen Dämmerung aufleuchten, sah die devoten Gesten anderer Menschen, wenn sie ihn erkannten, und wusste genau, dass er ein sehr herrischer Mensch sein konnte, dort in seiner anderen Welt.

XXV

Als Ryan und Andrea am späten Nachmittag aus Tradespark zurückkamen, saß Linda auf einer Bank vor dem Cottage und lachte ihnen entgegen. Sie bedankte sich überschwänglich bei Ryan und zeigte voller Stolz die neue Zahnprothese. Ryan freute sich mit ihr, dass sie wieder lachen und verständlich sprechen konnte.

Sie hatte auf dem Gepäckhalter ihres Rades einen Korb voller Pasteten, Fleischterrinen und selbst gebackener Brote mitgebracht, die sie im Laufe des Tages zubereitet und für die Tiefkühltruhe im Cottage bestimmt hatte. Während sie ihre Sachen in die Küche brachte, bat Ryan sie, vom nächsten Tag an wieder regelmäßig zu kommen und sich täglich um das Haus zu kümmern.

Andrea winkte ab und flüsterte: »Jetzt kann ich mich darum kümmern, es macht mir nichts aus.«

Aber Ryan schüttelte den Kopf. »Sie braucht diesen Verdienst, ihre Putzarbeit im Pub bringt ihr nicht viel, und von dem Geld, das sie jedes Jahr im Sommer bei mir verdient, kann sie sich ihre Wintergarderobe kaufen.«

Andrea nickte, wie umsichtig Ryan doch diesen Leuten gegenüber war. Er dachte nicht nur daran, ihnen zu helfen, er dachte auch daran, es auf eine diskrete Art zu tun, die ihnen erlaubte, diese Hilfe anzunehmen.

Als Linda abgefahren war, nahm Ryan sie an die Hand. »Komm, ich möchte nachsehen, ob der Bootssteg noch in Ordnung ist, dann können wir morgen das Boot zu Wasser lassen und zum Fischen hinausfahren.«

Sie liefen über die kleine Bodenwelle, die die Aussicht versperrte, und den Abhang zur Bucht hinunter. Alles war in Ordnung, und sie setzten sich auf die noch sonnenwarmen Planken, ließen die Beine über den Rand baumeln und sahen hinüber zum weit entfernten Ufer auf der anderen Seite der Bucht. Ryan erzählte von Abenteuern, die er in seiner Kindheit mit dem alten Scott erlebt, und von Wünschen, die er damals gehabt hatte.

»Ich wollte immer hier bleiben, schon als kleiner Junge habe ich mich vor dem Tag gefürchtet, an dem der Chauffeur mit dem großen Wagen kam, um mich wieder abzuholen.«

»Ich wundere mich, dass deine Eltern dir erlaubten, die Ferien mit einem alten Fischer zu verbringen.«

»Genau kann ich es auch nicht erklären, aber der alte Scott hat meinen Vater mal aus dem Meer gezogen, als der beim Angeln über Bord gegangen war und sich total in einem fremden Schleppnetz verstrickt hatte. Wäre Scotti damals nicht vorbeigekommen, wäre mein Vater ertrunken. Seitdem gab es zwischen den beiden eine Freundschaft, die sogar mich einschloss. Scotti bekam lebenslanges Wohnrecht auf unserem Land, und ich durfte die Ferien hier verbringen. Mein Vater wusste mich gut aufgehoben, und außerdem war es ihm sehr recht, dass ich das Leben armer Leute kennen lernte.«

»Ein kluger Mann.«

»Das ist er, aber verteufelt oft habe ich mir gewünscht, er hätte etwas mehr Liebe statt Klugheit in meine Erziehung investiert.«

»Liebe hat dir sehr gefehlt?«

»Natürlich. Ich war doch noch ein kleiner Bursche. Ich habe nie Zärtlichkeiten kennen gelernt, da war niemand, der mich mal in den Arm genommen hätte, der mich mal getröstet hätte. Immer hieß es, du bist ein Junge, Gefühle bringen dich nicht weiter.«

»Und deine Mutter?«

»Meine Mutter?« Ryan überlegte, und Andrea sah, dass ein Hauch von Trauer über sein Gesicht huschte. »Meine Mutter ist eine Frau, die mit beiden Beinen im Leben steht, sie ist gewöhnt, den Launen ihres Mannes mit Geduld und

Takt zu begegnen und eine gute Ehe zu führen, ohne großes Aufsehen davon zu machen. Als sie noch in Aberdeen lebte, war sie eine sehr aktive Frau. Hunderte von Verpflichtungen und nie Zeit für einen Besuch im Kinderzimmen. Später hatte ich mich daran gewöhnt. Was man nicht kennt, vermisst man auch nicht.«

»Das Leben hat dich hart gemacht.«

»Ja, vielleicht.« Ryan legte den Kopf in den Nacken und dachte nach. »Ich musste früh lernen, mich durchzuboxen. Mir hat niemand etwas geschenkt, und Firmenchef zu werden war ein sehr mühsamer Weg, den ich von der Pike auf lernen musste.«

»Aber du hast es geschafft.«

»Ja, weil ich sehr schnell gelernt habe, immer nur das zu tun, was ich für richtig hielt. Es war nicht immer leicht für die Leute um mich herum.«

»Ich wünschte, ich hätte auch die Kraft, immer nur das zu tun, was ich für richtig halte, ich mache zu viele Kompromisse, ich höre zu oft auf andere«, überlegte Andrea, »für eine Frau ist es schwerer, sich durchzusetzen.«

»Überhaupt nicht«, sagte Ryan beinahe ärgerlich. »Man kann es lernen, und dann merkt man plötzlich, dass es leichter wird, durchs Leben zu gehen.«

»Hm, ich weiß nicht, ob ich es schaffe.«

»Ein bisschen Mut gehört schon dazu, sich durchzusetzen. Aber man kann es üben, ich werde dir dabei helfen, wenn du willst.« Ryan zog sie an sich und gab ihr einen Kuss auf die Wange. »Als zukünftige Geschäftfrau wirst du Courage brauchen. Aber dein Lächeln ist auch kein schlechtes Mittel.«

Andrea lachte. »Als Waffe habe ich es eigentlich noch nie betrachtet.«

»Gott sei Dank.«

Vor dem Haus hielt ein Wagen. Sie konnten ihn hinter der Bodenwelle zwar nicht sehen, aber sie konnten hören, wie zwei ausgelassene Hunde bellend herumtobten und dann, beinahe kopfüber, heranstürmten. Beide rasten auf den Bootssteg, und Bella war so schnell, dass sie nicht mehr bremsen konnte und mit breit gespreizten Beinen ins Wasser schoss, während Ajax gegen Ryan sauste und ihn beinahe über den Rand warf.

Ryan explodierte fast vor Lachen. Plötzlich war er ein anderer Mensch, alle Erinnerungen waren fort – mit dem Hund sozusagen im Wasser gelandet –, und er warf den Kopf zurück, streckte die Arme nach Ajax aus und schüttelte sich vor Freude. Und zum ersten Mal hatte Andrea den Eindruck, dass sich unter dem ernsten, fast steifen Äußeren ein ganz anderer Mensch versteckte. Plötzlich wusste sie, dass sich tief in seinem Inneren eine Heiterkeit verbarg, die, wenn sie geweckt wurde, seine ganze Persönlichkeit beherrschte. Sie wusste aber auch, dass er diese Heiterkeit fest unter Kontrolle hielt. *Ein humorvoller, starker und so verletzlicher Mann*, dachte sie und beobachtete Bella, die ziemlich erschrocken durch das Wasser paddelte.

Dann kletterte der Hund ans Ufer, sprang auf den Steg und schüttelte sich. Ein Schwall tausendfacher Glitzertröpfchen ergoss sich über alle, und bevor Andrea und Ryan aufspringen konnten, lief ihnen das Wasser aus den Haaren, übers Gesicht und über die Kleidung. Andrea, ohne Mütze und Turban, weil Ryan sie dazu überredet hatte, strich sich mit den Händen über den Kopf, der langsam, ganz langsam, die mittelblonde Tönung der nachwachsenden Haare annahm, und lachte Ryan an. »Geglückter Empfang, würde ich sagen, und stürmische Liebe.«

Über den Hügel kam William geschlendert, eine Pfeife im Mund und die Hände in den Taschen der weiten Drillichhosen. Ein drahtiger, weißhaariger Schotte von etwa sechzig Jahren.

»Hab nicht gewusst, wo Sie sind, Sir, aber die Hunde waren nicht zu halten.«

»Hallo William, schön, dass ihr da seid. Komm mit, wir machen Abendessen, und vorher trinken wir einen Schluck.«

Andrea schob eine von Lindas duftenden Pasteten in den Backofen, holte Bier aus dem Kühlschrank und schnitt das frische Brot in kräftige Scheiben. Dann deckte sie den Tisch und beobachtete die beiden Männer, die vor dem Haus saßen, mit Behagen Whisky schlürften und über Verkaufspreise für Angusrinder sprachen. Ryan wollte die Weiden auf der Black Isle für seine Herden schließen. Sie waren ihm zu abgelegen und sollten an einige Schafzüchter verpachtet werden, die sich schon lange dafür interessierten.

Sie saßen gerade beim Essen, als James mit dem Rover und dem Gepäck für Ryan eintraf. Von den Hunden knurrend begrüßt, wagte er nicht, den Wagen zu verlassen, bevor William sie eingesperrt hatte. Auch er durfte am Tisch Platz nehmen, eine Tatsache, die weder er noch William bisher erlebt hatten und die sie anscheinend einer neuen, kameradschaftlichen Beziehung zu ihrem Chef verdankten. Aber Ryan, der bemerkt hatte, mit welcher Selbstverständlichkeit Andrea den Tisch für alle gedeckt hatte und jetzt einfach noch ein Gedeck dazulegte, wusste, dass es Handlungen wie diese waren, auf die Andrea allergrößten Wert legte. Gleichzeitig wusste er, dass sie Recht hatte. In Aberdeen mussten andere Maßstäbe gelten, aber hier war es genau richtig, dass sie alle um den großen Tisch herum gemeinsam ihr Abendbrot einnahmen.

Später, als James und William abgefahren waren, wollte Andrea mit Hamburg telefonieren.

»Um diese Zeit müsste meine Freundin zu Hause sein, ihre Kanzlei schließt um sieben, und länger als eine Stunde braucht sie für den Heimweg nicht«, erklärte sie Ryan und setzte sich mit dem Handy auf die Bank vor dem Haus. Fast dunkel war es inzwischen, und Andrea beobachtete den Himmel, an dem die Sterne immer heller wurden.

Der fröhlichen Stimme von Gabi merkte man an, wie sehr sie sich über den Anruf freute.

»Hallo meine Liebe, ich bin es, Andrea. Wie geht es dir inzwischen?«

»Bestens, aber mit dir muss ich ein Hühnchen rupfen.«

»Was habe ich verbrochen?«

»Zuerst eine Frage: Wie eng ist deine Beziehung zu Peter Erasmus?«

»Was soll das denn heißen?«

»Liebe Andrea, wie eng?«

»Kein bisschen eng. Warum?«

»Und weshalb hast du mir den Mann bisher vorenthalten?«

»Aber Gabi, warum hätte ich dir Peter unterschlagen sollen?«

»Weil du selbst interessiert warst.«

»War ich aber nicht.«

»Na, dann ist ja alles gut.«

»Nun mal heraus mit der Sprache, was soll diese Fragerei?«

»Also, ich hab Peter natürlich kennen gelernt – wegen deiner schottischen Antiquitäten. Plötzlich stand er hier vor meiner Tür und wollte mit mir über deine Pläne reden.«

»Ja und?«

»Na ja, wir haben geredet bis drei Uhr morgens.«

»Was?« Andrea lachte laut. »Das kann nicht wahr sein. Peter hat geredet?«

»Wie ein Wasserfall. Er sprudelte förmlich über vor Plänen und Begeisterung.«

»Und weiter?«

»Er wollte wissen, was ich auf den Antikmärkten beobachtet hätte – da muss ich dir gleich sagen, du hast den richtigen Riecher gehabt, die Sachen würden großartig ankommen –, und als ich ihm das sagte, war er überhaupt nicht mehr zu bremsen.«

»Und weiter?«

»Ja, am nächsten Tag hab ich mir dann freigenommen, und wir haben seine Büroetage in der City Nord besichtigt. Fabelhaft, einfach super.«

»Fein.«

»Ja, und er will kaum Miete dafür, und abends sind wir essen gegangen. Und ich muss dir gestehen, ich bin bis über beide Ohren verliebt in diesen Typ.«

»Gabi …«

»Stimmt wirklich. Und wenn ich die Signale richtig deute, beruht das auf Gegenseitigkeit. Deshalb meine Frage vorhin.«

»Ich weiß nicht, was ich sagen soll.«

»Sag mal erst gar nichts. Gestern waren wir tanzen, und anschließend hab ich ihn auf einen Kaffee mit nach oben genommen.«

»Und?«

»Noch kein ›Und‹, kann aber in den nächsten Tagen passieren.«

Andrea war sprachlos, Peter und Gabi, da waren wohl die richtigen Gene zusammengestoßen.

»Gabi, ich freue mich so.«

»Kannst du auch. Und für unser Geschäftchen wird es das große Los sein. Sag bloß nicht, du willst dir nicht helfen lassen, ich will es nämlich. Und was den Hamburger Teil betrifft, da soll der Peter ruhig die Ärmel aufkrempeln. Such du mal die Sachen zusammen, den Rest übernehmen wir. Wann kommt denn die erste Ladung?«

»Meine Güte, Gabi, ich muss erst mal auf die Suche gehen.«

»Dann fang endlich an, du hast nun lange genug gefaulenzt. Wir stehen hier in den Startlöchern. Zwei Studenten für die Restaurierung hab ich auch, ein Pärchen, das Geld für die Hochzeit braucht, weil ein Baby unterwegs ist. Ist aber kein Hinderungsgrund. Sie wollen, wenn das Kind da ist, die Sachen in Heimarbeit restaurieren, aber für eine eigene Wohnung brauchen sie eben Geld.«

Ryan kam heraus und setzte sich neben Andrea, und während sie telefonierte, nahm er ihre Hand und streichelte sie. Da er nicht Deutsch konnte, verstand er nicht, was sie sagte, aber an ihrer Stimme merkte er, dass es ein fröhliches Gespräch war, und zufrieden lehnte er sich zurück. Alles würde in Ordnung kommen, er war ganz sicher.

Andrea legte ihr Handy weg und erzählte ihm von dem Gespräch. »Ich fasse es nicht, dieser Langweiler und meine fröhliche Freundin, wer hätte das gedacht.«

»Aber du freust dich für sie.«

»Ja, und wie. Und für die schottischen Sachen hat Gabi grünes Licht gegeben. Sie meint, wir würden damit das große Los ziehen. Ich muss unbedingt mit der Arbeit anfangen.«

»Morgen früh hole ich den Transporter aus dem Schuppen, und deinem Trödelmarkt steht nichts mehr im Wege.«

Als Andrea die Hunde streichelte, die zu ihren Füßen lagen, und sich zufrieden zurücklehnte, stand er auf, kam aber gleich darauf mit einem Windlicht und einer kleinen Schachtel zurück. »Pack mal aus, Andrea.«

»Was ist das?«

»Der Startschuss.«

»Also, nach einer Kanone sieht das nicht gerade aus.«

Ryan lachte. »Abwarten.«

Andrea hielt die Schachtel ans Licht und öffnete den Deckel. Vorsichtig entfernte sie das Seidenpapier, das einzelne kleine Päckchen umhüllte. Und dann hatte Andrea sie in der Hand: wunderschöne, kleine Plaketten aus Silber mit einer eingravierten, violett emaillierten Distel. Sprachlos ließ sie die Schildchen durch die Hände gleiten. »Ryan, ich weiß nicht, was ich sagen soll. Sie sind bezaubernd. Und viel zu kostbar.«

»Nein, Andrea. Sie sind dein Markenzeichen. Wer deine Antiquitäten kauft, soll wissen, dass schottische Disteln für Stil und Exklusivität stehen.«

Andrea legte die silbernen Bildchen, kaum größer als ein Fünf-Mark-Stück, sorgfältig zurück. Sie würden in Zukunft all die Raritäten schmücken, die sie aus Schottland schicken würde. Zufrieden und dankbar lehnte sie den Kopf an die Schulter des Mannes, der so rücksichtsvoll und so umsichtig ihre Zukunft in seine Hände genommen hatte.

Ryan saß ganz still. Er wagte kaum zu atmen, um sie nicht zu stören. Er genoss diese unbekümmerte Nähe, die alles oder nichts bedeutete. Er musste ganz einfach warten. Als es kühl wurde, stand Andrea auf und streckte sich. Auch die Hunde erhoben sich, schüttelten sich und liefen zur Tür. Sie wollten auf ihr Lager und zeigten das ganz deutlich.

»Das Bad müssen wir uns teilen, Andrea. Ich schlafe hier unten auf der Couch, und du nimmst mein Bett. Das geht bestens.«

»Danke, Ryan. Ich dusche schnell, und dann hast du freie Bahn. Darf ich die Schlafzimmertür etwas offen lassen?«

»Natürlich. Fürchtest du dich?«

»Ich muss mich erst an das Haus und an das Alleinsein gewöhnen.«

»Natürlich, aber du brauchst keine Angst zu haben. Du kannst auch einen der Hunde mit nach oben nehmen.«

»Danke, nein.« Sie lachte. »So schlimm ist es nicht. Im Krankenhaus war immer jemand um mich herum, nun muss ich mich umgewöhnen. Aber ein Türspalt genügt. Gute Nacht, Ryan.«

»Gute Nacht, Andrea.«

Sie hatte sich hingelegt und das Licht bereits gelöscht, als er aus dem Bad kam und nach unten ging. Sie hörte, wie er leise mit den Hunden sprach, hörte Glas klirren und die Kühlschranktür einschnappen, und etwas später roch sie den ganz schwachen Duft einer Tabakpfeife und den kräftigen Rauch eines Torffeuers. Andrea fühlte sich wohl in dieser Atmosphäre der Geborgenheit und rollte sich zufrieden in dem breiten Bett zusammen.

Sie schloss die Augen und dachte an Gabi und Peter und Anne. Sie dachte auch an ihre Freunde im Fotostudio, und dann kamen ihr die schottischen Disteln auf den Plaketten in den Sinn: ihr Firmenzeichen, das demnächst ihre Waren schmücken würde. Und schließlich dachte sie an Ryan und an die Zukunft. Unten brannte noch Licht. Vielleicht konnte er auch nicht schlafen? Vielleicht dachte er genau wie sie an die Zukunft? Was würde sie bringen? Gemeinsamkeit oder Trennung? Sie wusste es immer noch nicht. Andrea stand auf und zog den Hausmantel an. Barfuß ging sie zur Treppe und sah hinunter. Da saß er, allein mit einem Buch und einem Glas Whisky und den Hunden zu seinen Füßen. *Einsam wie immer,* dachte sie und ging ein paar Stufen hinunter. Die Hunde sahen sie sofort und standen auf. Ryan drehte sich erstaunt um und kam ihr entgegen.

»Kannst du nicht schlafen?«

Sie schüttelte den Kopf, sprechen konnte sie nicht, denn da stand der Schäfer vor ihr mit den graugoldenen Locken auf der nackten Brust, die sie so gern streicheln wollte.

Und da war Ryan, der Mann, und eine Woge unglaublicher Glückseligkeit durchströmte sie, als ihr klar wurde, dass sie die Lösung gefunden hatte.

Ryan lief ihr entgegen, fing sie auf. »Nicht doch, mein Mädchen, wer wird denn gleich umkippen.«

Er führte sie vorsichtig zur Couch und setzte sich neben sie. »Was ist passiert?«

Sie legte den Kopf an seine Brust, spielte mit dem krausen Haar und sagte ganz einfach: »Ich liebe dich.«

»Ich weiß.« Ryan streichelte ihren Kopf.

»Du weißt es?«

»Irgendwann musste es passieren. Ich hätte ein Leben lang darauf gewartet, Andrea, aber du hast mich ganz schön auf die Folter gespannt.«

»Ich war so unsicher«, flüsterte sie, während er sie in die Arme nahm und zärtlich küsste.

Dann sah er sie an und fragte: »Aber warum unsicher?«

»Ich mochte dich als Schäfer, und den Laird fürchtete ich.«

»Andrea, ich bin immer nur der Mann, der dich liebt. Ganz gleich, wie ich aussehe, wie ich mich gebe, was ich tue, ich bin immer derselbe.«

»Ich weiß, ich habe es endlich begriffen.« Andrea schmiegte sich an ihn, sie wollte ihm ganz nah sein, ihn verstehen, seine geheimsten Gedanken erfahren. Sie wollte seinen Körper berühren und fühlen, wie seine kräftigen Hände sie hielten, wollte in seine Augen blicken und hören, wenn er vor Glück stöhnte. Sie wollte seine Liebe, jetzt.

Ryan hob ihren Kopf und sah sie an. Sie hatte eine wundervolle Art zu lächeln. Es war, als gehe mitten in der Nacht die Sonne auf. Ihre Augen waren sehr groß, und er verstand, was sie sagten. Und er war voller Vertrauen, dass er ihr geben konnte, was sie wollte. Er streichelte ihr Gesicht, ihre Schultern und spürte den Schauer, der sie durchlief, als er sie an sich zog.

»Willst du mich?«, flüsterte er.

»Mehr als alles andere.«

Er nahm ihre Hand und führte sie nach oben. Behutsam zog er sie aus, legte sie aufs Bett und nahm sie in die Arme. Sie war alles, was er wollte. Sie war seine Liebe, sein Glück, die Luft, die er zum Atmen brauchte, sie war seine Zukunft. Sie war sein ganzes Leben.

Und als sie in der ersten Dämmerung des frühen Morgens einschliefen, schlichen zwei Hunde die Treppe hinauf und legten sich beglückt ans Fußende des großen Bettes, was absolut verboten war.

»Kristin Hannah berührt die tiefsten, zärtlichsten Seiten unseres Herzens.«
Tami Hoag

Die Shores stehen vor den Trümmern ihrer zwanzigjährigen Ehe: Jack möchte wegen eines Traumjobs nach New York ziehen, aber Elizabeth sieht keinen Grund, deswegen ihr geliebtes Zuhause in Echo Beach an der Westküste aufzugeben. Als Elizabeths Vater stirbt, werden alle ihre Entscheidungen in Frage gestellt. Gibt es nicht doch einen Weg zurück zu Jack?

An fernen Küsten
Roman
ISBN-13: 978-3-548-26236-9
ISBN-10: 3-548-26236-8

ULLSTEIN